afgeschreven

D1421196

Erfenis

Michael Koryta bij Mynx:

Begraven
Erfenis

www.mynx.nl

Michael Koryta

Erfenis

Oorspronkelijke titel: *Envy the Night*
Vertaling: Fanneke Cnossen
Omslagontwerp: HildenDesign, München
Omslagillustratie: Shutterstock

Eerste druk juni 2009
ISBN 978-90-8968-142-3 / NUR 330

Voor Dennis Lehane, die zich de lift kon herinneren

I envy the night
for its absence of light

Dax Riggs, 'Ancient Man'

1

Frank Temple III liep om tien uur 's ochtends de districtsgevangenis uit, met koppijn en een dagvaarding aan zijn broek wegens openbare dronkenschap, en hij bedacht dat het tijd werd om de stad vaarwel te zeggen.

Hij was niet door de arrestatie tot die conclusie gekomen. Dat was slechts een toetje na een avond vol weemoed geweest... Frank, die voor Nick's op Kirkwood Avenue aan een straatlantaarn hing en omlaag keek in het gezicht van een verveelde smeris die te veel dronkenlappen had gezien, en zei: 'Agent, ik wil graag aangifte doen van een vermiste broek.'

Het had ook niet gelegen aan de uren die hij in de detoxcel had doorgebracht. Ze hadden er met z'n zessen gezeten, en alleen hij en iemand anders hadden hun kots weten binnen te houden. Terwijl hij met zijn rug tegen de koude, betonnen muur zat te luisteren naar een paar arme stumpers die in een hoek stonden over te geven, dacht Frank na over de gevangenis: de mensen die 's ochtends binnen werden gebracht en er de volgende ochtend níét uit kwamen, zoals hij. Hij keek nadenkend naar de harde fluorescerende lichten die op de grijze en beige verf reflecteerden, de benauwende atmosfeer, de harde blikken van de mannen daarbinnen die daarmee hun wanhoop verborgen. Dat was zo bij zonsopgang, en nog net zo bij zonsondergang, alleen wist je dat niet zeker, want zelfs aan de zon kon je geen verandering afmeten. Daar dacht hij allemaal over na, en hij wist dat als hij één ding van zijn vader kon begrijpen, het wel was dat hij op díe plek niet wilde zijn.

Dit was de tweede keer dat Frank in de gevangenis was beland. De eerst keer was twee jaar geleden, wegens rijden onder invloed in een kleine stad in Noord-Carolina. Hij kwam niet door de blaastest, maar vroeg toch om een fysieke evenwichtstest: met zijn door drank benevelde brein wist hij zeker dat dat wel zou lukken. Nadat de agent Frank door de eerste oefening heen had zien struikelen en strompelen, had deze er een eind aan gemaakt en gezegd: 'Volgens mij sta je niet erg vast op de benen, knul.' Frank, die zich tegen de auto staande hield, had naar hem gewenkt, alsof hij hem een enorm gewichtig geheim wilde vertellen. De agent boog zich voorover en toen hij dichtbij genoeg was, fluisterde Frank: 'Middenoorontsteking.'

Voor hij klaar was met het verband uit te leggen tussen iemands oren en het evenwichtsorgaan, zat hij in de boeien achter in de auto. Dit publiek had daar duidelijk geen oren naar.

Dus dit was zijn tweede gang naar de gevangenis, en ook al had zijn vader níet die laffe uitweg gekozen om een levenslange gevangenisstraf te ontlopen, dan zou dat er toch niets aan hebben veranderd. Frank zou hem niet hebben opgezocht. Maar al luisterend naar het dronkenmansgemompel en boeren en kotsen naast hem kon hij ook niet aan de gedachte ontkomen dat hij dit soort situaties misschien opzocht omdat hij wilde weten hoe het was. Alleen maar een indruk wilde krijgen, dat was alles, iets waarmee hij de vrije wereld weer in kon lopen en denken: zo zou het voor hém zijn geweest.

In die benevelde nacht werd hij achtervolgd door één verontrustende voicemail en één schaamteloze professor. Het bericht kwam eerst, ingesproken door een stem uit ver vervlogen jaren.

Frank, met Ezra. Ezra Ballard. Lang geleden, hè? Je klinkt op het antwoordapparaat ouder. Hoe dan ook, ik bel omdat... nou ja... hij komt terug, Frank. Ik kreeg net een telefoontje uit Florida dat ik de hut in orde moet maken. Ik zeg niet dat je iets moet doen, het kan me zelfs niet schelen of je terugbelt of niet. Ik hou me alleen maar aan mijn woord, oké? Ik doe alleen wat ik heb beloofd, knul. Hij komt terug en nu weet je het.

Frank had niet teruggebeld. Hij wilde er niet op reageren. Wist in elk geval dat dat het beste was. Maar uiteindelijk hield hij het in Bloomington wel voor gezien. Een enkel schoolsemester – zijn vijfde universiteit in zeven jaar, geen enkele graad behaald, in de verste verte nog niet – en Frank had het alweer gehad. Hij was hier teruggekomen om met een schrijver, Walter Thorp genaamd (*Walt voor mijn vrienden, en ik haat ze erom*), te gaan samenwerken, wiens werk Frank al jaren had bewonderd. Bloomington was dichter bij huis dan Frank in al die jaren lief was, maar Thorp was daar maar één semester gasthoogleraar, en die kans kon hij niet laten lopen. Het was goed gegaan. Thorp was goed, zelfs beter dan Frank had verwacht, en Frank werkte zich een paar maanden lang uit de naad. Las als een bezetene, schreef als een bezetene en er verschenen mooie dingen op zijn blocnote. In de laatste week van het semester kreeg hij een e-mail van Thorp: hij wilde met hem afspreken, en Frank ging erop in om Ezra Ballards telefoontje uit zijn geest te bannen. Richt je op de toekomst, verdrink niet in het verleden.

Dat was zijn mantra toen hij naar het benauwde kantoortje op de derde verdieping van Sycamore Hall ging en daar naar Thorp zat te luisteren die, zo nu en dan op dat gouden horloge van hem kijkend dat hij altijd aan de binnenkant van zijn pols droeg, complimenten maakte over wat Frank had geschreven, hem vertelde dat hij tijdens het semester 'enorm vooruit' was gegaan en dat Frank duidelijk 'machtige verhalen te vertellen had'. Frank knikte en bedankte hem, voelde zich goed, bevestigd in zijn beslissing dat hij hierheen was gekomen en dat hij dat telefoontje had genegeerd.

'Ik heb dit nooit eerder voor een student van me gedaan,' zei Thorp terwijl hij een wenkbrauw optrok, 'maar ik wil je graag aan mijn agent voorstellen.'

Frank kon zijn oren niet geloven, dit was wel het laatste wat hij had verwacht. Hij keek Thorp aan en wist geen woord uit te brengen, wachtte op wat hij verder te zeggen had.

'Sterker nog,' voegde Thorp eraan toe, terwijl hij met zijn vingertop langs de rand van zijn bureau streek, Frank niet aankijkend, 'ik heb het al een paar keer met hem over je gehad. Hij is geïnteresseerd. Zeer geïn-

teresseerd. Maar hij vroeg zich af – wij allebei, eigenlijk – of je er ooit
over hebt gedacht om non-fictie te schrijven. Memoires bijvoorbeeld?'

Toen snapte Frank het. Hij voelde zijn kaken verstrakken, staarde
met lege ogen naar het ouderwetse raam achter Thorps hoofd en vroeg
zich af hoe het eruit zou zien als de grote schrijver erdoorheen vloog en
op het terras drie verdiepingen lager zou belanden.

'Ik vraag het alleen maar omdat jouw verhaal, en zoals dat samen-
komt met dat van je vader, wel eens heel boeiend zou kunnen zijn. Voeg
dat bij je talent om een goed verhaal te vertellen, nou Frank, dan hebben we een schitterende combinatie. Nate – mijn agent – denkt dat het
boek gaat lopen als een trein. Misschien vinden jullie elkaar wel enkel
op basis van een synopsis en een paar proefhoofdstukken. Nate denkt
dat je wellicht kans maakt op een veiling, en in dat geval hebben we het
over grote bedragen...'

Hij had nog het fatsoen gehad om niet achter Frank aan te gaan toen
die de deur uit en de trap af was gelopen. Tien uur later zat Frank met
zijn dronken kop in de gevangenis, en het lachen verging hem toen de
dienstdoende agent van zijn formulier opkeek en zei: 'Geen tweede
naam?'

Nee, geen tweede naam. Jammer, want het was wel zo makkelijk om
je met je tweede naam te laten aanspreken, als je er tenminste een had.
Maar die had hij niet. Alleen dat Romeinse cijfer dat erachter was geplakt: Frank Temple III, de volgende erfopvolger, de volgende episode
na twee oorlogshelden en een moordenaar.

Ze hadden hem in de detoxcel gestopt, hem daar laten zitten tot hij
weer nuchter was, hem laten zitten met rondtollende gedachten aan
zijn vader en Thorp en het bericht. O ja, het bericht. Hij had het gewist,
maar hoefde het heus niet nog een keer af te luisteren. Het zat in zijn
hersens gegrift, tolde door zijn hoofd terwijl hij klaarwakker op de volgende ochtend zat te wachten.

Hij komt terug.

Hij mocht niet terugkomen. Frank en Ezra hadden dat aan elkaar
beloofd, hij mocht zijn dagen in Miami slijten, maar terugkomen, ho
maar. En nu was daar dat telefoontje van Ezra, die zei dat de klootzak

na zeven jaar van plan was hun afspraak te negeren; over ouderwets bluffen gesproken.

Oké. Als hij terugging, dan ging Frank ook terug.

Tegen de middag was hij op weg naar het noorden, zijn jeep zat volgestouwd met zijn bezittingen. 'Volgestouwd' was eigenlijk niet het juiste woord, want Frank reisde altijd met weinig bagage, dus hij kon snel inpakken. Hoe sneller hij kon pakken, hoe makkelijker hij zijn vaders wapens kon negeren. Hij had er een hekel aan, altijd al gehad. In de afgelopen zeven jaar waren ze door negentien staten en Joost mocht weten naar hoeveel steden met hem meegereisd. Los van de pistolen had hij een laptop, twee koffers met kleren en een stapel boeken en cd's die hij in een kartonnen doos had gesmeten. In de vijfentwintig jaar dat hij op de wereld rondliep zou je denken dat hij meer zou moeten hebben, maar Frank was er al lang geleden mee opgehouden dingen te verzamelen. Het was beter om verder te gaan zonder een hoop spullen op je nek, dat waren maar souvenirs van waar je zopas was geweest.

Door Illinois naar het westen, voor hij naar het noorden afboog om de afzettingen en opbrekingen te vermijden waar Chicago altijd zo onder zuchtte, dan bij zonsondergang de staatsgrens van Wisconsin over, nog uren verwijderd van zijn eindbestemming. Tomahawk, een naam die Frank als een cliché zou verwerpen in het geval hij de plaats als een stad aan het meer in North Woods zou hebben beschreven. Maar de stad bestond echt en zijn herinneringen eraan ook.

Zijn vader zou daar niet zijn. Devin Matteson wel. Als Ezra's telefoontje klopte, dan zou Devin er voor het eerst in zeven jaar terugkeren. En als Frank ook maar een greintje verstand had, zou hij de andere kant op rijden. Want een confrontatie met Devin lag in het verschiet, Grady Morgan had hem gewaarschuwd dat het zou kunnen gebeuren en dat hij daar absoluut verre van moest blijven. Grady was een van de fbi-agenten die zijn vader hadden gearresteerd. Grady was ook een verdomd fijne vent. Frank was een tijdje intensief met hem omgegaan, net zo intensief als met wie dan ook tijdens die zware maanden, maar toen kregen de media lucht van de relatie, en Frank liet Chicago en

Grady achter zich. Sindsdien hadden ze elkaar niet vaak gesproken.

Hij kwam in het donker langs Madison en reed door. Hij had de hele dag niets gegeten, alleen een sportdrankje gedronken, ibuprofen geslikt en doorgereden, in de hoop dat hij het in één keer kon halen, met enkel zo nu en dan een stop om te tanken en zijn stijve spieren te strekken. Maar nog voor hij bij Stevens Point was, wist hij dat dat niet ging lukken. Door de kater had hij weinig eetlust gehad, maar hij moest nu wat eten wilde hij wakker blijven, en hij werd zo langzamerhand door vermoeidheid overmand. Verderop was een parkeerplaats, misschien de laatste die hij in een hele tijd zou tegenkomen. Hij reed de weg af en zette de auto daar neer. Hij liet zijn stoel zo ver mogelijk naar achteren zakken, zodat hij zijn benen wat kon strekken, en viel in slaap.

Het was net Big Brother, daar was geen twijfel over mogelijk, maar Grady Morgan had Frank Temple III zeven jaar lang nauwlettend in de gaten gehouden. Het was niet netjes, of legaal, omdat Frank absoluut niet in een lopend onderzoek van Grady voorkwam. Maar niemand had het gemerkt, niemand had het iets kunnen schelen of er commentaar op gehad, en zolang dat niet het geval was, bleef hij hem in de gaten houden. Zonder een greintje spijt. Dat was het minste wat hij die knaap verschuldigd was.

De voelsprieten die Grady in de buitenwereld had uitstaan, computers die dagelijks Franks vingerafdrukken en sofinummer controleerden, hadden al een tijd niets opgepikt. En de telefoonlijnen, e-mails en postbus ook niet. Al geruime tijd geen teken van leven van Frank, en soms wilde Grady hem wanhopig graag spreken, contact met hem opnemen, maar dat deed hij niet. Hij ging gewoon elke dag naar zijn werk, met een oog op de kalender waarop stond dat hij niet ver meer van zijn pensioen af was, en hoopte dat Frank van het radarscherm zou wegblijven. Grady wilde geen bliep zien.

Daar was er een. En nog een verkeerde bliep ook, een arrestatie in Indiana. Toen het bericht op de computer doorkwam, voelde Grady onmiddellijk een golf van misselijkheid door zijn maag gaan, en hij keek letterlijk even van het scherm weg omdat hij de details niet wilde lezen. 'Shit, Frank,' mompelde hij. 'Doe me dit niet aan.'

Toen zuchtte hij en wreef over zijn voorhoofd, dat zich steeds verder naar achteren leek uit te strekken, verspreidde de grijze haren over zijn schedel, draaide zich weer naar de computer en las de de details van de arrestatie. Toen hij ze doornam, slaakte hij een zucht van opluchting. Openbare dronkenschap. Dat was alles. De tweede arrestatie in zeven jaar, de tweede keer dat Grady die rilling van verdriet voelde, en de tweede keer dat hij zijn ogen ten hemel sloeg: niks om je druk over te maken, het zijn maar kinderen.

Hoopte hij.

Toen hij zich van zijn bureau naar achteren afzette, naar het raam liep en naar de skyline van Chicago keek, stuurde hij stiekem een schietgebedje naar Frank Temple III, ergens daarbuiten, kilometers ver weg.

Zeg me dat het alleen maar een avondje pret was. Zeg me, Frank, dat je met een paar vrienden aan het stappen was, een paar biertjes dronk, achter de meisjes aan zat en dat jullie als een stel idioten lachten, als een stel gelukkige, o zo gelukkige idioten. Zeg me dat je niet in een vechtpartij verzeild was geraakt, geen drift, geen geweld, zelfs geen gebalde vuist. Je bent al zo'n eind op weg.

Een heel groot eind.

Frank III was achttien jaar oud toen Grady hem leerde kennen. Een tengere, knappe knul met donkere gelaatstrekken waarin een stel felblauwe ogen fonkelden. En hij straalde een volwassenheid uit die Grady nog nooit bij een jongen van zijn leeftijd had meegemaakt, zo volslagen kalm, dat Grady daadwerkelijk psychologisch advies had gevraagd voor hij met hem ging praten. *Hij is erg gesloten,* had Grady tegen de psycholoog gezegd. *In elk gesprek dat we hebben zegt hij dat hij dichter bij zijn vader stond dan wie ook, en hij laat niets los.*

In het derde gesprek werd een tipje van de sluier opgelicht. Hij en Grady zaten met zijn tweeën in de woonkamer in Temples huis, en Grady, wanhopig op zoek naar een manier om de jongen aan het praten te krijgen, had naar een ingelijste foto van vader en zoon op een basketbalveld gewezen en gezegd: *heeft hij je leren spelen?*

De jongen had hem bijna geamuseerd zitten aankijken. Toen had hij gezegd: *weet u wat hij me heeft geleerd? Sta maar eens op.*

Dus stond Grady op. Toen zei de knul: *pak een pen en probeer mijn hart te raken. Nee, maakt niet uit, mik maar ergens op. Doe alsof het een mes is.* Grady had geweigerd. Plotseling leek dit allemaal een heel slecht idee, maar de ogen van de jongen stonden geconcentreerd, en dus dacht Grady: wat kan mij het ook schelen, en hij deed een snelle uitval, met het idee dat hij de pen tegen de borst van de jongen zou prikken en klaar was Kees.

Die snelheid. O, man, die snelheid. De handen van de jongen hadden rapper bewogen dan Grady ooit bij iemand had gezien, hij omklemde zijn pols, duwde die terug en in een oogwenk wees de pen naar Grady's keel.

Dat was een halfhartige poging, had Frank Temple III gezegd. *Probeer het nog maar een keer. Nu voor het echie.*

Dus had hij het nogmaals geprobeerd. En weer, en opnieuw, en uiteindelijk stond het zweet hem op de rug en was het geen geintje meer, en hij schaamde zich kapot omdat dit een kínd was, godbetert. Grady had acht jaar in het leger gezeten en nog eens vijftien jaar op het Bureau, hij rende dertig kilometer per week en deed aan gewichtheffen en hij kón die knul verslaan…

Maar dat kon hij niet. Toen hij het uiteindelijk opgaf, had de jongen naar hem geglimlacht, met die gruwelijk oprechte glimlach van hem, en gezegd: *wil je me zien schieten?*

Ja, had Grady gezegd.

Wat hij later die middag op de schietbaan zag – een strak en perfect salvo – verbaasde hem niet meer.

Zeven jaar later moest hij aan die dag denken terwijl hij uit het raam staarde en zichzelf wijsmaakte dat het alleen maar een aanklacht wegens openbare dronkenschap was, een suffe overtreding, en dat hij zich over Frank helemaal geen zorgen hoefde te maken. Frank was een goeie jongen, altijd geweest, en het kwam allemaal prima in orde zolang hij bepaalde problemen maar uit de weg ging.

Dat was het enige wat hij hoefde te doen. Dat soort problemen uit de weg gaan.

2

Frank werd wakker door het geknars van een grote wegrijdende diesel, ging rechtop zitten en zag dat de hemel langzaam grijs oplichtte. Toen hij de deur opende en uit de jeep wilde stappen, protesteerden zijn verkrampte spieren, en hij voelde een vlijmscherpe pijnsteek aan de linkerkant van zijn stijve nek. Hij had honger, de alcohol was al lang uit zijn cellen verdwenen en de calorieën van het sportdrankje waren opgebruikt. Hij stilde de ergste trek met een reep en een flesje sinaasappelsap uit de automaat, en at terwijl hij de grote kaart op de muur bestudeerde. Gisteravond was hij verder gekomen dan hij zich had gerealiseerd: het was nog maar honderdvijftig kilometer naar Tomahawk.

Hoe dichter hij zijn einddoel naderde, hoe meer hij aan zijn besluit ging twijfelen. Misschien was het maar het beste te doen alsof hij Ezra's bericht nooit had gekregen, dat hij helemaal niet wist dat Devin zou terugkeren. Misschien zou hij gewoon een poosje in de hut blijven, een weekend maar, zou hij wat gaan vissen. Het was allemaal prima zolang hij Devin Matteson maar niet tegen het lijf liep. Als hij bij Devin uit de buurt bleef, als het alleen om Frank, Ezra, het bos en het meer ging, dan kon dit nog een mooi tripje worden, het soort waar hij al een tijdje naar uitgekeken had. Maar als hij Devin wél tegen het lijf zou lopen…

Wat doe je hier dan, als het niet om Devin gaat? dacht hij. *Denk je nou werkelijk dat dit een soort vakantie is?*

Welk deel van zijn hersens dat argument ook te berde had gebracht, het hield zich nu stil. Hij reed met de raampjes open terwijl het grijze licht goud kleurde en de frisse ochtendlucht rechts van hem al wat warmer werd. Voorbij Wausau ging het anders ruiken: dennennaalden, rook van houtvuur en zelfs, ook al was er geen meer te bekennen, water. Binnen een straal van anderhalve kilometer moesten er een stuk of vijf meren zijn. Hij merkte dat door de luchtverandering en had het op de kaart op de parkeerplaats gezien: in dit deel van de staat wemelde het van de blauwe vlekken.

De geuren riepen een hele stoet herinneringen op, maar Frank wist niet zeker of hij achterover wilde leunen en ernaar wilde kijken. Zo'n soort plek was het nu voor hem geworden. Hoe dieper hij in het bos met de lange dennenbomen doordrong, hoe sneller de herinneringen op hem afkwamen en het viel hem op hoeveel hij van deze plek hield. Het was één ding om je zoiets op honderden kilometers afstand te herinneren, maar iets anders wanneer je er daadwerkelijk was, de bossen en de lucht zag en de lucht rook. Misschien zou hij er een tijdje blijven. De zomer strekte zich voor hem uit, en hij had geld genoeg. Bloedgeld, dat wel, en Frank gaf het uit, ondanks het feit dat hij de manier waarop het was verdiend haatte. Daarmee was hij op zijn zachtst gezegd een hypocriet, en op zijn slechtst nog iets veel ergers, maar hij had het wel.

De eerste paar keren dat hij en zijn vader de trip hadden gemaakt, was de autoweg zo ver in het noorden nog tweebaans geweest. Maar daarna wisten de toeristendollars de juiste deuren in Madison te vinden en al snel was de weg naar vierbaans verbreed. Frank zat met zijn gedachten bij de hut, hij vloog langs de afritten naar Tomahawk toen hij zich realiseerde dat hij helemaal niets te eten bij zich had. Als hij zijn spullen had uitgeladen zou hij weer naar de stad moeten om te lunchen en wat boodschappen te doen, en daarna naar het meer teruggaan.

Hij sloeg af bij een kruispunt met de County Y, een smalle weg die tussen de dennenbomen door slingerde, en had ongeveer anderhalve kilometer gereden toen iemand in een zilveren Lexus suv achter hem opdook. Hij dook zo snel in zijn achteruitkijkspiegel op, dat Frank wist dat hij een kilometervreter was, hij reed minstens honderd. De auto kwam dichterbij en ging op de baan voor het tegemoetkomend verkeer rijden om Frank zonder af te hoeven remmen in te halen. Iemand die zo reed, moest wel een toerist zijn. De mensen die hier woonden hadden meer stijl.

Hij keek automatisch naar de kentekenplaat. Normaal gesproken deed hij dat niet, maar nu wilde hij weten of hij gelijk had en werden zijn ogen naar de plaat getrokken.

Florida.

De auto was in een zilveren flits verdwenen, ging weer op de rechterbaan rijden en verdween uit het zicht. De spieren onder aan zijn nek verkilden en verstrakten, de adem stokte in zijn keel.

Florida.

Dat zei niets. Een vreemdsoortig déjà vu, oké, maar het zei niets. Ja, Willow Flowage was een afgelegen plek en een verdomd eind rijden vanaf Florida, maar er waren een paar miljoen auto's met een kenteken uit Florida. Er was niet eens een káns dat Devin Matteson in die auto zat.

'Onmogelijk,' zei Frank hardop, maar toen dook het bericht van Ezra weer in zijn hoofd op – *kreeg een telefoontje uit Florida… hij komt terug* – en hij drukte het gaspedaal dieper in om het gat met de zilveren Lexus te overbruggen. Hij hoefde hem alleen maar van dichtbij te bekijken. Gewoon die kleine geruststelling, zodat hij inwendig lachend om zijn reactie verder kon naar de hut.

Hij ging steeds harder rijden, tot hij er nog maar een wagenlengte achter zat. Nu boog hij zich naar voren, met zijn borst bijna tegen het stuur en tuurde door de getinte achterruit van de Lexus alsof hij werkelijk kon zien wie er achter het stuur zat.

Er zat slechts één persoon in de auto, een man. Dat kon hij onderscheiden, maar meer ook niet. Hij ging dichterbij rijden, zat nu bijna op de bumper van de Lexus, en tuurde geconcentreerd naar het hoofd van de bestuurder.

'Hij is het.' Hij zei het zachtjes, ademde de woorden uit, het sloeg nergens op, maar op een of andere manier wist hij het zéker…

Remlichten. Opflitsend rood, het lichtte te snel op en hij zag het te laat omdat hij te dicht op hem zat. Hij trapte als een bezetene op de rem, rukte het stuur naar links en raakte de achterbumper van de Lexus met tachtig kilometer per uur.

'Shít!'

De achterkant van de jeep zwiepte met de botsing mee naar rechts, zwaaide weer naar links en de voorwielen slipten, een uitzwaaier die in een volle driehonderdzestig graden dreigde uit te monden. Op hetzelfde moment dat hij in de slip raakte, hoorde Frank de stem van zijn vader: *stuur de kant op waar je heen wilt, jouw richting op sturen; je wilt instinctief wegdraaien, maar je moet tegensturen.* Hij hoorde het hem zeggen, herinnerde zich die oude lessen in de halve seconde waarin hij de macht over het stuur verloor en toch wegdraaide. Het gebeurde allemaal te snel en het instinct was te sterk. Hij draaide uit de slip weg, de banden gierden over het asfalt en toen was elke hoop om weer grip op de weg te krijgen verkeken.

Frank werd gered door zijn gladde banden. Hij had zichzelf al honderd keer toegesproken dat het zijn dood nog werd als hij ze niet liet vervangen, maar nu waren ze zijn redding. Het wegdek was droog, de jeep was topzwaar, en als de banden wel grip op de weg hadden gekregen, zou hij waarschijnlijk over de kop zijn geslagen. In plaats daarvan gleed hij gewoon door, omdat het profiel op het rubber bijna helemaal weggesleten was. De bomen en lucht tolden voor zijn ogen en toen zwenkte de jeep tussen de dennenbomen de berm in. Hij hoorde iets knarsen en rinkelen op het moment dat de airbags zich opbliezen en hem het zicht benamen, en toen stond hij stil.

De airbag liep leeg en viel slap neer, zijn gezicht tintelde en hij bleef even stil zitten, de handen om het stuurwiel vastgeklemd. Hij drukte nog steeds hard op het rempedaal, bloed suisde door zijn aderen. Verbazingwekkend hoe snel het lichaam reageerde: op een normale ochtend deed je er een uur over om wakker te worden, maar werd je lijf in een crisis gegooid, dan stond het in een oogwenk klaar om de marathon te lopen. Hij sloeg de airbags van zich af en zag dat er in de zijruit aan de passagierskant een ster zat en in het deurpaneel zat zo'n diepe deuk dat die tegen de stoel aan drukte. Akelig, maar niet rampzalig. Waarschijnlijk kon hij er nog wel mee rijden.

En de Lexus? Hoe zat het daarmee? Devin Mattesons Lexus. Hij was er weer zo zeker van, zo absoluut zeker, dat hij zich zonder een ogenblik te bedenken omdraaide, de metalen kist achter zijn stoel pakte, het slot openklikte en plots met een pistool in zijn hand achter het stuur zat.

De werkelijkheid haalde hem in. Het gezonde verstánd haalde hem in.

'Wat doe je?' zei hij, naar het pistool starend. 'Wat ben je verdomme aan het doen?'

Hij liet het pistool weer in de kist glijden, deed de klep dicht, opende het portier – na in de achteruitkijkspiegel te hebben gekeken of hij niet voor een truck zou stappen; hij had het ongeluk immers niet overleefd om te worden verpulverd zodra hij een voet op de weg zette – en stapte uit. Hij liep naar voren en zag dat hij verder rijden wel kon vergeten. De rechtervoorband was aan flarden en het wiel stond naar binnen gebogen, vermorzeld onder het verwrongen rechtervoorspatbord. Als hij goed had gereageerd, in de slip had gestuurd in plaats van ervan af, dan had hij de jeep misschien nog recht kunnen trekken en de bomen kunnen omzeilen. Dan had hij nog met een gedeukte auto kunnen wegrijden en niet met deze puinhoop gezeten.

Tijdens de botsing was hij de Lexus uit het oog verloren en nu verbaasde het hem hoe ver de auto achter hem stond, minstens dertig meter. De bestuurder was ook in de berm terechtgekomen, maar de auto stond verkeerd om op de rijbaan, in een haakse hoek ten opzichte van de bomen langs de weg.

Toen hij naar de auto keek, bekroop hem opnieuw hetzelfde wantrouwen, en hij dacht weer aan het pistool. Maar hij schudde zijn hoofd en liep bij de jeep weg, voor de verleiding hem te machtig werd.

'Het is 'm niet,' zei hij. 'Het is 'm gewoon niet.'

Op dat moment ging het portier van de Lexus open en Frank hield even zijn adem in toen de bestuurder op de weg stapte.

Het was niet Devin Matteson. Hij leek er niet eens op. Zelfs van deze afstand kon hij precies zien wat een belachelijk idee dat was geweest. Hij realiseerde zich dat hij zojuist bijna een dodelijk ongeluk had veroorzaakt omdat hij even volslagen paranoia was geworden.

Hij liep naar de Lexus terwijl de bestuurder de schade aan zijn voertuig opnam. Frank keek naar hem en zijn eerste gedachte was: die kerel zit ongelóóflijk onder de speed.

De man, lang en mager met een bos warrig grijs haar, danste rond de Lexus. Hij danste letterlijk. Hij deed een paar sprongetjes, maakte een draai, bracht zijn handen naar zijn gezicht en huppelde naar de andere kant. Bovendien praatte hij in zichzelf, fluisterde aan één stuk door, maar Frank kon er geen touw aan vastknopen. De man leek zich er totaal niet van bewust dat er bij de botsing een andere auto betrokken was.

'Hé.' Frank kreeg geen reactie en liep verder naar hem toe. 'Hé! Gaat het wel?'

De man bleef staan en staarde Frank volkomen ontredderd aan. Toen keek hij naar de jeep en knikte begrijpend. Van dichtbij zag Frank dat hij nog niet zo heel oud was, misschien veertig en dat hij vroeg grijs was. Hij had een lange neus die in een haak eindigde, en zenuwachtige oogjes met donkere kringen die aangaven dat het al even geleden was dat hij een hele nacht had doorgeslapen. Hij gebaarde bovendien met zijn handen, de vingers kromden zich in de lucht alsof hij aan het pianospelen was.

'Ja,' zei hij. 'Ik heb niks. Ja, het is prima. Je hoeft je over mij geen zorgen te maken. Ik bel de wegenwacht wel. Je mag wel doorrijden.'

Frank fronste zijn wenkbrauwen. 'Ik bel de wegenwacht wel? Ik ben tegen je aan gebotst, man. Je wilt toch zeker de verzekeringspapieren wel invullen?'

De man schudde zijn hoofd. 'Nee, nee, ik stond op m'n remmen, trapte keihard op de rem, het is helemaal niet jouw schuld.'

Helemaal niet zijn schuld? Waar had hij het in godsnaam over? Frank had zo dicht op zijn bumper gezeten dat hij zodra de man vaart minderde onmiddellijk boven op hem was geknald. Het was duidelijk Franks schuld. De man was vast nerveus, dat was alles. Zich rot geschrokken. Wie zou dat bij een botsing van tachtig kilometer per uur niet zijn?

'Ik bedoel dat we de politie moeten bellen,' zei Frank. 'Een schaderapport laten opmaken, zodat we dit met de verzekeringsmaatschappij kunnen kortsluiten, oké?'

De grijsharige man kromp ineen en wreef over zijn voorhoofd alsof hij daar pijn voelde opkomen. Waarschijnlijk was hij bij de politie bekend vanwege slecht rijgedrag. Misschien had hij een paar ongelukken veroorzaakt, en met een auto als die Lexus zat hij toch al op een hoge verzekeringspremie. Het was vast een geldkwestie. Hij begreep zeker niet dat Frank voor alle schade moest opdraaien.

'Weet je wat,' zei de man, 'het zou me heel goed uitkomen – héél erg goed uitkomen – als we hier geen schaderapport van laten opmaken.'

Dus hij had gelijk gehad: slecht rijgedrag. Tenzij er iets ernstigers aan de hand was. Hemel, misschien zát die kerel wel onder de drugs. Frank fronste zijn wenkbrauwen, bestudeerde hem nauwlettender, zocht naar de symptomen. Hij leek alleen maar hypernerveus, dat was alles. Hij stuiterde. Zijn ogen schitterden en hij was duidelijk goed aanspreekbaar. Misschien was hij een koffieleut.

'Ik betaal de schade wel,' vervolgde de grijze man. 'Ik weet wat je denkt: zodra ik de kans zie poeier ik je af en laat jou met de rekening zitten. Maar ik beloof je dat dat niet zal gebeuren. We kunnen het nu regelen. We zoeken een garage en dan betaal ik de rekening vooruit.'

'Maar ik botste tegen jóú aan,' zei Frank nogmaals.

'Maak je daarover maar geen zorgen. Het was mijn schuld, mijn verantwoordelijkheid en ik wil geen schaderapport, oké?'

Frank schudde zijn hoofd, liep een paar stappen bij hem vandaan en bekeek de Lexus. Die was er zo mogelijk nog erger aan toe dan zijn jeep. De motorkap lag in de kreukels, er liep een scheur van een kleine meter langs de zijde aan de passagierskant, waar de auto met de bomen in aanraking was gekomen, en er kwam stoom uit de motorkap.

'Alsjeblieft,' zei de man, en er klonk zo veel wanhoop in zijn stem door dat Frank verbaasd naar hem opkeek. Welke problemen deze kerel ook met zijn rijbewijs had – als hij er al een had – ze waren niet mis. Frank bleef in de berm staan terwijl twee auto's langs hen zoefden – geen ervan stopte – en keek naar die merkwaardige man met de nerveuze handen en paniekerige ogen. Hij kon hem net zo goed zijn zin geven. Het was Franks schuld, het was niet meer dan eerlijk om die man het te laten regelen zoals hij dat wilde.

'Goed dan,' zei hij, en toen hij zag dat het gezicht van de grijze man helemaal opklaarde, was hij er des te meer van overtuigd dat hij de juiste beslissing had genomen.

'Dank je wel. O, man, bedánkt. Ik bel een takelwagen. De auto heeft een navigatiesysteem waarmee je alles kunt opzoeken, we kunnen elke garage nemen die je wilt. Ik zal het je laten zien…'

3

Jerry stond weer naar Nora's kont te staren, zoals hij dat kon doen met van die ogen die regelrecht uit zijn hoofd leken te ploppen. Hij stak het bepaald niet onder stoelen of banken, maar ze vroeg zich af of ze zich er vandaag wel aan mocht ergeren. Zij had vanochtend tijdens het aankleden hetzelfde gedaan, in de spiegel naar haar billen gekeken, niet als een vrouw met eeltplekken van de moersleutels in haar handpalmen, maar als de eerste de beste studente. Als je zelf al zoiets deed, dan kon het je toch niets schelen als een vent er openlijk naar staarde? Misschien had ze zo'n verlekkerde blik wel verdiend, was het karma.

Maar die blik in de spiegel deed er wel toe, een ochtendlijk kattenbelletje dat Nora nog steeds op-en-top vrouw was. En dat allemaal voordat ze de spijkerbroek en het zware werkschort aandeed, en haar haar onder een baseballpet wegstopte zodat het niet loshing en een pijnlijk ongeluk kon veroorzaken. Die les had ze op een middag geleerd toen ze met de dolly Jerry's werk controleerde en recht over haar eigen haar was gerold. Stafford Schade- en Servicebedrijf ging om half acht open, en vanaf dat moment, tot een uur of zes, half zeven, wanneer ze de deuren dicht en op slot deed, had Nora met maar weinig vrouwen contact. Dit was een mannenwereld, altijd al geweest, maar ze hield van de touch die ze erin aanbracht, en dat vonden haar klanten volgens haar ook. Toegegeven, het waren haar vaders klanten en waarschijnlijk bleven ze eerder terugkomen uit loyaliteit – en medelijden – voor Bud

Stafford dan voor zijn dochter, maar de garage leverde nog steeds goed werk af. Op die zeldzame middagen wanneer een extra moeilijke klus was geklaard en de auto de garage uit reed, maakte Nora zich zelfs wel eens wijs dat ze het inmiddels beter was gaan doen. Dat zou ze natuurlijk aan niemand toegeven, maar ze had een oog voor detail waar haar vader niet aan kon tippen. Zonder oog voor detail kreeg je de rekeningen niet betaald.

De telefoon in het kantoor ging. Nora kwam overeind en keek achterom naar Jerry, die prompt bloosde en zijn ogen afwendde. Zelfs als je Jerry nérgens op betrapte, voelde hij het nog zo. Jerry zou een crimineel van niks zijn geweest.

'Ik wil dat je dat voorspatbord nog een keer doet,' zei Nora.

'Hè?'

'Er zit een mooie oranje zweem over de lak, Jerry. Ik weet dat je het ziet én je weet wat ik daarvan vind. Het maakt niet uit dat het in de schaduw niet opvalt, in de zon zie je het wel en de mensen willen juist dat hun auto er dan op zijn mooist uitziet. Ze gaan naar huis en op de eerste de beste zonnige zaterdagochtend gaan ze hun auto wassen en poetsen, en dan zien ze die oranje zweem. En weet je wat er dan gebeurt? Dan komen ze niet terug.'

Ze liep weg en was net op tijd in het kantoor om de telefoon te grijpen voor die op de voicemail zou overschakelen. Ze vergat steeds de draadloze handset mee naar de werkplaats te nemen en ze wist dat ze daardoor klussen misliep. Als een autoschadebedrijf niet opneemt, pakken de mensen gewoon het volgende in het telefoonboek, ze wachten niet om het later opnieuw te proberen. Nog één keer en ze was dit telefoontje kwijt geweest.

'Stafford Schade- en Servicebedrijf, met Nora Stafford.'

Ze ging op de rand van het bureau zitten en maakte aantekeningen op een oude blocnote waar bovenaan nog steeds Bud Staffords naam prijkte. De beller wilde een takelwagen voor twee auto's die op de County Y in de prak waren gereden. Haar vorige takelwagenchauffeur, die bovendien werkvoorbereider en parttime spuiter was, had drie maanden geleden een aanklacht wegens rijden onder invloed aan zijn broek gekregen en als ze hem had willen houden, had ze een hoge verzekering moeten afsluiten, en dat kon ze zich eenvoudigweg niet veroorloven. Maar eerlijk gezegd kwam het haar wel goed uit: zoals de garage er nu financieel voor stond, had ze vroeg of laat toch iemand moeten ontslaan en deze beschuldiging van dronkenschap was een mooi excuus. Ze gaf hem de zak en kon zich geen vervanger veroorloven. Maar twee auto's, en een ervan ook nog eens een Lexus, kon ze ook weer niet laten staan. Jerry kon de takelwagen rijden, maar zat niet in de verzekering en hij moest die ochtend de Mazda afspuiten. Dit moest ze zelf afhandelen.

Ze noteerde de gegevens waar ze de wrakken moest ophalen en beloofde dat ze er binnen twintig minuten zou zijn. Toen liep ze de garage weer in en zei tegen Jerry waar ze heen ging. Hij gromde alleen maar en keek haar niet eens aan.

'Wat zit je dwars, Jerry?'

'Dwars?' Hij liet de lap uit zijn handen vallen. 'Nou, dat lijkt me wel duidelijk, ja. Je laat me voortdurend iets óverspuiten wat ik om te beginnen niet had hóéven spuiten.'

Ze gebaarde naar hem, nu al moe. De ruzie ging inmiddels ongeveer zoals het met haar boiler thuis was gesteld, die was het langzaam aan het begeven: aan zijn eind, om je dood te ergeren, en laten maken was te duur.

Jerry was monteur, een prima vakman, in de stad vond je geen betere. Had niet bepaald oog voor een spuitklus van topkwaliteit, maar dat was het probleem niet: als hij een spuitklus moest doen, voelde hij zich tekortgedaan. Als ze het zich kon veroorloven om iemand anders aan te nemen, dan had ze dat gedaan, maar met die verklaring was hij niet tevreden geweest.

'Jerry, het maakt niet zo veel uit. Als je het meteen goed had gedaan, had ik je niet hoeven vragen het over te doen. In plaats daarvan doe je je werk maar half en probeer je je er zoals altijd met een jantje-van-leiden van af te maken.'

'Verdomme, Nora, de laatste keer dat ik auto's heb gespoten deed ik dat met…'

'Een enkele laag lak erop en mooi oppoetsen, dan hoef je ook niet te knoeien met dat verdomde aflakken…'

Nora kon zijn stem perfect imiteren, wist die lijzige toon zo dodelijk te treffen dat Jerry zich woedend terugtrok, zijn poetslap weer oppakte en die stevig in zijn vuist vastklemde. Hij was klein van stuk, slechts een paar centimeter langer dan zij, maar hij was pezig en door jarenlange lichamelijke arbeid een taaie geworden. Het beetje haar dat hij nog had was dun, bruin en vochtig van het zweet.

'Oké,' zei hij. 'Je weet dus nog wat ik je al eerder heb verteld. Je denkt zeker dat je een slimme tante bent door me dat nu weer voor de voeten te gooien. Maar als je echt slim was, zou je het begrijpen in plaats van de draak met me te steken. Je pappie begreep het wel. Ik kan niet alles tegelijk. Ik ben automonteur. Dat doe ik al sinds jij nog met je poppen speelde, je eerste bh kreeg en leerde hoe je je nagels moest lakken.'

Daar gingen we weer. Hij begon eerst te mekkeren over dat hij het zo druk had, dan draaide hij dat wat-ben-je-toch-nog-een-meisje-verhaaltje af, keek op haar neer omdat ze een vrouw was, zei het recht in haar gezicht of verpakte het in wat hij als humor beschouwde.

'Zal ik je eens wat vertellen, Jerry? Toen ik mijn nagels leerde lakken, leerde ik ook hoe ik een áúto moest lakken. Het wordt tijd dat jij dat ook eens leert.'

Ze draaide zich om en liep weg, hoorde nog dat hij binnensmonds 'bitch' mompelde maar liep door, de garage uit naar de takelwagen. Ze ging achter het stuur zitten, liet de motor warmlopen, legde haar handen op haar gezicht en dacht: vroeger had ik hierom gehuild. Een jaar geleden, misschien een half jaar, had ik zitten grienen.

Maar nu niet meer. Vergeet het maar. Maar was dat eigenlijk wel zo goed?

Daar ging ze niet over nadenken. Zinloos. Waar zij over moest nadenken waren de auto's die op de County Y op haar stonden te wachten. Dát was nog eens een aangename verrassing, sterker nog, het betekende verlossing. Ze was de hele ochtend bezig geweest te bedenken welke rekeningen nog wel even konden blijven liggen. Zover was het al gekomen, dat ze een wisselschema van uitgestelde betalingen moest aanhouden, anders kon ze eenvoudigweg het hoofd niet boven water houden. En nu was er dit telefoontje, waarmee ze genoeg werk kreeg om de aasgieren af te poeieren, en misschien zelfs helemaal op afstand te houden. En dan te bedenken dat het één rinkeltje had gescheeld of de klus was aan haar neus voorbijgegaan.

Het leek langer te duren dan twintig minuten. De grijze kerel kletste aan één stuk door, elke keer als hij even zweeg, was het alsof de woorden er daarna nog nerveuzer uit kwamen, alsof hij bang was voor de stilte. Maar wanneer er een auto passeerde, begon hij te stotteren, zoals wel gebeurt wanneer je je eigen gedachten niet meer kunt volgen, en staarde hij het voertuig intens na tot het uit het zicht was. Een paar keer minderden mensen vaart en lieten ze hun raampjes zakken, klaar om hun hulp aan te bieden. Maar de man met het grijze haar wimpelde hen af met een kreet dat alles in orde was, dat ze door konden rijden, en een prettige dag nog.

En het wás ook een verdomd mooie dag. Als de bestuurder van de Lexus een paar minuten zijn mond hield, had Frank het helemaal niet erg gevonden om daar te staan wachten. Het was alweer een tijd geleden dat hij in de stad had gewoond, dus hij kwam niet regelrecht uit de smerige en naar uitlaatgassen stinkende straten de bossen in. Maar hier voelde het toch anders. Om te beginnen was er in de wijde omtrek geen gebouw te bekennen. Je kon naar links kijken of naar rechts, je zag alleen maar bomen en blauwe lucht, meer niet. Een paar haviken lieten zich hoog op de windstromingen drijven en bleven aan de zuidkant van de weg. Daar was vast ergens een open plek, een puik jachtgebied voor de vogels. Frank kon urenlang naar ze kijken, als die opgefokte lulhannes hem tenminste de kans gaf. In plaats daarvan vuurde hij de ene na de andere onzinnige vraag en opmerking op hem af.

Opgelucht zag hij uit oostelijke richting de takelwagen opdoemen en een minuut later stopte die naast hen. De bestuurder deed de deur open. Frank kneep zijn ogen onwillekeurig een beetje dicht, en zag tegelijk de verbazing op het gezicht van de grijze man. Er zat een vrouw aan het stuur, en nog een knappe vrouw ook, zo veel was wel duidelijk ondanks het feit dat haar gezicht door een baseballpet werd overschaduwd. Ze sprong op de weg – de truck was voor haar te hoog om gewoon uit te kunnen stappen, ze was vast niet veel langer dan een meter achtenvijftig, misschien nog wel korter – en liep op hen toe.

'Sorry dat jullie even moesten wachten, jongens. Ik ben zo snel mogelijk gekomen.'

'Geeft niet,' zei Frank en hij wilde haar net de hand schudden toen de grijsharige man hen onderbrak.

'Kun je als het niet te veel moeite is deze auto het eerst meenemen?' Hij wees naar de Lexus.

De vrouw droeg een spijkerbroek, laarzen en een denim shirt, de mouwen waren opgerold en lieten een paar smalle onderarmen zien. Op haar kleren zaten smeervlekken en zowel de broek als haar shirt hing los om haar heen, zo vormeloos als wat. Ze droeg geen make-up, maar had bijzondere zorg aan haar wenkbrauwen besteed – niet bepaald iets wat Frank normaal gesproken zou zijn opgevallen – die mooi gevormd waren. Ze richtte haar koele, groene ogen op de bestuurder van de Lexus.

'Een speciale reden waarom die het eerst moet?'

Hij keek haar even stomverbaasd aan, keek toen naar Frank en glimlachte geforceerd.

'Nou ja, ik hoopte alleen maar… ik heb een afspraak en ik had eigenlijk…'

'Haast,' maakte de vrouw de zin af.

Hij knikte.

'Oké,' zei ze. 'Nou, ik kan wel met jouw auto beginnen, tenzij deze heer hier daar bezwaar tegen heeft.'

Frank schudde zijn hoofd.

'Prima,' zei de vrouw. 'We gaan het als volgt doen: ik takel de Lexus op, breng hem naar de garage en jullie kunnen met me meerijden, tenzij jullie al door iemand worden opgehaald.'

Deze keer schudden Frank en de grijze man eensgezind hun hoofd.

'Oké. Nou, waarschijnlijk is het makkelijker om vanuit de stad jullie zaken te regelen, tenzij je liever hier aan de kant van de weg blijft staan.'

'Natuurlijk,' zei de grijze man. 'De stad is prima.' Maar hij keek met fronsende wenkbrauwen de weg af.

De vrouw liep naar de Lexus, knielde ernaast en bestudeerde de voorkant. Frank wendde zich af toen ze onder de bumper keek, hij wilde niet staren. Wanneer had een kerel trouwens voor het laatst een takelwagenchauffeur willen bekijken? Ze kwam overeind en liep weer naar de truck, klom erin, zette hem in z'n achteruit en reed het voertuig in de helft van de tijd die Frank ervoor nodig gehad zou hebben pal voor de Lexus.

'Ik moet de auto eerst uit de greppel trekken voor ik kan takelen,' zei ze tegen de grijze man. 'Zo te zien zit de jeep niet vast.'

Ze haakte de lier onder de voorbumper van de Lexus, liep naar de truck terug en startte de motor. De ketting trok strak, de machine dreunde en de Lexus gleed onder de bomen vandaan de sloot uit, een wirwar van takken en gebroken glas in zijn kielzog meesleurend. Toen de auto op de weg stond, maakte ze de lier los, liep terug en was even druk in de weer met de kettingen, waarna ze naar de eigenaar van de wagen liep.

'Dit ding is volledig fourwheeldrive. We moeten de dolly onder de achterwielen zetten zodat je assen en transmissie niet worden beschadigd. Maar dat gaat je wel dertig dollar extra kosten.'

De grijze man staarde haar met wijd open mond aan. Het overkwam hem niet elke dag dat een vrouw zijn auto van vijftigduizend dollar uit een greppel trok.

'O, ja, oké.'

Ze trok haar wenkbrauwen op. 'Ga je daarmee akkoord?'

'Denk je dat je met de dolly tijd bespaart?'

'Het spaart je transmissie.'

'Maakt niet uit. Hoe sneller hoe beter. Ik wil weg.'

Ze liep weer naar de Lexus en Frank had het idee dat ze langzamer liep, bijna alsof ze die vent een hak wilde zetten omdat hij zo'n haast had. Dat ontlokte Frank een ironisch glimlachje en hij draaide zich om voor de bestuurder van de Lexus dat kon zien.

Toen ze de wieltakel onder de voorkant van de Lexus had bevestigd

– een soort mechanische armen die om de wielen werden geklemd – sjorde ze voor extra veiligheid de banden vast en verdween achter de auto. Frank en de grijze man bleven zwijgend staan wachten. Ten slotte liep ze weer naar voren, wierp nog een blik op de wieltakel, knikte even tevreden en wendde zich weer tot hen.

'Stap maar in. Wie pech heeft, zit in het midden.'

Frank was als eerste bij het passagiersportier, trok dat open en glipte naar het midden terwijl de grijsharige man naast hem ging zitten en de vrouw achter het stuur plaatsnam.

'Hoe heet je?' vroeg Frank.

'Nora Stafford.' Ze haalde een hand van het stuur en stak die naar hem uit. Toen ze elkaar de hand schudden, voelde hij de fijne botjes op de rug van haar hand, de huid voelde glad en koel aan, maar was aan de binnenkant, onder haar vingers, hard.

'Ik ben Frank.'

'Leuk kennis te maken, Frank.' Ze zette de truck in de versnelling en keek in de spiegel. 'Wie is je vriendje?'

'Nou, met hem heb ik nog geen kennisgemaakt, alleen met zijn auto,' zei Frank.

'Ik heet Dave O'Connor. Sorry. Ik had mezelf eerder moeten voorstellen. Ik betaal alles… wat me trouwens, nou ja, op een vraag brengt. Ik vroeg me af… weet je, ik ben van buiten de stad, en ik wil graag dat dit snel gebeurt. Maar, eh… ik heb mijn creditcards niet bij me.'

'Creditcards?' Nora draaide zich verbaasd naar hem toe. 'Meneer, volgens mij wil je de verzekering hiervoor laten opdraaien.'

'Nee, dat doen we niet.'

'Eh… ik wil je niet vertellen hoe je je zaakjes moet regelen, maar deze klus gaat je een paar duizend dollar kosten,' zei Nora.

Frank verschoof op zijn zitplaats. Hij had die vent aangereden en zijn verzekering zou voor de schade moeten opdraaien, maar de grijze man was daar klip-en-klaar over geweest.

'Dus vroeg ik me af, mijn vraag is, ik bedoel… nou ja, kan ik contant betalen? Ik heb namelijk wel contant geld bij me. Ik kan daarmee beginnen en later met een creditcard terugkomen of je bellen en het nummer doorgeven…'

Er kwam een hardere uitdrukking op Nora's gezicht, een fractie maar, nauwelijks merkbaar, en haar ogen verkilden, ook al hield ze die op de weg gericht. Op dat moment straalde ze iets scherps uit, ze minderde bijvoorbeeld vaart terwijl de grijze man zo'n haast had, wat Frank verdomd aantrekkelijk vond.

'Twee auto's, beide met aanzienlijke schade,' zei ze op vriendelijke toon. 'Alleen al aan onderdelen en spuiten ben je een lieve duit kwijt, Dave. En dan heb ik het nog niet over het arbeidsloon.'

'Ik kan je vandaag tweeduizend dollar geven. Dat is om te beginnen toch wel genoeg, zeker? Je jaagt er op de eerste dag heus geen twee rooien doorheen.'

Nora hield haar ogen op de weg, en Frank ook, maar in de korte stilte die volgde voelde hij dat ze beiden nieuwsgierig werden... geen creditcards maar wel tweeduizend contant?

'Nou...' Nora knikte alsof ze met zichzelf overlegde. 'Tweeduizend dollar is een aanzienlijke aanbetaling. De rekening komt uiteindelijk een heel stuk hoger uit, maar om te beginnen is het zeker genoeg.'

Ze reden nu op de snelweg naar het zuiden, naar Tomahawk, en de motor van de takelwagen maakte schorre geluiden om met zijn lading op snelheid te blijven. Nora's dij voelde warm tegen die van Frank. Hij keek naar haar handen op het stuur en zag geen trouwring. Dus de garage was niet van haar man. Was dit haar werk, takelwagenchauffeur in een stad als Tomahawk? Een intelligente jonge meid met perfecte tanden en wenkbrauwen?

'Worden jullie door iemand opgehaald?' vroeg Nora.

'Nee,' zei Frank en Dave O'Connor schudde zijn hoofd.

'Ik moet een paar dingen uitzoeken,' zei O'Connor. 'Zoals ik al zei, heb ik nogal haast. Ik heb een afspraak met iemand die niet de hele dag op me wacht.'

'Iemand in de Willow?' vroeg Frank.

'Nee. ik eh... ik moet naar... Rhinelander. Ik ben dus nog wel een tijdje onderweg, en ik moet nog iets uit zien te vogelen.'

Rhinelander. Hij ging via de County Y naar het westen en was op weg naar Rhinelander? Dat was een interessante route, als je bedacht dat je via de County Y van de Willow wegreed, de dam overstak en dan weer naar de oude snelweg terugslingerde, Tomahawk in. O'Connor was de andere kant op gereden, van Rhinelander vandaan, en was ook niet op weg naar welke snelweg dan ook om zijn route aan te passen.

'Verhuur je soms ook auto's?' vroeg O'Connor aan Nora.

Ze wierp hem een zijdelingse blik toe. 'Ik verhuur geen auto's. Ik repareer ze.'

'Heb je geen auto bij je garage staan? Het is maar voor één dag. Eén dag, en je krijgt er een paar honderd voor. Ik moet naar die afspraak toe.'

Nora liet een paar auto's passeren voor ze antwoord gaf.

'Het enige voertuig dat een beetje rijdt en beschikbaar is – los van de takelwagen – is een aftandse oude Mitsubishi die waarschijnlijk niet harder kan dan tachtig, tenzij je de motor opblaast.'

'Prima. Die neem ik.'

'En als je de motor inderdaad opblaast, dan neem ik geen enkele verantwoordelijkheid. Ik doe het alleen om je een gunst te bewijzen.'

'Het is geen gunst. Ik betaal je…'

'Je betaalt me helemaal niets. Zo te horen moet je in Rhinelander zien te komen en de Mitsu helpt je daarbij. Langzaam.'

'Dat begrijp ik,' zei O'Connor. 'Je helpt me enorm uit de brand. Het scheelt dat ik niet ergens anders een auto hoef te huren, want dat kost meer tijd.'

Wat hem ook goed zou uitkomen, dacht Frank terwijl hij naar de vrachtwagen met een lading hout voor hen staarde, was dat hij nu geen gedoe had om een auto te huren. Dat krijg je met contant geld niet voor elkaar… en meneer Dave O'Connor wilde verdomd graag alles contant betalen.

4

Nora had tien minuten nodig om Dave O'Connor de garage in en weer uit te werken. Nog voordat ze de deur door was, stond hij al met zijn geld klaar, stopte het in haar hand en wuifde haar opmerking over een kwitantie weg. Hij zei dat ze heus wel te vertrouwen was en dat hij vliegende haast had, dus of ze hem de Mitsubishi kon wijzen waar ze het over hadden gehad.

Ze nam hem mee naar achteren en liet hem de auto zien, een blauwe roestbak die ze gebruikten als ze bij de auto-onderdelenhandel moesten zijn. Het was een fourwheeldrive, maar daar was dan ook alles mee gezegd. De ruitenwissers waren afgebroken – hoe vaak had ze Jerry wel niet gevraagd ze te vervangen? – en in twee ramen was al in geen tien jaar beweging te krijgen. Dave O'Connor keek ernaar alsof het 't nieuwste Lexus-model was. Hij pakte de sleutels aan en probeerde nog meer cash in haar handen te duwen.

Terwijl ze voor de derde keer het geld weigerde, realiseerde ze zich dat ze hem net zo hard de garage uit probeerde te werken als hij haar wilde overhalen, en ze wist waarom. Die vent klopte van geen kánt. En ja, het was begonnen met het gedoe over dat contante geld en dat hij zo'n verschrikkelijke haast had, maar het ging nog verder. Een afspraak in Rhinelander? Wat deed hij dan verdomme op de County Y? En een kentekenplaat uit Florida… toe maar. En die rare manier van doen van hem, die spanning… ze wilde er niet over nadenken. Hij had haar meer dan genoeg geld gegeven om de klus te doen, en het leek niet aannemelijk dat hij de benen zou nemen en zijn dure auto achter zou laten. En als hij dat wel deed, verdorie nog aan toe, dan zou ze er nog goed uitspringen ook. Hoe lang duurde het voor je als monteur een beroep op retentierecht kon doen?

Ze gaf hem de auto mee en liet hem gaan. Hij hoefde geen enkel standaardformulier in te vullen, ze nam alleen zijn geld aan, evenals zijn belofte dat hij maandag terug zou zijn. Een paar maanden geleden had ze nooit geloofd dat ze met zoiets krankzinnigs akkoord zou gaan, maar een paar maanden geleden doemden de schulden van de garage slechts dreigend op en hadden ze haar nog niet zo erg in de wurggreep als nu. Met twee ruggen in haar zak keek ze hem vanaf de parkeerplaats na. Dat was een goede reden om zich niet aan de formaliteiten te houden. Als in een droom liep ze naar de garage terug en bleef verbaasd staan toen ze de jonge man, Frank, zag staan. Hoe oud was hij eigenlijk? Zo te zien was hij vast een paar jaar jonger dan zij, misschien zes- of zevenentwintig. Maar hij gedroeg zich ouder. Bewoog zich heel beheerst terwijl hij alles om zich heen scherp in zich opnam, als een man die een hoop had meegemaakt. Zoals haar vader.

'Hé,' zei ze en om een of andere reden deed ze de baseballpet af en schudde ze haar haar los.

'Hé. Alles geregeld met die vent?' Hij deed een stap naar haar toe, met een ongedwongen glimlach op zijn gezicht die echter niet in zijn ogen te lezen was, want die bleven te bedachtzaam. Maar hij zag er goed uit, het lijf van een atleet, mooie huid. Maar dat donkere haar van hem mocht wel een beetje langer, hij moest van dat soldatenkapsel af, nu zag hij er nog jonger uit dan hij al was.

'Een zak geld als bewijs,' zei ze en ze trok die ene wenkbrauw weer op. Hij knikte.

'Denk je dat je die Mitsubishi terugkrijgt?'

Ze lachte. 'Als ik die nooit meer terugzie, scheelt me dat alleen maar geld.'

'Apart geval, hè?'

'Zat kennelijk op het randje.'

'Uh-huh. Haalde een pistool uit het handschoenenkastje toen hij zijn spullen naar jouw auto verhuisde.'

Ze was met stomheid geslagen. Niet zozeer door het pistool, maar door de manier waarop hij het had gezegd. Ontspannen. Achteloos. En hoe had hij dat trouwens in de gaten gehad? Toen O'Connor zijn spullen van de Lexus naar de Mitsubishi verhuisde, had ze pal naast hem gestaan, terwijl Frank helemaal bij de garage tegen een muur had staan leunen.

'Een handwapen,' zei hij. 'Vast niks bijzonders. Zo veel mensen dragen dat bij zich.'

Ze zei niets, stond naast de deur en staarde hem alleen maar aan.

'Hé, ik wilde je niet ongerust maken,' zei hij. 'Het is niets.'

'Dat weet ik wel. Ik was alleen verbaasd dat je het hebt gezien, dat is alles. Want je stond helemaal…'

'Goeie ogen. Ik heb goeie ogen.'

'Dat moet haast wel.' En mooie ogen ook. Nora hield van mannen met een donker voorkomen en blauwe ogen. Dat had met het contrast te maken. Ze trok de kantoordeur open en liep met Frank achter zich aan naar binnen.

'Zo meteen ga ik terug om jouw auto op te halen,' zei ze. 'Weet je al hoe je aan vervoer komt?'

'Ik bedenk wel wat.'

'Waar ging je eigenlijk naartoe?' Als hij Rhinelander zou zeggen, zou ze zich ongelooflijk ongemakkelijk gaan voelen.

'De Willow. Ik logeer daar in een hut. Maar ik moet eerst nog wat boodschappen doen in de stad, eten en zo, dus dat ga ik nu eerst doen.'

'Ga je geen auto huren?'

'Dat hoeft niet. Als ik daar eenmaal ben, wil ik er een tijdje blijven.'

Ze duwde haar haar achter haar oren, ze had de baseballpet nog in haar linkerhand. Achter Franks schouder zag ze dat Jerry voor de rij kluisjes langs de verste muur stond, hij wilde net een rookpauze nemen. De deuren van de spuitruimte waren nog open en de lichten waren uit, wat betekende dat de Mazda niet stond te drogen, wat weer betekende dat Jerry het spatbord nog niet had overgespoten. Maar goed dat hij een rookpauze nam.

'Weet je wat, als je vanmiddag je tijd in de stad kunt zoekbrengen, dan rijd ik je vanavond wel naar je hut,' zei Nora terwijl ze zich weer tot Frank richtte. 'Kom om zes uur maar hierheen.'

'Je hoeft niet…'

'Geen probleem.'

'Oké dan.' Hij knikte. 'Dat stel ik wel op prijs.'

'Tuurlijk. Zes uur, oké?'

'Zes uur.'

Jerry had geen hekel aan vrouwen, dat was het punt niet. Sterker nog, hij was eigenlijk wel dol op ze. Als ze hun plaats maar wisten. En die was niet in een verrekt autoschadebedrijf. Shit. Vanuit de spuitruimte hoorde hij dat Nora voor de tweede keer met de takelwagen wegreed, en hij vroeg zich af waaraan hij dit lot had verdiend. Hij werkte verdomme voor een vrouw, hij, de beste automonteur van de stad. Kon hij ergens anders dan geen werk krijgen? Zeker wel. Maar ook al was Nora vier van de vijf dagen een klerewijf, ze was ook Bud Staffords dochter. En als Bud ooit beter zou worden en de tent weer zou overnemen, zou Jerry hem niet recht in de ogen durven kijken als hij wist dat hij het meisje in de steek had gelaten.

Ze had hem gezegd dat hij de coatlaag van de Mazda over moest doen. Overdoen, alsof hij de verkeerde kleur had gebruikt of zo. Ze kon de boom in. Iemand moest naar de Lexus kijken en Jerry geloofde niet dat Nora die klus aankon. Van een auto die zo in de prak lag, was het al een heel werk om uit te zoeken wat er allemaal aan mankeerde. Als ze wilde dat er nog wat aan de Mazda zou gebeuren, dan zou ze tot maandag moeten wachten of het verdomme zelf moeten doen.

Jerry vond de sleutels van de Lexus en duwde hem de garage in. Jéééézus wat een auto. Meer toeters en bellen dan hij ooit had gezien. En ooit had gewild ook.

Toen de auto eenmaal binnen stond, nam hij de schade op. De motorkap moest vervangen worden, evenals het voorspatbord en de passagiersdeur. Nou, als het Jerry's auto was geweest, zou hij die deur en dat voorspatbord waarschijnlijk met een emmer plamuur, een verfspuit en een polijstschijf te lijf gaan. Maar hij kon zich niet voorstellen dat de eigenaar van de Lexus dat een goed idee zou vinden.

Het probleem met deze mooie machines was al die onzichtbare rommel. Sensoren, computerchips, noem maar op. Een paar zaten onder de bumper, dus voor hij die kon weghalen, moest hij erachter zien te komen waar ze allemaal voor dienden. Waarschijnlijk wilde hij de bumpers ook laten vervangen. Dat zou extra gaan kosten, als je het goed wilde doen. Nora vond dat vast geen verkeerd vooruitzicht, als ze het zich tenminste verwaardigde om van die verdomde bezemsteel af te komen en naar hem ging luisteren.

Hij ging op zijn rug liggen en gleed met een moersleutel in de hand onder de voorkant van de auto. Een heel stuk van de neus was ingedeukt, misschien was er ook nog schade aan het binnenwerk. Hij haalde het spatbord eraf en… wacht eens even, wat was dit verdomme?

Een zwart doosje, zo groot als een afstandsbediening zonder knoppen, zat aan de bumperversteviging bevestigd. Een van die sensoren waar hij zich druk over zou moeten maken? Maar die waren meestal ingebouwd, en dit ding zat er gewoon los op. Jerry draaide er voorzichtig met de moersleutel aan en het ding gaf een beetje mee. Hij klemde zijn vingers eromheen en trok eraan. Het klikte zomaar los. Het werd verdomme door een magneet op zijn plek gehouden. Er kwamen twee dunne draden uit en hij volgde die met zijn vingers, vond een wat groter doosje en klikte dat ook los.

Jerry duwde zich onder de auto weg, ging rechtop zitten en bestudeerde zijn vondst. Het kleinere apparaatje was van gewoon zwart plastic met aan één kant een magneet en in het midden een rood ledlichtje. Het andere, grotere doosje zag eruit als een accu. Het eerste wat in hem opkwam was dat het zo'n satellietding was. Een vriend van hem, Steve Gomes, nam zo'n ding altijd mee op jacht. Dan wist je precies waar je was. De Lexus had een navigatiesysteem, dus die zou een satelliet nodig hebben, maar zat die niet in de computer ingebouwd?

Toen snapte hij het. Dat ding zat met die magneten aan de onderkant van de auto vast, maar zonder dat de eigenaar dat in de gaten had. Degene die dit eronder had geklikt, was zelfs nog een stapje verder gegaan. Hij had het aan de binnenkant van het spatbord op de bumper-versteviging bevestigd, waar het tegen water en rommel van de weg was beschermd en het onmogelijk los kon raken.

'Wie ben jij, maat?' zei hij terwijl hij het zwarte doosje in zijn hand liet stuiteren en naar de Lexus staarde. Nora zei dat die vent haar contant geld had gegeven, geen rijbewijs of creditcard had laten zien, niets met zijn naam erop. Stom van haar om hem zonder identiteitsbewijs te laten gaan, maar met tweeduizend dollar handje contantje zou zelfs de meest strikte persoon een paar steken laten vallen. Er waren een paar mensen die in deze wereld het liefst anoniem bleven, en onder hen waren zelfs nog minder mensen die zo iemand in de gaten lieten houden. Drugdealer, misschien? Bankovervaller? Zat de politie soms achter hem aan?

Jerry liep met het apparaatje het kantoor in, opende de minikoelkast en pakte een blikje Dr. Pepper. Jerry dronk drie of vier Dr. Peppers per dag. Dat hield hem bij de les. Hij liet zich op de stoel achter het bureau vallen en trok het blikje open, nam een flinke slok en dacht over zijn vondst na. Wat de reden van dat zwarte doosje ook was, Nora zou daar verdomde in geïnteresseerd zijn en de politie mogelijk ook. Maar moesten ze de politie wel bellen? Hadden ze daar reden toe? Wellicht niet. Misschien moesten ze maar doen alsof ze dat ding nooit hadden gezien. Hij kon het weer achter het spatbord stoppen en het de weg op sturen zonder dat hij ooit zou weten wat het daar deed. Dat moest Nora maar uitmaken, niet hij.

Hij had de hese grom van de takelwagen aan moeten horen komen, maar hij was met zijn gedachten zo bij dat zwarte doosje geweest, dat het hem was ontgaan. Toen Nora het kantoor binnenkwam, zat hij nog altijd in de stoel, zijn laarzen op het bureau en het blikje frisdrank in zijn hand. Ze trok een gezicht toen ze hem zag.

'Je gaat me toch wel vertellen dat de Mazda klaar is, hè, Jerry?' zei ze.

'Moet je horen, Nora…'

'Nee.' Ze boog zich voorover en gaf een klap tegen zijn laars, probeerde die van het bureau te slaan. 'Ik luister níét want ik heb ze allemaal al een keer horen langskomen. Elke smoes, elk probleem en elke klacht die je maar kunt verzinnen. Het begint afgezaagd te worden.'

'Wacht nou ev…'

'Als mijn vader ook maar énig idee van je werkmentaliteit hier had, zou hij ervan walgen. Er absoluut van walgen. Het laatste wat ik tegen je heb gezegd voor ik vertrok was dat je de Mazda moest afmaken, en in plaats daarvan heb je aan míjn bureau frisdrankjes zitten drinken?'

'Ik zit hier nog maar twee tellen. Dat kwam, toen ik de Lexus ging bekijken…' Het zwarte doosje zat in zijn andere hand, waarmee hij niet de Dr. Pepper vasthad. Hij wilde het over het bureau uitsteken en het voor haar neus laten vallen, om haar zo de mond te snoeren, maar ze ging door.

'Lexus? Daar heb ik je niet om gevraagd, Jerry! Ik heb heel specifiek gezegd dat je allereerst de Mazda moest afmaken. Wat is daar nou zo moeilijk aan?'

Jerry hield zijn hand onder het bureau, sloot zijn vingers om het zwarte doosje en klemde zijn kaken strak op elkaar.

Wil je alsjeblíéft dat werk afmaken?' zei Nora. 'Wil je alsjeblieft doen wat ik je heb gevraagd?'

Hij liet zijn hand in de zak van zijn overall glijden en het plastic apparaatje viel in zijn zak. Hij haalde met een zwaai zijn laarzen van het bureau en zette ze op de grond.

'Ja, sir, baas. Ik zal je niet meer lastigvallen.'

Op de weg terug door de garage bleef hij bij zijn kluisje staan, legde het zendertje erin, sloeg de deur met een klap dicht en deed hem op slot.

5

Ezra Ballard zat kort na de middag een paar honderd meter op het meer, kreeg de blauwe auto in het oog en wist dat de twee op het eiland niet alleen waren. De auto, een soort afgeragde jeep, stond in het bos tegenover de eilandhut geparkeerd... die hut was bijna twee dagen lang het onderkomen geweest van een grijze man en een blonde vrouw. Technisch gesproken was dat Ezra's pakkie-an. Hij was dan wel niet de eigenaar van de hut of het eiland, maar hij had er al vele jaren lang voor gezorgd. Hetzelfde gold voor de hut op de punt, nog geen drie kilometer verderop. Twee hutten die althans in Ezra's beleving toebehoorden aan mannen die al lang geleden waren begraven.

Twee keer per jaar stuurde de jongen van Temple Ezra een kort briefje en vijfhonderd dollar. Elke keer stond er: *Bedankt dat je een oogje in het zeil houdt.* Er zaten altijd vijf biljetten van honderd dollar in, op de envelop stond nooit een afzender maar op het briefje stond een telefoonnummer. Ezra besteedde het geld aan het onderhoud van de hut zodat die in goede staat bleef, en spaarde de rest op. Zeven jaar had de jonge Frank dat nu gedaan en hoewel Ezra zich wel eens afvroeg wannéér hij weer zou terugkeren, kwam de 'als'-vraag niet in hem op. De jongen – verdomd, hij was geen jongen meer, wel? – zou zonder meer terugkomen, maar pas als hij er klaar voor was. Misschien was Ezra er dan nog, maar misschien ook niet. Het kostte tijd om met zoiets in het reine te komen.

Aan de hut van Temple veranderde niet veel. Kennelijk begreep

Franks zoon de situatie wel en had hij geen contact opgenomen met een makelaar of notaris. De hut van Matteson, op het eiland, was een andere zaak. Na de dood van Dan had Ezra niets meer van de familie vernomen. Hij had een paar keer geschreven, een paar keer gebeld, en had uiteindelijk in beknopte bewoordingen de opdracht gekregen om de plek voor verkoop in orde te maken... die kwam van de zoon, Devin. Toen Ezra uitlegde dat het eiland niet verkocht kon worden – het was onderdeel van een nalatenschapstrust die in de familie moest blijven of aan de staat moest worden teruggeschonken, en je zou er een hele dobber aan hebben om een rechter zover te krijgen dat open te breken – schold Devin hem de huid vol en hing op. En liet nooit meer iets van zich horen. Dat was voordat Frank Temple zichzelf van het leven had beroofd en Devins rol daarin duidelijk werd, vóór de paar gesprekken die hij met Franks zoon had gehad die Ezra waarschijnlijk nooit had mogen voeren, voordat Ezra Devin nog een laatste keer had gebeld.

In de jaren na dat laatste telefoontje had Ezra nooit meer van Devin of van iemand anders over het eiland gehoord. Maar dat had hij ook niet verwacht. Zijn boodschap was kort en duidelijk geweest: als Devin terugkwam, zou Ezra hem vermoorden. Kennelijk had Devin die boodschap zeven jaar lang geslikt, en dat was maar goed ook. Ezra was er de man niet naar om met loze dreigementen te komen, en hij was er zeker de man niet naar om lichtvaardig over moord te denken. Niet meer.

Hoewel de hut jaren leeg had gestaan, hield Ezra de boel in goede staat, betaalde de onroerendgoedbelasting en alle onkosten uit eigen zak. Al die tijd was er niemand anders in de hut geweest dan Ezra, tot deze week. Twee dagen geleden was er een bizar bericht op zijn voicemail ingesproken: iemand beweerde dat hij Devin was en gaf Ezra de opdracht om de hut 'voor gasten in gereedheid te brengen'.

Bij dat telefoontje was de lucht uit Ezra's longen geslagen: dit was van zo'n grove schaamteloosheid, zo'n brutalitéit, dat hij er met zijn hoofd niet bij kon. Hij had verwacht dat hij Devin nooit meer te zien zou krijgen, geloofde dat de hut op het eiland leeg zou blijven staan tot

Ezra deze wereld had verlaten. En zelfs al had hij, helemaal weggestopt in zijn hoofd, nog het idee gehad dat er minstens een káns bestond dat Devin ooit weer zou opduiken, dan had hij in de verste verte niet dit telefoontje verwacht. Zo achteloos als een knip met de vinger. Een sneer, alsof hij na al die jaren had besloten dat Ezra slechts een ongevaarlijke oude man was.

Ezra had Franks zoon gebeld – waarschijnlijk geen beste zet, maar, nogmaals, hij had het beloofd – en toen waren er bezoekers op het eiland verschenen, maar geen Devin. Nog niet.

En nu was daar die tweede auto. Volgend weekend zou het visseizoen beginnen en Ezra was de baaien en eilanden afgegaan om diepten te peilen en nieuwe plekken te zoeken waar snoekbaars te vinden was. Op zijn eerste tocht over het meer had hij de auto gezien, en nu lag hij het grootste deel van de middag aan de overkant voor anker en hield hij het eiland met een verrekijker in de gaten. In eerste instantie dacht hij dat het om een nieuwkomer ging. Maar dat werd halverwege de middag anders toen de grijze man de auto verplaatste.

Hij en de vrouw waren in een Lexus suv aangekomen die die ochtend was verdwenen. Nu voer de grijze man met zijn boot de kreek over, stapte in de blauwe auto, reed die uit de modder en weer de heuvel op. Boven op de heuvel ging hij de weg af, het gras op en regelrecht naar de dennenbomen. Hij reed hem zo ver tussen de bomen door als hij kon, tot de takken over het dak zwiepten en tegen de zijkant van de auto duwden, zodat hij met moeite het portier open kreeg om uit te stappen. Je zette een auto alleen zo neer als je hem wilde verbergen. Maar hij was te ver doorgereden: de auto was weliswaar uit het zicht van het houthakkerspad, maar hij had hem pal tegen de boomgrens gereden, zodat de zon er vat op kreeg en de glans van glas en staal op het meer reflecteerde. Bijna niet te zien, tenzij je op het water was. Bijna niet te zien, tenzij je Ezra heette.

Ezra woonde nu al bijna veertig jaar op de Willow, viste op het meer en maakte in de omliggende bossen jacht op herten en beren. De beste gids in Oneida County, dat zeiden de mensen. En de mensen hadden gelijk. Zeker als het op jagen aankwam. In de bossen en met het geweer in de hand kon niemand aan Ezra tippen. Punt was alleen dat hij liever viste. Daar was hij ook goed in, absoluut, maar hij leek een natuurtalent te hebben voor de jacht en het afschieten van wild.

Het zou een drukke periode worden. Het snoekbaarsseizoen kwam eraan, evenals voor snoek, baars en andere wilde vissen: op de eerste zaterdag in mei, over een week al. Vanaf dat moment zat Ezra's agenda tjokvol. Dan had hij geen tijd om zich zorgen te maken over een hut die jarenlang leeg had gestaan. Maar daar stond die verdomde auto tegen de boomrij te glimmen, die god en iedereen uitnodigde om langzamer te gaan varen, ernaar te staren en zich af te vragen of er soms iemand op Mattesons eiland was. Er zouden vragen gesteld worden, en misschien moest hij tegen die tijd een antwoord klaar hebben. Probleem was dat die grijsharige vent overduidelijk de auto wilde verbergen, Ezra kende mannen die auto's verstopten, en hij wist absoluut zeker dat hij met geen van hen iets te maken wilde hebben.

Het was vrijdag, het werk stroomde als vanzelf binnen en naarmate de middag verstreek, raakte Nora in een opperbest humeur. Zo goed dat ze, nadat ze de jeep had binnengetakeld, lunch voor Jerry meenam, een Angusburger waar hij zo van hield. Duidelijk een zoenoffer, waar Jerry niet goed raad mee wist, terwijl hij een beetje rondscharrelde en probeerde kwaad op haar te blijven vanwege dat dienstbevel dat hij zijn werk goed moest doen. De rest van de dag zeiden ze weinig tegen elkaar, maar er waren ook geen aanvaringen.

Ze werkte de hele middag aan de computer, liep de financiën door. Het was haar eigen laptop en het had haar ontelbare uren gekost voor ze, tergend langzaam, alle papieren van Bud Stafford had ingevoerd. Een vervelend karweitje, ja, maar nu was alles beter geordend, efficiënter... en had ze er lang niet zo veel werk meer aan.

Jerry had verslag gedaan van de schade aan de Lexus. 'Eh, er mankeert van alles aan het voorspatbord, daar moet je ook naar kijken, evenals de verlichting en, je weet wel, de bumper en alles eromheen. Bovendien de airbag en je... eh...'

Aan de hand daarvan wist ze een feitelijke inschatting te doen, en ze maakte er een mooie, officieel ogende uitdraai van. Ze was die nog eens aan het bekijken toen iemand de parkeerplaats voor de garage op kwam rijden, uit de auto stapte maar de motor liet draaien en het kantoor in liep. Op vrijdagmiddag om vier uur kwamen er meestal geen nieuwe klussen meer binnen.

De bezoeker liep de deur door en bleef staan, negeerde Nora en keek de ruimte openlijk nieuwsgierig rond, alsof hij in een museum was. Het was bovendien een grote kerel, hij droeg een T-shirt van fraaie snit met daaroverheen een los jasje.

'Kan ik iets voor u doen?' vroeg ze.

Hij had een bizarre riem met zilveren gesp in een soort kantachtig, geribbeld patroon. Niet belachelijk groot zoals je bij die wildwest-dingen wel zag, maar sierlijk, opvallend. Nora had altijd gemeend dat een man die met een broekgesp een modestatement maakte, niet bij haar paste.

'Ik hoop dat ik hier aan het goede adres ben,' zei de man. 'Een vriend van me belde en vroeg me een paar spullen uit zijn auto te halen. Volgens mij heeft hij hem hier achtergelaten...'

'Hoe heet hij?'

De man glimlachte alleen maar. Geduldig, alsof ze een stomme vraag had gesteld waarop hij niet wenste in te gaan.

'Het gaat om een Lexus suv.'

'Ik vroeg niet om een beschrijving van de auto. Ik vroeg hoe die man heette.'

'Vaughn,' zei de man. Maar er klonk twijfel in zijn stem door, alsof hij aan een tv-spelletje meedeed en op het laatste moment naar het antwoord raadde.

'Sorry. Hier heeft geen Vaughn zijn auto gestald.'

'Ik weet bijna zeker van wel. Misschien is er wat verwarring over zijn naam.'

'Als dat zo is, dan moet de eigenaar van de auto me dat zelf komen uitleggen. Ik kan absoluut niet toestaan dat u persoonlijke spullen uit een auto haalt, meneer.'

'Zullen we hem dan even bellen? U kunt vragen...'

Dave O'Connor had geen telefoonnummer achtergelaten – helemaal niets trouwens waar ze hem kon bereiken – maar ook al was dat wel zo geweest, dan had Nora toch niet gebeld. Ze had O'Connor een vreemde vogel gevonden, maar van deze kerel leek bijna een dreiging uit te gaan.

'Nee,' zei ze. 'Als de eigenaar van de auto – die niet Vaughn heet – me belt en dit uitlegt, dan kijken we wel verder. Maar voorlopig zal het helaas niet gaan.'

De ogen van de man werden donkerder en hij stond op het punt te protesteren toen de kantoordeur openging en Jerry met een inbussleutel in de hand binnenkuierde. Hij keek Nora en de man even aan, hurkte toen bij de kleine koelkast die het kantoor rijk was, haalde er een blikje Dr. Pepper uit en trok dat open voor hij de garage weer in liep. De bezoeker keek hem na.

'Kennelijk bent u bij het verkeerde schadebedrijf beland,' zei Nora.

Een hele poos gaf hij geen antwoord, staarde alleen maar naar de deur waardoor Jerry was weggelopen alsof dat werkelijk een studie waard was. Toen knikte hij.

'Dat zal het zijn. Sorry.'

Hij maakte een spottende buiging voor haar, tikte met zijn hand tegen zijn voorhoofd, opende de voordeur en liep weer naar het parkeerterrein. Ze stond op, liep naar het raam en zag nog net dat hij in een zwarte sedan stapte. Daarom had hij de motor laten draaien, hij was niet alleen, hij reed niet. Ze kon de auto goed bekijken toen hij door de straat wegreed, een zwarte Dodge Charger, een van de nieuwste modellen. Ze was zo stom geweest iets goedkeurends over het model te zeggen, waardoor ze het mikpunt van Jerry's spot werd. *Nora, het is een gewone viérdeurs. Dat is geen Charger, het is een lachertje.*

Ze kon de kentekenplaat niet lezen, maar aan de kleuren zag ze dat hij van buiten de staat kwam. Wacht eens, die kleuren kwamen haar bekend voor. Een oranje veeg in het midden van een witte plaat met wat groen erdoorheen. Die had ze net ook op de Lexus gezien. Florida.

Het was nog geen vijf uur, maar ze sloot de voordeur af en ging toen uit het raam staan staren. Dat merkwaardige gevoel waardoor ze Dave

O'Connor uiteindelijk zonder de nodige plichtplegingen uit de garage had laten vertrekken kwam weer terug, maar door die kerel met die gesp werd dat gevoel zo aangescherpt dat het aan angst grensde. Hij had hem Vaughn genoemd. Ze had geen bewijs dat de bestuurder van de Lexus werkelijk Dave O'Connor heette. Al dat geld, de haast die hij had gehad, het pistool dat Frank had gezien, niets van dat alles voorspelde iets goeds. Voegde je er ook nog eens een valse naam aan toe, dan begon ze zich behoorlijk dwaas te voelen. Ze was voor het geld gegaan, ondanks alle voor de hand liggende tegenargumenten, ze had die vent de situatie naar zijn hand laten zetten. Ze kon zich niet voorstellen dat haar vader dit net zo had gedaan.

Nora liep uit het kantoor de garage in en zag dat Jerry aan de Lexus bezig was. De auto was leeg. Dave O'Connor had voor zijn vertrek al zijn spullen eruit gehaald, met inbegrip van het pistool uit het handschoenenkastje. Hij had dus niemand gebeld om iets op te halen.

'Jerry?' zei ze, 'heb je even?'

Ze wilde met hem praten, de situatie uitleggen en hem vragen of hij iets in de auto had gevonden, nog meer geld of wapens of… nou ja, wat dan ook. Maar toen hij zich omdraaide had hij die geërgerde grijns weer op zijn gezicht, klaar om ruzie te schoppen of spottende opmerkingen te maken, alles behalve te luisteren.

'En?' zei hij. 'Moet ik nog een probleem voor je opknappen?'

'Nee, Jerry. Alleen… ik dacht…'

'Ik hoop dat dat niet te veel van je heeft gevergd.' Voor hem was dat humor, een echte mop.

'Ik vind dat je vandaag wel wat eerder naar huis kunt,' zei ze. 'Dat is alles. Het is vrijdag en we hebben vandaag aardig wat werk binnengehaald, en vanmiddag heb je goed werk afgeleverd. Dus maak maar dat je wegkomt. Prettig weekend.'

Ze liep weg terwijl er voor het eerst een blos van dankbaarheid en schaamte over zijn wangen kroop.

6

Omdat hij toevallig vandaag wat eerder vrij was, hoefde hij nog niet van zijn normale routine af te wijken, dus reed Jerry regelrecht naar Kleindorfer's Tapperij en zat nog voor vijven op een barkruk met een Budweiser voor zijn neus. Carl, de barman, wierp hem een blik toe toen hij de deur door wandelde en vroeg hem of het meisje Stafford hem eindelijk had ontslagen. Jerry verwaardigde zich niet daar antwoord op te geven en maakte een eenvoudig maar duidelijk gebaar.

Het was vroeg en er was nog bijna niemand, een paar mensen van buiten de stad zaten aan een tafeltje Leinenkugel te drinken, aan de bar zat op Jerry na niemand en op tv was niks anders dan pokeren. Over een paar minuten zouden ze overschakelen naar een show waar de zwarte man met de witte man over sport zou gaan delibereren, terwijl geen van beiden er sowieso iets van begreep. Jerry en Carl hadden er een betere kijk op dan die twee daar.

Jerry nam een slokje bier, keek naar het geluidloze pokerspel en pruttelde na over Carls opmerking. Het was een vriendengrap geweest, er stak geen kwaad in, maar het had hem toch geraakt. Niet zozeer omdat Carl het had gezegd, maar eerder vanwege zijn eigen leven en de omstandigheden waarin hij verkeerde. Hij moest voortdurend grappen aanhoren over het feit dat hij voor Nora werkte. Er ging bijna geen dag voorbij of hij kreeg weer wat naar zijn hoofd geslingerd. Ze was er nu bijna een jaar. Was regelrecht van Madison gekomen, piekfijn in de kleren, behangen met sieraden was ze de garage binnen komen lopen, met parfum op en die lange gelakte vingernagels van haar, en had Jerry medegedeeld dat ze de baas was. Ze was niet de eigenaar van de garage, maar ze zou de garage rúnnen.

De middag dat Bud Stafford door een beroerte was getroffen, was het Jerry geweest die hem onder een Honda had gevonden, zijn shirt helemaal onder de primer doordat hij op de motorkap was gevallen. Jerry wist dat het ernstig was en had met trillende handen de ambulance gebeld. Maar destijds had hij twee mogelijke uitkomsten bedacht: Bud ging dood of hij ging niet dood. Het uiteindelijke resultaat, half-dood, was een speling van het lot waar Jerry geen rekening mee had gehouden. Nora had een paar dagen na de beroerte contact met hem opgenomen en gevraagd de zaak draaiende te houden zolang Bud in het ziekenhuis lag. Een week daarna was ze naar de stad gekomen en had ze de tent overgenomen. Jerry had het door de vingers gezien, omdat hij ervan uitging dat Bud wel weer terugkwam. Dat drukte ze hem ook steeds op het hart. Bud zou weer helemaal opknappen en terugkomen, en dan zou zij verdwijnen, terug naar Madison, de kúnstacademie afmaken, godbetert.

Daar kon hij met zijn pet nog steeds niet bij. Bud had jarenlang cheques voor die meid uitgeschreven, haar door die school heen geloodst. En dat hoorde ook zo, vooropgesteld dat dat kind iets zou bereiken, dat ze er met een papiertje vandaan kwam waarmee ze de wereld kon laten zien dat ze nuttig werk kon doen, ingenieur, architect of arts. Maar Bud wist nooit precies te vertellen wat ze in hemelsnaam zou gaan doen. De grootste pragmaticus die Jerry ooit op de wereld had zien rondlopen had alleen maar zijn hoofd geschud, geglimlacht en gezegd: 'Ze is een verdomd slimme meid. Ik wil dat ze studeert en als ze daarmee klaar is, dan zullen we nog van haar horen. Let op mijn woorden, man. Dan zullen we nog van haar horen.'

Nou, volgens Jerry kwam daar helemaal niets van terecht, behalve dat ze haar snerende mond vol had van dingen die ze niet begreep, en dat de zaak naar de verdommenis ging. Aan het eind van elke maand zei ze tegen hem dat ze de deurwaarders weer op afstand had weten te houden, alsof je daar trots op moest zijn. Ze realiseerde zich niet dat die rekeningen alleen werden betaald vanwege een soort belachelijk idee dat Bud uiteindelijk weer zou terugkeren. Daardoor kwam er nog een beetje werk binnen. En, moest Jerry toegeven, daardoor was hij nog bij het bedrijf gebleven. Dus wie was hij om kritiek te hebben op de klanten die dat ook deden?

Daarop, Jerry had misschien een kwartier zitten broeden – genoeg om een hele Budweiser soldaat te maken en een volgende te bestellen – ging de deur achter hem open en weer dicht. Eindelijk druppelden de stamgasten binnen, dacht hij, maar toen kwam de nieuwkomer naast hem zitten. Een lange, tengere man met geschoren hoofd en een tatoeage op de rug van zijn linkerhand, een merkwaardig symbool dat Jerry niets zei. Hij droeg een camouflagejack, een spijkerbroek en een T-shirt. Het was vandaag 21 graden en deze vent droeg een jas, de man die met Nora in de garage had gepraat trouwens ook.

Jerry draaide zich naar de tv en de nieuwe gast zei een tijdje niets, totdat Carl hem zijn drankje kwam brengen – wodka-tonic – en naar de andere kant van de bar terugliep.

'Jij werkt bij dat schadebedrijf verderop, hè?' zei de man in de jas. 'Staffords?'

Jerry draaide zich om en bood hem zijn favoriete gezichtsuitdrukking wanneer iemand hem voor het eerst aansprak: stuurs en de lippen iets gekruld om aan te geven dat de man weinig indruk maakte.

'Ik geloof niet dat ik je ken, maat.'

'Neem me niet kwalijk,' zei de man en hij knikte even. 'Ik heet AJ.'

Jerry antwoordde niet, dronk zijn biertje en keek tv.

'Dus het klopt dat je bij dat schadebedrijf werkt?'

'Uh-huh. En ik geef geen gratis advies over auto's, en op vrijdag kijk ik er ook niet na werktijd naar. Dus als je er eentje wilt laten repareren, dan breng je hem maandagochtend maar, dan zal ik…'

'De auto die ik bedoel staat er al,' zei de man die zich AJ noemde, en Jerry liet zijn flesje bier even tegen zijn lip rusten, maar dronk niet. Toen liet hij het zakken.

'De Lexus?'

AJ glimlachte. 'Of jullie hebben niet veel te doen, of je bent een kei van een vent, meneer…?'

'Dolson. Jerry Dolson.' Hij nam nog een slok en keerde zich helemaal naar AJ om. 'Ga je me nog vertellen wat er met die auto aan de hand is? Wie jullie verdomme zijn en wie die kerel is naar wie jullie op zoek zijn?'

AJ haalde uit het borstzakje van zijn jas een pakje sigaretten, schudde er een uit en hield het pakje voor Jerry's neus, die er een uit nam. Ze staken hem aan en zaten een poosje zwijgend te roken. Vijf mannen kwamen de bar binnen en gingen naast Jerry zitten. Ze praatten luidruchtig en lachten, riepen hun bestelling naar Carl.

'Werk je voor dat meisje?' vroeg AJ. 'Is zij de baas van de tent?'

'Ze is nergens de baas van,' zei hij. 'Ik heb een jaar of wat voor haar pappie gewerkt. Hij kreeg een beroerte en om een of andere reden besloot die meid de zaak niet te verkopen. Haalde het in haar hoofd om de boel draaiende te houden tot Bud terugkomt. Maar als je wilt weten wie de báás van de tent is, dan moet je bij hem zijn.'

AJ trok aan zijn sigaret en knikte, alsof hij dit al had verwacht. 'Ze lijkt me niet het soort dat auto's repareert.'

'Dat is ze ook niet.'

'Probleem is dat ze ook niet het soort is dat vragen beantwoordt. Een vriend van me is langs geweest, had een paar vragen over die Lexus waarover je het had. Dat meisje werkte bepaald niet mee. Voelde zich een hele piet.'

'Typisch Nora,' zei Jerry. Hij dronk zijn bier op en voor hij een nieuwe kon bestellen, was AJ hem al voor.

'Deze krijg je van mij.'

Jerry bedankte hem niet, accepteerde het drankje, nam er een paar slokken van en voelde zich al licht in het hoofd worden. Bier in zijn rechter- en een sigaret in de linkerhand, dat was nog eens een mooi begin van het weekend.

'Nou, als je me hier komt vertellen dat je koppijn van Nora hebt gekregen, mij best,' zei Jerry. 'Maar je zei net, hoe formuleerde je dat ook weer? Dat ze niet van het soort is dat vragen beantwoordt.'

'Inderdaad.'

'Nou, volgens mij heb ik je net een vraag gesteld. En ik kan me niet herinneren dat ik daar antwoord op heb gekregen.'

Er gleed een besmuikte glimlach over Jerry's gezicht terwijl hij de sigaret naar zijn lip bracht. Dacht die vent soms dat hij volslagen achterlijk was? Een beetje hier over Nora komen klagen en hem naar de mond praten zodat hij zijn eigen vragen zou vergeten?

'Klopt,' zei AJ. Hij haalde met zijn duim een streep condenswater van zijn glas. Er was nog niet veel wodka uit.

'Wat ik bedoel, is dat als ik mijn mond tegen je opendoe, jij verdomme eerst moet gaan praten,' zei Jerry. 'Ik ken je niet, ik ken die klootzak niet die de Lexus vandaag tegen een boom heeft gezet en jullie kunnen me allebei geen ruk schelen. Voorlopig.'

AJ streek weer met zijn duim langs het glas, tilde het op en nam voor hij iets ging zeggen een flinke slok terwijl hij zijn ogen op de bar gericht hield.

'In ben geïnteresseerd in de man die in die Lexus reed, meneer Dolson. Niet in jou. Begrepen?'

'Wat heeft-ie dan gedaan, iets gestolen? Drugs, geld?'

AJ schudde zijn hoofd.

'Wat dan? Waar heb je het over?'

Stilte.

'Jouw probleem is,' zei Jerry, 'dat je dat fijne doosje onder de auto hebt bevestigd in plaats van dat je het op die kerel zelf hebt geplakt. Je mag de auto dan wel hebben gevonden, maar jullie mannetje is 'm gesmeerd. Zwaar klote, hè?'

Hij lachte en AJ verplaatste zijn blik van de bar naar Jerry en haakte zijn ogen aan de zijne vast, de lach stierf weg. Deze kerel had een gladde babbel, praatte met zachte, kalme stem, maar vanbinnen was-ie snoeihard. Dat kon je zien aan de manier waarop hij met zijn duim langs dat glas streek. Sommige mensen deden dat uit verveling of nervositeit. Maar deze kerel was anders. Alsof hij bij elke duimstreek sintels op een plek drukte die niemand kon zien.

'Je bent een oplettend man, meneer Dolson,' zei AJ met meer spanning in zijn stem.

'Ik had het niet gezien als ik de auto niet apart had gezet,' zei Jerry en hij vroeg zich plotseling af of hij deze troef had moeten uitspelen, of hij die vent wel had moeten vertellen dat hij dat zendertje had gevonden.

'Wat zei het meisje ervan toen je het vertelde?'

'Ik heb het haar niet verteld.'

'Dus je hebt het gevonden en…'

'In mijn kluisje gegooid omdat ik er een paar dagen over wilde nadenken.'

AJ's gezicht ontspande een beetje.

'Je zei net tegen me dat je me niet kent, en de bestuurder van de Lexus ook niet,' zei hij. 'Je zei dat we je geen mallemoer konden schelen. En dat is ook helemaal goed. Het moet je ook niets kunnen schelen. We verdwijnen straks zo weer uit je leven. Maar voor het zover is kun je daar wel een slaatje uitslaan. Volgens mij snap je best dat je je die kans niet kunt laten ontglippen. Gevonden geld, van iemand die niets met je te maken heeft?'

'Wil je de auto?' zei Jerry. 'Ik kan je niet de auto laten stelen, man.'

'Die auto zal me aan m'n reet roesten. Ik wil weten waar de eigenaar naartoe is gegaan. Hij heet Vaughn. Ik moet hem vinden. Zoals je zelf al zei, heeft dit alles niets met jou te maken. Je hebt geen enkele reden om hem te beschermen. Dat klopt toch?'

Jerry knikte.

'Dan moet je een besluit nemen. Zoals het er nu voor staat, hoef je geen keus te maken. Zal ik je een reden geven om dat wel te doen? Duizend dollar handje contantje als je me vertelt waar hij naartoe is gegaan.'

Er zaten nu meer mensen aan de bar en het werd Jerry te heet en te vol. Hij nam een slok bier en kneep zijn ogen dicht. Hij had dat verhitte, duizelige gevoel alsof hij al zeven of acht biertjes ophad. Hij wilde dat iedereen verdomme een beetje zachter ging praten, niet zo schreeuwde en zich met zijn eigen zaken bemoeide. Hij staarde naar de grond, probeerde zichzelf in de hand te houden, zag dat AJ een paar glanzende zwarte laarzen aanhad, met een ervan tikte hij op de onderste spijl van de kruk. Tik, tik, tik. Jerry keek ernaar en raakte de weg kwijt.

'Geen interesse?' zei AJ. 'Oké. Dan stappen we evengoed uit je leven. Dat hadden we trouwens sowieso gedaan. Alleen hou je er nu niks aan over.'

'Hij heeft Nora niet verteld waar hij heen ging,' zei Jerry.

'Hij laat die auto heus niet zomaar achter. Misschien laat hij hem een tijdje staan, maar uiteindelijk komt hij wel opdagen. Hij wil niet dat jullie de politie bellen of zijn kentekenplaat natrekken, wat dan ook. Jullie zullen heus wel weer van hem horen. Als dat zo is, dan wil ik dat weten. In ruil voor duizend dollar.'

Jerry dronk snel zijn Budweiser op, het schuim droop van zijn lippen en drupte langs zijn kin, hij schoof de fles van zich af.

'Waar kan ik je bellen? Als ik dat al doe.'

AJ schreef een telefoonnummer op een servet en gaf hem dat. Terwijl hij het telefoonnummer op het servetje van de man aannam, keek Jerry om zich heen, benieuwd of iemand naar hem keek, alsof hij een afspraakje met hem maakte.

'Oké. Ik zal kijken wat ik kan doen.'

'Uitstekende beslissing,' zei AJ. 'Wat dacht je van een voorschot van vijfhonderd?'

'Daar zeg ik geen nee tegen.'

'Geef me dat apparaatje dat je van de auto hebt gehaald, dan geef ik je die vijfhonderd. Gebaar van goed vertrouwen, wederzijds.'

'Dat kan ik niet doen.'

'Waarom niet?'

'De garage is dicht en ik heb de sleutels niet meer.'

Hij zei het met brandende wangen. Nora en hij hadden een hoop problemen, maar dat hij zijn sleutels kwijt was spande de kroon. Ze was een keer in een weekend naar de zaak gekomen en had hem betrapt toen hij in de spuitruimte een nieuwe coatlaag op Steves boot aanbracht. Dat soort dingen deed hij zo nu en dan, een vriendendienst. Bud wist ervan, hem kon het niet schelen. Maar Nora beschuldigde hem ervan dat hij de zaak tekortdeed, dat hij verf stal – een regelrechte leugen, want Steve betaalde voor de verf – en dat hij daarmee geen respect voor haar toonde. Ze had zijn sleutels teruggeëist. Die dag had hij bijna ontslag genomen.

'Kun je er het hele weekend niet in?' zei AJ.

'Niet zonder Nora, en ik kreeg niet de indruk dat je haar…'

'Nee.' AJ schudde zijn hoofd. 'ik wil haar er niet bij hebben.'

'Nou, dan wordt het maandag.'

Na een hele poos knikte AJ berustend en stond op.

'Oké. Je neemt maandag contact met me op en jij krijgt van mij een dikke portemonnee, meneer Dolson. En nu zal ik je de rest van de avond met rust laten.'

'Niet nadat ik nog een biertje van je heb gekregen,' zei Jerry. Het voelde goed om dat te zeggen, de nadrukkelijke, bevelende toon waarop hij het zei was bevredigend. Alsof hij de macht had.

AJ betaalde, liet een nieuw biertje voor Jerry op de bar achter en liep het café uit, zijn laarzen tikten luid op de vloer. Jerry bleef nog even zitten, stond toen op en liep naar het raam. Leunend op de jukebox en met een sigaret in de hand bestudeerde hij de auto's op het parkeerterrein, zocht naar AJ. Hij zag hem niet. Hoe was die verdomme zo snel weggekomen? Toen keek hij over de auto's heen en zag hem aan de overkant van de straat.

Jerry fronste zijn wenkbrauwen. De man kwam niet uit de stad, dat wist hij zeker, en hij was niet naar Tomahawk komen lopen. Hij moest een auto hebben, maar die was er nu niet, wat betekende dat iemand hem bij Kleindorfer's Tapperij had afgezet en was doorgereden. Nu liep die vent, die AJ, in de richting van de garage. Dat stak Jerry een beetje. Wat had hij nog in de garage te zoeken als Jerry hem zou helpen? Hij dacht erover ernaartoe te rijden. Hij bleef nog even voor het raam staan, maar schudde uiteindelijk zijn hoofd en liep weer naar de bar. De garage was gesloten, Nora was weg en als deze lulhannes het in zijn hoofd haalde om in te breken, dan zou het alarm afgaan en kreeg hij de politie op zijn dak. Het was vrijdagavond en Jerry's interesse in Staffords schadebedrijf stond tot maandagochtend in de wacht.

7

Zodra Jerry weg was, hing Nora het bordje met GESLOTEN voor de voordeur en draaide alle lichten in het kantoor uit met de bedoeling zelf ook vroeg weg te gaan. Het weekend strekte zich voor haar uit, een kans om te ontspannen, een beetje broodnodige Nora-tijd in te halen. Ze zou een paar uur naar haar vader gaan en daarna was ze tot maandagochtend acht uur ontslagen van alle verantwoordelijkheid. Ze kreeg een steek van schuldgevoel toen ze het bezoek aan haar vader in de categorie verantwoordelijkheden plaatste, maar ze dacht niet dat iemand haar dat kwalijk zou nemen. Het waren moeilijke bezoekjes.

Ze sloot de achterdeur van de garage af toen Frank haar te binnen schoot. Verdomme. Ze had om zes uur met hem afgesproken. Ze was er zo aan gewend lang door te werken dat het op dat moment een prima tijdstip had geleken. Nu ze de garage had afgesloten en plotseling naar een douche en schone kleren verlangde, was dat extra uurtje een marteling. Ze bleef even voor de deur staan, draaide het slot met een zucht weer open en liep de garage in. Er zat niets anders op dan te wachten.

Het was donker binnen en de enige verlichting kwam van de noodverlichting boven de deur. Nora zocht zich een weg door de ruimte zonder de moeite te nemen licht aan te doen, ze was zo vertrouwd met het pand dat dat niets uitmaakte. Ze wist inmiddels precies waar elk stukje gereedschap lag en ook waar dat voor gebruikt werd. Ze manoeuvreerde om de takelkettingen in de hoek, de brug ernaast, de spuitruimte erachter, de gereedschapskisten langs de muren. Toen ze bij de kantoordeur kwam, haalde ze haar sleutels uit haar zak, maar gebruikte ze niet. Er stond een kruk naast de deur en liever dan naar binnen te gaan liet ze zich simpel op de kruk zakken, trok haar voeten op de zitting en haar knieën tegen haar borst op, rook de verf en het stof en staarde de schemerige ruimte in. In plaats van dat hij een garage met verschillende afdelingen had laten bouwen, had haar grootvader alles in één grote werkruimte gepropt, waar het 's zomers kookte van de hitte en je 's winters vernikkelde van de kou. Haar vader had door de jaren heen het gereedschap wel gemoderniseerd, maar nooit over een nieuw gebouw nagedacht. Hoewel ze eerder die dag Jerry had verteld dat ze al als klein meisje had geleerd hoe alles in zijn werk ging, kon ze zich in werkelijkheid maar een handvol keren herinneren dat ze in de zaak was geweest, meestal in gezelschap van haar moeder, die er met een arrogante, afkeurende uitdrukking op haar gezicht rondliep.

Toen Nora zes was waren ze gescheiden. Het was een huwelijk met pieken en dalen geweest: haar moeder kwam uit een familie van oud geld in Minneapolis, en haar vader was de derde generatie Lincoln County, Wisconsin, zoon van de eigenaar van een autoschadebedrijf die 's winters ook de ploeg ter hand nam. Haar vader werkte achter de bar in een eetcafé in de buurt van Willow toen de tweeëntwintig jaar oude Kate Adams met haar ouders en een paar nichten vakantie kwam vieren. De familie verveelde haar, maar Ronald 'Bud' Stafford niet. Hij was lang, knap en aantrekkelijk zoals buitenmensen dat kunnen zijn, en had altijd een grapje en een complimentje klaar. Het had een zomerflirt moeten zijn. Het enige probleem was dat Kate zich dat pas realiseerde toen er achter haar voornaam Stafford in plaats van Adams stond en er een baby onderweg was.

Als Nora al gelukkige tijden in haar jeugd had gekend, dan kon ze zich die niet herinneren. Ze kon zich ook de slechte tijden niet heugen, alleen een vaag gevoel van spanning. Na de scheiding verhuisde Kate weer naar Minneapolis en ze nam Nora mee. De relatie met Nora's vader ontwikkelde zich op zijn zachtst gezegd traag. Hij kwam ongeveer eens per jaar naar Minneapolis, meestal rond kerst, nam haar dan mee naar de Mall of America, dwaalde geduldig met haar door kinderkledingwinkels en moest lachen omdat ze per se alles wilde passen. In haar jeugd had Nora van haar moeder slechts een paar bezoekjes aan Tomahawk mogen brengen, en ze ging altijd mee, alsof ze bang was dat Nora niet meer terugkwam of een paar dagen alleen werd gelaten. Pas toen ze op de middelbare school zat, ging Nora 's zomers in haar eentje weekendjes bij haar vader op bezoek. Zij en haar vader schreven elkaar toen ook vaker, een paar keer per maand, wisselden foto's uit – zij in een baljurk voor school, hij met een snoek van negentig centimeter lang – en nieuwtjes. Al sinds ze een klein meisje was, had hij beloofd dat hij haar studie zou betalen. Haar moeder was hertrouwd toen Nora tien was, hertrouwd met een heleboel geld, maar wat dat betreft hield Bud voet bij stuk: híj zou haar studie betalen.

Hij en haar moeder konden gewoon niet samenleven. Dat was alles. Alles wat Kate die eerste zomer zo charmant aan Tomahawk had gevonden, verdween in november onder een sneeuwdek, en zelfs toen het ging dooien en de toeristen terugkeerden, was haar de lust vergaan. En het was uitgesloten dat Bud Stafford naar Minneapolis zou verhuizen. Hij was op een plekje op aarde geboren waarmee zich in zijn ogen niets kon meten, en hij zou nooit vertrekken…

Er was iemand aan de deur. Nora zette haar voeten weer op de grond en wilde opstaan toen de deur openging. Niet de voordeur van het kantoor, maar de achterdeur. Fránk, dacht ze toen er aan de deurknop werd gedraaid en de deur naar binnen toe openzwaaide. Hij moest het wel zijn. Toen de bezoeker naar binnen stapte en zijn silhouet de ruimte vulde, zag ze dat hij te lang en te breed was. Zonder zelfs zijn gezicht maar te zien, wist ze wie hij was: de man die naar de Lexus had geïnformeerd.

Ze zei niets, verzette geen stap. Als de lichten aan waren geweest, had ze wel gemoeten, maar aangezien dat niet het geval was, en de vreemdeling haar kennelijk niet had opgemerkt, bleef ze in het donker zitten, hield zich stil en hield hem in de gaten.

Hij stond net over de drempel en bewoog niet. Misschien liet hij zijn ogen aan het donker wennen. Hij draaide de knop heen en weer, keek toen de ruimte door, realiseerde zich waarschijnlijk dat de deur op slot had moeten zijn als er niemand in de garage was. Maar het was er donker en het bordje met GESLOTEN hing er. Na nog een aarzeling deed hij de deur heel langzaam dicht, zodat die nauwelijks geluid maakte toen hij in het slot klikte. Daarop liep de man door de garage naar de Lexus, die midden in de ruimte stond, met eromheen de gestripte onderdelen.

Toen hij de deur opende, had ze meteen iets moeten zeggen. Hem met luide, bevelende stem moeten toeroepen, hem moeten tegenhouden. Maar dat had ze niet gedaan en nu was hij binnen en bewoog zich op een manier waar ze zenuwachtig van werd: behoedzaam, op de bal van zijn voeten, geconcentreerd en geruisloos. Het was even na vijven op een doordeweekse dag, buiten liepen genoeg mensen langs en deze kerel was een zaak binnengelopen, dat was alles. Maar op een of andere manier voelde dat niet zo. Ze had eerder het gevoel dat ze in een kast stond te kijken naar iemand die midden in de nacht door een raam haar huis in was geklommen.

Kap ermee, dacht ze. Het is jouw zaak, jij bent de baas hier, en die klootzak heeft het recht niet om hier binnen te sluipen.

Het was niet veel, een kort moment waarop ze zichzelf de huid vol schold, maar het was genoeg om haar in beweging te krijgen. 'Kunt u me zeggen wat u hier doet?' vroeg ze zo luid als ze kon opbrengen.

Hij bewoog bij haar eerste stemgeluid. Met een ruk draaide hij zich om en liep snel en agressief op haar af, en plotseling kwam de gedachte bij haar op dat het geen goed idee was geweest hem zo te laten schrikken. De plafondlichten waren lange, ouderwetse tl-buizen en ze gingen niet direct aan zoals gloeilampen. Het begon met een gloed, gevolgd door een kort zoemend geluid en vervolgens vulde de ruimte zich met licht. Tegen die tijd had de kerel het gat van zo'n anderhalve meter tussen hen overbrugd. Nora deed een stap achteruit en struikelde over de kruk. Toen ze weer opkrabbelde, struikelde hij ook, maar het gevoel dat ze macht had over de situatie was al weg. Hij joeg haar de stuipen op het lijf… zij wist dat en hij wist dat.

'Ik zei…'

'Ik heb gehoord wat je zei.' Zijn ogen dwaalden door de ruimte om hem heen, zagen hoe leeg het er was, het donkere kantoor achter haar.

Het was duidelijk dat ze alleen was. Ze wilde dat ze op de kruk was blijven zitten, de lichten uit had gelaten en alleen maar had afgewacht.

'Je hoort hier helemaal niet te zijn,' zei ze. 'Kun je dat bord aan de voorkant niet lezen? We zijn...'

'Gesloten,' zei hij en hij deed nog een stap in haar richting, waarbij die verdomde gesp fonkelde onder de fluorescerende lichten. 'Ja, dat heb ik gezien. Zit je na sluitingstijd hier vaker in het donker?'

'Misschien zou ik dat vaker moeten doen als mensen in mijn garage blijven inbreken. Nou, verdwijn. Als je met me wilt praten, dan ben je maandag de eerste.'

'Ik heb helemaal niet ingebroken.' Hij was nu één stap bij haar vandaan. 'De deur was niet op slot.'

'Ik wil dat je oprot. Ik weet niet wat je je allemaal in je hoofd haalt, maar ik wil dat je nu opsodemietert. Ik heb je al gezegd dat als de eigenaar van de auto me wil bellen, hij dat gewoon kan doen. En anders blijf je verdomme uit de buurt, tenzij je wilt dat ik de politie bel.'

'Nee, ik geloof niet dat ik dat fijn zou vinden,' zei hij. 'En jij ook niet.'

De telefoon was in het kantoortje. Al die keren dat ze terug moest rennen om een telefoontje op te nemen omdat ze de draadloze telefoon was vergeten, vielen in vergelijking hiermee in het niet. Haar mobieltje lag in de truck, daar liet ze het altijd omdat ze overdag niet door privé-telefoontjes gestoord wilde worden.

'Sodemieter op,' zei ze nogmaals. Hij was vlak bij haar, bijna borst tegen borst, en ze werd tegen de deur van het kantoor, die nog op slot was, naar achteren gedrongen. Als ze die wilde openmaken, moest ze hem haar rug toekeren, en dat leek bepaald geen goed idee.

'Nu moet je eens goed naar me luisteren,' zei hij en er ging een zurige oprisping door haar maag. De woorden en toon waarop ze werden gezegd hadden iets weg van een dronkenlap die met een riem in de hand op zijn vrouw afkwam. 'Je gaat geen problemen maken, oké? Je gaat me gewoon vertellen waar de bestuurder van deze auto naartoe is gegaan en dan ben ik zo vertrokken.'

'Ik zeg je nog één keer dat je moet oprotten. Dan ga ik de politie bellen.'

Hij zei niets. Ze liet de stilte even voortduren en draaide zich toen om naar de kantoordeur. Ze had de sleutels al in haar hand – die waren daar al geweest sinds ze op de kruk was gaan zitten – en reikte naar het slot. Ze stond zo dicht tegen de deur aan dat haar neus er haast langs streek toen ze zich omdraaide. Ze had de sleutel nog in de lucht maar nog niet in het slot gestoken of zijn hand sloot zich om haar pols.

Haar eerste reactie was met haar vrije hand achterwaarts naar zijn gezicht uit te halen. Een jaar geleden zou dat nog indruk gemaakt hebben ook – lange vingernagels met Franse punten – maar als je auto's repareerde had je zulke nagels niet. Nu gleden haar vingers zonder schade aan te richten over zijn wang. Ze wrong zich in een bocht en schopte tegen zijn knie, met haar hiel in plaats van de voorvoet. Ze raakte hem aan de zijkant van de knie, zijn been knikte, en even was hij uit balans en dacht ze dat ze zich los kon rukken. Maar hij behield zijn greep om haar pols, rukte haar daarmee naar zich toe, draaide haar rond en toen voelde ze een scheurende pijn in haar schouder terwijl haar gezicht tegen de deur sloeg, en ze wist dat het er heel snel heel slecht voor haar uit ging zien.

8

Op de deur hing het bordje met GESLOTEN en in het kantoor waren geen lichten aan. Frank was ook vroeg. Was ze het vergeten of zou ze nog terugkomen? Het was pas tien voor half zes. Op de stoep voor de plaatwerkerij stond hij zich met de volle boodschappentassen in zijn handen af te vragen wat hij nu verdomme moest doen.

Ze leek niet het type om zoiets te vergeten. Daarvoor was ze veel te georganiseerd en gecontroleerd. Maar het was hier behoorlijk hectisch geweest, met die grijze man die iedereen opjaagde, dus het zou best kunnen. De enige aan deze kant van de straat geparkeerde auto was een zwarte Dodge Charger, een blok verderop. Geen auto's op de paar parkeerplaatsen voor de garage. Misschien had ze weer ergens een takelklusje. Hij kon kijken of de truck nog steeds achter de zaak stond. Zo niet, dan zou hij wachten. Zo ja… dan zou hij misschien minder lang wachten.

Hij zette de boodschappentassen neer en liep om het gebouw naar de parkeerplaats aan de achterkant. Om het terrein stond een veiligheidshek voor de opgehaalde auto's, maar het hek stond open, wat betekende dat ze nog niet naar huis was gegaan. Hij liep het hek door en het parkeerterrein op, en zag dat de takelwagen daar geparkeerd stond, met daarachter zijn gehavende jeep. Oké, ze was niet met de takelwagen weg. Maar het hek was ook niet afgesloten. Dus waar was ze in hemelsnaam?

Eerst dacht hij dat de kreet een product van zijn verbeelding was.

Kort en gedempt, geen schreeuw, maar een uiting van woede, of pijn misschien. Hij hield zijn hoofd iets schuin en luisterde, maar er was niets dan stilte. Hij deed een paar stappen naar de achterdeur. Nog altijd geen geluid, maar nu zag hij het licht aan de andere kant van de deur. Toen kletterde er binnen iets op de vloer, staal op beton.

Hij zag ze zodra hij de deur opendeed. Een lange man stond met zijn rug naar Frank toe terwijl hij Nora Stafford tegen een gereedschapskist aan de tegenoverliggende muur drong. Hij had haar arm op haar rug gedraaid en met zijn andere hand bedekte hij haar mond, terwijl hij haar met zijn gewicht tegen de gereedschapskist drukte en zacht tegen haar praatte. Als hij zijn best had gedaan, had Frank het waarschijnlijk wel kunnen verstaan, maar hij was al in actie gekomen, stak snel en zachtjes de betonnen vloer over, langs de zijkant, zodat hij achter de lange man bleef waardoor die hem niet in het oog kon krijgen.

Vanaf de achterdeur was het misschien vijftien meter naar waar ze stonden, en Frank had er zo'n tien afgelegd toen de man hem hoorde of zijn beweging had opgemerkt. Hij draaide zijn hoofd om, zag Frank op zich afkomen en schoof Nora Stafford van zich af. Ze sleurde wat bouten en een dopsleutel in haar val mee, die ratelend op het beton vielen terwijl de lange man onder zijn jasje reikte en een pistool tevoorschijn haalde.

Toen Frank Temple dertien jaar werd, gaf zijn vader hem een schimmelig, ingebonden boek met blauwe kaft cadeau. *Doden of gedood worden*, zo heette het. Een handboek voor *close-quarters combat*. Het boek was van zijn grootvader geweest, toen van zijn vader en nu van Frank. Dat moet je lezen, had zijn vader tegen hem gezegd. Van voor naar achteren. En dat had Frank gedaan. Twee weken later had zijn vader hem uitgedaagd om een pistool uit zijn handen te grissen. De eerste van de vele lessen die volgden.

Het pistool dat nu op hem was gericht, was een automatisch 9mm-wapen, en de man die het vasthield was eraan gewend dat de aanblik van een pistool mensen tot staan bracht, want hij richtte het steeds hoger, volgde Franks lichaam en mikte uiteindelijk op zijn gezicht. Hij was niet van plan te schieten. Frank wist dat terwijl hij de rest van de afstand tussen hen overbrugde. De meeste mensen bleven als aan de grond genageld staan wanneer ze een pistool in hun gezicht geduwd kregen. Dat verwachtte iedereen. De werkelijkheid zou een beetje anders uitpakken.

Franks allereerste klap, een fractie van een seconde voor hij opnieuw uithaalde, kwam met de zijkant van zijn linkerhand op de pols met het pistool terecht. Tegelijkertijd hield hij zijn hoofd laag en schuin naar rechts, en daarna wees het pistool ongevaarlijk de andere kant op. De tweede uithaal bestond letterlijk uit twee tegelijk, hij raakte de kin van de lange man met de muis van zijn rechterhand terwijl hij zijn rechterknie in zijn lies plantte. Het was een simpele maar effectieve beweging, waarbij hij gebruikmaakte van de vaart die hij al had toen hij naar de man toe liep. Eigenlijk miste hij de klap met zijn knie, raakte de man aan de binnenkant van zijn dij in plaats van in de lies, maar aangezien het hoofd van de man al door de klap naar achteren was geschoten, was het hard genoeg. Hij sloeg tegen de gereedschapskist waartegen hij Nora Stafford had vastgepind, en nu ving Frank de pols van de man met zijn linkerhand en sloeg die tegen de stalen rand van de kist. Het pistool schoot los en stuiterde weg. Frank negeerde het, legde zijn hand in de nek van de andere man terwijl hij zijn pols losliet, hem naar voren sloeg, met zijn been pootje lichtte en op de grond deed belanden.

De man liet zich goed vallen, rolde weer op zijn voeten en sprong op op het moment dat hij werd begroet door de dopsleutel die Frank van de grond had opgeraapt. Hij liet hem met een simpele slag neerkomen, op halve kracht, maar het was meer dan genoeg. De man werd pal op zijn achterhoofd geraakt en viel weer op de grond.

Dit had genoeg moeten zijn, maar Frank werd nu meegesleept, was niet tevreden omdat het zo verdomde makkelijk was gegaan, wilde dat pistool van de grond graaien en dat op de knie van die klootzak zetten en een wolk bloed en botten op het beton wegschieten. Hij zocht naar het pistool, zag dat het niet op de grond lag, keek op en zag Nora Stafford staan met het wapen in de hand. Haar ogen gingen van Frank naar de man aan zijn voeten en toen stak ze hem het pistool toe.

'Hier.'

Het was een Glock, zonder veiligheidspal, je hoefde alleen die trekker maar over te halen en te kijken hoe dat stuk stront doodging. Frank kende dat pistool goed. Maar tegen de tijd dat hij het in handen had, was de vlaag woede weggeëbd en gleed er een koele kalmte voor in de plaats. Hij stopte de Glock achter zijn broekriem, wierp één blik op de bewusteloze man op de grond en wendde zich toen weer tot Nora Stafford.

'Volgens mij,' zei hij, 'moet je de politie bellen.'

Frank maakte zich zorgen om haar toen ze uit het kantoor terugkwam. Zou ze instorten, hysterisch worden, hem met het volgende probleem opzadelen voor de politie kwam opdagen? Toen liep ze de garage weer in en staarde naar de lange klootzak die gestrekt op het beton lag, en hij wist dat ze in orde was. Ze keek met een woedende blik vol afkeer, maar angst stond er niet in te lezen.

'Je bent vroeg,' zei ze tegen Frank.

Hij knikte. 'Ik wilde de melk niet zuur laten worden.'

Een glimlachje deed haar mondhoeken krullen. 'Dat zou ik ook niet willen, nee. Bedankt voor je hulp. Hij kwam hier zomaar binnenlopen...'

'Ken je hem dan niet?'

'Nee. Hij kwam vanmiddag langs en vroeg naar de Lexus.'

Frank hield zijn hoofd een beetje schuin. 'De auto die ik heb aangereden?'

'Inderdaad.'

Hij slaakte een lange zucht toen een sirene de plaatwerkerij naderde en keek opzij, waar de gedeeltelijk ontmantelde Lexus stond.

'Die bestuurder was zo fout als wat. Shit, sorry. Ik had er al eerder iets over moeten zeggen, had een klotegevoel over hem, maar wilde dat liever negeren. Ik dacht dat het niets met mij te maken had,' zei hij.

Dat was compleet gelul... Franks eerste gevoel over die vent was wel persoonlijk geweest, maar hij zag niet in wat hij ermee won als hij dat aan Nora zou uitleggen.

'Ik had hetzelfde gevoel en maakte mezelf dat ook wijs,' zei ze, 'maar hier had ik niet op gerekend.'

Ze hield met haar linkerhand haar rechterpols vast, wreef er zachtjes over en Frank zag voor het eerst de donkerrode strepen op haar huid, het resultaat van een stevige en ongetwijfeld pijnlijke greep.

'Alles goed?' vroeg hij.

'Ja hoor.' Ze liet haar arm vallen alsof ze zich schaamde dat hij haar pijn had opgemerkt.

'Wat wilde hij?' Frank wees met een teen naar de bewusteloze man.

'Weten waar je vriendje van de Lexus naartoe was gegaan.'

'O ja?' Frank keek naar de man op de vloer. Die was er verdomd snel bij geweest nadat de auto bij Staffords Schade- en Servicebedrijf was gestald. En als hij niet wist waar Dave O'Connor naartoe was, hoe had hij de Lexus dan gevonden?

Frank pakte de Glock van achter zijn broekband en keek ernaar. Goed wapen, niet ongewoon, van het soort dat mensen die wisten wat ze deden graag hanteerden. Die vent van wie hij het had afgepakt was ook niet slecht geweest. Hij had alleen niet verwacht dat Frank z'n mannetje wist te staan, dat was alles. De manier waarop hij Nora langs hem had weggeduwd en het pistool in een snelle, achteloze beweging tevoorschijn had getoverd... die wist van wanten.

'Hij zei dat die vent Vaughn heette,' zei Nora.

'Wat?'

'Dave O'Connor, ja? Hij zei dat hij zo heette. Deze kerel hier zei dat de bestuurder van de Lexus Vaughn heette.'

'Heb je een rijbewijs of identiteitsbewijs gezien?'

Ze schudde haar hoofd en hij zag ergernis in haar ogen fonkelen. Misschien jegens hem omdat hij ernaar vroeg, misschien jegens zichzelf omdat ze er niet naar had gevraagd.

'Lag er nog iets in de auto?' vroeg Frank, maar de sirenes loeiden nu op het parkeerterrein buiten en Nora liep naar de deur. De vent op de grond kwam langzaam bij bewustzijn, bewoog een beetje met zijn voet, de ogen nog altijd gesloten, linkerkant van het gezicht tegen het koude beton geperst.

De agent kwam met Nora mee naar binnen en Frank was verbaasd dat hij in zijn eentje was. Rond de veertig, rossig gezicht, dikke vingers. Toen hij binnenkwam was hij in een microfoon naast zijn sleutelbeen aan het praten, rapporteerde zijn positie en de situatie, en wierp een fronsende blik op het lichaam op de vloer. Toen hij klaar was met de radio, haalde hij een plastic zak uit zijn heupzak en stak die naar Frank uit.

'Geef me dat wapen.' Op zijn badge stond MOWERY.

Frank liet het pistool in de zak vallen, Mowery verzegelde de plastic sluiting en drukte het pistool met zak en al achter zijn riem. Hij knikte naar de man aan zijn voeten.

'Zijn pistool.'

'Inderdaad.'

'Van hem afgepakt.'

'Uh-huh.'

'Nadat hij het had getrokken.'

'Ja.'

Mowery bestudeerde Frank alsof hij niet wist of hij hem wel moest geloven. 'Waarmee heb je hem geslagen?'

'Eerst met mijn handen, daarna met een dopsleutel.'

'Was dat wel verstandig? Uithalen naar een man met een pistool?'

'Het werkte.'

'Hmm.' Mowery ging naast de lange man op zijn hurken zitten, die knipperend zijn ogen had geopend waarmee hij wazig over de grond keek. 'Zo te zien komt hij langzaam weer terug in het land der levenden. Dan kunnen we hem maar het beste in de boeien slaan, denk je niet?'

'Komt er verder niemand?' vroeg Frank.

Mowery keek hem zuur aan. 'We moeten een groot gebied bestrijken en momenteel hebben we te weinig auto's beschikbaar, kerel. Denk je nou werkelijk dat ik het halve korps moet optrommelen om me hierbij te assisteren? Volgens mij is dit geen al te ingewikkelde toestand.'

Had je hier vijf minuten geleden moeten zijn, dacht Frank. Ik had jóú wel eens bezig willen zien toen hij met dat pistool ging zwaaien.

Mowery haalde de handboeien van zijn riem en maakte de handen op de rug van de man vast. Tegen de tijd dat de tweede boei dichtklikte was de man weer helemaal bij bewustzijn, hij draaide zijn hoofd om en wilde Mowery aankijken. Die beweging pakte niet best uit: hij gromde zacht, eerder vanwege misselijkheid dan pijn en liet zijn wang weer op het beton rusten.

'Ik heb 'm behoorlijk te grazen genomen,' zei Frank. 'Hij kan een hersenschudding hebben. Wellicht moeten we een ambulance laten komen.'

'Hij zal heus niet in mijn auto doodgaan voor hij in een ziekenhuis terechtkomt.' Mowery boog zich vooover en gaf een klap op de wang van de man. 'Ben je er weer, klootzak? Wil je met me naar de auto lopen, even naar die hoofdpijn laten kijken?'

De man gromde nogmaals en Mowery wikkelde één hand om de handboeien, greep met de andere het shirt van de man vast en trok hem toen met een ruk overeind.

'Je kunt best staan,' zei hij toen de benen van de man knikten. 'Sta op, verdomme!'

Schitterende procedure, dacht Frank. Bepaald niet bezorgd om de medische toestand van de man. Dit zou ik voor de politieacademie moeten filmen.

'Oké,' zei Mowery toen de gevangene zelf kon staan. 'Ik zet hem in de auto en breng hem naar het ziekenhuis. We willen niet dat die klootzak doodgaat, wel? Als ik met hem klaar ben, maken wij drieën nog een babbeltje.'

De lange man leek nu zo stevig op zijn benen te staan dat hij naar de deur kon lopen, zonder iets te zeggen schuifelde hij vooruit en wierp in het voorbijgaan een lange, kille blik op Nora. Ze keek hem recht in het gezicht terug en stak haar middelvinger op. Mowery liep achter zijn gevangene, greep een handvol van het korte haar van de man en draaide zijn hoofd van Nora weg.

'Ogen af van de dame, schijthuis. Je mag niet eens kíjken.'

Ze liepen de deur uit. Frank en Nora liepen een eindje mee en bleven net voor de drempel staan terwijl Mowery de lange man naar de patrouillewagen bracht die zes meter verderop geparkeerd stond, met het sherifflogo van Lincoln County op het voorste portier. Mowery maakte de achterdeur van de wagen open, legde zijn hand op het achterhoofd van de gevangene en wilde hem op de stoel schuiven. Hij keek de auto in en toen er een man aan de andere kant van achter de kofferbak opdook, zag Mowery hem niet. Hij had geen idee dat er iets aan de hand was tot Nora een kreet slaakte en Frank op de nieuwkomer afstormde, terwijl de laatste, in een camouflagejack en met zwarte laarzen, Mowery met een pistool op de slaap sloeg. Mowery viel op zijn gevangene en beide mannen tuimelden in een wirwar van ledematen op de achterbank. Daarop haalde de vent opnieuw met het pistool uit, Mowery's neus brak en het bloed sproeide op de binnenkant van het raam.

Frank had een paar stappen in zijn richting gedaan toen de nieuwe man zich omdraaide en zijn pistool hief, en net zoals Frank er eerder zo zeker van was geweest dat er als hij bleef doorlopen níét zou worden geschoten, zo wist hij dat het deze keer anders zou gaan. Hij hief zijn handen op en liep achteruit, en even was hij ervan overtuigd dat de klootzak evengoed zou vuren. Toen pakte Mowery, die uit de auto op de grond gleed, de aanvaller bij zijn shirt vast, wat genoeg was om het pistool af te leiden. Dat duurde slechts twee seconden, maar binnen die tijd was Frank weer binnen.

Hij greep Nora bij haar middel, trok haar de garage in en zwaaide de deur met zijn vrije hand achter hen dicht. Nora struikelde over zijn voeten en dreigde te vallen. Hij liet haar los, draaide zich om toen ze hard op haar achterste op de grond terechtkwam, greep naar het nachtslot en draaide dat om. Hij sloeg met zijn hand op het lichtknopje en liet zich op de grond vallen. En toen was het eenvoudigweg zij tweeën in de donkere ruimte binnen en Mowery met zijn gevangene en een gewapende man buiten.

9

Ze waren al gesloten die dag. Dat was de eerste gedachte die bij Nora opkwam terwijl ze op de koude betonnen vloer lag, met verfschilfers onder haar handpalmen en stof in haar mond. Ze had de deur op slot gedaan en het bordje met GESLOTEN opgehangen, had op het punt gestaan om naar huis te rijden en te gaan douchen. Ze had nu opgekruld op de bank moeten zitten met een kussen onder haar hoofd terwijl een warme zonsondergang de woonkamer verlichtte. In plaats daarvan zat ze hierbuiten met een gewonde politieman en twee gewapende mannen en hierbinnen met een man die vreemd genoeg precies wist wat hij deed en op zijn hurken naast haar zat.

'Misschien heeft hij hem wel vermoord,' zei ze terwijl ze zich overeind duwde. 'Denk je dat hij…'

'Pak de telefoon,' zei Frank. 'Bel het alarmnummer.'

Toen verdween hij, gleed bijna geluidloos door het duister naar de rij gereedschapskisten tegen de verste muur. Door zijn beweging werd zij ook tot actie aangezet en ze kroop op handen en knieën naar het kantoor, overbrugde ongeveer drie meter voor ze zichzelf voor idioot uitschold en opstond. Als ze door de muren wilden schieten, dan hadden ze dat allang gedaan.

De gedachte was nog niet in haar opgekomen of het schieten begon. Vier schoten achter elkaar, gedempt door de muren van het gebouw maar op een of andere manier was het 't hardste geluid dat ze ooit had gehoord. Voor het laatste schot was afgevuurd, lag ze weer plat op de grond, in het stof en de viezigheid. In gedachten zag ze de gaten in de muur en hoe de kogels haar in het donker doorboorden en achtervolgden, met uiteindelijk een explosie van duistere pijn. Maar de schoten waren ergens anders op gericht geweest, het geluid was niet tegen de muren of in het gebouw te horen geweest. De politieagent. Mowery.

'Ze hebben hem vermoord,' zei ze en Frank antwoordde prompt.

'Banden.'

'Wat?'

'Ze hebben de banden van de politiewagen lekgeschoten.'

Ze rolde zich om, waagde een blik achterom naar de deur en verwachtte dat hij daar het tafereel aan het bekijken was. Ze zag slechts schaduwen, en ten slotte zag ze hem aan de overkant van de ruimte, met een lange ratel in de hand.

'Hoe weet je dat?'

'Je kon ze horen klappen.'

Kon ze horen kláppen? Ze had niets anders dan schoten gehoord, hoorde de schoten nog steeds, ze ratelden door haar oren alsof de kogels erin ricocheerden, erdoorheen floten, op zoek naar een doelwit, op zoek naar háár.

De ratel bungelde in zijn rechterhand maar Frank doorkruiste met zorgeloze tred de ruimte. Hij stak zijn hand uit naar het nachtslot en ze siste hem geschokt toe: 'Wat ga je in hemelsnaam doen?'

'Ze zijn weg,' zei hij en hij opende de deur. Nora zette zich schrap voor nog meer schoten, maar die kwamen niet. Frank bleef even in de deuropening staan en vanaf de grond kon ze langs hem de politieauto zien, die nu op zijn velgen stond, de banden niet meer dan een paar flarden rubber. Het achterportier van de auto stond open, en Mowery's lichaam lag erachter, maar Nora kon alleen zijn benen zien.

'Ga bellen,' zei Frank en hij liep naar buiten.

Ze had de telefoon op de kruk bij de kantoordeur laten liggen toen Mowery arriveerde, en toen ze haar hand ernaar uitstak zag ze de akelige strepen op haar pols. De pijn in haar arm en schouder leek sneller te gaan kloppen. Toen de telefonist van het alarmnummer opnam, legde Nora de toestand uit met een stem die ze nog nooit had gehoord:

te snel, te hoog, op het randje van hysterie. Met moeite liet ze haar stem zakken en legde uit wat er met Mowery was gebeurd en verbrak toen de verbinding ondanks de poging van de telefonist om haar aan de lijn te houden. Ze ging door de achterdeur naar Frank, een deur waar ze elke dag talloze keren doorheen liep en die nu opdoemde als een van de verraderlijkste vluchtwegen ooit.

Frank zat op zijn knieën naast Mowery en er zat bloed op zijn spijkerbroek. Hij had Mowery languit op de kiezels gelegd en de politieman maakte geluid noch beweging. Frank draaide zich naar haar om.

'Ambulance onderweg?'

'En de politie.' Ze deed een stap naar buiten, vocht tegen het angstaanjagende verlangen om zich aan de veiligheid van het gebouw vast te klampen. De parkeerplaats was op Mowery's auto na leeg.

'Zijn ze weg?' vroeg ze.

'Ja. Maar waarschijnlijk niet ver. Alleen deze auto stond op de parkeerplaats, en de enige die ik op straat heb gezien was leeg, dus daar stond die tweede vent niet te wachten.'

'De eerste keer waren ze hier met de Doge Charger.'

Hij keek op. 'Nieuw model? Soort sportiefachtig ding?'

'Ja.'

'Nou, die stond verderop geparkeerd, maar toen ik hier aankwam was die leeg. Ik snap dan ook niet waarom die eerste kerel alleen op je af is gegaan. Waar was zijn vriend? Waarom op de politieman wachten voordat hij hem ging helpen? Dat begrijp ik niet.'

Onder het praten was hij met Mowery bezig, controleerde zijn pols en maakte de boord van zijn shirt los.

'Is hij oké?' vroeg Nora.

'Hij gaat niet dood, maar hij zal zich een tijdje niet erg lekker voelen.'

Ze ging op haar tenen staan om langs Franks schouder naar de politieagent te kunnen kijken, en tegelijk leken haar ogen onscherp te worden, alles werd één rode vlek. Ze zoog lucht tussen haar tanden naar binnen en dwong zichzelf nogmaals te kijken. Zijn neus was bijna onherkenbaar, veranderd in een bloederige veeg over de rechterkant van zijn gezicht, en tussen de gescheurde lippen door waren gebroken tanden te zien.

Frank trok zijn eigen shirt uit en veegde daarmee voorzichtig Mo-wery's gezicht af. Toen ging hij met gefronste wenkbrauwen op zijn hurken zitten en bestudeerde de bewusteloze agent voordat hij hem weer verplaatste. Hij rolde hem van zijn rug op zijn zij, stopte het shirt onder zijn hoofd en legde zijn nek in zo'n hoek dat Mowery's gezicht enigszins omlaag naar het grind was gericht.

'Moeten we hem niet op zijn rug laten liggen?' vroeg Nora.

'Ik weet niet of hij goed kan ademen. Door zijn neus zal hij niet veel lucht binnenkrijgen en als hij op zijn rug ligt, loopt al dat bloed zijn keel in. Dat moet de andere kant op druppelen.'

Nora keek weer de andere kant op en greep de deurpost stevig vast.

'Ik was dat telefoontje bijna misgelopen,' zei ze en als Frank haar al hoorde, dan antwoordde hij niet. Hij zou niet weten waar ze het over had. Zou niet weten dat als de telefoon nog één keer was overgegaan, de Lexus in een andere plaatwerkerij terechtgekomen was, in iemand anders leven.

Rapporteer je een gewone mishandeling, dan duurt het even voordat de politie daarmee klaar is. Rapporteer je een mishandeling van een politieagent, dan mag je daar wel wat tijd voor uittrekken.

Frank vertelde het verhaal zes keer aan drie verschillende agenten – iedereen leek twee keer het verhaal met hem te willen doornemen – nadat Mowery naar het ziekenhuis was afgevoerd. Hij was half bij bewustzijn toen de ambulance er was, maar was niet in staat om zijn collega's verslag van de aanval te doen. Dat kwam nu op Frank en Nora neer, die een uitermate belangstellend gehoor vonden. Frank kreeg de indruk dat het vast lang geleden was dat iemand in Tomahawk een agent tot bloedens toe in elkaar had geslagen.

Ze waren bij de garage begonnen, namen daar de gebeurtenissen stap voor stap met twee agenten door, gingen naar het politiebureau om het aan een derde uit te leggen, terwijl het deze keer op band werd opgenomen. Tegen de tijd dat ze klaar waren, was de zon ondergegaan en was het rustig in het stadje, het liep tegen negenen.

Een van de agenten zette hen bij de garage af. De boodschappen stonden nog steeds op de stoep. Waarschijnlijk geen goed idee om een slok melk te nemen, dacht Frank. Man, wat een dag. Om tien voor half zes maakte je je nog zorgen of de melk koel zou blijven. Om half zes maakte je je zorgen of je het wel zou overleven.

'Als ik je die lift niet had beloofd,' zei Nora Stafford, terwijl ze naar de boodschappen staarde, 'was ik hier niet geweest toen die klootzak opdook. Dan had ik al thuisgezeten.'

'Sorry.'

Ze schudde haar hoofd. 'Nee, ik dacht er alleen maar aan. Als ik je die lift niet had beloofd, zou ik hier niet zijn geweest, ja? Maar als ik je die lift niet had beloofd, zou jíj hier ook niet zijn geweest. En als jij niet was komen opdagen...'

Geen van hen zei daarna iets. Nora schudde haar hoofd, wilde alle mogelijkheden wegschudden.

'Maar die lift heb je nog steeds nodig, toch? En ik zou zeggen dat dat wel het absolute minimum is wat ik voor je kan doen.'

Ze wist een lachje tevoorschijn te toveren en Frank voelde zich beter. Ze had de eerste ronde goed doorstaan, beter dan de meesten. Die tweede ronde, toen die kerel uit het niets was opgedoken en Mowery had neergeslagen, daar was ze pas van geschrokken.

Ze liepen terug naar de parkeerplaats achter de garage – Mowery's bloedvlekken waren nog op het grind te zien, maar Nora keek eroverheen – naar een kleine Chevy-pick-up, het logo van het Stafford Schade- en Servicebedrijf prijkte op de zijkant. Frank maakte zijn jeep open en verhuisde zijn bezittingen naar de laadbak van de truck. Nora hielp zwijgend mee. Toen alles was overgeheveld, pakte Frank een schoon shirt uit zijn koffer. Zijn andere, dat doorweekt was van Mowery's bloed, was met die laatste meegegaan. Toen zat hij op de passagiersstoel en met Nora achter het stuur reden ze, twaalf uur later dan hij had verwacht, naar het noorden, naar de Willow.

'Temple de Derde,' zei Nora toen ze het laatste verkeerslicht van de stad achter zich hadden gelaten.

'Wat?'

'Ik hoorde dat je bij de politie je naam opgaf. Frank Temple de Derde. Klinkt chic.'

76

Hij keek uit het raam. 'Valt wel mee.'

'Als jij een zoon krijgt, zou je je dan geroepen voelen om hem Frank Temple de Vierde te noemen?'

'Nee,' zei Frank. 'Absoluut niet.'

Hij wilde dat ze hem bij de politie niet had gehoord. Inwendig zette hij zich altijd schrap wanneer hij zijn naam moest opgeven, de agent in de ogen keek en op de herkenning wachtte. Maar die kwam niet. Het was al wat jaren geleden dat zijn vader de krantenkoppen had gehaald.

'Ben je hier in je eentje?' vroeg ze.

'Ja.'

'Waarvandaan?'

'Overal vandaan. Oorspronkelijk uit Chicago. Ik reis rond.'

'Maar je bent hier eerder geweest.'

Hij wendde zich van het raam af. 'Dat weet je kennelijk behoorlijk zeker.'

Haar ogen schoten even naar de achteruitkijkspiegel terwijl ze vaart meerderde om op de snelweg in te voegen.

'Je noemt het de Willow. Niet Willow Flowage, niet de Flowage, maar de Willow. Mensen die hier voor het eerst komen, zeggen dat niet.'

'Interessant. Als ik later nog eens de toerist wil uithangen, zal ik daaraan denken.'

'Maar ik zie geen vistuig tussen je bagage, dus nu ben je een heus mysterie. Iedereen die in mei naar de Willow gaat, gaat vissen. Maar je bent een week te vroeg, het seizoen is nog niet begonnen.'

'Misschien ga ik wél vissen. De spullen liggen allemaal in de hut.'

'O ja? Is die van jou? Leuk.'

'Van mijn vader.'

'Komt hij ook? Een beetje vader-zoon-*bonding*?'

'Hij is dood,' zei Frank en ze kromp ineen.

'Dat spijt me voor je.'

'Dan ben je een van de weinigen.' Om de pijnlijke stilte te doorbreken zei hij: 'Wat ga je met de auto doen? Met die Lexus?'

'Die ga ik niet repareren, mij niet gezien. Zodra ik iets van hem hoor, stuur ik de politie op zijn dak.'

'Ze hebben het kenteken nagetrokken, hè? Hebben ze je verteld wie de eigenaar is?'

Hij moest denken aan het moment dat hij die kentekenplaat uit Florida had gezien en het zo zeker had geweten. Devin Mattesons auto. Op dat moment had hij het zó zeker geweten. Zo zeker dat hij zijn pistool had gepakt.

'Als ze het al weten, dan hebben ze het mij niet verteld,' zei Nora. 'Ik durf te wedden dat hij gestolen is. En het is allemaal zo krankzinnig gegaan dat ik er bijna zeker van ben dat ze er niet achter komen wie de bestuurder was.'

'Zou kunnen.'

Ze keek hem even zijdelings aan. 'Niet mee eens?'

'Niet per se. Het viel mij alleen op hoe snel zijn vriendjes opdoken. Die kerel rijdt zijn auto in de bossen in de prak, niemand in de buurt behalve ik, en dan komen er onmiddellijk mensen in de garage vragen over hem stellen. Ze wisten dat de auto daar was, maar ze wisten niet waar híj was, of zelfs welke naam hij gebruikte. Hoe kan dat?'

'Het is een mooie auto, met zo'n navigatiesysteem dat contact maakt met de satelliet. Misschien hebben ze daar op een of andere manier gebruik van gemaakt? Hebben ze de fabriek gebeld en opgegeven dat hij gestolen is of zo, en konden ze hem via de satelliet opsporen?'

'Kan.' Maar Frank dacht aan andere methoden. Zoals volgapparatuur, wat in combinatie met twee mannen met Glocks, die er niet voor terugdeinsden onbekende vrouwen aan te vallen, geen aantrekkelijk scenario opleverde.

'Ik wil alleen maar dat die verdomde auto uit mijn garage verdwijnt,' zei Nora.

'Wordt hij dan niet door de politie in beslag genomen?'

'Ja, maar ik moet hem eerst weer in elkaar zetten. Ik kan geen wagen takelen die aan stukken ligt, wel? Ik zal Jerry morgenochtend bellen en vragen of hij hem weer in elkaar wil zetten, zodat dat ding uit mijn ogen verdwijnt. Hij zal vast en zeker honderdvijftig procent loon eisen, maar dat kan me niet schelen. Ik wil ervanaf.'

Ze zei het op een felle toon, die Frank nog niet eerder had gehoord.

Het leek wel alsof ze de auto de schuld gaf.

'Waar woon je?' vroeg hij, op zoek naar een meer ontspannen gespreksonderwerp.

'Zo'n beetje bij Minocqua. Ik hoef niet eens zo ver voor je om.'

'Heb je hier je hele leven gewoond?'

'Nee. Ik zit hier nu een jaar ongeveer.'

Deze onthulling riep allerlei vragen op: waar kwam ze oorspronkelijk vandaan, waardoor was ze in hemelsnaam in een plaatwerkerij in Tomahawk beland. Maar Frank stelde ze niet. Ze zweeg een poosje, alsof ze op een kruisverhoor wachtte. Toen de vragen niet kwamen, bedacht ze er zelf maar een paar.

'Wanneer was je hier voor het laatst?'

'Zeven jaar geleden.'

'Dat is een hele tijd. Hoe weet je dat de boel nog overeind staat?'

'Ene Ezra Ballard houdt een oogje in het zeil, onderhoudt de boel.'

'Nou, geen wonder dat je je geen zorgen maakt. Niemand in de wereld is betrouwbaarder dan Ezra.'

'Ken je hem dan?'

'Iedereen kent hem. Hij is uniek. En naar verluidt ook de beste gids in de omgeving. Dat is mij tenminste verteld.'

Frank knikte zonder iets te zeggen. Een jager zonder weerga, zo stond Ezra bekend. Maar de verhalen die Frank kende, verschilden waarschijnlijk hemelsbreed van de verhalen die Nora Stafford had gehoord. Dat was heel andere koek.

Ze reden nu op de Willow Dam Road, de koplampen van de Chevy beschilderden de pijnbomen met flets licht en op Franks aanwijzing sloeg Nora links af in de richting van de dam. Ze waren op ongeveer vijfhonderd meter afstand van waar het ongeluk had plaatsgevonden. Zo dicht was hij bij zijn plaats van bestemming geweest. Toen ze de dam eenmaal waren overgestoken en Willow's End Lodge achter zich hadden gelaten, moest ze van hem rechts afslaan naar een grindpad naar het meer.

'Fantastisch, zo'n plek aan het water,' zei ze. 'Daar is in Willow niet makkelijk aan te komen met al die bouwrestricties.'

'Ja.' Frank had geen zin meer om te praten toen ze eenmaal de bocht had genomen, en hij had een droge mond gekregen. Dit voelde vreemder dan hij had verwacht, en hij had al gedacht dat het verdomde raar zou worden.

Ze hobbelden langs de driesprong die het grindpad in twee verschillende wegen splitste en Frank zei tegen Nora dat ze links moest aanhouden. Toen ze daar voorbij waren, reden ze recht op de hut af.

'Home sweet home?' zei Nora.

'Ja, hier is het.'

Hij bleef zwijgend zitten tot hij haar nieuwsgierige ogen op zich gericht voelde. Toen schudde hij zijn hoofd, opende het portier en stapte de koele bries in die hem als een kus begroette. Het was nog steeds lente en het water zou zo hoog staan dat het op winderige dagen tegen de houten balken zou klotsen. Midden in de zomer zou het weer gezakt zijn, afgetapt door de dam die geregeld de Wisconsin-rivier en het rivierdal bijvulde. Boven het meer hingen sterren en een halve maan, alles volkomen ongerept, tot Frank zijn hoofd iets naar rechts draaide en ver weg de rode knipperlichten van een seintoren zag. Hij wist nog dat die toren werd gebouwd. Zijn vader had een bloedhekel aan die toren. Er een regelrechte afkeer van gehad. Op een avond, toen ze daar bij de sputterende petroleumlamp zaten, had hij een pistool tevoorschijn gehaald en een heel magazijn in de richting van de toren leeggeschoten, de kogels waren zonder schade aan te richten in het water gevallen. Ze hadden er hartelijk om moeten lachen.

'Schitterend,' zei Nora zacht en pas toen werd Frank zich ervan bewust dat ze naast hem stond.

'Ja,' zei hij. 'Dat kun je wel zeggen.'

Hij liep naar de truck, zij ging met hem mee en pakte een van zijn tassen uit de laadbak en wilde naar de hut lopen.

'Zet ze maar bij de deur,' zei hij. 'Bedankt. Ik doe de rest wel.'

'Ik help je wel alles binnenzetten. Geen probleem.'

'Néé. Bedankt, maar nee. Zet alles nou maar buiten bij de deur, dan regel ik het wel.'

Ze bleef met de tas in haar hand staan en hield haar hoofd vragend schuin. Toen trok ze haar wenkbrauwen op, knikte traag – wat jij wilt, psycho – en liet de tas bij de voordeur op de grond vallen. Frank was geërgerd en schaamde zich dat hij haar zo had afgesnauwd, maar hij wilde dat ze vertrok en daar kon hij niets aan doen. Hij wilde niet dat iemand samen met hem de drempel van die hut zou overgaan, terwijl hij er voor het eerst sinds zeven jaar een voet binnen zette.

'Oké,' zei ze. 'Nou, dan ga ik er maar vandoor.'

'Bedankt voor de lift.' Hij haalde nog wat tassen uit de truck. 'Echt, je hebt me enorm geholpen. Ik wilde vannacht niet naar een hotel.'

'Hé, dat was het minste wat ik kon doen.'

Ze bleven even onhandig bij elkaar staan, keken elkaar in het donker aan. Toen liep ze naar de truck en hij hees twee tassen over zijn schouders.

'Ik bel je gauw, om je te laten weten hoe lang het duurt met je auto,' zei ze terwijl ze het bestuurdersportier opende. 'Die zal nu een stuk eerder klaar zijn, nu de politie die andere in beslag neemt.'

'Bedankt. En laat me ook weten wat je van de politie te horen krijgt, oké?'

'Natuurlijk.'

Ze stapte in de truck en startte de motor, en Frank wendde zich af zodat hij niet door de koplampen werd verblind. Daarop stak hij een hand in zijn zak, omklemde met zijn vingers een oude, vertrouwde sleutelbos en liep naar de deur.

10

Terugkijkend kon Grady los van schuldgevoel ten minste één reden bedenken waarom hij zo gehecht was geraakt aan die jongen van Temple.
Hij begreep iets van familiaal erfgoed. Over dat je iets werd wat je niet
wilde, eenvoudigweg omdat je wist hoe dat voelde: wat je had gezien,
wat je was geleerd, wat door je aderen stroomde.

Grady woonde nu alleen, in een appartement ongeveer zo groot als
de keuken in het huis waar hij met Adrian had gewoond. En hoewel hij
nog steeds het gevoel had dat hij er relatief kort woonde, was hij er alweer negen jaar geleden naartoe verhuisd. Négen jaar.

Zijn vader was een vrolijke dronkaard geweest die zijn zoon nooit
met een vinger had aangeraakt, niet één keer tijdens al die avonden dat
hij twaalf biertjes achteroversloeg. In plaats daarvan was hij mompe-
lend door Grady's kamerdeur gewankeld en had zijn excuses aangeboden. Soms waren het korte toespraakjes, soms duurden ze wel een uur
of nog langer. Huilerige, met verstikte stem voorgedragen monologen
waarin de oude man de schuld op zich nam voor al het kwaad van de
wereld, erkende dat hij dat allemaal had veroorzaakt. Het speet hem
dat hij zo'n slechte vader was, dat hij een slechte echtgenoot was, dat ze
niet meer geld hadden, dat ze nooit op vakantie gingen, dat Grady enig
kind was en dat hun huisbaas geen huisdieren toestond, elke jongen
zou immers een hond moeten hebben.

Op sommige avonden lag Grady daar alleen maar en wenste dat zijn
vader met zwaaiende armen binnen zou komen, zoals dronkenlappen

dat hoorden te doen. Slá me dan, verdomme, dacht hij, laat me alle hoeken van de kamer zien, alles behalve dit gehuil en al die excuses, lulhannes die je d'r bent.

Maar hij sloeg hem nooit. Bleef zich in verontschuldigingen uitputten tot op de dag dat hij op de hoek van Addison en Clark een hartaanval kreeg, op weg naar Wrigley voor een baseballwedstrijd. Grady, die thuis was van college en op hun plaatsen in het stadion zat te wachten, wist zeker dat zijn vader zich daar ook nog voor zou hebben verontschuldigd, als dat tenminste had gekund.

Maar hij was vastbesloten niet zo te worden als zijn vader. Om de dooie dood niet. Natuurlijk had ook hij fouten gemaakt, maar hij zou zijn dagen niet door spijt laten beheersen, zich niet zijn hele leven verontschuldigen voor de fouten die hij nooit getracht had recht te zetten. Hij zou voor zichzelf opkomen, sterk zijn, en alle karakterfouten die wellicht op feestjes rondzongen, kwamen daaruit voort. Te eigenwijs, zeiden ze dan, te koppig, loopt naast zijn schoenen. Geeft nooit zijn fouten toe.

Met Frank Temple had hij fout gezeten, maar dat had hij niet toegegeven. Hij had zich vergist en was doorgegaan met zijn leven. Behalve dan die computercontroles. Dat was het enige. Een van de redenen waarom hij de jongen bleef volgen was dat Grady wist hoe het was als je een erfenis met je meedroeg. Maar die van hem was slechts, nou ja, pathetisch geweest. Niet gevaarlijk, niet zoals die van Frank Temple kon zijn. De jongen wilde het verslaan, wilde dat bloedige harnas achter zich laten, maar dat was geen makkelijke opgave. En Grady had hem daar bepaald niet bij geholpen. Sterker nog, hij had hem een fikse duw de verkeerde kant op gegeven. Wat hij indertijd met de zeventienjarige Frank Temple III had gedaan, was zijn grootste professionele en persoonlijke schande. Op Jim Saul na, een agent in Miami die meer wist, was het ook nog eens een geheime schande. Grady wist als geen ander hoe hij dat kind had gemanipuleerd. Frank zelf wist dat zeker niet, en daarom bleef Grady hem meer dan wie ook via de computer volgen, hield hij voortdurend de jongeman in de gaten die hij in jaren niet had gezien, en bij wie hij zich afvroeg wat het betekende dat hij eerder uit schuldgevoel met hem was begaan dan uit genegenheid.

De zaak tegen Franks vader was geruchtmakend geweest – niets was sensationeler dan het verhaal van een federale agent die huurmoordenaar werd – en toen dat was opgelost, kwamen de loftuitingen en complimenten. De media waren dol op het Bureau, dol op Grady. Ze begrepen alleen niet dat toen Franks vader zelfmoord pleegde hij ook effectief toekomstig onderzoek de das om had gedaan. Hij wist zo veel, had zo veel informatie dat Manuel DeCaster te gronde zou zijn gericht, een van de dodelijkste en machtigste criminelen van Florida, wát, van het hele land. Het zou een van de markantste strafvervolgingen binnen de georganiseerde misdaad in jaren worden, en toen stopte Frank Temple II zijn pistool in zijn mond, haalde de trekker over en vermoordde samen met zichzelf ook de zaak.

Dus het verhaal was er nog niet of het was alweer ten dode opgeschreven, en hoewel de media dat nog niet doorhadden, begrepen Grady en Jim Saul dat donders goed. Het enige wat ze nog hadden was Frank Temple III. De jongen zou dichter bij zijn vader hebben gestaan dan wie ook, en er deden legio geruchten de ronde over zijn buitenissige opvoeding en het feit dat zoonlief naar de aard van zijn vader werd gemodelleerd. Hij was zelfs met zijn vader naar Miami geweest, waar ze minstens één bezoekje aan Devin Matteson hadden gebracht.

Jim Saul had het vooral op Devin voorzien. Devin was ongrijpbaar, betrokken bij alle onderdelen van de DeCaster-operaties, naar hem was jarenlang door de DEA, de FBI en de politie in Miami onderzoek gedaan zonder dat er ook maar één veroordeling uit de bus was gekomen. Temple zou de eerste dominosteen moeten zijn, en daarna was Matteson aan de beurt, maar Temple had het voor elkaar gekregen om zonder de anderen met zich mee te sleuren zelf ten onder te gaan. Ze konden bij Matteson de dominoketen weer oppakken, dat wist Saul zeker. En de kans bestond, misschien zelfs wel een grote kans, dat Temples zoon veel meer wist dan ze durfden geloven. Er was alleen een beetje overredingskracht voor nodig, meer niet. Een paar gesprekjes over verraden erfgoed, een paar kattebelletjes over hoezeer Devin zijn aandeel in de straf verdiende, hoe jammer, nee, hoe misdádig het zou zijn als

Franks vader de last helemaal alleen zou moeten dragen.

Hij was met de waarheid in zijn achterhoofd het huis van de knul binnengelopen, maar ook met een belofte – een professionele eed – om die niet te vertellen. Daar school toch geen kwaad in? Behalve dat hij wel een ander verhaaltje ophing en deed alsof dat de waarheid was, een verhaaltje dat het rouwende kind met gloeiende haat en een vendetta opzadelde.

Grady had er een tijdje aan gewerkt. Hij en de jongen hadden er vaak over gepraat, totdat Franks moeder bezorgd werd en een krantenverslaggever de ongebruikelijke band opmerkte en om interviews begon te vragen, waardoor alles in duigen viel, Frank met zijn haat en Grady en Saul met lege handen achterlatend.

Maar het was de moeite waard geweest. Dat hadden ze later tegen elkaar gezegd, het had hun iets opgeleverd als de jongen feitelijk iets had geweten en het had verteld, nou ja, dan zou het absoluut de moeite waard zijn geweest. Je moest tenslotte prioriteiten stellen. Zonder de jongen hadden ze geen zaak en en die hadden ze wel nodig.

Maar ze hadden er al een. Terwijl Grady in de kelder van dat huis in Kenilworth Frank foto's van zijn vader met Devin Matteson liet zien en het over loyaliteit en verraad had, en zo veel haat probeerde te zaaien dat hij hem een reactie kon ontlokken, was een groep jonge agenten bezig de straten af te schuimen en zijn bankgegevens uit te vlooien, en een paar jaar en twee akelige rechtszaken later zat DeCaster achter slot en grendel. De hulp van Frank Temple III was helemaal niet nodig geweest, er waren geen leugens tegen een rouwende zoon, een kínd, nodig.

Dat soort dingen kon je maar moeilijk van je afzetten.

Maar Grady hield de jongen in de gaten en na elk jaar zonder incidenten was hij enigszins opgelucht. Frank vond zijn eigen plek in de wereld, en zo te zien was dat een vredige plek.

Zo had het er tenminste uitgezien, tot de dag na zijn arrestatie wegens openbare dronkenschap in Indiana, toen Jim Saul Grady op een vrijdagavond thuis opbelde en vroeg of hij het van Devin Matteson had gehoord.

Grady haalde zijn voeten van de poef af, zette zijn bier weg en boog zich naar voren, de telefoon stevig in de hand.

'Wat moet ik over hem gehoord hebben, Jimmy?'

'Hij ligt in het ziekenhuis in Miami, met drie kogels in zijn lijf. Hij werd halfdood binnengebracht, maar sindsdien gaat hij snel vooruit. Je weet in welke conditie die klootzak verkeerde. De ijzeren man, hè? Hij is weer bij bewustzijn, en hij gaat het bijna zeker halen.'

'Hebben ze de schutter?'

'Nee. En als Matteson al weet wie het is, dan zegt hij er niets over. Maar iemand heeft hem drie kogels in de rug geschoten, en je weet hoe hij dat zal afhandelen.'

'Persoonlijk,' zei Grady en hij kreeg het koud. 'Wat heb je over de verdachten gehoord?'

'Het kan iedereen zijn. Als ze al goede aanwijzingen hebben, dan heb ik ze niet gezien.'

'Temples zoon was eergisteravond in Indiana gearresteerd. Openbare dronkenschap. Wanneer was Matteson neergeschoten?'

'De dag daarvoor,' zei Saul op trage toon. 'En hoe weet jij dat die jongen van Temple was gearresteerd?'

'Ach, je hoort wel eens wat,' zei Grady.

'Juist,' zei Saul. 'Nou, ik dacht dat je dit wel wilde weten. En als ik nieuws heb, ben je de eerste die het hoort.'

Ze hingen op, Grady liet de telefoon in het kussen naast zich vallen en staarde naar de muur.

Devin Matteson in de rug geschoten, Frank Temple III een dag later gearresteerd wegens dronkenschap in Indiana. Een feestje misschien? Met een paar glazen champagne toosten op de doden?

Nee. Nee, onmogelijk. De jongen deed het prima, en Matteson had massa's vijanden. Die lijst groeide waarschijnlijk met de dag.

Maar Frank had hem wel te pakken willen nemen. Frank had Matteson dolgraag te pakken willen nemen, en uiteindelijk, toen Grady de boel probeerde af te zwakken, had hij de jongen op het hart gedrukt dat overboord te zetten. Hem gezegd dat hij het móést negeren als hij niet wilde dat hij op dezelfde manier zou eindigen als zijn vader. En dat had

Frank geslikt, dat had hij althans gezegd. Maar Grady herinnerde zich dat hij een paar weken nadat de leugens waren begonnen naar de schietbaan was teruggegaan, herinnerde zich de uitdrukking op Franks gezicht en het perfecte gat van de kogels in het doelwit. Hij had verdomd goed geweten dat de jongen Devin Matteson zou opzoeken.

En wiens schuld was dat, Grady? Wiens schuld was dat?

Hij pakte zijn biertje weer, dronk de rest op, stond op en ging er nog een halen.

'Ik had naar de wonden moeten vragen,' zei hij hardop tegen zijn lege appartement. Dat zou de doorslag moeten geven. Want als er meer dan tweeënhalve centimeter tussen die kogelgaten zou zitten, dan had niet Frank Temple III de trekker overgehaald.

Ezra Ballard sneed met een elektrisch fileermes in één gladde, snelle streek langs de zijkant van de baars. Hij draaide de vis om en herhaalde de beweging. Hij legde de filets opzij en gooide de vissenkop over het hek naar de hondenkennel. Twee van zijn honden kregen het karkas tegelijk te pakken. Er klonk een zacht gegrom, het geluid van klappende kaken en toen trok de winnaar zich met zijn buit terug.

De vorige zomer had een architect uit Madison Ezra de les gelezen toen hij had gezien hoe hij de visresten aan zijn honden voerde. Je mocht honden vis niet zo geven. Kon ernstige schade aanrichten. Ezra had zijn best gedaan beleefd naar hem te blijven luisteren. Ten slotte had Ezra hem gevraagd of hij ervaring had met terriërs. Nee, niet met terriërs, had die kerel gezegd. Maar wel met honden. Wat voor soort honden dan, had Ezra gevraagd. Mopshonden, had die man gezegd. Ezra had alleen maar geglimlacht en geknikt, gewacht tot de man had betaald en was vertrokken. Mopshonden.

Ezra had alle vier zijn honden als pup uitgekozen, hij had ze in het nest geobserveerd en ze op speciale karaktereigenschappen geselecteerd. Hij trainde ze zelf, bracht zomers uren met ze door in het bos en struikgewas, leerde ze als een team samen te werken. Hoewel het jachtseizoen pas in oktober van start ging, mocht je 's zomers in Wisconsin jagen om je honden te trainen. Op de dagen dat hij niet hoefde te gidsen, zette hij meestal de honden in hun kooi achter in de truck en besteedde zijn vrije tijd zoals hij dat het liefste deed: alleen met zijn honden in de bossen. Natuurlijk was hij helemaal niet alleen. De honden waren Ezra's gezin. Meer dan huisdieren, meer dan vriendjes. En wanneer de lucht killer werd en de herfst de vroege schermutselingen met de winter begon te verliezen? De honden lang en luidruchtig in de donkere bossen blaften, en met Ezra met het geweer in de hand achter hun prooi aanjoegen? Dan hield hij nog meer van zijn honden: dan waren het kameraden.

Boone, een zesjarige *bluetick*, was het alfamannetje in de roedel, ook al was hij niet de grootste. Bridger (ze waren allemaal naar beroemde woudlopers vernoemd: Boone, Carson, Bridger en Crocket) was groter, langer en zeven kilo zwaarder, maar hij miste die agressieve inslag die honden in een leider respecteren. Hij was een diplomaat, had Ezra besloten, terwijl Boone eerder geneigd was preventief een klap uit te delen. Ezra had het meest met Boone, maar hij verwende Bridger en deed zijn best niet toe te geven aan het idee dat hij zijn favoriet was.

Hij maakte de laatste vis schoon, gooide de resten ervan in de kennel, verzamelde de filets en zijn mes, deed de lamp boven de fileertafel uit en liep het huis in. Hij bakte de vis en at die met aardappels en worteltjes, die hij had gekruid, in folie had gewikkeld en buiten op de gasgril had laten garen. Hij zat aan de keukentafel tegenover de kop van een fikse hertenbok die hij vijf jaar geleden had geschoten en daar had opgehangen. Uit alles, van het decor van deze kamer, tot zijn kleren, tot wat hij dagelijks deed, sprak wat hij was, het herinnerde hem daaraan, drukte de kern van het leven van buitenaf op hem. Hij was een vis- en jachtgids, een woudloper, iemand die daar thuishoorde. Zijn klanten wisten dat, zijn vrienden wisten dat, zijn buren wisten dat. Na bijna veertig jaar was hij er ook achter. Missie volbracht.

Je werd wat je wilde worden. Daar geloofde Ezra heilig in. Je kon dat worden als je maar hard genoeg je best deed, bij de kop pakken wat je werkelijk was en dat veranderen, jezelf in een nieuw leven dwingen tot het ook je oude leven werd, samengesmolten tot er een beter ik uit tevoorschijn kwam.

Hij had twintig jaar in Detroit gewoond en nog eens vier in de jungle doorgebracht om te ontdekken wat hij zou worden als hij de keus had. Ongehinderd reisde hij terug in de tijd, trok het westen in met Frémont en Carson en de anderen die daar waren, zag het land in al zijn schoonheid die het ooit had gehad. Daar werd hij door de werkelijkheid ingehaald, dus koos hij het op een na beste, een leven op het water en in de bossen, ver van de stadse wereld van hebzucht, gedoe en voortdurend geweld die hij als kind had gekend. Hij kwam hier op zijn vijfentwintigste, een jonge man met de ervaringen van een oude krijger. Hij had geen idee waar hij een snoekbaars moest zoeken, geen benul hoe hij een hert op het spoor moest komen of achter een beer aan moest. Die dingen leerde hij, en nu leerde hij die dingen aan anderen, en op sommige momenten leek het of wat de anderen dachten – dat hij hier altijd al was geweest – ook werkelijk zo was.

Hij at zijn bord leeg, waste af, pakte zijn autosleutels en liep naar de truck. Hij reed over Cedar Falls Road naar het houthakkerspad en hobbelde over het oneffen spoor. Ieder ander zou er uren, misschien zelfs wel een hele dag over doen om over land de bewuste auto op te sporen. Maar Ezra was anders. Een boom die er voor iedereen zo uitzag als alle andere, was voor hem een oriëntatiepunt, elke baai, kreek en eiland waren hem net zo vertrouwd als de huizen van de buren in een voorstad. Hij wist dat de grijze man over het houthakkerspad was gereden, en hij kende elke afslag die hij had genomen.

De weg liep nog een dikke achthonderd meter voorbij het punt waar Ezra zijn truck tot stilstand bracht, maar hij wilde niet helemaal naar het water rijden omdat zijn koplampen dan vanaf het eiland te zien zouden zijn. De rest legde hij te voet af, de natte aarde zoog aan zijn laarzen. Hier was de grond bijna moerassig, die hield het vocht nog lang na de regen vast. Het meer was omringd door ruim vijfenzestighonderd hectare bos dat door de staat werd beschermd, habitat van beren, herten en drie wolvenroedels. Ezra's habitat.

Verder naar het zuiden was een hellingbaan voor boten, en Ezra wist dat dit houthakkerspad werd gebruikt om kano's te water te laten, dat scheelde een aanzienlijk stuk peddelen als ze naar het noorden gingen.

Je legde je kano in het water en stak dan het meer over, maakte vervolgens links- of rechtsom een rondje om een overwoekerd eiland met daarop een paar VERBODEN TOEGANG-bordjes. Van de meer dan honderd eilandjes was dat het enige privé-eiland in het hele stroomgebied. Maar het had dan ook nooit privébezit mogen zijn. Dan Mattesons grootvader had er een bizarre rechtszaak over gewonnen.

Mattesons grootvader, een geboren Rhinelander, was in het bezit geweest van zestienhonderd hectare goede bosgrond, een paar kilometer ten oosten van de Willow en grenzend aan honderden hectaren waarvan de belangrijkste papierfabriek van de staat eigenaar was. Toen de fabriek per ongeluk zijn eigendom had kaal gekapt, klaagde hij die aan. De zaak werd aan een arbitragecommissie voorgelegd en die besloot om Matteson in plaats van geld een stuk land toe te wijzen dat ongeveer net zo veel waard was. In die tijd was het grootste deel van het land rondom het stroomgebied in bezit van de papierfabrieken en niet in handen van de staat, en de commissie had Matteson een kleine landstreek op een landtong aan de oostelijke oever toegewezen, evenals een van de weinige eilanden die zo hoog lagen dat ze nooit onderliepen. De totale oppervlakte besloeg ruim twee hectaren, een fractie van wat hij kwijt was, maar de arbitragecommissie voerde als argument aan dat het land aan het water lag en daarom meer waard was. Matteson had het geaccepteerd, en nu, zestig jaar later, was dit het enige eiland in privébezit binnen het hele stroomgebied.

Dan was hier opgegroeid, en tijdens de lange dagen en nog langere nachten in Vietnam had hij het erover gehad. Voor Ezra, die voordat hij door het leger werd uitgezonden nooit verder dan zestig kilometer buiten Detroit was geweest, klonk het als een droomwereld. Kilometers opdoemende donkere bossen, ongerepte meren, eilanden. Het eiland van Dan had zo'n aantrekkingskracht op Ezra dat hij er geen woorden voor had, maar hoe langer ze in het buitenland verbleven, hoe meer hij aan het beeld van die plek gehecht raakte. Hij kon niet naar Detroit terug. Niet als hij een nieuw bestaan wilde opbouwen.

Vlak voordat ze in dienst gingen, was Ezra met zijn oudere broer Ken de stad in getrokken om een schuld te vereffenen. Het ging om vierhonderd dollar. Ezra had de armen van een alcoholische fabrieksarbeider vastgehouden terwijl zijn broer met een fles op de man inhakte. Toen de fles kapotging, had Ken hem er nog één keer mee in het gezicht geslagen, een naar boven gerichte stoot, en het kapotte glas beet in de kin van de bewusteloze man, drong zich naar boven en scheurde een stuk roze vlees af, van de kaak tot aan de oogkas. Ze lieten hem in een steeg achter nadat ze negen dollar uit zijn zakken hadden gehaald. De volgende dag had Ezra zich bij de rekrutering gemeld.

Toen zijn diensttijd er bijna op zat en het vooruitzicht van de terugreis naar huis dichterbij kwam, diende Ezra een officieel verzoek in bij Dan: kon hij op die plek terecht, Willow Flowage, voor een paar maanden maar, tot hij het een en ander had uitgezocht?

Je bent niet goed bij je hoofd, had Dan gezegd. Het wordt winter, man. Dan ligt er een meter sneeuw, wil je dan in een hut zonder elektriciteit zitten?

Op dit moment klinkt sneeuw me nog niet zo gek in de oren, had Ezra geantwoord.

Dan had ingestemd. Hij vertrok naar het zuiden, naar Miami, terwijl Ezra naar het noorden ging, Frank Temple zijn baan bij de politie accepteerde en destijds midden in St. Louis belandde.

Dan werd in Miami vernield. Ezra werd door de Willow gered. Ezra werd zonder meer geréd. Het was een hard, maar puur leven, waarin je met eigen kracht en zweet investeerde, door sneeuw te ruimen en vuren aan te leggen, je benen heel te houden en met wapens te zwaaien. En op bepaalde momenten, wanneer de avondzon een bleekrode vlek op de stille sneeuw wierp, of wanneer een vroege lentewind vanaf het meer opstak, dan wilde je wel op je knieën vallen en elke god waarin je geloofde – of misschien een waarin je eerder niet had geloofd – danken dat hij jou op dat moment op die plek had gezet.

Ezra was vijf maanden op het eiland toen hij hoorde dat het lijk van zijn broer in de kofferbak van een Caprice was gevonden, vlak bij Lafayette in Detroit. Hij sloeg de begrafenis over. Die zomer kwamen Dan en Frank hem opzoeken, en Ezra waagde zijn kans. Hij en Frank zouden hutje bij mutje leggen en het andere stuk land, op de punt, van Dan kopen, daar een hut bouwen en een plek creëren die ze konden delen en aan hun gezinnen konden doorgeven. Het was zo'n groots plan dat je alleen maar had als je jong was en vriendschappen voor altijd schenen te blijven bestaan.

Goed dan, had Dan gelachen. Ik verkoop je dat stuk land, man. Maar ik ga niet lang op dit verdomde eiland zitten, in the middle of nowhere waar niets te doen is.

Verkoop het dan aan mij, stelde Ezra voor, voor hem was het eiland al heilige grond.

Dan schudde zijn hoofd. Traag, maar iets van de spottende humor was van zijn gezicht verdwenen.

Nah, zei hij. Dat kan ik niet verkopen. Niet het eiland. Dat zit in een trust, een nalatenschapsdeal, zodat de staat er niet aan kan komen. Het eiland gaat terug naar mijn familie, dat weet je wel. Ik heb een zoon, en ooit wordt dit van hem. Ik wil dat hij het krijgt.

Dus hij hield zijn eiland, maar kwam er zelden, terwijl Ezra en Frank een hut op het kleinere stuk grond op de punt bouwden en daar een paar zomers en herinneringen deelden. Nu, een paar decennia later, keek Ezra erop terug en zag dat het een voorbode was geweest, waarbij Dans leven zich in een andere richting bewoog, naar een plek die voor Ezra en Frank verborgen bleef. Maar het was bovenal verschrikkelijk jammer dat het voor Frank zo heel anders was uitgepakt.

Ezra had een tijdje in de hut aan het meer gewoond, maar zodra hij het zich kon veroorloven had hij een paar kilometer verderop meer land gekocht en daar zijn eigen huis gebouwd. Uiteindelijk nam Frank Temple de grond aan het meer helemaal over en stopte het in een nalatenschapstrust voor zíjn zoon. En nu was het alweer jaren geleden dat iemand de nacht in de hut aan het meer had doorgebracht of in die op het eiland. Dat kwam er nou van die mooie erfenissen.

Toen hij op de top van de heuvel was, liep hij van de weg af in de richting van de oever, tussen de bomen door waar hij de auto vermoedde, en vond hem meteen. Hij was pal tegen de laatste boom gezet en de takken die ertegenaan waren geslagen drupten vocht op het dak. Hij dook onder de takken door, zijn broek raakte doorweekt toen zijn knie langs het vochtige gras scheerde, en kwam aan de achterkant van de auto uit. Hij haalde zijn aansteker uit zijn borstzakje, deed hem aan en hield de vlam dicht bij de bumper zodat hij het kenteken kon lezen.

Het was een lokaal nummerbord. Wisconsin en Lincoln County. Dat verbaasde hem. Hij prentte zich de cijfers in en deed de aansteker uit. Hij had geen plaatselijk voertuig verwacht. De enige mensen die toegang hadden tot de eilandhut, zaten volgens hem een paar duizend kilometer verderop. De Lexus had een nummerbord uit Florida gehad, maar die was nu weg, en deze ouwe brik met een lokaal kenteken was ervoor in de plaats gekomen. Hoe zat dat?

Hij had de auto gelaten voor wat die was en was door de stille bossen teruggelopen. Bij zijn truck aangekomen besloot hij naar de Willow Wood Lodge te rijden in plaats van naar huis, daar een borrel te drinken en nog een poosje na te denken voor hij het vandaag voor gezien hield. Geen toeristen in deze tijd van het jaar. Er stonden zes auto's op de parkeerplaats toen hij er aankwam en hij hoorde gelach naar buiten drijven. Hij liep naar binnen en ging aan het puntje van de bar op een kruk zitten. Hij zat nog niet of er stond al een glas Wild Turkey met ijswater voor zijn neus. Carolyn, die achter de bar stond, wist het zonder bestelling ook wel.

'Fijn dat je er bent,' zei ze. 'Ik had je al willen bellen.'

'O ja?'

'Dwight Simonton was hier een uur geleden. Je kent Dwight wel.'

'Natuurlijk. Goeie vent.'

'Hij zei dat de hut van Temple bewoond was. Zei dat er buiten een vuur brandde, dat er iemand was.'

'Goed gedacht, verkeerde eigenaar. Er zit iemand in de hut op het eiland.'

Carolyn schudde haar hoofd. 'Dwight zei dat het bij Temple was.'

Ezra fronste zijn wenkbrauwen. 'Dat geloof ik niet. Ik was er vandaag nog, heb er vanaf het water naar gekeken. Daar zit helemaal niemand. Het is al zo lang geleden dat iemand in een van de hutten is geweest, Dwight heeft zich vast vergist. Heeft zeker iets over de eilandhut gehoord en de dingen door elkaar gehaald.'

Nu leunde Carolyn naar achteren en trok haar wenkbrauwen op. 'Kom nou toch. Iedereen die bij dit meer woont kent de hut van Temple, zeker na die keer dat die gekke vent uit zijn dak ging. Dwight zei tegen me dat er precies op de punt een vuur brandde. Denk je dat Dwight het verschil niet ziet tussen een vuur op het eiland of op de oever drie kilometer verderop?'

Ze had gelijk, Dwight Simonton zou die fout niet maken. Hij en zijn vrouw Fran hadden hier vroeger ruim tien jaar een huis gehad en waren de dichtstbijzijnde buren van de Temple-hut geweest. Als Dwight zei dat het de hut van Temple was, dan was dat ook zo.

'Denk je,' ze ging zachter praten en boog zich naar hem toe, 'dat het zijn zoon is?'

Natuurlijk was het zijn zoon, die was na het door Ezra ingesproken bericht in actie gekomen, maar hij zei er niets over en haalde zijn schouders op.

'Dat zou wat zijn,' zei Carolyn.

Ja. Dat zou inderdaad wat zijn. Ezra dronk zonder een woord te zeggen zijn bourbon op, gooide wat geld op de bar en stond op.

'Ga je erheen?' vroeg Carolyn met een nieuwsgierige uitdrukking op haar gezicht.

'Lijkt me wel zo netjes.'

Ze wilde nog wat vragen, maar Ezra draaide zich om en liep naar de deur, stapte de nacht in die nu zinderde van spanning. Eerst was die prachtige vrouw met haar grijze metgezel in de Lexus aangekomen. Toen was de Lexus verdwenen en had de man een andere auto tussen de bomen verborgen. En nu zat er iemand, waarschijnlijk Franks zoon, in de hut van Temple. Het stond Ezra absoluut niet aan dat de groep zich zo om dit meer aan het verzamelen was. Hij was verantwoordelijk voor ze, dat wist hij. Een generatie later, misschien, maar hij had ze hier toch naartoe gehaald.

11

De brief hing precies waar die moest hangen, ingelijst aan de muur, naast de erbij horende Silver Star. Frank las hem terwijl hij zijn eerste biertje soldaat maakte, las hem van de datum helemaal tot aan de handtekening van president Harry S. Truman.

In dankbare herinnering aan majoor Frank Temple, die in dienst van zijn land tijdens de militaire operaties in Korea, op 22 augustus 1950, is gesneuveld. Hij staat in de ongebroken lijn der patriotten die de moed hadden te sterven, opdat vrijheid zal overleven, bloeien en haar zegeningen zal verspreiden. Vrijheid leeft voort en daardoor leeft hij voort, daarbij vallen de acties van de meeste mannen in het niet.

De brief had boven het kinderbedje van zijn vader gehangen, de enige band die Frank Temple II ooit met de soldaat had gehad die in Korea was gesneuveld en een vrouw achterliet die zes maanden zwanger was van de zoon die zijn naam zou dragen. Frank Temple II groeide op zonder ooit zijn vader te kennen maar wist wel veel van zijn erfgoed, want hij droeg een heldennaam. Op D-day, toen de stranden bol stonden van de heldendaden, hielden Frank Temple de Eerste en zijn kameraden stand. Met grijphaken en touwen beklom zijn bataljon Army Rangers bij Point du Hoc de kliffen, dertig meter hoge, boven de zee opdoemende stenen torens die werden beschermd door Duitse soldaten met een vrij schootsveld. In het geweld van die kogelregens klommen Temple en zijn mede-Rangers omhoog. Er waren zware verliezen, maar de missie was volbracht.

Het was niet makkelijk om in dat voetspoor te treden, maar Frank Temple II had dat vijfenveertig jaar lang gedaan. Hij had zijn eigen oorlog, Vietnam, waar hij in een speciale unit diende, zo geheim en gevierd dat die tientallen jaren later nog altijd onderwerp van speculatie was. Ze werden de MACV-SOG genoemd: de Special Operations Group, elitesoldaten die hun bevelen eerder van de CIA kregen dan van het ministerie van Defensie. Temple II had zijn vader geëvenaard met de Silver Star en Purple Heart, en eenmaal weer thuis maakte hij carrière bij de US Marshals, en was hij vader van een zoon die – hoe kon het ook anders – zijn naam droeg, zijn vaders naam.

'Je hebt veel om voor te leven.' Dat was zijn mantra voor Frank, een motto dat hij net zo vaak en net zo achteloos zei als de meeste mensen 'goedemorgen' zeiden, een constante geheugensteun dat Frank uit een geslacht kwam van dappere mannen die heldendaden verrichtten.

En het ergste van alles was dat Frank hem altijd geloofde. En wat nog erger was, hij geloofde in hem. Al die heldenonzin, dat gelul over eer en moed, leek recht uit zijn vaders hart te komen. Dat was heilig. Totdat zijn vader zelfmoord pleegde en een team FBI-agenten bij het huis arriveerde, drie maanden voor zijn eindexamen, had Frank in zijn vader geloofd.

Nu hij met een lauw biertje in de hand zo naast het vuur zat, vroeg hij zich af hoe lang dat nog zou zijn doorgegaan. Als zijn vader nooit gepakt was geweest, als die FBI-agenten nooit waren komen opdagen, zouden ze dan hier hebben gezeten, samen hebben gelachen, een biertje gedronken? En zou Frank dan nog altijd dat ijzeren vertrouwen in de man tegenover hem hebben gehad? Of zou hij met het ouder worden ook wijzer zijn geworden, de leugen in zijn vaders woorden hebben bespeurd, het kwaad in zijn ogen hebben gezien die hem altijd liefdevol aankeken?

Vandaag zou hij trots zijn geweest, dacht Frank. Zoals ik de dopsleutel liet neerkomen, het geluid waarmee die tegen het achterhoofd van die vent sloeg, helemaal pappies jongen.

Daar moest hij om lachen, het soort lachen dat je alleen doet als je in je eentje zit te drinken. Hij lachte langer dan nodig, hief toen zijn biertje naar de hut, een toost op zijn terugkeer. Dit was hun plek, een plek vol herinneringen die hij alleen met zijn vader deelde, hier waren geen indringers.

Hij wilde dat hij een traan kon laten, om zijn vader kon huilen. Het was vier jaar geleden dat hij dat voor het laatst had gekund. Toen hij midden in de nacht door de heuvels van Kentucky was gereden en naar een radiostation had geluisterd van een stad waar hij nog nooit van had gehoord. 'Wish you were here' van Pink Floyd werd gedraaid en aan de randen van zijn geest was het gaan rafelen, en toen er één zacht gezongen regel – 'Hebben ze je zover gekregen dat je je helden voor geesten hebt ingeruild?' – uit de luidsprekers klonk, was het voor zijn ogen gaan dansen.

Vanavond zouden er geen tranen vloeien, en misschien waren de tranen op die eenzame snelweg in Kentucky wel zijn laatste geweest. Als deze plek, met alle goede herinneringen, hem niet op die manier kon beroeren, dan kon geen enkele plek dat.

Hier bij de Willow zou hij niet om zijn vader huilen, maar misschien zou hij wel voor hem doden. Als Devin werkelijk terugkwam… shit, wat zou het goed voelen. Frank kon het ook. Wedden dat hij het kon? Jarenlange lessen raakte je niet zomaar kwijt, niet wanneer je was onderwezen door iemand zo goed als zijn vader.

Op een dag, het was ergens in de zomer en hij was veertien jaar, bracht zijn vader voor het eerst het onderwerp van gerechtvaardigd doden ter sprake. Hij ging er werkelijk uitgebreid op in. Ze waren beneden in de trainingsruimte geweest, deden oefeningen, Frank viel aan en zijn vader verdedigde, die kon zijn uitvallen meestal met gemak afweren, maar zo nu en dan wist Frank tussendoor toch een klap uit te delen. Op die momenten glimlachte zijn vader. Glom hij bijna.

Ze waren klaar en zaten naast elkaar met hun rug tegen de koude betonnen muur, beiden hijgden nog na, en zijn vader had gezegd: *ik doe een hoop bullshit, jongen. En ik heb een hoop bullshit gedaan. Nu bij de marshals en vroeger in het leger.*

Frank dacht dat hij met bullshit vervelende karweitjes bedoelde, pennenlikkerij en bureaucratie. Maar dat was niet zo. Toen het zweet

op Franks nek en rug was opgedroogd en zijn hart weer in zijn normale, trage en regelmatige tempo ging kloppen, had zijn vader uitgelegd
wat hij bedoelde.

*We jagen op een stelletje slechte klootzakken, Frank. En ik bedoel slecht,
begrijp je dat? Kerels die stelen, moorden, verkrachten en elke misdaad
plegen die je maar kunt verzinnen. Sommigen gaan naar de gevangenis.
Veel van hen komen daar niet terecht. Ze komen ervan af door een tech-
nische fout, een advocaat die een trukendoos opentrekt, wat dan ook.
Maar ze belanden regelrecht weer op straat en gaan iemand anders het
leven zuur maken. Ik zeg niet dat het systeem soms faalt... ik zeg alleen
dat het niet altijd werkt. Er zijn van die jongens die het systeem niet kan
aanpakken en die de lucht die ze inademen nog niet waard zijn. En er is
een manier om dat recht te zetten. Een natuurlijke manier.*

Een natuurlijke manier. Zo dacht zijn vader over moord. Dat was de
natuurlijkste zaak van de wereld, een ingebouwde oplossing voor een
menselijk conflict, tijdloos en onovertroffen.

Frank had er een tijdje het zwijgen toe gedaan, tot het duidelijk werd
dat zijn vader een reactie van hem verwachtte. Daarop had hij gevraagd
wat dat allemaal met het leger te maken had.

*Dat is hetzelfde. We hebben hier dat systeem, ja, regeringen en gene-
raals en wat al niet meer, en zij horen de vrede te bewaren, en iedereen wil
dat ze dat zonder een schot te lossen doen. Maar weet je wat? Dat gaat
niet. Want er zijn akelige mensen in de wereld, jongen, en die blijven akelige dingen doen. En daarom zijn er mensen als ik nodig. Mensen als ik, en
als je grootvader, en jij. Iemand die weet hoe je met een wapen moet omgaan als het nodig is.*

Dat was de eerste keer dat Frank officieel op de lijst werd ingelijfd, en
hij werd er een beetje licht in het hoofd van, de eer dat hij tot dat gezelschap mocht toetreden raakte hem diep in zijn veertienjarige jongens-
hart.

Een paar jaar later, zijn vaders lichaam lag in de grond en zijn gezicht
stond op de voorpagina van de krant, drong de trieste waarheid van dat
soort momenten zich aan Frank op. Hij begreep wat zijn vader had gedaan, begreep dat hij dingen voor zichzelf had weggeredeneerd, net zo-

als hij Frank een filosofie had voorgehouden. Maar hij geloofde wat hij zei en Frank zag daar de gruwel van, de misvatting, barbaarsheid en de rechtvaardiging. Ja, de rechtvaardiging. Die was er nog steeds. Minder misschien, afgezwakt wellicht, maar niet verdwenen. Dat kon ook niet. Want zijn vader, akelige man of niet, was dood en Devin Matteson – sowieso een akelige man – was zo vrij als een vogeltje in de lucht. Had een deal gesloten, had zijn vader in de uitverkoop gedaan en was ermee weggekomen. Geen straf, geen boetedoening, geen pijn. Maar dat verdiende hij wel. Verdomd als die kerel geen pijn verdiende.

Ook een ander gesprek in die kelder stond nog in Franks geheugen gegrift, en opnieuw was pas later de werkelijke betekenis tot hem doorgedrongen. Ze hadden op elleboogstoten geoefend – verticaal, horizontaal, frontaal, van achteren, hoog, laag, Franks vader eiste altijd sneller en harder – terwijl zijn moeder boven hard muziek van Tom Petty draaide, hen probeerde te overstemmen, niet blij met de gewelddadige lessen die haar zoon zo gedegen toegediend kreeg.

Het was op die dag, zoals Frank zich later realiseerde, precies een week nadat zijn vader uit Florida was teruggekomen, dat hij twee mannen had vermoord om Dan Mattesons dood te wreken. Een week had hij met die realiteit geleefd, misschien een paar weken met de beslissing zelf. Hij had even gezwegen om een slokje bier te nemen – voor zover Frank het zich kon herinneren was het de eerste keer dat zijn vader iets anders dan een fles water mee naar beneden had genomen – en zijn zoon kritisch aan te kijken.

Frank, had hij gezegd, *stel je voor dat iemand me binnenkort vermoordt.*

Toen had het nog steeds een spelletje geleken, en Frank had geantwoord: *dat kan niet, niemand is daar goed genoeg voor,* met een geestdriftige, plagerige stem, in de veronderstelling dat ze elkaar alleen maar op de schouders sloegen met die bravoure waar de oude man tijdens een harde training zo dol op was. Maar hij had een andere uitdrukking in zijn ogen, donkerder en intenser.

Het kan wel, Frank. En waarschijnlijk gebeurt het op een dag ook nog.

Frank gaf geen antwoord.

Stel dat het gebeurt, had zijn vader gezegd, *en stel dat je weet wie het heeft gedaan. Wat zou je dan doen?*

Nog steeds geen antwoord.

Frank? Wat zou je dan doen?

Hem vermoorden, zei Frank en hij haatte het dat zijn stem als die van een kleine jongen klonk. *Ik zou hem opsporen en vermoorden.*

Er verschenen pretlichtjes in zijn vaders ogen. Hij had geknikt, zijn bier opgedronken en gezegd: *verdomd als je dat niet zou doen. Verdomd.* Toen had hij een hand op Franks schouder gelegd en gezegd: *je bent een goeie jongen, Frank. Correctie... je bent een goeie vént.*

Een paar jaar later was Frank in staat geweest om dat gesprek terug te halen en opnieuw te zien wat er onder de oppervlakte meespeelde, zien hoe zijn vader alles aan het wegredeneren was, rechtvaardigen was, maar er was ook iets anders geweest: een belofte.

Ik zou hem opsporen en vermoorden.

Frank Temple had zichzelf omgebracht. Er viel niets te vereffenen. Helemaal niets.

Ik zou hem opsporen en vermoorden.

Frank had door de jaren heen een hoop medelijden te verduren gehad, soms oprecht, soms geveinsd. Soms kreeg hij het rechtstreeks over zich heen, andere keren zag hij het alleen in de ogen. Arme jongen. Stel je voor: zo'n monsterlijke vader. Het probleem was alleen wat Frank wél zag en diegenen nooit konden zien, namelijk dat hij een goede vader was geweest. Natuurlijk was hij een moordenaar en hij had ervoor geboet, ja, misschien genoeg om hem in de ogen van de rest van de wereld te veroordelen, maar voor Frank ging dat niet op. Het verving niet een liefde die zeventien jaar had geduurd. Hij was een goede vader. Frank wilde soms dat hij dat niet was geweest, dat hij stomdronken thuis was gekomen en gewelddadig was geweest, dat hij Frank en zijn moeder alle hoeken van de kamer had laten zien, de buren had bedreigd, dat hij alles had gedaan wat een moordenaar in zijn eigen huis zou horen te doen... maar dat had hij niet gedaan. Hij was altijd in voor een grap en een vriendelijk woord, ondersteunend, belangstellend. Toen Frank elf jaar was en zijn baseballteam door zijn schuld uit de jeugdcompetitie was gedegradeerd, had zijn vader hem in de auto vastgehouden terwijl hij huilde van schaamte, en gezegd: 'Zit er maar niet over in, knul, volgend jaar smeren we lijm op je knuppel,' en toen waren de tranen vergeten en moest hij lachen.

Zelfs die lessen in de kelder – waarop de tv-ploegen zich hadden gefixeerd en die ze hadden gebruikt om zijn vader als een nog groter monster af te schilderen: deze man die een kind met geweld vernietigde – waren een uiting van liefde geweest. Zijn vader had een andere wereld gezien dan de meeste mensen, een wereld van voortdurend geweld. Hij bereidde zijn zoon daarop voor, dat was alles. Hij kon hem alleen maar opvoeden door hem op het ergste voor te bereiden.

'Welkom terug.'

De stem kwam van vlak achter zijn schouder. Toen Frank zich met een ruk naar het gezicht van de man omdraaide, was de eerste gedachte die hem te binnen schoot dat de spreker hem volkomen geruisloos was genaderd. Daardoor, bijna meer nog dan door de stem, wist hij wie zijn bezoeker was.

'Oom Ezra?'

Een kinderlijk koosnaampje, maar het was het eerste wat in hem opkwam. De man kwam uit de duisternis dichterbij en stak zijn hand uit.

'Fijn je te zien, Frank.'

Frank stond op en greep de hand vast. Hij was een paar centimeter langer dan Ezra en hoewel dat al sinds zijn tienertijd zo was, verbaasde het hem nog steeds. In zijn herinnering was de man groter, rustig en kundig, en hij kon opmerkingen maken waar elke stand-upcomedian jaloers op zou zijn, uitgesproken met diezelfde trage, zachte stem van hem. De grappen kwamen en gingen, meestal voordat iemand in de gaten wat hij had gezegd en in lachen uitbarstte.

'Heb je de auto aan de wilgen gehangen?' zei Frank terwijl hij met een hand naar de donkere bossen gebaarde waar Ezra uit tevoorschijn was gekomen. Hij wist wel een entree te maken.

'Mooie avond voor een wandeling.'

Ieder ander zou nu met vragen komen: wanneer was hij aangekomen, waarom had hij niet gebeld dat hij kwam, hoe lang zou hij blijven? Maar Ezra stelde ze niet, ging op een boomstronk naast Frank zitten en zei: 'De hut zag er goed uit.' De vaststelling van een feit, maar hij wilde dat Frank dat bevestigde.

'Natuurlijk,' zei Frank, die ook ging zitten.

'Laat je het vuur uitgaan?'

Het was bijna gedoofd, maar Frank had het niet gemerkt omdat hij daar alleen met zijn biertje en zijn herinneringen had gezeten.

'Eh, nee. Ik was alleen…'

Ezra knielde naast het vuur en porde in het hout, gooide er een paar nieuwe blokken op. De vlammen likten aan de brandstof en laaiden op, de gloed bescheen Ezra tot die tevreden naar achteren stapte en naar zijn stronk terugkeerde. Frank staarde in het vuur, maar Ezra zat wat opzij, zodat zijn ogen niet rechtstreeks op de vlammen gericht waren. Frank had zijn vader jaren geleden gevraagd waarom hij dat deed. *Hij keert zijn gezicht niet naar het vuur omdat hij in het donker wil blijven zien, had zijn vader gezegd. Dat is een ouwe gewoonte, gabber. Die raak je niet zomaar kwijt.*

'De boot ligt in de schuur,' zei Ezra, 'maar ik heb de motor eraf gehaald en in de hut gelegd.'

'Dat heb ik gezien.'

'Dacht dat de schuur een makkelijker doelwit voor inbrekers zou zijn. Maar ik kom hier zo vaak dat de meeste mensen wel beter weten.'

'Ja. Gelukkig maar.'

'Verdomme,' zei Ezra terwijl hij met zijn laars naar het vuur schopte. Daarna zweeg hij, klonk er alleen het knappende en sissende vuurtje, en de krakende takken in de aanhoudende wind. Toen Frank nog een jongen was, hadden er futen gezeten, en niet weinig ook, maar vanavond had hij hun opgejaagde kreten nog niet gehoord. Ze waren hier altijd 's zomers naartoe gegaan, maar één keer waren ze hartje winter een weekend gaan ijsvissen. Frank was voorbereid geweest op een lange, koude trektocht over het ijs naar een klein wak waar je op een ondersteboven gekeerde emmer of kruk naast zat. In plaats daarvan had Ezra hen met een halve ton zware pick-uptruck het meer op gereden en was zonder aarzeling regelrecht het bevroren water op gegaan. Frank, die tussen de beide mannen in zat met de versnellingspook tegen zijn knieën gedrukt, was ervan overtuigd geweest dat het ijs ergens midden op het meer zou breken, hen zou verzwelgen en dat Frank zijn uitstapje zou eindigen als een twaalf jaar oud blauw lijk. Maar het ijs had gehouden en Ezra's visserskeet was klein maar warm. Ze hadden baarzen en snoeken uit het ijs gevist en zijn vader en Ezra hadden nippend aan hun koffie met bourbon verhalen verteld.

'Ik heb je bericht gekregen,' zei Frank. Zijn hart sloeg een slag over, alleen al bij de gedachte dat Devin daar ergens op het eiland kon zijn, nam de woede in hem toe.

'Ik heb me kennelijk vergist.'

Er viel een stilte en toen zei Frank: 'Hoezo vergist?'

'Hij is niet hier,' zei Ezra.

'Devin?'

'Over wie heb je het anders? Ja, Devin. Hier is hij niet, Frank.'

'Maar er is wel iemand?'

'Ja.'

'Wie dan?'

Ezra aarzelde en schudde zijn hoofd. 'Dat weet ik niet. Een man en een vrouw, en ik ken ze geen van beiden. Misschien verhuurt Devin de boel wel.'

Frank voelde dat de trilling wegebde en iets – was het teleurstelling? – kwam voor de woede in de plaats. Krankzinnig dat hij teleurgesteld was. Krankzinnig gewoon. Hij begreep het wel, maar hij had geen zin om erbij stil te staan. Wilde het nog geen moment in zijn gedachten laten opkomen. Grady had hem dat vaak genoeg verteld.

'Fijn je weer te zien,' zei Frank, en hoewel hij het vooral zei om de stilte te doorbreken en zijn gedachten van Devin af te leiden, meende hij het wel.

'Ik weet dat je het meent, jongen. Het is lang geleden.'

'Het zal moeilijk worden,' zei Frank. 'Hier zijn.'

Ezra keek hem niet aan. 'Dat kan ik me wel voorstellen.'

Frank, die zopas Ezra dankbaar was geweest dat hij níét over zijn vader begon, wilde dat nu plotseling wel. Maar wat moest hij in hemelsnaam over hem zeggen?

'Hier liggen mooie herinneringen,' begon hij. 'Van andere plekken kan ik dat bepaald niet zeggen, maar hier was het meestal goed.'

'Hij was geen slechte kerel, knul. Ook weer niet perfect, maar hij was zeker niet wat ze van hem hebben gemaakt.'

'Vertel dat maar aan de familie van de mensen die hij heeft vermoord,' zei Frank en het verbaasde hem hoe vermoeid zijn eigen stem klonk, zo oud.

Toen hoorde hij eindelijk een fuut. Hij maakte zich ergens op het meer los, het geluid was met niets te vergelijken, en dreef op de wind over het water naar hun kampvuur. Hij bedacht dat ze er beiden dankbaar voor waren. Konden ze ergens naar luisteren, konden ze ophouden met een gesprek dat nergens goed voor was.

'Zoals ik al zei, ben ik blij je te zien, Ezra. Ik wil je niet in dat soort gesprekken betrekken. Sorry.'

'Geeft niet, hoor,' zei Ezra. 'En volgens mij wil je dat wel. Het zou me verbazen als het niet zo was.'

Daar gaf Frank geen antwoord op. Hij zat vast in een herinnering, een andere avond om een ander kampvuur met zijn vader en Ezra. Hij was toen vijftien geweest, en zijn vader had het in zijn hoofd gehaald om op te scheppen over de trucs die hij zijn zoon had geleerd, te pochen over die verschrikkelijk snelle handjes van hem. Moet je kijken, had hij tegen Ezra gezegd, moet je kijken hoe verdomd snel hij is. Ze hadden de gebruikelijke oefeningen afgewerkt, zijn vader met het pistool en Frank die dat probeerde af te pakken, of andersom. Hij wist de details van het spel van die avond niet meer, wist alleen nog dat Ezra had gezegd: ja, je bent echt snel, knul, dat zijn stem verdrietig had geklonken en dat hij hen geen van beiden had willen aankijken.

'Ik vond het geen goed idee om je te bellen,' zei Ezra. 'Ik had het beloofd, maar ik vind het nog steeds geen goed idee.'

'Dat was het ook niet.'

'Wat doe je hier dan?'

'Wat bedoel je?'

'Waarom ben je gekomen, Frank?'

Hij gaf geen antwoord. Ezra keek hem lange tijd aan en knikte alsof hij antwoord op zijn vraag had gekregen.

'We hadden afgesproken dat we het zouden laten rusten,' zei hij. 'Heel lang geleden hebben we dat afgesproken.'

Ze hadden ook nog een paar andere dingen afgesproken. Zoals het feit dat de Willow heilige grond was en dat Devin – die twee generaties loyaliteit en vriendschap, die op deze plek verankerd lagen, had verraden – hier nooit zou mogen terugkeren. Dat ze niet achter hem aan zouden jagen, dat ze hem in Florida in zijn sop zouden laten gaarkoken, zo lang als dat maar duren kon, maar dat ze niet zouden toestaan dat hij naar deze plek zou terugkeren. In elk geval niet zonder slag of stoot.

'Wil je dat werkelijk?' zei Frank. 'Vind je het goed dat hij hierheen komt, in de hut zit, fijn vakantie komt vieren en lekker zit te genieten? Hij heeft mijn vader ertoe gedreven, Ezra, hij heeft misbruik gemaakt van een hoop bullshit over loyaliteit, om vervolgens het aas uit te gooien, zich om te draaien en hem aan te geven, en zo voor zichzelf immuniteit te kopen.'

'Denk je dat ik dat ben vergeten? Ik vroeg me alleen af wat je van plan bent.'

'Ik zou hem wel een paar vragen willen stellen,' zei Frank.

'Meer niet?'

'Meer niet,' zei Frank maar hij dacht aan de wapens in de hut, prachtige, mooi vervaardigde spullen die er niet waren om vragen te stellen.

'Waar kom je nu trouwens vandaan?' vroeg Ezra en Frank keerde weer naar het heden terug. 'De postzegels op je brieven kwamen de afgelopen jaren uit alle delen van het land.'

'Ik zat in Indiana.'

'Werk?'

'Studie.'

'Welke?'

'Schrijven. Ik had een paar ideeën voor een boek, maar misschien is een filmscenario beter.'

'Wat geweldig,' zei Ezra en hij leek oprecht blij. 'Als kind was je altijd al een verhalenverteller. Dat kan ik me nog herinneren.'

'Ik weet alleen maar dat ik naar verhalen luisterde.'

'Nou ja, natuurlijk, in die tijd hadden we een hoop meer te vertellen dan jij. Maar ik weet nog dat je er talent voor had. Een verhaal over een fietswrak uit jouw mond was opwindender dan wat ik over een gevecht of een berenjacht in de aanbieding had.'

Frank lachte. Verhalen vertellen was een belangrijk onderdeel van die tripjes, en als hij Ezra een positieve reactie kon ontlokken, een glimlach, knikje of zo'n zachte grinnik, dan was dat een grote beloning.

'Hoe lang is het rijden?' zei Ezra. 'Vanaf Indiana?'

'Ik heb er zo'n tien uur over gedaan.'

'Goeie reis gehad, zeker?'

'Tien uur is de normale rijtijd. Ik ben een paar uur extra kwijt geweest doordat ik in botsing kwam met iemand van wie ik dacht dat hij Devin was. Het was Devin niet, maar te oordelen naar de kerels die achter hem aan kwamen, was hij ook bepaald geen lieverdje.'

Ezra wendde zich bijna helemaal naar het vuur en trok zijn wenkbrauwen op, zoals Frank hem dat al honderd keer eerder had zien doen, meestal wanneer zijn vader zich iets herinnerde wat niet met Ezra's herinnering strookte.

'Zou je daar wat meer over willen vertellen?' vroeg Ezra.

Frank vertelde het verhaal. Ezra luisterde zwijgend, schudde zo nu en dan zijn hoofd of humde zacht ten teken dat hij het begreep, maar zei niets.

'Lekker welkom terug in de stad,' zei hij.

'Wat je zegt.'

'Ik ken Nora Stafford wel. Haar vader kende ik beter, natuurlijk, maar ze is een goeie meid. Weet je zeker dat het goed met haar is?'

'Ja, behalve dat ze geschrokken is. Maar het zou me verbazen als die uitgeleende auto van haar ooit terugkomt.'

De helft van Ezra's gezicht, dat door het vuur werd verlicht, kreeg een harde uitdrukking, zijn kaak verstrakte en hij kneep zijn ogen tot spleetjes, toen wendde hij zich af en zat hij helemaal in het donker.

'Wat voor soort auto was dat?'

'Een Mitsubishi suv. Zo'n twintig jaar oud. Een soort koekblik. Blauw, een roestbak.

'Kentekennummer zes-vijf-drie-E-vier-twee,' zei Ezra en Frank schoof op zijn stronk naar voren en staarde de oude man aan.

'Ik weet niet of dat het kenteken is. Maar jij dus wel. Hoe komt dat?'

Ezra bleef lange tijd zwijgend zitten, alsof hij een beslissing moest nemen en dat niet overhaast wilde doen. Ten slotte stond hij op.

'Jij en ik gaan een ritje maken.'

Ze liepen over het grindpad terug, daarna de Willow Wood Lodge uit, en Ezra zei geen woord, niets over waar ze naartoe gingen. Ze stapten in Ezra's truck en reden naar het noorden, de dam over en Cedar Falls Road op. Toen sloegen ze links af een oneffen zandpad op, tussen de bomen door, waar Ezra stapvoets ging rijden. Hij zette de truck midden op het pad stil, deed de lichten uit en zette de motor af.

'We gaan verder lopen.'

Tien minuten liepen ze zonder een woord te zeggen door, het enige geluid kwam van hun ademhaling en de brekende takjes onder hun voeten. Toen ze een helling vol dennennaalden op klommen, klonk opnieuw de kreet van een fuut, maar het geluid leek minder magisch dan daarstraks. Angstaanjagend. Een waarschuwing.

Ze liepen de heuvel op en kwamen weer tussen de bomen, waar een donkere schaduw opdoemde. Ezra ging op zijn hurken zitten en stak de aansteker aan. De gloed viel op een roestige, blauwe bumper en een kentekenplaat uit Wisconsin. Nora Staffords auto.

'Hoe heb je 'm gevonden?'

'Toen ik vanmiddag op het meer was, zag ik dat hij er werd neergezet.'

'Dus hij heeft hem hier gedumpt,' zei Frank. 'In de bossen achtergelaten om hem door iemand te laten ophalen.'

Ezra schudde zijn hoofd en doofde toen de aansteker. Toen hij weer sprak, kwam zijn stem uit de duisternis aandrijven.

'Hij is in een boot gestapt en naar het eiland gevaren.'

Franks ogen hadden in het kortdurende licht verbijsterd gekeken, en hij moest flink knipperen toen hij in het donker naar Ezra's gezicht zocht.

'Devins eiland.'

'Ja.'

'Je zei me dat hij niet…'

'Hij is niet hier, Frank. Ik weet niet wie deze mensen zijn, maar Devin is hier niet.'

Mooi zo, dacht Frank terwijl hij zich omdraaide en over het donkere water naar een eiland keek dat hij niet kon zien. Want als hij er wel was geweest, zou ik die aansteker uit je hand pakken, naar die hut zwemmen, de boel in de fik steken, bij de brandende hut toekijken en me ervan verzekeren dat hij mee zou fikken. Ik zou hem zien smeulen en van elke minuut genieten, Ezra. Daarbij vergeleken is mijn vader een heilige.

'Maar ze hebben wel iets met hem te maken,' zei hij. 'Dat verklaart de gewapende mannen.'

'Dat zal wel, ja.'

'Dus waar is Devin?'

Geen antwoord.

'Ik wist zo zeker dat hij het was,' zei Frank, eerder tegen zichzelf dan tegen Ezra. 'Ik zag dat verdomde kenteken uit Florida, in combinatie met jouw boodschap wíst ik gewoon dat hij het was, dat hij was teruggekomen. Zo ver zat ik er dus niet naast. Helemaal niet ver.'

Het bleef een tijdje stil en Franks gedachten vulden zich met geesten, erfgoed en het noodlot, waarvan hij zich vaak had afgevraagd of hij eraan kon ontsnappen. Het antwoord lag hier, bij een tussen de bomen verstopte, verroeste auto.

'Ik denk,' zei hij zachtjes, 'dat ik Nora Stafford maar moet bellen. Als die vent in de hut van Devin Matteson verblijft, dan zijn hij en iedereen om hem heen heel wat gevaarlijker dan ik aanvankelijk dacht.'

12

Het bezoekuur was allang voorbij maar ze lieten haar toch binnen. Nora was welbekend in het verpleeghuis Northwood. De vrouw aan de receptie bekeek haar afkeurend, maar stelde geen vragen en hield haar ook niet tegen, ze knikte alleen even, waarna Nora de hoek omsloeg en naar haar vaders kamer liep.

'Pap?' Ze zei het toen ze de deur opende en naar binnen stapte. Bud Stafford draaide zijn hoofd naar haar om en over zijn gezicht gleed een glimlach. Dit ogenblik brak steeds weer haar hart: die prompte glimlach. Hij was altijd zo verdomd blij haar te zien. Andere patiënten in het tehuis herkenden hun dierbaren niet eens meer. Met Bud was het precies andersom: hij kon niet goed een gesprek voeren, eenvoudige details niet verwerken, maar hij herkende zijn dochter, dat leed geen twijfel. Op een avond als deze maakte dat het op een of andere manier zwaarder.

'Hoe gaat het?' Ze boog zich voorover en drukte een kus op zijn voorhoofd. Hij worstelde met het beddengoed, een teken dat hij rechtop wilde gaan zitten, en ze hielp hem overeind voordat ze zelf in de stoel naast het bed ging zitten.

Nora had het woord 'wegkwijnen' talloze keren in haar leven gehoord, maar er eigenlijk nooit over nagedacht, tot haar vader een beroerte kreeg. Want dat was precies wat er gebeurde. Hij teerde gewoon weg. Eerst was zijn lichaamskracht verdwenen, toen begon hij te krimpen, was er nog slechts een kwetsbare man over van de vroeger zo sterke kerel.

'Hallo.' Een volle minuut nadat ze binnen was, kwam die tweelettergrepige begroeting eruit. Zo lang deden zijn hersenen erover om de gebeurtenissen bij te houden en vervolgens passend te reageren. Wanneer je het gesprek langzaam voerde en simpel hield, kon hij een soort ritme ontwikkelen, en dan kreeg je steeds meer het gevoel dat je werkelijk met hem communicéérde. Maar als je te veel tegelijk wilde of te snel ging, dan raakte hij hopeloos de weg kwijt en herhaalde uiteindelijk vaak steeds hetzelfde woord of dezelfde zin. Het deed Nora denken aan de antieke computer die ze op de academie gebruikte. Als je nieuwe software op dat ding wilde draaien, kreeg je alleen maar die idiote zandloper, de belofte dat hij druk bezig was, maar je wist dat je er geen steek mee opschoot.

'Hallo,' zei ze. Ze vond het belangrijk om altijd op zijn gespreksniveau te blijven, dan voelde hij zich minder overweldigd. 'Wat heb je vanavond gegeten?'

'Ja.' Hij glimlachte weer.

Ze wachtte een paar seconden en zag dat er vanavond geen antwoord meer kwam. Soms kon hij de vragen volgen, in elk geval de eenvoudigste. Maar meestal toch niet. De beroerte had zijn cognitieve en motorische functies aangetast. Op een goede dag kon hij zich redelijk bewegen, ook al ging het een beetje traag. Het probleem was dat je nooit wist wanneer hij een goede of slechte dag zou krijgen. Een tijdje kon hij prima zijn evenwicht houden, maar dat kon ook zomaar weer verdwijnen. Hij kon op eigen kracht door een kamer lopen en het volgende moment zag hij er plotseling uit alsof hij op een scheepsdek liep. Om die reden kon hij onmogelijk terug naar huis, in elk geval niet nu. Hij had vierentwintig uur per dag zorg nodig, en dat konden ze zich thuis niet veroorloven.

'Heb je een goeie dag gehad?' Ze zei het nadrukkelijk vragend. Hoe vaker je dat deed, hoe groter de kans dat hij begreep dat hij antwoord moest geven.

'Goeie dag. Er waren vogels.'

Dat betekende dat hij buiten was geweest, op een patio met vogelhuisjes eromheen. Dat was tegenwoordig een hoogtepunt in zijn bestaan.

'Heb je auto's?' zei hij. Samen met de glimlach stelde hij deze vraag bij elk bezoek. Soms kon hij een gesprek opmerkelijk goed volgen, op andere dagen worstelde hij met de eenvoudigste zinnen. Die ene vraag die hij er áltijd uit wist te brengen was: heb je auto's? Hij herinnerde zich niet dat hij een schadebedrijf had gehad, of was in elk geval niet in staat te vertellen dat dat zo was. Toen ze hem dingen over het werk probeerde uit te leggen, raakte hij daar hopeloos van in de war. Maar hij stelde die vraag over de auto's omdat hij ergens in zijn door mist benevelde brein wist dat het belangrijk was, essentieel, dat er zonder auto's grote problemen waren.

'Ik heb auto's,' zei ze. 'Wij hebben auto's.'

Hij knikte met een ernstig gezicht. Dat antwoord stelde hem altijd gerust. Ze keek naar hem en voelde zijn liefde door de sluier van zijn verwarring heen. Dat herinnerde ze zich zo goed van de keren dat ze als meisje bij hem op bezoek was geweest, een ongebruikelijke, stabiele kracht. Er zijn weinig dingen adembenemender dan naar iemand kijken en zijn intense liefde voor je voelen, wanneer je dat door alle lagen heen ziet, hoe diep de bewondering gaat, de trots, of de angst. Altijd weer die angst. Je keek naar je dierbaren en op datzelfde moment maakte je je doodongerust, vanwege alle dingen die in de wereld verkeerd zouden kunnen gaan, de auto-ongelukken, ziekten, willekeurig geweld, die zonder enige waarschuwing uit de duisternis konden opdoemen en degenen van wie je het meeste houdt kwamen opeisen. Pas na die beroerte, toen ze voor het eerst de achtergebleven huls zag waarin haar vader thuishoorde, was Nora werkelijk gaan begrijpen hoe onverbrekelijk liefde en angst met elkaar verbonden waren. Die hoorden bij elkaar.

Op het tafeltje naast haar lag een blocnote, vol met gekrabbelde pogingen om zijn naam te schrijven. Dat betekende dat de therapeut was geweest. Drie keer per week kwam een ergotherapeute, Jennifer, bij hem langs. En ze had opmerkelijk veel vooruitgang geboekt: hij kon nu al zijn eigen schoenveters strikken, langzaam maar vakkundig, terwijl Nora een paar maanden geleden, toen hij nog op de intensive care van het ziekenhuis lag, nooit had geloofd dat zoiets mogelijk was. Met de fijne motoriek lag het lastiger. Alles wat met behendigheid te maken had, was een uitdaging.

'Wil je je naam voor me opschrijven, pap?' Ze schoof de blocnote en de pen naar hem toe, die hij voorzichtig beetpakte terwijl hij zijn gezicht in een geconcentreerde frons trok. Hij keek nog net zo toen hij zorgvuldig de pen op het papier zette. De eerste drie letters van zijn voornaam, Ronald, gingen hem goed af. Toen bleef hij bij de a steken. Ze zag dat hij aarzelde, de letter opschreef, aarzelde, en hem weer schreef. En nog een keer. R…o…n…a…a…a…a.

Na de derde keer legde ze haar hand op de zijne. 'Je zit vast, pap. Die heb je al opgeschreven. Probeer de l maar eens.'

Hij hield met schrijven op om naar haar te luisteren, zijn hoofd een beetje schuin, boog zich toen weer over het papier en schreef opnieuw de a. Dwangmatige herhaling, zo had de therapeut dat genoemd. Dat gebeurt wanneer de patiënt bij een woord of handeling vast komt te zitten. Bij haar vader kwam dat vaak voor. Maandenlang had hij niet de overgang kunnen maken van tandenpoetsen naar haren kammen. Iets in dat tandenpoetsen overheerste in zijn geest, hij nam dan de kam ter hand, keek er verbijsterd naar en maakte dan een tandenpoetsbeweging, de kam kwam nog niet eens in de buurt van zijn haar. Daar was hij nu overheen, althans met de kam. Jennifer had het probleem opgelost door de volgorde van de badkamerroutine te veranderen: hij poetste nu als laatste zijn tanden.

'Ik help wel even.' Nora leunde over het bed, pakte haar vaders ruwe hand vast en begeleidde hem bij het schrijven van zijn naam. Dit deden ze vaak als ze op bezoek kwam, maar op de een of andere manier sneed dit vanavond scherper door haar heen, met een nieuwe smart die ze niet meer had gevoeld sinds haar vader net in het ziekenhuis was beland. Hij was haar vader, een sterke man die voor háár hoorde te zorgen. Vandaag was ze aangevallen, had ze zijn steun meer dan ooit nodig, en zij hielp hem zijn eigen naam te schrijven.

Toen ze dat besefte, prikten haar ogen en kreeg ze een dikke keel, en even zat ze daar gewoon maar, leunde tegen het bed terwijl ze zijn hand vasthield en tegen de tranen vocht.

'Klaar?' zei hij.

Toen kwam ze weer tot zichzelf. Ze snifte, wist een lach tevoorschijn te toveren en schudde haar hoofd.

'Nee, pap. Niet klaar. We gaan het nog eens proberen.'

Ze zetten zich weer aan het schrijven, haar hand begeleidde de zijne en ze benoemde elke letter die ze opschreven.

Toen ze in het donker naar huis reed, uren later dan ze had verwacht, keerden haar gedachten terug naar Frank Temple. Sorry, Frank Temple de Dérde. Meneer Temple was omgeven door verhalen, dat wist ze zeker. Hij was iets te kalm gebleven tijdens die toestand van vandaag, was er een beetje te... vertróúwd mee. Als hij ouder was geweest, had ze een politieman achter hem gezocht, of een soldaat misschien. Hij had een militair kapsel. Maar hij kon niet ouder zijn dan zij, en als ze zou moeten raden hoe oud hij was, dan zou ze zelfs zeggen dat hij een paar jaar jonger was. Dus waar kwam die merkwaardige onverstoorbaarheid vandaan?

Eerst had ze hem aantrekkelijk gevonden, charmant en grappig, toegankelijk, maar toen kwam die vreemde uitbarsting bij de hut. Hij had bijna tegen haar geschreeuwd toen ze naar de deur liep, had kennelijk niet geweten hoe snel hij van haar af moest komen. Waar zat hij dan zo over in? Bang dat ze hem op bed zou gooien, zichzelf uit dankbaarheid aan hem zou opdringen? Alsjeblieft zeg. Nora was het steeds terugkerende riedeltje moe geworden: klanten afwimpelen die met haar uit wilden – sommigen heel lief maar een beetje onhandig, anderen waren duidelijk op geiligheid uit – en misschien, heel misschien had ze eerder die dag een beetje met Frank geflirt. Maar toen ze bij de hut op de Willow waren aanbeland, wilde ze alleen maar dat hij zijn spullen uit de truck pakte, naar haar vader, naar huis en naar bed.

Thuis. Zo dacht ze er nu over, hoewel het nog altijd zonder meer een vreemde en op een vermakelijke manier mannelijke plek was. Eerst durfde ze niet goed dingen te veranderen, voelde ze zich een indringer in haar vaders huis, moest alles als hij uit het ziekenhuis kwam net zo zijn als hij het had achtergelaten.

Maar toen de weken maanden werden, werd ze steeds realistischer. Wanneer hij thuiskwam, zou hij haar daar nog minstens een tijdje nodig hebben, dus was het niet meer dan terecht dat zij dit ook als haar thuis ging beschouwen. De afschuwelijke oude gordijnen moesten er als eerste aan geloven, toen schilderde ze de keuken en verhuisde ze dat bizarre 'jackalope'-schepsel – een konijnenkop met een hertengewei, volgens een vriend het toppunt van humor – naar de kelder. Een dag later voelde ze zich daar schuldig over, haalde hem weer naar boven en hing hem op zijn plaats terug. Gaandeweg begon het er steeds comfortabeler te worden. Ze was bezig aan een muurschildering in de achterslaapkamer, een tropisch tafereel dat hij naar ze hoopte mooi zou vinden. Zo niet, dan zou ze hem een verfroller en het blik witte verf geven waarmee het hele appartement was geschilderd, en zou ze hem zijn gang laten gaan.

Zo veel als ze ook van hem hield, hij zou geen goede alledaagse vader zijn geweest. Dat realiseerde Nora zich nu, maar als kind had ze iets anders geloofd. In die tijd, toen ze worstelde om zich aan haar stiefvader aan te passen, wiens pogingen haar enige genegenheid te schenken maar al te gekunsteld op haar overkwamen, had ze van Bud Stafford een fantasiefiguur gemaakt. Dat was niet moeilijk, want de zeldzame keren dat ze samen waren, was hij attent, zorgzaam en grappig, een sterke man vol zelfvertrouwen.

Nora ging haar moeder zien als zwak en op geld belust, iemand die passie opofferde voor een makkelijk leventje. Daar was slechts een fractie van waar, het was passie in ruil voor een makkelijk leventje. Op dat punt in haar leven was Nora ervan overtuigd dat de enige hartstochtelijke relatie die haar moeder ooit had gehad met Bud was geweest. Maar ze was er tegelijk van overtuigd dat ze het samen nooit hadden kunnen redden. Bud had Kates logische aanpassingsproblemen aan Tomahawk als een teken van zwakte beschouwd, had haar bespot in plaats van gesteund, had haar voortdurend plagerig haar bevoorrechte opvoeding voor de voeten gegooid, want achter al die plagerijen kon hij zijn onzekerheid verbergen. In Bud Staffords ogen was een gezin er uiteraard ook deels voor hem, maar in dit gezin gebeurde alles op zijn voorwaarden en Kate was daar niet mee akkoord gegaan. Hadden ze van elkaar gehouden? Ondanks alle narigheid over en weer geloofde Nora tot op de dag van vandaag van wel. Misschien nog steeds. Maar ze konden niet samenleven.

Probleem was dat Bud na de scheiding tot de conclusie was gekomen dat hij met niemand anders kon samenleven. Dat is prima als je jong en sterk bent en de teugels in handen hebt. Maar de jaren gingen hem inhalen, verteerden de jeugd en de kracht en uiteindelijk zelfs de teugels. Bud had nu niets meer in zijn bestaan in te brengen, en daarom, misschien wel meer dan wat ook, bleef Nora in Tomahawk. Wilde ze haar leven hier slijten, een autoschadebedrijf runnen en lege bezoekjes aan een verpleeghuis afleggen? Nee. Maar ze wilde ook niet falen, de deuren sluiten, luiken voor de ramen, haar vader een kus op de wang drukken en hem overlaten aan een stad vol mensen die hem bewonderden maar niet voor hem konden zorgen.

Maar wat wilde ze dan wél? Hoe moest dit eindigen? Die vraag had ze in het begin hardnekkig vermeden, ervan overtuigd dat hij gezond en wel weer naar het bedrijf zou terugkeren. Maar met elke maand die verstreek ging de realiteit zwaarder wegen en ze wist nu dat hij nooit meer zou terugkomen. Intussen waren de telefoontjes die ze regelmatig uit Minneapolis en Madison kreeg opgehouden, familie en vrienden die dolgraag wilden weten wanneer ze weer terugkwam, gaven nu de hoop op of verloren hun belangstelling. Het leven thuis ploeterde voort, ging aan haar voorbij, en hier zat ze dan, in Tomahawk, verdwaald in een sleur van een autoschadebedrijf en verpleeghuisbezoekjes.

Maar ze kon de zaak niet over de kop laten gaan. Kon niet de deuren sluiten, een TE KOOP-bordje aan de deur hangen en twee generaties bloed, zweet en tranen laten verdwijnen alsof die nooit iets te betekenen hadden gehad.

Het enige waar ze in die dagelijkse sleur nog steeds niet aan had kunnen wennen was de donkere rit naar huis. Ze kon 's avonds nog steeds niet ontspannen in de omgeving rondrijden. Wanneer de zon onder was, was het vertrouwde niet meer vertrouwd, alle herkenningspunten waren in de schaduwen verborgen, alles buiten bereik van de koplampen was onbekend terrein. Ze verlichtten niets dan bomen en de straatweg. Soms deed ze het groot licht aan en zag dan tot haar ontzetting dat ze daar weinig mee opschoot. Je kon misschien een halve meter verder vooruit en een meter naar opzij kijken, maar wat had dat voor zin? Daar waren alleen maar nog meer bomen en was er nog meer asfalt, en door de grote lichten werden de omringende schaduwen alleen nog maar langer en ogenschijnlijk donkerder. Keer op keer gebeurde het dat ze op weg naar huis van de 51 afsloeg en geen enkele auto tegenkwam, en dan had je het wel over elf kilometer. In Minneapolis kon je nog geen anderhalve meter rijden zonder een andere auto te passeren. Hier had ze de eerste paar weken tijdens de rit naar huis bijna paniekaanvallen gekregen. Alles leek zo verdomd veel op elkaar dat ze net zo goed op de verkeerde weg had kunnen rijden, de verkeerde kant op zonder dat ze het in de gaten had.

Leeg en eenzaam en donker. Zo dacht ze er in het begin over, en hoewel ze gaandeweg van allerlei dingen veel was gaan houden, hoorde de avondlijke rit daar niet bij. Op die momenten hamerde die oude mantra – leeg, eenzaam en donker – in haar achterhoofd, waardoor ze naar felle lichten, harde muziek en de stemmen van vreemden ging verlangen.

Toen ze stopte, was er in huis licht aan, en meestal stelde haar dat gerust, maar vandaag stapte ze uit de truck en werd ze achtervolgd door een onbehaaglijk gevoel dat bij haar bleef tot ze binnen was. Daar was niets schokkends aan… het was bepaald geen zorgeloze dag geweest. Nou ja, die was nu voorbij, morgen zou hij slechts een herinnering zijn, en al snel een verhaal worden dat ze lachend aan anderen zou vertellen. Dan zou ze genieten van de grote ogen van haar toehoorders, evenals van hun openvallende mond wanneer ze de pistoolschoten beschreef die buiten haar vaders zaak weergalmden.

Ja, zo zou het al snel gaan. Een herinnering, een verhaal.

Ze had nog niet gegeten, maar ze had geen trek en dus geen zin om eten klaar te maken, in plaats daarvan schonk ze zichzelf een glas rode wijn in en liep naar de woonkamer. Je kon zeggen wat je wilde over paps meubels, dacht ze, ze zien eruit alsof je ze nog niet in een garage-verkoop zou willen doen, maar ze zitten wel lekker.

Ze liet zich in een van zijn gestoffeerde stoelen zinken, schopte haar schoenen uit, knoopte het denim werkshirt los en trok het uit, tot ze alleen het mouwloze witte shirt dat ze eronder droeg nog aanhad. Met haar voeten op de salontafel en het glas in de hand ademde ze traag uit en hief het glas naar de jackalope.

'Zware dag. Wat jij?'

Na een glas wijn en een half uur slechte tv gaf ze het op en besloot ze het voor gezien te houden. Ze was uitgeput en morgen zou geen normale zaterdag worden: ze moest vroeg op en Jerry zien op te sporen, hem overhalen de Lexus weer in elkaar te zetten. Als dat eenmaal gebeurd was, kon ze de auto aan de politie overdragen en was deze hele akelige toestand hopelijk voorbij.

Op weg naar de slaapkamer bedacht ze dat de politie haar misschien op het nummer van de zaak had gebeld in plaats van thuis, in het geval ze meer te weten waren gekomen of nog meer vragen hadden. Het was nu waarschijnlijk te laat, maar ze was nieuwsgierig en het was de moeite waard om het even te controleren. Ze belde het nummer van de zaak en wachtte tot ze de voicemail kreeg, drukte op het hekje en toetste haar code in. De mechanische stem meldde dat ze één bericht had. Vast de politie.

Het was niet de politie.

Hallo, ik bel voor Nora Stafford. Met Frank Temple. Luister... als je die Mitsubishi terug wilt, dan weet ik waar die is. Maar we moeten eerst een paar dingen bespreken. Misschien... het kan zijn dat ik iets over die vent weet. Die Vaughn. Ik ben er nu nog niet zeker van, maar ik moet je waarschijnlijk eerst een paar dingen uitleggen voor je zaken met die kerel doet. Ik wil je graag spreken en daarna moesten we de politie er misschien maar bij halen. We zien wel.

Hij liet zijn mobiele nummer achter, dat ze trouwens al had, en hing op. Nora stond een minuut lang in de donkere zitkamer met de telefoon tegen haar oor, en drukte toen op de knop om het bericht nogmaals te horen. Tijdens het opnieuw afluisteren voelde ze een knoop van angst die de slaperigheid als gevolg van de vermoeidheid en wijn verdreef.

Wist Frank Temple waar de auto was? En kennelijk iets over de man die hem had meegenomen? Hoe was hij nadat ze hem had afgezet zo snel aan díé informatie gekomen, in zijn eentje in die hut aan het meer?

Ik wil je graag spreken en daarna moesten we de politie er misschien maar bij halen. We zien wel.

We zien wel?

13

Hij werd wakker van de vogels, maar het was allesbehalve aangenaam. Rauwe, woedende kreten, razende uitroepen. Frank rolde zich op zijn zij en leunde op een elleboog, kneep zijn ogen toe tegen het zonlicht dat volop de kamer in scheen en zocht naar zijn horloge. Hij keek hoe laat het was: tien voor acht.

De vogels slaakten nog altijd razende kreten. Hij schoof de dekens van zich af en stapte uit bed, de houten vloerplanken voelden kil aan onder zijn voeten. Slechts gekleed in zijn boxershort liep Frank de hut door, deed de deur van het slot en stapte een wolkeloze ochtend in. De zon scheen helder, maar het was fris, het meer glinsterde, kabbelde onder een vriendelijker bries dan de vorige avond. De hemel schitterde zo fel, zeker voor een paar ogen die nog maar net wakker waren, dat hij de visarend pas zag toen die zijn duik had voltooid.

De vogel schoot vanaf zijn nest omlaag, veranderde op het laatste moment van richting en scheerde over het water. Waarom was hij zo boos?

Daar kwam hij achter toen de visarend voor de tweede keer dook. Zodra hij in de buurt van zijn nest kwam, spreidde een andere vogel zijn vleugels, sprong van de dikke stapel takken op en zijn kreten versmolten met die van de visarend. Deze vogel was groter, en in tegenstelling tot de visarend had hij een spierwitte kop. Er zat een zeeadelaar in het nest van de visarend. Geen wonder dat de ander kwaad was.

Hij keek toe hoe de visarend rondcirkelde, ongetwijfeld om de volgende duik te nemen, toen hij motorgebrom hoorde: vanaf de hoofd- weg kwam een auto over het grindpad aanrijden. Hij draaide zich naar het geluid om en een pick-uptruck hobbelde in het zicht. Nora Staf- ford.

Niet echt een verrassing. Hij had verwacht dat ze zou bellen, en mis- schien had ze dat ook wel gedaan. Het bereik van een mobiele telefoon was hier niet best, zelfs met de verdomde toren die de nachtelijke hemel vervuilde. Hij keek toe hoe ze naast de hut parkeerde, de motor uitzet- te en uitstapte. Beetje gênant dat hij geen kleren aan had. Maar het goe- de nieuws was dat zijn ondergoed tenminste schoon was.

Ze liep op hem af toen de visarend opnieuw dook, vergezeld door de hardste kreet tot nu toe, en hij wendde zich van Nora af om te kijken.

De vogel vouwde zijn vleugels in, veranderde zichzelf in een com- pacte kleine raket, zette zich af en lanceerde zichzelf zonder het nest te raken. Deze keer koos de adelaar zonder een kreet te slaken het lucht- ruim, hij had misschien genoeg van het geruzie. Frank hoorde de ade- laarsvleugels met hun reusachtige spanwijdte letterlijk klappen. Toen waren beide vogels in de lucht. De adelaar vloog van het nest weg en koos het open water. De arend ging achter hem aan, cirkelde om de grote vogel heen als een gevechtspiloot vlak voor die voorgoed zou ver- dwijnen, terwijl de adelaar naar de overkant vloog en het nest weer leeg was.

'Ik wist niet dat adelaars met elkaar knokten.'

Frank was bijna vergeten dat Nora er was, zo geboeid was hij door de korte schermutseling in de lucht. Nu draaide hij zich naar haar om.

'Een ervan was een visarend. Ik denk dat die bezwaar maakte toen de adelaar het nest opeiste.'

'Dat zal wel, ja.' Nora keek weer de andere kant op. 'Ik ben hier van- wege je bericht. Het was verschrikkelijk cryptisch.'

'Ik zal het uitleggen,' zei Frank, 'maar vind je het goed als ik eerst even een broek aantrek?'

'Dat wilde ik net voorstellen.'

Terwijl ze aan de keukentafel zat te wachten, liep hij naar de slaapkamer om een broek en sweatshirt aan te trekken. In de badkamer plensde hij koud water over zijn gezicht en poetste zijn tanden. Zaterdag, nog niet eens acht uur en Nora was al in touw. Of ze was een vroege vogel of ze was geschrokken van het bericht.

Toen hij uit de badkamer kwam, zat ze niet meer aan de keukentafel maar was de zitkamer in gelopen, keek naar de ingelijste Silver Star en de brief. Ze draaide zich naar hem om en wees naar de medaille.

'Van je opa?'

'Ja.'

'Dus ze hebben hem postuum nog een medaille gegeven? Wat verdrietig. Ik kan me niet voorstellen wat je oma daarvan moest denken. Ze zal er wel trots op zijn geweest.'

'Dat zou best kunnen, ja.' Frank kon dit gesprek op verschillende manieren beginnen, en normaal gesproken zou hij zijn favoriete minder-is-meervariant van stal hebben gehaald. Nora had er weliswaar recht op dat ze werd gewaarschuwd, dat ze wist dat er problemen waren met die Lexus, maar over Frank of zijn vader hoefde ze niets te weten. Door de manier waarop ze die medaille bekeek, kreeg Frank echter de behoefte dat instinctieve gevoel te laten voor wat het was en wilde hij haar het hele verdomde verhaal vertellen. *Luister naar me, alsjeblieft, luister, want ik moet je vertellen hoe het is gebeurd. Ik moet je vertellen hoe het echt is gegaan.*

Hij schrok ervan, dat plotselinge verlangen om open kaart te spelen. Hij had al zo lang alles wat daarmee te maken had weggestopt, de nietszeggende blik geperfectioneerd die uitstraalde: ik heb geen enkel verhaal. Niets te vertellen. Sorry.

En nu was dat alleen maar omdat Nora naar die klotemedaille staarde anders geworden? Was dat het? Nee, er was nog iets, iets in de manier waarop ze sprak en zijn blik vasthield, en hoe ze omging met die toestand van gisteren, daar sprak een soort... wat? Ze oordeelde niet, dat was het. Ze dacht na voor ze haar conclusies trok.

'Het verbaast me dat je de boodschap zo vroeg hebt afgeluisterd,' zei hij en hij liep naar de keuken, zette het koffieapparaat aan zodat hij iets omhanden had in plaats van daar met haar een beetje te staan staren naar het punt waar zijn erfgoed was begonnen.

'Ik hoorde het gisteravond.' Ze ging weer aan tafel zitten. Vandaag zag ze er niet uit als een monteur, het zware denim shirt had ze verruild voor een blauwe tanktop op een wijde, witlinnen broek. In deze kleren kwam haar lichaam veel beter uit, een heel mooi lichaam, en Frank begreep wel waarom ze onder werktijd vormeloze kleding droeg.

'Ik zal eerlijk met je zijn,' zei ze. Ze liet haar vriendelijke masker vallen en haar woorden klonken koeltjes. 'Aanvankelijk dacht ik erover om hier met de politie op te komen dagen. Uiteindelijk besloot ik je te geven waarom je vroeg, de kans om erover te praten, maar wat je gisteravond in dat bericht zei, stond me ook niet aan. Het leek alsof je meer wist dan je me gisteren hebt verteld.'

'Misschien weet ik nu ook gewoon wel meer dan ik je gisteren heb verteld,' zei Frank terwijl hij water in het koffiezetapparaat schonk, 'maar had ik er geen tijd voor gehad. Alles wat ik jou – en de politie – heb verteld, klopte. Ik had die vent nog nooit eerder gezien, Nora. Dat is de waarheid.'

'Je zei dat je wist waar mijn auto was.'

'Inderdaad.'

'Hoe kun je in hemelsnaam nou…'

'Ezra Ballard heeft hem gevonden.'

'Waar?'

'Verstopt in de bossen, ongeveer drie kilometer verderop langs de oever.'

Ze tilde haar hoofd vragend op. 'Op de Willow?'

'Ja.' De koffie was klaar en hij keek haar leunend tegen het keukenbuffet aan. 'Die vent, Vaughn, is daarnaartoe gereden zodra hij gisteren bij jouw garage is weggegaan, hij heeft geprobeerd de auto tussen de bomen te verstoppen. Ezra zag hem vanaf het meer.'

'Weet je zeker dat het mijn auto is?'

'Absoluut zeker. Hij heeft hem me gisteravond laten zien.'

'Dus Vaughn heeft hem gedumpt.'

Frank schudde zijn hoofd.

'Nee?'

'Nee. Hij logeert daar. Ezra zag hem naar het eiland gaan. Daar is een hut, al jaren. Kennelijk is die man daar met een vrouw. Alleen zij tweeën.'

Ze liet dat even op zich inwerken en knikte. 'Oké. Nou, dat is goed nieuws, toch? Ik krijg mijn auto terug en we kunnen de politie vertellen waar die kerel is.'

Frank gaf geen antwoord.

'Wat weet je nog meer?' vroeg ze terwijl ze hem nauwlettend aankeek. 'Frank? Wat weet je verder nog van hem?'

'Van hem? Niets. Ik weet iets over de hut waarin hij verblijft, dat is alles. Iets over de eigenaar.'

'En dat is?'

'Dat hij een moordenaar is.'

Ze keek hem een hele tijd aan, terwijl de koffie op het buffet pruttelde, de wind opstak en tegen de hut beukte.

'Je bedoelt dat hij een moordenaar is? Een soort psycho of zo?'

'Een professional.'

'Een professional.' Ze herhaalde het alsof het een vreemd woord was.

'Ja.' De koffiepot was vol en Frank draaide zich om om hem te pakken, schonk een kop koffie in en wilde die aan haar geven. Toen ze haar hoofd schudde, nam hij er zelf een slok van.

'Je meent het echt, hè?' zei ze. 'Je meent het serieus. Dat de man van die Lexus een of andere huurmoordenaar is.'

'Nee.' Hij schudde zijn hoofd. 'Ik weet niet of hij dat is. Sterker nog, ik heb hem gezien en ik denk dat hij daar nog niet bij in de buurt komt. Ik vertel je alleen dat de eigenaar van de hut een moordenaar is. Dus als die man met de Lexus voor hem werkt of een vriend van hem is, of wat ook…'

'Ziet het er niet best voor me uit,' besloot ze.

'Misschíén niet. Zoals ik al zei, Nora, ik weet er níéts van, behalve wat ik je heb verteld. Maar of je je zorgen zou moeten maken over die man…'

'Hoe weet je dat van die eigenaar, trouwens? Is hij een keer komen buurten en heeft hij je verteld dat hij mensen vermoordt voor de kost?'

Hij keek haar aan en moest denken aan wat ze over de medaille van zijn grootvader had gezegd – ze zal zeker wel trots zijn geweest – en toen blies hij in zijn koffie en nam nog een slok. 'Hij heeft met mijn vader gewerkt.'

Er sloop vertwijfeling in die kille ogen van haar. Er sloop angst in. 'Je vader.'

'Frank Temple,' zei hij. 'Dezelfde naam als de mijne. Zegt dat je niets? Nooit van hem gehoord?'

Tot zijn verbazing schudde ze haar hoofd. Het verbaasde hem altijd wanneer iemand níét van zijn vader had gehoord. In Franks beleving had iedereen van hem gehoord, over hem gepraat of deed dat nog steeds. In Franks beleving was de schande van zijn familie nog steeds in de hele streek het gesprek van de dag.

'Oké,' zei hij. 'Daar zou ik blij om moeten zijn. Het is alweer een tijdje geleden dat hij in het nieuws was. Sensationeel nieuws.'

'Omdat?'

'Omdat hij mensen vermoordde en ervoor betaald kreeg,' zei hij en hij hield haar blik vast en dronk nog een slokje koffie. Geen van beiden zei iets.

'Wat erg voor je,' zei ze uiteindelijk.

'Valt wel mee, hoor. Ik vertel het je alleen zodat je begrijpt hoe ik deze dingen weet.'

'Dus je vader en die man van het eiland verdienden allebei hun geld met moord? Is dit een soort toevluchtsoord voor huurmoordenaars of zo?'

Hij zette de koffie op het buffet en sloeg zijn ogen neer.

'Mijn vader heeft in Vietnam gediend, maakte deel uit van een fraaie elitegroep, uitstekende soldaten. Hij heeft daar wat vrienden gemaakt. Ezra Ballard was een van hen. Een man, Dan Matteson genaamd, was er ook een. Ze kwamen uit drie verschillende delen van het land, maar na de oorlog wilden ze met elkaar in contact blijven. Bij elkaar in de buurt blijven. Dan had hier wat grond, Ezra verhuisde hierheen en haalde mijn vader over om met hem hier een hut te bouwen. Ze dachten dat ze dan door de jaren heen bij elkaar konden blijven. Dan hield het eiland, en mijn vader en Ezra kochten dit.'

'Hoort Ezra…'

'Nee.' Frank schudde zijn hoofd. 'Hij hoort niet bij deze puinhoop, Nora. Zit daar maar niet over in. Hij is een goed mens.'

'Maar je vader en die andere man?'

'Dan Matteson raakte vlak na de oorlog in de problemen. In wezen was hij een huurling. Ging naar corrupte, verscheurde landen en maakte een hoop geld door dan weer voor de ene, dan weer voor de andere kant te vechten. Hij had een akkefietje in Midden-Amerika, ik weet niet precies wat het was, maar hij kwam daar in contact met wat mensen en raakte bij de drugshandel betrokken. En als ik zeg drugshandel, dan heb ik het niet over een handeltje op straat. Dan heb ik het over mássa's, vliegtuigen en bootladingen vol, geen plastic zakjes. Het werd een reusachtige deal met een paar uiterst gevaarlijke lui in Miami. Als kind leerde ik Ezra behoorlijk goed kennen, maar Dan was er nooit. Hem heb ik nooit ontmoet.'

'Werkte je vader de hele tijd voor hem?'

'Nee. Mijn vader was een US marshal. En wat ik ervan heb gehoord was hij het grootste deel van zijn carrière een goeie ook. En eerlijk.'

Frank sloeg zijn ogen op en vond de hare. 'In mijn tweede jaar op de middelbare school spoelde het lijk van Dan Matteson aan op het strand van Miami. Ze moesten hem aan de hand van zijn gebit identificeren omdat zijn handen ontbraken. Zijn handen en zijn ogen.'

Het moest zo raar voor haar zijn, zo angstig, om zijn leuke familieverhaaltje aan te moeten horen. Maar ze nam het behoorlijk goed op, luisterde zwijgend en bestudeerde zijn gezicht.

'Matteson had een zoon, Devin. Tegen die tijd zat hij inmiddels in dezelfde wereld als zijn vader. Hij is vijftien jaar ouder dan ik, geloof ik. Nadat het lijk was gevonden, belde Devin mijn vader op. Zette hem voor het blok. Vroeg hem of mijn vader wilde helpen wraak te nemen op Dans moordenaar. Uitzoeken wie het had gedaan, de rekening vereffenen.'

'En dat heeft hij gedaan,' zei Nora zachtjes. En daarna, toen Frank knikte: 'Dat klinkt nog niet zo heel akelig. Ik bedoel, de mensen die hij had vermoord, hadden zijn vriend toch vermoord?'

'Een paar van hen wel,' zei Frank, 'maar daar bleef het niet bij. Tegen de tijd dat dat achter de rug was, deed Devins baas hem een ander aanbod. En mijn vader nam dat aan. En daarna het volgende. Het laatste wat ik heb gehoord is dat mijn vader op bestelling vijf mensen heeft vermoord. Misschien meer. En al die tijd droeg hij het marshal-insigne. Ik weet zeker dat hij toegang tot informatie had waar Devin en de rest ongelooflijk blij mee waren.'

Hij zweeg even en zei toen: 'Uiteindelijk kreeg de FBI Devin in de tang en om zich eruit te werken, wilde hij hun informatie geven. Hij heeft ze mijn vader aangeboden. Vertelde alles wat ze nodig hadden om de zaak rond te krijgen, maar mijn vader kreeg er lucht van en heeft voor ze hem konden arresteren zelfmoord gepleegd.'

Naast hen sloeg de koelkast aan, een tijdje kwam het enige geluid in de hut van de zoemende motor. Toen hij weer afsloeg, sprak Nora alsof dat haar cue was om de stilte te doorbreken.

'Het spijt me, Frank. Zoals je gisteravond reageerde toen ik naar je vader vroeg, toen had me duidelijk moeten zijn…'

'Dat hij een moordenaar was?' Hij lachte. 'Nee, ik geloof niet dat je dat eruit had moeten begrijpen. Je hoeft je niet te verontschuldigen. De enige reden dat ik je dit vertel is dat het me niet aanstaat dat Vaughn iets met Devin Matteson te maken heeft. En daar lijkt het wel op.'

Toen ze opnieuw het woord nam, klonk haar stem behoedzaam en hield ze haar ogen neergeslagen. 'En ik moet zeker geloven dat dit verband tussen jou en Vaughn volkomen toevallig is? Dat je hem nooit eerder hebt ontmoet, dat je niets van hem weet en op een of andere manier toch betrokken bent bij de hut waar hij uiteindelijk is beland?'

Wat kon hij haar vertellen? Dat hij hier was omdat hij uit Ezra's boodschap had begrepen dat Devin zou terugkeren? Dat hij het ongeluk met Vaughn had veroorzaakt omdat hij dacht dat Devin in de auto zat? Dat hij zodra de jeep stilstond zijn pistool had gegrepen? Niet echt geruststellend.

Uiteindelijk zei hij alleen maar: 'Nou, je kunt je voorstellen dat ik zelf ook niet echt gelukkig ben met die wending.'

Ze zweeg, en uit de trek om haar mond kon hij afleiden dat ze niet blij was met het antwoord. Nou, prima. Hij was er ook niet blij mee, maar dat veranderde er verdomme niets aan.

'Wat betekent dat?' vroeg ze. 'Die connectie staat je niet aan en ik begrijp waarom, maar wat moet ik ermee?'

'De mensen met wie Devin omgaat…' Frank zette zich tegen het buffet af en liep naar het grote raam aan de voorkant dat over het meer uitkeek. Ze volgde hem met haar ogen. 'Ze zijn duidelijk gevaarlijk. En bij hen, Nora, gaat het niet om dubbeltjes. Wat er ook gaande is, er staat waarschijnlijk een hoop geld op het spel.'

Ze dwong zich tot een lachje. 'Oké, van mij mag hij de auto houden. Wat vind je daarvan? Ik doe gewoon alsof ik niet weet waar hij is, dat ik hier niets vanaf weet.'

'Goed idee,' zei hij nog altijd met zijn rug naar haar toe. 'Maar dat is niet het enige probleem. Váughn is niet het enige probleem. Die twee kerels van gisteravond zijn er ook nog.'

Ze zat half gedraaid op de keukenstoel, wrong zich in een bocht om hem aan te kijken en hij zag op haar gezicht dat het haar begon te dagen.

'Je bedoelt dat ze misschien terugkomen.'

'Zoals ik al zei, ik weet niets van hen of van Vaughn, maar ik weet wel een paar dingen over Devin. En een van die dingen is dat de mensen om hem heen professionals zijn. Professionals houden niet van losse eindjes. Je hebt gisteren oog in oog gestaan met die man. En ik ook. We hebben allebei gezien dat hij jou aanviel en dat zijn maatje die agent te grazen nam, en door onze getuigenverklaring kunnen ze een hele tijd achter de tralies belanden. Jij en ik zijn zojuist losse eindjes geworden. Als deze kerels werkelijk iets te maken hebben met Devin Matteson of iemand dicht bij hem in de buurt, dan moeten we ons daar ernstig zorgen over maken.'

14

Steve Gomes had die ochtend aangeboden om zijn boot te water te laten, maar Jerry had het aanbod afgeslagen en was naar de bibliotheek gegaan. Hoewel hij geen lezer was, kwam hij er vaak. De bibliotheek van Tomahawk had een paar computers met internetverbinding en Jerry had onlangs een paar veilingsites ontdekt.

Jerry's vader had vroeger een slijterij gehad, een vak waar Jerry's moeder, die zondags én woensdags naar de kerk ging, helemaal niet over te spreken was. Er ging nauwelijks een week voorbij of Rob Dolson kreeg de volle laag als het om zijn werk ging: hij handelde in zonden. Maar met één aspect van de drankhandel, maar dan ook slechts één enkel aspect, was ze wél ingenomen: dat er zo veel spiegels waren. Alice Dolson was dol op spiegels, en haar echtgenoot kreeg er talloze van aangeleverd, scheepsladingen van Stroh, Anheuser-Busch en de rest. Hoewel ze de productreclames verafschuwde, vond Alice ondanks zichzelf de spiegels prachtig. De Schotse spiegels vond ze het mooist. Veel eleganter dan die malle bierspiegels, zei ze nadrukkelijk. Als je de merknaam negeert, zijn ze echt heel mooi.

Dus verzamelde Rob Dolson spiegels en toen hij stierf, hield Alice ze. Een paar jaar later overleed ze, Jerry achterlatend met een vijftig jaar oude verzameling barspiegels. Ze hingen nu ter versiering in zijn huis en zijn garage stond er vol mee. Hij wilde de verzameling uitbreiden, maar klassieke spiegels waren moeilijk te krijgen... dat dacht hij althans, tot hij eBay ontdekte. Als hij zich al een beetje dwaas voelde omdat hij in de bibliotheek op internet op zoek was naar antiek (en dat deed hij), dan kon hij dat makkelijk afdoen met de gedachte dat op de spiegels alcoholreclames stonden. En daar was niets aan om verlegen van te worden.

Hij had net een spiegel uit Genesee gevonden, met daarop een afbeelding van mensen die verschillende outdooractiviteiten deden en de slogan 'De schitterendste outdoors in glas', toen de telefoon ging. Steve Gomes had hem een jaar eerder overgehaald zijn vaste lijn op te geven en een mobieltje aan te schaffen, had tegen hem gezegd dat je met je mobieltje gratis interlokaal kon bellen en dat hij nooit van die klotetelemarketeers aan de lijn zou krijgen. Waar Steve even geen rekening mee had gehouden was dat Jerry zelden interlokaal belde en dat hij 's avonds geen telemarketeers te woord stond, tenzij het een vrouw met een aardige stem was en hij er al een paar ophad. Maar hij had het mobieltje nu eenmaal en toen het verdomde ding overging, zag hij dat het Bud Staffords huisnummer was. Nu dus Nora's nummer.

Jerry zette de ringtone af en keek met dezelfde fronsende wenkbrauwen naar de bibliothecaresse aan de receptie als zij naar hem. Wie hield trouwens niet van een Benny Hill-riedeltje? Toen hij in de gaten had dat hij deze ringtone kon kiezen, was hij verkocht.

Twee minuten later ging de telefoon opnieuw.

'Het is záterdag,' gromde Jerry. Nora had het recht niet hem op zaterdag lastig te vallen.

Deze keer keek de bibliothecaresse niet alleen boos, maar slaakte ze ook nog een diepe zucht. Jerry stond op en nam de telefoon mee naar de gang. Nora moest nodig een lesje krijgen.

'Nooit van een vrije dag gehoord?' zei hij toen hij opnam.

'Dat zijn alleen maar geruchten,' zei Nora.

'Dit is geen geintje. Ik zit hier in de bibliotheek en jij belt me, waarmee je mensen lastig…'

'Zit je in de bibliotheek?'

'Daar gaat het niet om, Nora. Het maakt niet uit waar ik ben. Het is zaterdag, daar gaat het om, en dat is een vrije dag.'

'Wil je misschien nog een dag vrij, Jerry?'

129

'Wat bedoel je?'

'Als je vandaag een paar uurtjes komt, krijg je de hele maandag vrij. Dan krijg je acht uur in ruil voor misschien twee of drie uurtjes werk, en je bent al in de stad. Vertel mij maar eens of daar een nadeel aan zit.'

Hij kon zo gauw geen nadeel bedenken, behalve dan dat hij haar verzoek zou moeten inwilligen. Hij zweeg en dacht erover na.

'Honderdvijftig procent, Jerry. Dat betaal ik je als je vandaag komt werken.'

'Waar heb je me dan in hemelsnaam voor nodig? Er staat niets met haast.'

'Nu wel. Ik wil dat je de Lexus weer in elkaar zet, en snel ook.'

'Nora, die auto is niet in één dag klaar. Jezus, we hebben onderdelen nodig, en voordat we die in huis hebben zijn we al een paar dagen verder...'

'Je hoeft hem niet te repareren. Je hoeft hem alleen in elkaar te zetten zodat hij mijn garage uit kan.'

'Wil die vent hem ergens anders heen brengen?' Dit was foute boel. Jerry had duizend dollar in die auto zitten.

'De politie wil hem ergens anders heen brengen.'

'Wát?'

'Ik ga je dit niet over de telefoon vertellen, Jerry, maar ik wil dat die auto weer in elkaar gezet wordt, en wel vandaag.'

Shit. Als de politie de auto al op het spoor was, dan was zijn kans op die duizend dollar misschien al verkeken. Oké, die AJ had hem de helft geboden voor dat zendertje, en Jerry had hem afgewimpeld omdat hij in het weekend de garage niet in kon. Nou, dat kon hij nu wel.

'Oké, Nora. Ik kom er wel naartoe. Honderdvijftig procent en maandag vrij, dan kom ik.'

'Je bent een toonbeeld van grootmoedigheid.'

'Geen probleem,' zei hij, en hij verbrak de verbinding.

Dit zou toch nog een mooi weekend worden. De rest van de dag had hij weinig te doen en nu ging hij honderdvijftig procent verdienen, plús die vijfhonderd. Die had AJ hem voor dat apparaatje beloofd. Die spiegel uit Genesee kwam plotseling een stuk dichterbij.

Hij liep de bibliotheek weer in, kocht de spiegel en ging offline. Hij gaf de bibliothecaresse een spottende knipoog en een saluut, en haalde het barservetje uit zijn zak dat hij daarin had gestopt toen hij die ochtend van huis weg was gegaan. AJ zou dit telefoontje waarschijnlijk wel kunnen waarderen, zoals Jerry uiteindelijk dat van Nora ook gewaardeerd had.

De telefoon ging twee keer over en toen nam hij op. Jerry legde hem de situatie uit terwijl hij de bibliotheek uit liep en heuvelafwaarts in de richting van de rivier wandelde. De Winsconsin stroomde breed en lui pal achter de bibliotheek, bij de brug was een waterskiër aan het oefenen.

'Geldt de deal nog… jij het zendertje en ik de vijfhonderd?'

'Wil je me soms aan een deal houden?' AJ's stem klonk vandaag anders. Slecht op zijn gemak, behoedzaam.

'Natuurlijk hou ik je eraan. Maar als je geen interesse meer hebt, shit, dan moet je het zelf weten.'

'Ik dacht dat je in het weekend de garage niet in kon.'

'Ik heb je net verteld dat ze me honderdvijftig procent betaalt als ik kom.'

'En heeft ze ook verteld waarom?'

'Ik neem aan dat die vent in wie je zo geïnteresseerd bent zijn auto komt ophalen.' Jerry herhaalde niet Nora's verhaal over de politie, zoiets zou deze deal nog voor hij een cent had gezien al om zeep helpen.

'Dat lijkt me onwaarschijnlijk.'

'Nou ja, weet ik veel. Ik zeg alleen dat als je je speeltje terug wilt, je nu de kans hebt.'

'Moet ik naar die garage toe komen?'

'Man, je moet helemaal niks. Ik zeg alleen dat ik dat ding toch te pakken kan krijgen. Meer niet.'

Het bleef zo lang stil dat Jerry dacht dat hij had opgehangen.

'Ben je er nog?'

'Ja. Oké. Jij haalt dat zendertje en dan ga je naar de bar waar we elkaar gisteren hebben ontmoet. Zorg dat je daar om zeven uur bent.'

'En jij neemt het geld mee.'

'Ja, meneer Dolson. Ik neem het geld mee.'

Het voelde niet goed, zo alleen in de garage. Geloof het of niet, maar Nora keek reikhalzend uit naar Jerry's komst, dat had ze nog nooit meegemaakt. Frank Temple had aangeboden met haar mee te gaan naar de stad, maar dat wilde ze niet, ze hield niet van dat maagd-in-nood-idee dat ze zich voor haar veiligheid op een of andere vreemde man moest verlaten. Bovendien, wat hij haar had verteld deed haar nog steeds duizelen. Een húúrmoordenaar? In de Willow Flowage?

Ze wilde het graag als een grap beschouwen. Dat had ze misschien ook wel gekund als ze niet dat verdriet in Franks ogen had gezien toen hij haar het verhaal vertelde. Die opgejaagde blik toen hij over zijn vader praatte was angstaanjagend. Als hij dat uit zijn duim had gezogen en met zo'n verhaal mensen op stang kon jagen, dan moest hij met de eerstvolgende bus richting Hollywood vertrekken, aan het werk gaan en zijn Oscar in ontvangst nemen.

Dus het was echt waar. Dat riep een misselijkmakende mengeling van emoties bij haar op, die hopelijk tot rust zou komen wanneer de Lexus eenmaal uit haar garage en in handen van de politie was.

Ze liep het kantoor uit, ging naar de hoofdruimte van de garage en keek naar de Lexus, die in zijn eentje onder de gloed van de tl-buizen stond. Sinds ze de zaak had overgenomen merkte ze dat ze de meeste binnengebrachte auto's niet echt geweldig vond. Ze hadden geen persoonlijkheid, geen ziel. De oldtimers, de Chevy's uit 1955 en Mustangs uit 1968, en elke willekeurige Cadillac van twintig jaar geleden, waren net vrienden. Als ze daarmee aan het werk was, leek het net alsof ze een dokter was, ze overwoog of er roest moest worden verwijderd en bekeek of er voor een helend effect een verse lik lak moest worden aangebracht. Ze vond het jammer als ze haar garage weer uit reden. Ze had geen afkeer van nieuwe auto's, dat was het niet, maar ze inspireerden haar gewoon niet. Deze wel.

Maar nu had ze er een bloedhekel aan. Ze was er bang voor. Ze vond het eng om naar die op de grond liggende, verwrongen en verbogen spatborden te kijken. Ze was geschokt bij het idee dat dat stuk plastic en staal op een of andere manier doorhad dat ze bang was, dat het haar nu beloerde als een hond die niet aan de ketting of in zijn hok lag.

In haar tweede jaar op de universiteit was ze met een paar jaargenoten naar Rome geweest, een kunstgeschiedenisproject dat haar stiefvader zonder met zijn ogen te knipperen had betaald. Haar moeder had het hem gevraagd en nadat hij de cheque had uitgeschreven, had ze zich voorovergebogen en hem in de nek gekust, aan zijn oorlelletje geknabbeld en over zijn rug gewreven, terwijl hij afwezig glimlachte en weer naar zijn bureau was teruggekeerd. Nora, die in de deuropening naar het tafereel had staan kijken, voelde dat een koude rilling zich door haar maag verspreidde.

Dat reisje begon slecht. Vanwege vertragingen door akelige onweersstormen boven het middenwesten, had Nora de aansluitende vlucht gemist en had ze negen uur in haar eentje op LaGuardia moeten wachten. Om de tijd te doden, was ze naar de boekwinkel op de luchthaven gegaan en had daar de eerste de beste Stephen King-paperback gekocht die ze zag: *Christine*. Het grootste deel van de tijd had ze met dat boek in een hoekje van de terminal gezeten, verbaasd dat King zelfs een áúto angstaanjagend wist af te schilderen. Dat was nog eens een wonderlijk staaltje verhalen vertellen, had ze gedacht, om een auto zo'n dreiging mee te geven.

Maar bij de Lexus viel Kings Plymouth uit 1958 in het niet. Die kwam niet uit een boek, die was echt, voelde stevig en koud onder haar hand, en hij had haar het angstaanjagendste moment van haar leven bezorgd. Ze merkte dat ze al kijkend naar de auto over haar pols wreef. Er liepen nu dunne blauwe lijntjes over haar huid, herinneringen aan de vingers die zich om haar arm hadden gesloten.

Ze schrok op doordat er plotseling hevig aan de zijdeur werd gerammeld, en toen ze een stap achteruit deed, raakte ze met haar voet de op de grond liggende voorbumper en ging bijna onderuit.

'Nora! Laat me erin.'

Jerry. Ze legde haar handen op haar slapen, haalde diep adem en liep naar de deur.

'Eerst pak je mijn sleutels af en dan kun je zelfs de deur niet openlaten als je weet dat ik kom?' Hij kwam zoals gewoonlijk opgewekt klagend en nukkig de garage in. Het moest doodvermoeiend zijn om Jerry te zijn, met al die vijandigheid, de godganse dag door.

'Na gisteravond laat ik de deur van deze zaak nooit meer open,' zei ze. 'En zeker niet als ik in mijn eentje ben.'

Nu was hij alert, hij hield zijn hoofd wat schuin en trok een borstelige wenkbrauw op.

'Wat bedoel je?'

Ze vertelde hem wat er was gebeurd en was verbaasd over zijn gezichtsuitdrukking terwijl hij naar haar luisterde. Hij keek bezorgd, wat ze zich bij hem niet had kunnen voorstellen, bezorgd en bijna schuldig.

'Shit, Nora. Niet te geloven. Die kerel wandelt hier binnen en grijpt je beet... Shit.' Hij zoog zijn longen vol lucht en keek de garage rond alsof hij hoopte dat de boosdoener er nog steeds was. 'Zeg je dat ze Mowery hebben geslagen, hem zwaar hebben toegetakeld?'

'Het zag er héél akelig uit, Jerry.'

'Ik ken die ouwe al sinds ik nog een jongetje was. Nauurlijk heeft hij het me wel eens lastig gemaakt, maar hij heeft me ook een keer vanaf Kleindorfer naar huis gereden terwijl hij dat helemaal niet hoefde te doen. Anderen pakken je in zo'n situatie bij kop en kont en gooien je in de dronkenmanscel.' Hij balde zijn vuisten.

'Ik kende hem niet,' zei Nora, 'maar ik maakte me grote zorgen om hem. Ik ga vandaag naar het ziekenhuis om te kijken hoe het met hem gaat, en om hem te bedanken.'

'Ja.' Maar Jerry's ogen waren niet op haar gericht, keken niets ziend de garage rond.

'Wat is er aan de hand, Jerry?'

'Niets. Ik bedoel, jezus, wat er allemaal gebeurd is en zo. Ik wou dat ik hier was geweest, Nora. Bij Bud hield ik er altijd wat eerder mee op dan hij, maar dat zou ik bij jou niet moeten doen. Ik zou een vrouw niet alleen op zo'n plek moeten achterlaten.'

'Je bent niet verantwoordelijk voor me, Jerry. Zit daar maar niet over in.' Maar het ontroerde haar dat hij zo bezorgd was.

'Nou, dit is de laatste keer, hoor je? Dit is een prima stad, Nora, een verdomd prima stad, maar in de zomer komen de mensen overal vandaan, mensen die je niet kent en niet kunt vertrouwen. Zolang dat aan

134

de hand is, mag ik je hier niet alleen laten.'

Hij keek haar met een verbazingwekkend oprechte uitdrukking op zijn gezicht aan en zei: 'Sorry, Nora.'

'Het was niet jouw schuld. En ik vind het echt heel fijn dat je bent gekomen om die stomme auto weer in elkaar te zetten, dan kunnen we er tenminste vanaf. Ik zal blij zijn als dat ding weg is.'

'Geen probleem.' En toen, terwijl hij met een vuist op de motorkap van de Lexus sloeg: 'Denk je dat die klootzak dit ding nog komt ophalen?'

'Dat weet ik niet, maar als hij komt wil ik niet dat hij hier staat. Ik heb een paar dingen gehoord die me niet aanstaan, Jerry. Dingen die me de stuipen op het lijf jagen.'

'Wat bedoel je?'

Ze wilde hem niet het hele verhaal vertellen, had nog niet besloten aan wie ze dat wél zou doen, maar ze maakte zich ongerust en moest erover praten. Dat was een van de problemen van haar bestaan hier: ze was een buitenstaander, een vreemde vrouw in een vreemde rol, en de enige die ze in de hele streek kon vertrouwen was een man die zonder hulp zijn eigen naam nog niet eens kon schrijven. Zij en Frank waren het nog niet eens geworden of ze de politie iets over de Mitsubishi zou vertellen. Het zou fijn zijn om er met iemand over te praten.

'Ik heb met dit ding een hoop aan mijn hoofd,' zei ze naar de Lexus wijzend. 'Gisteravond was al erg genoeg, maar vanochtend heb ik met die andere bestuurder gepraat en hij… had een paar theorieën die me helemaal niet aanstaan.'

'Die knul?' Jerry fronste zijn wenkbrauwen. 'Waar is hij trouwens gebleven?'

'Hij logeert in de Willow. Ik heb hem gisteravond een lift gegeven.' Het was maar het beste als ze het niet over haar tweede bezoek had en daarmee meer vragen zou uitlokken waar ze liever geen antwoord op wilde geven.

'Wat weet hij ervan?'

Ze aarzelde. Nee, het was niet verstandig om Jerry er iets over te vertellen. Om te beginnen zou hij zijn mond voorbijpraten, en bovendien zou hij het hele verhaal opblazen. Zelfs een afgezwakte versie van Franks verslag zou aan de bar van Kleindorfer algauw hét onderwerp van gesprek zijn, en tegen de tijd dat ze ermee klaar waren, waren het waarschijnlijk terroristen en kernwapens geworden.

'Hij zag dat die vent een pistool uit de Lexus haalde,' zei ze. Dit was geen leugen en hopelijk was het genoeg om Jerry tevreden te stellen.

'Heb je de politie dat verteld?'

'Ja.'

'Zeggen zij iets over die auto. Hebben ze, eh… enig idee wat er aan de hand is?'

'Gisteravond niet. Ik weet niet of ze vandaag al meer weten.'

Hij wilde haar niet aankijken. 'Verdwijn nou maar. Ik heb dit varkentje zo gewassen.'

'Ik blijf op jou wachten.'

Hij draaide zich naar haar om en schudde meewarig zijn hoofd. 'Nee, dat is niet nodig. Moet je horen… ga jij nou maar naar het ziekenhuis, zoals je van plan was, kijk hoe het met Mowery gaat en doe hem de groeten van ouwe Jerry. Dan laat ik je met m'n mobieltje weten wanneer dit knappe ding klaar is om te vertrekken.'

'Ik vind dat er altijd twee mensen in de garage moeten zijn, Jerry. We moeten hier allebei zijn, tot de auto weg is.'

Hij bracht een hand naar zijn voorhoofd, wreef erover als een uitgeputte man die nog vele kilometers te gaan heeft. 'Ik laat je gisteravond in de steek en dan gebeurt er al die shit, en nu wil jij hier voor mij blijven en zorgen dat ík veilig ben.'

Hij klaagde niet, hij mompelde eerder in zichzelf dan dat hij het tegen haar had.

'Ik denk alleen dat het voor ons allebei veiliger is.'

'Ik moet je iets vertellen, Nora.' Hij keek gekweld. 'Maar eerst moet je het volgende begrijpen: op dat moment wist ik niets van deze auto en wat er met je was gebeurd, oké? Ik bedoel, shit, als ik het allemaal had geweten…'

'Jerry, waar heb je het over?'

Hij liet zijn hand zakken en liep langs haar heen naar zijn kluisje. Hij maakte het open en haalde er een plastic doosje uit. Zelfs toen hij het aan haar gaf en ze het in haar hand vasthield, had ze geen idee wat het was.

'Dat is een volgzendertje, Nora. Het stuurt een signaal uit en als je een ontvanger hebt, kun je het volgen.' Hij streek met zijn tong over zijn lippen. 'Dat zat op die auto. Ik heb het gisteren van de bumperverstevising gehaald.'

Ze streek met haar vingertoppen over het gladde plastic. Dus dit was het geheim. Dit dingetje was de bron van alle chaos. Dit had ervoor gezorgd dat die klootzakken in haar leven waren gekomen.

'Heb je dit gistermiddag gevonden?'

'Ja.'

'En je hebt het me niet verteld.'

'Het spijt me, Nora. Ik... ik weet niet wat ik moet zeggen. Ik dacht gewoon niet na.'

'Oké.' Misschien zou ze woedend moeten worden, hem ter plekke de huid moeten vol schelden, hem de schuld moeten geven. Maar ze was alleen maar in de war. Was deze ontdekking goed of slecht? Zou dit apparaat haar helpen, of liep ze meer gevaar door het alleen al vast te houden?

'Het spijt me,' zei Jerry nogmaals.

'Het geeft niet. Je zegt het me nu. En daar gaat het om.'

'Wacht even,' zei Jerry. 'Er is nog meer.'

15

Frank was niet van plan om Mattesons eiland in de gaten te houden, niet bewust in elk geval. Toen hij de boot te water liet en de motor aan de hekbalk bevestigde, was hij alleen maar van plan een beetje te gaan varen en het meer weer eens te verkennen.

Hij had het in vijf minuten voor elkaar en het boottochtje was het enige wat hij die ochtend wilde doen. Hij voer de klein baai uit, rondde de zandbank – het water stond nog zo hoog dat hij er waarschijnlijk makkelijk overheen had kunnen varen, maar gewoontegetrouw voer hij eromheen – en daarna, vlak nadat hij op het open meer was aanbeland, gaf hij vol gas en zette koers naar Four Islands. Daar voorbij en om de punt, in het wat meer afgelegen gedeelte van het water, lag het eiland van Matteson. Hij moest het zien. Alleen maar even kijken.

Hij had twintig minuten met de buitenboordmotor op vol vermogen gevaren voordat het eiland in zicht kwam. Er waren hier zo veel eilanden dat je kon verdwalen: van een afstand leek het alsof de helft deel uitmaakte van de gewone oever, en als je er dan omheen voer en in een baai kwam die zo groot was dat je dacht op een open gedeelte van het meer te varen, was je voor je het wist de weg kwijt.

De noordelijkste uitlopers van de Willow lagen in een verlaten gedeelte van het meer en aan de oostelijke oever verschool zich een baai die Slaughterhouse Bay heette en zo was genoemd vanwege de grote verzameling stronken en dode bomen die uit het water omhoogstaken en waar je heel makkelijk en heel snel je boot naar de ratsmodee kon varen. Zelfs met lage snelheid was het verraderlijk om langs de tientallen stronken te navigeren, en hoewel Frank en zijn vader altijd dachten dat daar een kostbare schat aan snoeken en misschien zelfs baarzen te vinden zou zijn, hadden ze in die baai nooit een mooie vis gevangen. Het was een griezelige plek, vooral in de avondschemering wanneer de gedeeltelijk onderliggende bomen samensmolten met de lange schaduwen en het er bijna op een moeras in Florida leek.

Frank omzeilde de baai en de stronken op een paar honderd meter afstand, stak buitenom Slaughterhouse Point over waar hij bij het hoofdgedeelte van het meer kwam en waar de Tomahawk-rivier het stroomgebied van water voorzag. Tussen de zuidkant van Slaughterhouse Point en Muskie Point in het noorden lagen voor de kust honderden hectaren ongerepte bossen en daar vond hij het eiland van Matteson. Hij was er zeven jaar niet geweest en wellicht zou het daarom niet zo makkelijk te vinden zijn geweest, maar hij had er geen enkele moeite mee. De plek zat diep in zijn geheugen gegrift.

Hoewel er tientallen redelijk grote eilanden in het stroomgebied waren, waren maar een paar voor ontginning geschikt, zelfs als ze niet van de staat waren. De waterhoogteverschillen in het stroomgebied waren te groot; als er een jaar weinig regen was gevallen, dan moest het grootste deel van het Wisconsin-rivierdal door het meer bevloeid worden en de dam werd dan zo ver opengezet dat het waterniveau zo'n drie meter onder het normale peil kwam. Regende het een jaar veel, dan sloten ze de dam en steeg het waterpeil dramatisch. Zo wisselde het landschap voortdurend: eilanden veranderden in vasteland terwijl ze de lente daarop gedeeltelijk onder water kwamen te staan. Het eiland van Matteson was een uitzondering omdat dat midden in het meer lag en rondom hoge, steile oevers had. Het water kon nooit zo hoog komen dat het de hut zou bereiken, en bij extreem laag water werden de stranden aan de voet van de oevers alleen maar breder.

Hij passeerde het eiland aan de westkant, bleef zo'n dertig meter uit de kust, zag het dak van de hut en twee van de VERBODEN TOEGANG-borden, maakte een rondje en wilde net weer teruggaan toen hij de vrouw zag.

Ze liep naar het meer, ging er tot haar middel in, testte de ondergrond en liep langzaam door. Wat dacht ze wel niet? Wilde ze in april in het meer gaan zwemmen? Het was weliswaar warm voor de tijd van het jaar, minstens drie graden boven normaal, maar het water zou ijskoud zijn. Het leek haar niet te deren.

Frank reageerde niet toen hij haar zag, hij minderde geen vaart, zette de motor niet uit en deed niets waaruit zijn belangstelling kon blijken. In plaats daarvan draaide hij zijn hoofd om, staarde recht over de boeg, gaf nog een extra dot gas en voer met een vaartje door. Hij maakte een hoek ten opzichte van het eiland op weg naar het hoofdmeer zelf. Het was nu een heldere, mooie dag, de bries werd warmer naarmate de zon hoger klom, alles deed hem denken aan een paar dagen die hij met zijn vader op het water had doorgebracht. Hij had vandaag wel verwacht dat er herinneringen boven zouden komen, maar die zonken nu weg, werden weggeduwd door die vrouw in het water.

Ze was prachtig. Zelfs op vijftig meter afstand kon hij dat zien. Lang en elegant, en uit de glimp die hij even van haar lichaam had opgevangen leek het waarschijnlijk verdachter dat hij géén vaart minderde om naar haar te kijken. Ze was vast aan starende blikken gewend.

Dave O'Connor, of Vaughn, of wie de grijze man dan verdomme ook was, leek geen partij voor die vrouw. Hij zag er zo merkwaardig uit, was zo nerveus en onbeholpen. Aan de andere kant, hij reed in een Lexus en had een bom duiten bij zich, evenals een pistool. Misschien was zij zo'n type dat op geld of gevaar kickte.

Maar dat riep het volgende probleem met Vaughn op. Hij leek geen gevaarlijk sujet. Zelfs met het pistool, zelfs met dat tweetal dat na hem was opgedoken, paste hij niet in het plaatje. Die kerels in de garage gisteren waren van een heel ander kaliber geweest. Vaughn leek totaal niet op dat soort, of op andere gevaarlijke mannen die Frank had gekend. Hij leek in de verste verte niet op zijn vader.

Maar hij was er wel, in de hut van Devin Matteson met een opvallende vrouw en twee gewapende slechteriken die hem op de hielen zaten. Geen enkel aspect van dat scenario zat Frank lekker. Niet nadat hij gisteren een tijdje in het gezelschap van Vaughn had doorgebracht.

Hij voer zo'n driehonderd meter tot bij een visarendnest door, ging toen via een andere route terug en hield het eiland in de gaten. Deze keer zag hij niemand op het strand. Misschien waren ze naar binnen gegaan. Of had hij ze weggejaagd. Goed beschouwd was hij behoorlijk stom bezig: als hij ze in de gaten wilde houden, moest hij voor anker gaan en ze ook observéren, zoals Ezra gisteren had gedaan. Het feit dat hij voortdurend langsvoer zou eerder de aandacht trekken. Zijn vader zou hem overboord hebben gekieperd als hij erbij was geweest.

Genoeg met dat halfslachtige gekoekeloer. Ze waren weg en hij was al een stap te ver gegaan. Beter om door te varen, die twee met rust te laten en hopen dat hij ze niet nog een keer tegen het lijf zou lopen. Nora Stafford was nogal onzeker bij zijn hut weggegaan, maar hij verwachtte dat ze nu eenvoudigweg van plan was om de Lexus van haar terrein weg te krijgen en de Mitsubishi in het bos te laten staan. Hij had haar al gezegd dat de kans groot was dat die er lang na het vertrek van Vaughn nog steeds zou zijn. Zo niet, dan zou hij zelf voor die ouwe roestbak betalen. Dat was een betere optie dan de politie naar Mattesons eiland te roepen en proberen de auto weer terug te krijgen. Hoe minder Nora met Devin Mattesons maten te maken had, hoe beter.

Hij was alleen in North Bay, er was geen andere boot in zicht en hij zette de motor af. Het leek nooit druk in de Flowage maar in het visseizoen waren er heel wat mensen in de buurt. Vandaag was het er echter uitgestorven.

De zon scheen volop en hij trok zijn shirt uit zodat hij hem op zijn huid kon voelen en van dit moment en deze plek kon genieten. Ze hadden hier een hoop vis gevangen en heel veel gelachen.

Een schel gerinkel verstoorde de verstilde dag, het klonk luider op het water dan op het land ooit mogelijk was. Niet te geloven dat hij hier bereik had. Die verdomde toren waar zijn vader zich zo aan had geërgerd was toch nog ergens goed voor. Hij pakte zijn mobieltje en zag dat het hetzelfde nummer was dat hij de vorige avond had gebeld en waar hij voor Nora een bericht had achtergelaten. Ze was weer in de garage.

'Hallo?'

Statisch geruis en vervormde woorden, Frank kon er geen touw aan vastknopen. Hij keek weer op het display. Nog steeds verbonden, maar het signaal was slecht, slechts één streepje. Oké, misschien was de toren dan toch niets meer dan een doorn in het oog. Hij probeerde het nog eens.

'Nora? Ik hoor je niet. Nora?'

Nog meer vervormde woorden, maar deze keer ving hij er een paar op. Iets over een volgzendertje. Hij worstelde met een opkomende frustratie, vroeg haar langzamer te praten en het te herhalen. In plaats daarvan werd de verbinding verbroken. Fijn hoor.

Hij ging in de boot zitten en keek over het water, zuchtte toen en wilde de motor starten. Hij zette de choke aan en trok aan het koordje waardoor hij brullend tot leven kwam. Hij had geen idee waar dat telefoontje over ging, maar niettemin was zijn plezierige ochtend naar de gallemieze. Hij zou teruggaan naar de hut, Nora bellen, en uitzoeken wat er verdomme aan de hand was.

'Shit.' Nora sloeg met de telefoon tegen haar handpalm en probeerde het nog een keer. Deze keer ging hij niet eens over, kreeg ze alleen een bericht dat degene die ze probeerde te bellen niet beschikbaar was. Ze vroeg zich af of hij iets van wat ze had gezegd had verstaan. Geen idee. Oké, wat nu? Ze wilde nog niet met Jerry's verhaal naar de politie gaan, niet tot ze de kans had gehad om het met Frank door te nemen, te horen wat hij ervan vond. Hij wist meer over die kerels dan zij. Het zou geweldig zijn als ze hem kon overhalen naar de stad te komen om te overleggen, maar Franks vervoermiddel stond op haar takelterrein achter de zaak, dus hij zou niet plotseling kunnen komen opdagen. Het was een lange rit naar zijn hut, maar ze wist niet wat ze anders moest doen.

'Jerry.' Ze liep het kantoor uit de garage in. Hij stond naast de spuitruimte over zijn gereedschapskist gebogen. Het moest buiten warm zijn, want het werd er bedompt.

'Ja?' Jerry had haar niet aangekeken sinds hij haar over AJ had verteld, en nu staarde hij naar de grond.

'Ik ga Frank ophalen.'

'Die knul?'

'Ja.' Zij vond hem helemaal geen knul, maar als Jerry daarmee wist wie hij was, prima. 'Ik wil dat hij erbij is als we met de politie praten. Zoals ik al heb gezegd, heeft hij een paar ideeën waarvan ze op de hoogte moeten zijn.'

Jerry fronste zijn wenkbrauwen en draaide een ratel in zijn hand rond, het geklepper klonk luid in de stille ruimte. 'Wat voor ideeën?'

'Hij denkt dat hij misschien iets over die kerels weet, en ook voor wie ze werken.'

'Hoe dan?'

Ze hief haar handen op. 'Dat weet ik niet, Jerry. Ik zeg je alleen wat ik heb gehoord. Hij beweert ook te weten waar die vent van de Lexus nu is. En nu ga ik ervandoor om hem op te halen zodat we met de politie kunnen praten.'

'Oké. Ik zet deze kar zo goed en kwaad als het gaat in elkaar zodat ze hem kunnen wegtakelen.'

'Ik heb liever dat je dat niet doet.'

'Hè?'

'Ik bedoel, ik wil niet dat iemand in zijn eentje in de garage blijft.' Ze probeerde gepaste bezorgdheid in haar stem te leggen, maar slechts een deel gold Jerry's welzijn.

'Maak je over mij maar niet ongerust.'

'Jerry, ik heb echt liever…'

'Volgens mij vertrouw je me niet.' Hij rechtte zijn rug en keek haar voor het eerst aan, uitdagend. 'Daar gaat het om, hè? Voordat ik je had verteld dat ik een deal met die vent had gesloten, had je me rustig hier alleen gelaten, terwijl jij naar Mowery zou gaan. Jij zei dat we de Lexus klaar moesten maken voor de politie. Waarom is dat nu opeens anders?'

Ze keken elkaar een poosje aan, en toen kwam er een zachtere uitdrukking op zijn gezicht en liet hij zijn schouders zakken.

'Het spijt me zó, Nora. Je weet niet hoe erg. Ik begrijp wel waarom je op dit moment geen al te hoge pet van me ophebt. Jij en ik hebben onze problemen wel gehad. Maar ik zal je dit vertellen: er is geen man ter wereld die ik meer respecteer dan je vader. Niet één. En de reden dat ik hier nog ben is omdat ik weet dat hij dat van me wil. Dat ik je help, de zaak draaiende hou tot hij weer beter is. Het gaat niet alleen om de zaak, het gaat ook om jou. Ik wilde ook zeker weten dat het goed met je ging. Altijd al gewild. Dus toen je van gisteravond vertelde… dat die klootzakken hier kwamen en je zo hebben toegetakeld… misschien begrijp je niet dat het heel persoonlijk is voor me. Oké? Het enige wat ik kan zeggen is dat het me spijt.'

Hoewel Jerry voortdurend vroeg hoe het met Bud was, was Nora daar nooit helemaal eerlijk over geweest. Omdat haar vader zich Jerry helemaal niet kon herinneren, en ze wist dat hem dat pijn zou doen. Maar nu wilde ze dat hij zich Jerry wél kon herinneren. Bud zou van dit verhaal genoten hebben.

'Ik waardeer echt wat je net hebt gezegd, Jerry. En ik weet dat het niet makkelijk voor je was toen ik in de zaak kwam. Laten we er nou maar geen punt van maken, oké? Jij zet de Lexus weer in elkaar, ik haal Frank Temple op en dan praten we met z'n drieën de boel door en bellen de politie.'

Hij bracht bij wijze van saluut twee vingers naar zijn voorhoofd en draaide zich naar de auto toe. Ze liep de garage door, ging door de zijdeur naar buiten en trok die achter zich dicht, zich ervan verzekerend dat die in het slot viel.

Toen ze weg was, toog Jerry aan het werk. Hij begon met de motorkap: die had hij er helemaal afgehaald omdat die niet meer te repareren viel. Een dag eerder zou hij het verwrongen stuk staal gewoon samen met zo veel mogelijk losse onderdelen op de achterbank hebben gegooid, en tegen Nora hebben gezegd dat het niet uitmaakte hoe de auto erbij stond als ze hem toch aan de politie moesten overdragen. Maar na haar verhaal was daar geen sprake meer van. Hij wist nog steeds van wanten, wist nog steeds hoe hij een klus moest klaren en nadat hij had gehoord wat er was gebeurd, zou hij er nog harder tegenaan gaan. Het was zijn schuld niet, dat begreep hij wel, maar zijn schuldgevoel bleef, dat was gewoon zo. Het punt was dat terwijl hij biertjes aan het drinken was en een deal sloot om spullen te verkopen die niet van hem waren, Nora hier door een of andere klootzak tegen de muur werd gedrukt. Als die knul toen niet was komen opdagen... Jerry dacht daar liever niet verder over na.

Hij worstelde om de gedeukte motorkap op zijn plek te krijgen en sjorde hem zo stevig mogelijk vast. Door de schade ging hij niet meer goed dicht, maar hij zat vast en dat zou hij blijven ook. Tegen de tijd dat hij daarmee klaar was, stonden de zweetdruppels op zijn rug.

'Wat is het warm, verdomme,' zei hij hardop. Hij wilde de garage niet opendoen, zoals ze dat doordeweeks deden, want dan zouden de mensen denken dat ze er met hun auto terechtkonden, maar een beetje frisse lucht was ook niet verkeerd. Hij zou de roldeur op een kier zetten, dat moest genoeg zijn. Hij liep naar de hendel van de garagedeur en sloeg op de knop, liet de grote deur een halve meter van de vloer komen en sloeg toen weer op de knop, zodat de deur daar bleef steken. Hij voelde een bries over zijn voeten glijden. Dat hielp.

Het was een kloteklus om in je eentje een auto in elkaar te moeten zetten, maar Jerry was daar in de laatste maanden steeds beter in geworden. Nora probeerde altijd mee te helpen, en, laten we eerlijk wezen, ze kón meestal ook wel helpen, maar hij deed het liever alleen. Om de bumper aan de voorkant van de auto te bevestigen, zette hij één kant losjes vast, daarna liep hij naar de spuitruimte, haalde een rek dat ze gebruikten om onderdelen op te laten drogen, en zette het onder de bumper zodat die op de juiste hoogte en positie bleef om de bouten vast te draaien. Hij rolde de dolly erheen, trok zijn broekspijpen op en ging op zijn rug liggen. Met zijn hielen schoof hij naar achteren en de dolly gleed onder de auto zodat hij bij de bumperbouten kon, alleen zijn onderlichaam was nog te zien.

Het was donker onder de auto en hij moest met zijn vingers naar de juiste plek voor de bouten tasten. Toen hij die eenmaal had was het een fluitje van een cent en met geoefende bewegingen draaide hij de dopsleutel rond. Nog voor hij kon autorijden, had hij er al op zijn rug onder gelegen, gekeken hoe zijn vader aan een Mustang-fastback had gewerkt, die hij als wrak had gekocht en waarvan hij droomde om hem tot Steve McQueen-kwaliteit op te knappen. Hij had het nooit voor elkaar gekregen, maar daardoor was zijn zoon wel aan auto's verslingerd geraakt. Dertig jaar later was daar niets aan veranderd.

Hij draaide de bouten aan de bestuurderskant vast en rolde net de dolly naar de passagierskant, toen hij de roldeur zachtjes hoorde ratelen. Het was slechts een zacht rammelen dat net zo goed door de wind kon zijn veroorzaakt, maar toen hij zijn hoofd omdraaide, zag hij twee voeten. Iemand wilde onder de deur door lopen terwijl Jerry op zijn rug lag toe te kijken. Iemand met glimmende zwarte laarzen. Jerry kende die laarzen. Hij had ze zachtjes op de spijlen van een barkruk zien tikken, nog geen vierentwintig uur eerder.

De klootzak was terug. Maar deze keer zou hij een heel andere Jerry tegenover zich krijgen en kon hij een dopsleutel op zijn hoofd krijgen. Jerry had zijn hielen gespreid, klaar om zich onder de auto vandaan naar voren te duwen, toen hij een hand naast de laarzen zag verschijnen en toen een knie. AJ kwam binnen. Hij kroop onder de deur door naar binnen.

Het was laf om te doen, dat wist hij best, maar in plaats van dat hij zich afduwde trok Jerry zijn hielen in, en gleed helemaal onder de Lexus. Iets aan deze toestand deed zijn woede in een oogwenk in angst omslaan. Wat dacht die kerel wel niet, dat hij zomaar de garage in kon kruipen? Ze hadden bij Kleindorfer afgesproken, maar dat was pas over een paar uur. Dus waarom kwam hij daarop terug, nam hij dit risico?

Hij lag met zijn rug op de dolly, zijn neus een paar centimeter van de transmissie aan de achterkant, en Jerry hield zijn hoofd naar links zodat hij de bezoeker binnen zag komen. AJ kroop onder de deur door, ging rechtop staan en daarna kon Jerry alleen nog maar zijn voeten zien waarmee hij door de garage liep. Daarop verdwenen de voeten uit zijn gezichtsveld en kon hij alleen nog afgaan op zijn oren, en naar de trage tikken van de laarshakken op het beton luisteren.

Als een verscholen hert hield hij zijn adem in terwijl de laarzen weer in zijn gezichtsveld verschenen. AJ leek de hele garage rond te zijn gelopen en stond nu waarschijnlijk pal voor de Lexus. Hij gluurde in het kantoor, wellicht, zag dat het er donker was en dat er niemand was. Als hij nu gewoon weer onder de deur door terugkroop en zou wegwandelen, kon Jerry overeind komen, de garagedeur laten zakken en op slot doen, en de politie bellen. Nora had nog geen plan van actie bedacht, maar dit was al de tweede keer dat een van die klootzakken de garage binnendrong en dat was op zichzelf al een misdaad. Zelfs als Jerry last zou krijgen met de politie, dan nog moesten deze kerels worden opgepakt. Iemand moest voor Mowery boeten.

Er klonk een metaalachtig gekletter alsof er een machine in werking werd gesteld en daarna een luid gezoem toen de garagedeur zakte en met een klap op de vloer terechtkwam, potdicht. Door het geluid tilde Jerry zijn hoofd te ver op en zijn voorhoofd kwam onzachtzinnig in aanraking met de transmissie. Hij knipperde hevig met zijn ogen en liet zijn hoofd weer zakken. Waarom had AJ de deur omlaag gedaan? Wat was hij verdomme van plan?

'Blijf je de hele dag onder die auto liggen, meneer Dolson?'

De lijzige stem kwam uit de lucht boven hem, maar Jerry zag nog steeds geen laarzen waaraan hij kon zien waar de man stond. Hij zat in de val. Verdomme. Nu vermengde schaamte zich met zijn angst. Zich verstoppen onder een auto als een klein meisje onder haar bed. Dit deugde van geen kant, en dat had hij vanaf het begin moeten weten. Hij had die klootzak als een vent met een dopsleutel in de hand te lijf moeten gaan. Gedreven door zelfverwijt sloeg Jerry met zijn hielen tegen de vloer en duwde zichzelf naar voren, onder de auto uit, recht in de loop van een pistool.

16

Frank belde naar de garage zodra hij weer in de hut terug was en nu ging hij duidelijk over. Voicemail. Hij probeerde het nog een keer, met hetzelfde resultaat. Hij had geen mobiel nummer van haar, dus hij was voor niks naar de hut teruggegaan.

Hij trok de boot hoger het strand op en was halverwege de hut toen zijn telefoon weer overging met een onbekend nummer op de display. Hij nam op, hoorde Nora's stem zijn naam noemen en was verbaasd hoe opgelucht hij was.

'Ja, met mij. Ik probeerde je net in de garage te bellen.'

'Daar kom ik net vandaan,' zei ze. 'Ben je in je hut?'

'Ja.'

'Mooi. Ik ben onderweg. Ik wil graag dat je naar de stad komt, maar dat gaat natuurlijk niet zonder een lift.'

'Is er iets gebeurd?'

'Je stelde toch voor om mijn auto daar te laten staan en er geen politie bij te halen, omdat dat wellicht beter voor me is? Veiliger? Klopt, hè?'

'Klopt.'

'Oké. En als ik je nou eens vertel dat die twee van gisteravond om zeven uur vanavond in Kleindorfer's Tapperij zitten, vind je dan nog steeds dat ik me afzijdig moet houden? Of stel je dan iets anders voor?'

'Vertel me wat er is gebeurd,' zei hij alleen maar.

Haar verhaal verbaasde hem eigenlijk niet, maar nog voor ze had opgehangen, wist hij dat zijn reactie heel anders zou zijn dan de hare. Hij was enigszins van zijn stuk gebracht door Nora's kennelijke enthousiasme om de politie erbij te halen. Als haar monteur eerlijk over de situatie was en werkelijk een afspraak in die bar had, ja, dan begreep hij wel dat het aantrekkelijk was om een val te zetten. Maar de mannen met wie de afspraak stond, konden er net zo over denken. Uiteindelijk kwam het neer op wat hij haar herhaaldelijk had gezegd: deze kerels waren profs.

Hij nam het hun niet kwalijk dat ze haar werknemer hadden ingeschakeld. En er zat ook iets professioneels in: waarom een knokpartij riskeren als ze met het gerinkel van een beetje geld hetzelfde konden bereiken?

Maar ze speelden het langs twee kanten, en dat snapte hij niet. Waarom hadden ze op een en dezelfde avond de monteur gerekruteerd en Nora aangevallen? Waarom hadden ze een knokpartij willen voorkomen om vervolgens dat gevecht toch aan te gaan?

Omdat ze er niet tegelijk waren.

Nee, ze waren er niet tegelijkertijd geweest. Dat was een van de dingen waarover hij had zitten piekeren toen Nora hem een lift naar de hut gaf, een van de problemen die hij voor zichzelf niet bevredigend kon oplossen. Waarom had de tweede man gewacht tot zijn maatje al in de boeien zat? Hij had gewacht omdat hij er nog niet was. Hij had helemáál niet gewacht, hij was op dat moment opgedoken en moest wel in actie komen. Dus dat betekende dat de tweede man waarschijnlijk de slimste van de twee was. Hij was in de bar geweest om Nora's werknemer om te kopen terwijl zijn vriend naar de garage was teruggegaan om, wat eigenlijk, te kijken of ze de Lexus na sluitingstijd buiten had gezet? Dat kon wel kloppen. Alleen had de man in de garage geen geduld gehad. Hij was in actie gekomen en zijn vriend moest de kastanjes uit het vuur halen. En nu waren ze in de stad allesbehalve onopgemerkt gebleven.

Frank liep naar de hut terug terwijl hij nadacht over zijn uiteindelijke conclusie: deze twee mannen, als er inderdaad maar twee waren, be-

149

grepen dat hun situatie in Tomahawk was veranderd. Het was een kleine stad, waar geruchten zich snel verspreidden en vreemdelingen opvielen, en nu zou iedereen het over ze hebben, de politie zou naar hen uitkijken. Daardoor kwamen ze onder druk te staan. Zouden ze de afspraak met Nora's monteur rustig afwachten? Hij wist wat híj daarop zou antwoorden, en dat stond hem niets aan.

Hij opende de deur van de hut en liep naar binnen, friste zich op en trok een schoon shirt aan. Toen zette hij de koffer opzij, trok een stalen kist op het bed, klikte de vergrendeling los en opende het deksel, en haalde er twee goed geoliede, in holster gestoken handwapens uit.

De pistolen van zijn vader: een 10mm-Smith & Wesson en een .45 kaliber Glock. Die hadden vandaag zijn project moeten worden. Hij had het idee opgevat om met de boot naar een geschikte plek te varen, Muskie Point misschien, of ergens tussen de stronken van Slaughterhouse Bay, en de wapens in het meer te gooien. Een uitermate onbeholpen gebaar, inderdaad, maar dat wilde hij toch maken. Hij wilde het geweld van zijn vader in zijn handen vasthouden, het gewicht ervan voelen, en dat dan zonder spijt op een plek achterlaten waar de herinneringen nog zuiver waren.

Vandaag zouden ze nog niet naar de bodem zinken. Dat wist hij toen hij zich Nora's stem aan de telefoon weer in herinnering bracht, al die opwinding omdat ze dacht dat die afspraak het einde van het probleem zou inluiden. Frank wist wel beter. Jerry was gewoon een volgend los eindje, dat helaas aan Nora vastzat.

Toen Nora arriveerde, had hij de Smith & Wesson in zijn schouderholster onder een los jasje verborgen.

Als je maar genoeg in de buurt van vuurwapens bent geweest, reageer je anders dan een groentje, zelfs wanneer het wapen in kwestie op je hart is gericht. Jerry was niet dolenthousiast toen hij het zag, maar hij piste nou ook weer niet in zijn broek. Een pistool was een pistool. Het enige waar je je zorgen over moest maken was de man die het vasthield. En die man had nog niet op hem geschoten.

'Je lijkt niet erg blij me te zien, meneer Dolson,' zei AJ terwijl hij met zijn duim over het magazijn van het pistool streek zoals hij dat de dag daarvoor met het wodkaglas had gedaan.

'Dat ben ik ook niet. We hadden een afspraak en dit hoorde daar niet bij. Waarom ga je niet in Kleindorfer op me zitten wachten, zoals we hadden afgesproken?'

'Je was hier net met het meisje,' zei AJ. 'Je baas. Had zij je iets te vertellen?'

'Nee.'

'Je kunt niet best liegen, meneer Dolson.'

Jerry streek met zijn tong langs zijn tanden en keek met een harde uitdrukking in zijn ogen naar de lege blik van de andere man.

'En jij bent het toppunt van een stuk stront, vriend. Dat je hier binnen durft te komen en een vrouw in elkaar durft te slaan.'

'Ik heb niemand iets gedaan.'

'Dan was het je maatje. Dan zijn jullie allebei het toppunt van een stuk stront, oké? Nou, haal dat verdomde pistool uit mijn gezicht en sodemieter op.'

'We hadden een afspraak.'

'Ik maak geen afspraken met mensen die vrouwen in elkaar slaan.'

'Maar die afspraak stond evengoed. En ik heb dat zendertje nodig.'

'Ik heb het niet.'

'Wie wel?'

Hij wilde Nora's naam noemen, maar hield zich in. Dat was in twee opzichten fout, ten eerste ging die klootzak dan misschien achter haar aan, en ten tweede had ze het niet eens. Het lag nog steeds in zijn kluisje te wachten tot het bij de politie zou worden afgeleverd.

'Doe dat pistool weg,' zei Jerry.

'Vind je dat prettiger? Misschien kunnen we er dan over praten, er samen uitkomen?'

Jerry was niet van plan ergens over te praten, en elke vorm van er samen uit komen was geëindigd toen hij hoorde wat er met Nora was gebeurd. Maar hij staarde ook niet graag in dat kleine bekkie, dus hij knikte.

'Zou kunnen.'

AJ sloeg hem met het pistool in het gezicht. Jerry had nog net tijd om misschien vijftien centimeter naar achteren weg te duiken en de dopsleutel half op te tillen voor het pistool hem precies onder zijn rechteroog raakte en hij tegen de Lexus werd geslagen. Zijn ribben ramden tegen de grille, de dopsleutel viel uit zijn handen en toen kreeg hij nog een mep van het pistool, op zijn achterhoofd, precies boven aan de nek. Hij viel bijna op zijn knieën, en hing over de auto heen om niet op de grond te vallen. Verspilde moeite, zo bleek, de derde klap was nog harder dan de andere twee en daarmee was alle tegenstand gebroken. Hij lag languit op zijn rug met een been over de dolly gehaakt terwijl er op het golfplaten plafond tientallen kleuren opbloeiden.

Jerry zag ze dansen en beet op het puntje van zijn tong, probeerde zijn hoofd helder te krijgen. Het hielp niet. Hij beet harder en proefde bloed, maar de ruimte tolde nog steeds en toen hij voelde dat iemand zijn handen verplaatste, kon hij maar weinig uitrichten. Een koord beet in het vlees van een pols en toen in de andere. AJ bond zijn handen vast.

'Komt het meisje nog terug?'

Jerry zei niets. Toen hij zijn handen naar voren probeerde te trekken, merkte hij dat hij geen kant op kon. Hij zat ergens aan vast. Misschien aan de Lexus. Hij hoorde AJ weglopen, knipperde hevig met zijn ogen en tilde met veel inspanning zijn hoofd op. Het pistool was nu uit het zicht, maar AJ stond bij Jerry's gereedschapskist. Hij had de laden geopend en haalde er een sleg, een grote houten hamer, uit. Nee, nee, nee. Leg dat ding neer. Leg dat ding alsjeblieft neer.

'Komt het meisje nog terug?' vroeg AJ nog eens, met zijn rug naar Jerry gekeerd terwijl hij de sleg optilde en er geoefend mee zwaaide.

'Ja.' Jerry's hoofd werd nu rap helder en de pijn week uit zijn hoofd.

'Hoe lang duurt dat nog?'

'Misschien een uur.'

'Is ze naar de politie?' AJ stond over Jerry gebogen en de sleg rustte tegen zijn dij.

Wat moest hij daarop zeggen? Zijn instinct zei hem dat hij nee moest zeggen, maar waarom? Als die vent dacht dat de politie onderweg was, hield hij het hier misschien voor gezien. Maar schoot hij daar iets mee op?

'Meneer Dolson? Jerry? Ik wil wel een antwoord.'

Een beetje van het een en een beetje van het ander, misschien. Zeggen dat ze van plan was naar de politie te gaan maar dat nog niet had gedaan. Was dat oké?

'Ze is die knul gaan ophalen. Ik denk dat zij... het kan zijn dat ze naar de politie gaan. Maar dat is niet mijn schuld. Dat kun je je maatje aanrekenen, man. Je hebt een vrouw geslagen, toen een agent op zijn falie gegeven, dan kun je verwachten...'

'Welke knul?'

'Degene die je vriend gisteravond een poepie heeft laten ruiken.'

'Wat heeft hij ermee te maken?'

De pijn kwam weer terug, maar ook zijn schuldgevoel. Hij zou die klootzak niet zo veel moeten vertellen. Hij zou niet zo over zich heen moeten laten lopen.

'Dat weet ik niet.'

Er klonk gesuis van metaal door de lucht en toen kwam de sleg neer. Jerry kon zich nog net schrap zetten voor hij op zijn heup geraakt werd. Een helse pijn schoot door zijn been en zijn maag, vulde zijn borst. Hij kromde zijn rug en siste tussen zijn opeengeklemde tanden.

'Probeer maar wat anders.' zei AJ.

'Hij denkt dat hij iets van je weet.'

'Over míj? Hoe kan dat nou?'

'Weet ik veel.' Hij kneep zijn ogen dicht tegen de pijn maar voelde dat de sleg weer werd opgetild en gilde het uit: 'Ik wéét het niet, oké? Dat heeft ze niet gezegd. Ze zei alleen dat ze met hem moest praten om te beslissen wat ze aan de politie moest vertellen. Die knul denkt dat hij het beter begrijpt dan de politie, hij denkt te weten waar jouw mannetje heen is gegaan, de bestuurder van die auto hier.'

'Weet hij waar hij is?'

'Dat denk ik.'

'Waar dan?'

'Dat weet ik niet.'

'Je bent een leugenachtig stuk stront, weet je dat? Wáár?' De sleg werd weer in stelling gebracht en hoe graag Jerry ook sterk wilde overkomen, hij kon niet anders dan zich klein maken.

'Dat heeft ze niet gezégd!'

'Maar zij weet het.'

'Ja. Misschien. Ik bedoel, de knul zegt dat hij het weet.'

'En zij is naar die knul gegaan. Waar ging ze hem ophalen?'

'Dat weet ik niet.'

'Je ligt weer te liegen. Waar is ze naartoe?'

AJ's stem klonk gespannener nu, en deze keer wist Jerry dat hij zijn mond moest houden. Absoluut zijn mond moest houden. Als hij het deze klootzak zou vertellen, zou die vent onmiddellijk achter Nora aan gaan. Jerry was niet van plan haar dat aan te doen. Mooi niet.

'Waar is ze naartoe?' herhaalde AJ.

'Ik zal je vertellen waar jíj naartoe kunt. Regelrecht naar…'

Deze keer zwaaide de sleg met veel meer kracht en kwam recht op Jerry's dij terecht. Een fractie van een seconde voor hij het voelde, hoorde hij het bot kraken en deze keer kon hij geen geluid uitbrengen, niet schreeuwen, ook al had hij dat gewild. De pijn schoot zijn brein in als een wervelstorm en hij viel flauw. AJ's stem kwam ergens van buiten die wolk, ondervroeg hem, misschien dezelfde vraag of misschien een andere, hij kon de woorden van zijn eigen taal niet eens meer vertalen.

'Je bent er geweest.'

Die zin kwam aan, hij dacht er even over na en wist wat het betekende. Ja, de man had gelijk. Jerry was er geweest.

'Nog één kans, meneer Dolson.'

Was hij er misschien dan toch niet geweest? Nog één kans. Dat betekende een kans om te blijven leven, toch? Moest wel. Jerry wilde naar zijn been kijken, verwachtte botten en bloed te zien. Maar niets was minder waar. Zijn broek strekte zich alleen maar uit naar een voet die hij niet meer kon bewegen. Toch? Hij deed het en er gebeurde niets. Of probeerde hij het alleen maar? Zo moeilijk te zeggen. Zo moeilijk om te weten wat hij moest doen.

Er was nu iets tussen zijn ogen en die onbeweegbare voet, het zwaaide in de lucht. O, shit, de sleg. Hij wist het weer, de sleg. Die had dit alles veroorzaakt. Dat ding hoorde niet eens in de garage. Je moest er hout mee kloven, maar hij had hem meegenomen omdat hij zwaarder was dan een hamer en makkelijker te hanteren dan een voorhamer, een mooie multifunctionele moker. Maar aan deze toepassing had hij nog niet gedacht.

'Waar is ze naartoe?'

Waar is ze naartoe. Weer die vraag. Over Nora. Niet vertellen. Onthou dat goed, Jerry. Niet vertellen. De pijn komt zo weer terug, daardoor ga je dingen vergeten, maar dit moet je onthouden.

'Je moet echt weer je mond open gaan doen,' zei AJ. 'Heeft zij dat zendertje? Ik geloof het niet. Gisteren zei je dat het in je kluis lag. Ik durf te wedden dat je het nog steeds hebt. Je wilde dat geld.'

AJ liep weg en de pijn kwam weer terug. Jerry ademde diep in en verslikte zich. Er zat zo veel slijm in zijn keel. Of was het bloed? Je bloedde niet in je keel als je je been gebroken hebt, toch? Nee. Nee, dat sloeg nergens op. Zijn been lag in tweeën. Dat sloeg trouwens ook nergens op.

'Hebbes,' zei AJ terwijl een kluisdeur dichtgeslagen werd. Waarom was hij zo vrolijk? O, oké, dat apparaatje.

'Je hebt het,' zei Jerry. Deed daar althans een poging toe. Hij had moeite de woorden te vormen. AJ had dat opsporingsding nu, dus nu zou hij weggaan, ja? Hij zou weggaan, vertrekken en Jerry met rust laten.

'Ja,' zei AJ. 'Ik heb het. Maar ik heb nog meer nodig. Waar is híj naartoe, Jerry, ouwe jongen? Waar is die man die bij de auto hoort?'

Jerry wist het niet. Nora had hem dat niet verteld. Misschien wist Nora het ook niet. Hij kon het zich niet meer herinneren. Wacht… AJ had het zendertje, wat betekende dat Jerry het had verprutst. Daar ging het allemaal om, toch? Om ervoor te zorgen dat hij dat zendertje niet kreeg. Nee, het ging om Nora. Hem niet vertellen waar ze naartoe was. Waar wás Nora eigenlijk naartoe? De Willow, dat was het. Ze is die knul in de Willow gaan ophalen.

'Wat?' AJ stond nu over hem heen gebogen. 'Wat zei je?'

Hij had gepraat. Niet goed. Niet praten, Jerry. Hou nou voor één keer in je leven je mond dicht, verdomme.

'De Willow?' zei AJ. 'Zei je dat? Ga door. Blijf praten.'

Níét blijven praten. Zeg geen woord. Je maakte bijna een fout, een heel erge fout. Niets zeggen, Jerry. Bijt op je tong. Is dat je tong? Maakt niet uit. Bijt er maar op. Bijten en vasthouden, en geen woord.

'Oké,' zei AJ. 'Volgens mij heb ik niet veel meer aan je. Het goede nieuws is dat je dat been niet meer zult voelen.'

De sleg was weg, weggegooid in ruil voor een mes met een smal lemmet. Mooi. Jerry wist niet of hij nog een klap met de sleg had kunnen verdragen. Die had dat bot, waarschijnlijk het dikste bot uit je lijf, als een luciferhoutje geknakt. Nee, daarmee had hij het gehad. Maar het mes was ook niet goed, toch? Niet in AJ's hand. Hij zou AJ moeten vragen ermee te stoppen. Gewoon ermee nokken en ophoepelen. Jerry was gewond. Zag hij dan niet dat Jerry gewond was?

17

'Zo makkelijk gaat dat niet,' zei Frank Temple terwijl Nora over de Business 51 Tomahawk binnenreed. Hij had dit soort opmerkingen al zo vaak gemaakt dat ze zich zo langzamerhand niet echt meer lekker bij hem voelde. Zelfs als niet alles wat hij haar had verteld waar was, vond ze het vreemd dat hij zó terughoudend was om de politie in te schakelen. Ze vertelde hem zonder omhaal dat Jerry een afspraak had met die twee kerels, en dat hij nog steeds de politie er niet bij wilde halen. Hoe zat dat? Elk normaal mens zou haar hebben ópgedragen om de politie te bellen. Dus zat hier soms meer achter? Had de man die naast haar zat op een of andere manier met die kerels te maken?

'Ik zeg niet dat het mákkelijk wordt. Ik zeg alleen dat als ze het goed doen, dit een mooie kans is. Die kerels denken dat Jerry met ze meewerkt, Frank.'

'Ik weet zo net nog niet of ze dat echt geloven.'

'Nou, ze zijn op de afspraak ingegaan. En op het moment dat die werd gemaakt, was Jerry ook van plan dat zendertje af te geven. Dus volgens mij heeft hij niets gedaan waarmee hij hun argwaan wekte.'

'Dit soort kerels heeft geen reden nodig om argwaan te krijgen, Nora. Het idee van een of andere valstrik met een handvol provinciaalse politieagenten die bij zware misdaad waarschijnlijk eerder aan stropen denken, lijkt mij een armzalig plan.'

'Je bent al de hele ochtend bezig me ervan te overtuigen dat ik in m'n broek moet schijten voor deze mannen.'

'Zo bedoelde ik het niet.'

'Nou, zo voelt het anders wel. Je maakt me eerst bang, dan vertel ik dat we een mooie gelegenheid hebben om ze op te laten pakken, en dan wil je daar een stokje voor steken. Sorry dat ik het zeg, maar daar klopt volgens mij niets van.'

'Ik zeg alleen maar, Nora, dat ik niet zeker weet of je wel goed begrijpt waar deze heren vandaan komen.'

'Jij weet ook niet waar ze vandaan komen. Je zei dat je er maar een slag naar sloeg.'

'Een heel doelgerichte slag.'

'Natuurlijk, zo zie jij het. Ik weet alleen niet of de politie, of de mensen wier wérk het is om met dit soort toestanden om te gaan, het met je eens zijn.'

Ze snauwde nu tegen hem en dat wilde ze niet, dus hield ze haar mond voor ze nog vijandiger werd. Hij zweeg, keek uit het raam en voelde plotseling een steek van dwaasheid en schuldgevoel. Waarom eigenlijk? Waarom zóú ze hem ook geloven? Hij was een knul van vijfentwintig die schrijver wilde worden, godbetert. Oké, zijn vader had een paar mensen had omgelegd, maar daarmee was hij James Bond toch zeker niet? En wie wist trouwens of dat zo was? Zij had op internet moeten controleren of zijn verhaal wel klopte.

Het was belachelijk om niet naar de politie te gaan. Belachelijk en waarschijnlijk gevaarlijk. Ze kende Frank Temple nauwelijks en wist niets van hem, en dat merkwaardige vertrouwen dat ze in hem had kon net zo goed komen doordat hij haar te hulp was geschoten. Sterker nog, ze wist heel zeker dat ze zoiets tijdens de psychologielessen had gelezen. Door haar gevoelens van de vorige avond was ze te veel in hem gaan geloven, terwijl hij net zo gevaarlijk kon zijn als de mannen over wie ze zich zorgen maakte.

'Ga jij maar met Jerry praten,' zei ze, 'maar dan bel ik de politie. Oké? Dit is niet jóúw beslissing. Ik ben degene die gisteravond is aangevallen, die kloteauto staat in mijn garage en is mijn verantwoordelijkheid.'

Hij knikte alleen maar.

'Dus ik moet beslissen wat we gaan doen en we gaan de politie bellen, dat door Jerry gevonden apparaatje aan ze geven en ze over die afspraak vertellen. Ik kan jou niet dwingen om iets te zeggen over wat je me vanochtend hebt verteld, en dat zal ik niet proberen ook. Dat moet je zelf maar uitmaken. Maar ik vertel ze alles wat ik weet.'

Opnieuw zweeg hij. Prima, dacht Nora. Over een uur of zo krijgt de politie met jou en die rare stemmingen van je te maken, niet ik.

Ze reed de stad in, naar het parkeerterrein bij de garage, door het open hek en parkeerde pal achter het gebouw, recht tegenover Franks jeep. Toen ze de deur opende en uitstapte, zag ze dat de roldeur van de garage een halve meter boven de grond hing. Het was er waarschijnlijk te bedompt geworden voor Jerry. Ze kon hem net zo goed helemaal openzetten.

Frank was uit de truck gestapt en liep naast haar terwijl ze naar de zijdeur liep, die op slot bleek. Ze roffelde op de deur en ze wachtten. Er ontstond nu een merkwaardige spanning. Frank zei geen woord en ze vond het vervelend dat hij niet op haar tirade in de truck had gereageerd. Het was mooi geweest als hij iets had gezegd, of dat er tenminste uit zijn zwijgen een soort protest had gestraald, alsof ze hem boos had gemaakt en hij daarover liep te pruilen. Maar ze kon totaal geen hoogte van hem krijgen, hij stond daar maar, had elke gedachte en emotie in een kluis opgeborgen en voor de wereld verstopt.

Jerry moest de radio aan hebben staan want hij reageerde niet op haar kloppen. Of hij was weer in zo'n typische Jerry-bui en negeerde het. Ze haalde haar sleutels tevoorschijn, deed de deur van het slot en hield de deur voor Frank open.

'Bedankt.' Hij liep langs haar heen de garage in en zij liep achter hem aan, terwijl de deur achter haar dichtzwaaide. Ze had misschien twee stappen binnen gezet toen hij haar met een ruk omdraaide, zijn hand op haar schouder legde en haar zacht naar achteren duwde.

'Naar buiten.'

'Wat?'

Hij gaf geen antwoord, bleef haar alleen bij de schouder vasthouden en reikte naar de deurkruk. Haar verwarring ging in ergernis over en ze rukte zich uit zijn greep los.

'Laat me los. Wat doe je?'

Hij had de deur geopend en stak opnieuw een hand naar haar uit, maar ze stapte om hem heen en zag het bloed.

Ze had daar onmiddellijk van in paniek moeten raken, maar voor ze kon reageren liet ze eenvoudigweg haar blik erheen glijden, een soort natuurlijke nieuwsgierigheid, kijken waar het vandaan kwam. Midden in de betonnen vloer zat een afvoergeul, een groot roestig rooster met gaten zo groot als een stuiver en daar drupte nu een klein stroompje bloed in. Waar het stroompje wat breder werd, zag ze Jerry.

Hij hing in een onbeholpen, halfzittende houding voor de Lexus, zijn handen met ijzerdraad aan de grille vastgebonden, zijn hoofd was naar zijn linkerschouder gerold. Er liep een dikke, donkere streep over zijn hals, net onder de kin, en daaronder lag de bloedplas die het stroompje bloed in de geul had veroorzaakt. Zijn linkerbeen lag in een onnatuurlijke knik en er stak een rare bobbel uit zijn dij, bijna op de heup. Nora nam dit allemaal in een oogopslag waar en zei toen: 'Néé, Jerry,' en wilde naar hem toe gaan.

'Niet doen.' Frank had haar arm weer vastgepakt, zijn greep was nu steviger dan daarstraks.

'Moet je hem zien! Hij is…'

'Dood. Hij is dood. Ga er niet heen, raak hem niet aan. We moeten nu weg.'

Ze wilde tegenstribbelen, haar arm losrukken, maar toen viel haar blik nogmaals op de bobbel op Jerry's been en nu pas begreep ze wat het was. Bot. Het bot duwde tegen de huid, probeerde te ontsnappen. Ze hadden zijn been gebroken. Toen dat tot haar doordrong ging er een golf van misselijkheid door haar heen en ze zakte door haar knieën. Frank ving haar op, hield haar overeind en bracht haar naar de deur. Haar kaak hing slap en even was ze ervan overtuigd dat ze moest overgeven, maar toen had hij haar al naar buiten in de frisse lucht gebracht.

'O nee, Jerry.' Ze lag nu op haar knieën op het grind, zich bewust van een plotselinge hitte in haar gezicht en nek. 'Nee, Jerry, wat heeft hij gedaan, wat is er met hem gebeurd, wat hebben ze met hem gedaan?'

Ze wilde opstaan maar Frank legde een hand op haar schouder en duwde haar zachtjes terug.

'Blijf zitten. Ik bel de politie.'

Ze legde haar handen op het grind en kneep ze in haar vuisten, wilde iets vasthouden, keek werkeloos toe toen een korte vingernagel op de steentjes scheurde.

'Heb je zijn been gezien?' vroeg ze. Frank praatte zachtjes in zijn telefoon. Ze zei het nog een keer maar hij bleef in zijn telefoon praten. Haar handen lagen nu trillend op het grind. Ze stelde de vraag nog een derde keer toen hij zijn telefoon in zijn zak terugstopte, naast haar knielde en zijn arm om haar middel sloeg.

'Heb je zijn been gezien?'

'Ja.' Hij zei het met zachte stem.

'Ze hebben hem pijn gedaan,' zei ze.

'Ik weet het.'

'Zij hebben zijn been zo toegetakeld.'

'Dat weet ik.'

Vanaf het moment dat hij Nora gisteravond had gebeld en dat eerste bericht had ingesproken, had Frank zichzelf er omstandig van willen overtuigen dat hij zich voor niets zo druk maakte. Dat zijn idee over de mannen die naar haar garage waren gekomen was ingegeven door de opwinding van dat moment, door akelige herinneringen aan een man die hij nauwelijks kende, en dat hij daardoor overdreef en paranoia was. Dat was voorbij toen hij met Nora achter zich de garage in liep en Jerry Dolson aan de auto vastgebonden zag, terwijl zijn bloed op de grond stolde. Geen overdrijving, geen paranoia. Hij kende deze mannen nu, misschien niet van naam, maar hij wist met wie hij te maken had. Terwijl hij met zijn arm om de schouders van de huilende Nora op de politie wachtte, wilde Frank plotseling dolgraag zijn vader zien, op een manier waarvan hij zeker wist dat hij daar nooit meer aan wilde denken: met een pistool in de hand.

Deze mannen waren goed, maar zijn vader was beter geweest. Sneller van lichaam en rapper van geest, zijn schot dodelijker, superieur in elk aspect van de strijd. Het beeld van zijn vader als de gewelddadige maar rechtvaardige kruisvaarder, een idee dat Frank als kind had omarmd en als volwassene had verafschuwd, kwam met een wanhopige smart bij hem terug. *Kom terug,* dacht hij terwijl hij Nora schokkend voelde snikken. *Kom terug en zorg dat dit goed komt. Los dit op de enige manier op waarop dit fatsoenlijk kan worden opgelost… met bloed. Jij kunt dat. Ik niet.*

Daarop verdween zijn wereld in een kakofonie van sirenes. Drie politieauto's kwamen achter elkaar aangereden, mannen kwamen met getrokken wapens tevoorschijn alsof ze nog iets konden uitrichten.

18

Ze haalden Frank en Nora bijna onmiddellijk uit elkaar, en de zes uur daarna zag hij haar niet meer. Aanvankelijk nam geen van de agenten de moeite hem op wapens te controleren, maar hij voelde het pistool in zijn schouderholster, en zei uiteindelijk tegen de agent die kennelijk de leiding had dat hij er een bij zich had. De man wist er niet goed raad mee, pakte het pistool en fouilleerde Frank daarna ruw, alsof die het ene moment vrijwillig zijn pistool zou afgeven om hem het volgende met een mes te lijf te gaan.

Aanvankelijk was alleen de lokale politie ter plaatse, provinciejongens die allemaal min of meer in shock verkeerden bij het besef dat iemand midden in de stad op zaterdagmiddag was gemarteld en vermoord. Ze liepen de normale routine door, stelden Frank de geëigende vragen, maar niemand leek zich te kunnen concentreren, de groep was volkomen van slag.

Op het kleine politiebureau van Tomahawk werd hij ruim een uur in een verhoorkamer alleen gelaten. Mensen kwamen en gingen, praatten op gedempte toon, en hij ving flarden op van woorden, binnensmonds vloeken en ideeën, opmerkingen over Mowery. Het politiebureau van Tomahawk had een grote zaak aan de haak en waarschijnlijk begreep Frank dat beter dan zij.

Toen de deur ten slotte openging, kwam er een agent binnen die hij nog niet eerder had gezien. Nog voordat de man op een stoel tegenover hem ging zitten en zich voorstelde, wist Frank dat hij niet van hier was.

Hij was rond de vijftig, had een verweerde huid, werd vanaf het voorhoofd wat kaal en uit zijn shirt staken knokige schouders. Toen hij Frank aankeek, stond één oog net iets uit het lood, het leek wat naar linksboven af te wijken.

'Meneer Temple, ik ben Ron Atkins. Noem me maar Ron. Hoe gaat het met u?'

'Goed,' zei Frank. 'Waar bent u van?'

Atkins trok een wenkbrauw op. 'Suggereert u dat ik bij een andere dienst thuishoor dan dit bureau?'

'Inderdaad.'

'Waarom denkt u dat?'

'U bent niet opgewonden.'

Daarop nam Atkins Frank een poosje op en knikte toen traag. 'Interessant dat u dat hebt opgemerkt, meneer Temple. Nee, ik ben niet opgewonden. Er is niets opwindends aan deze zaak.'

'De andere agenten denken daar kennelijk anders over.'

'Dat klopt. Maar dat gaat gaandeweg wel over.'

'Dus, van welke dienst bent u?'

Het leek Atkins te ergeren dat hij de vraag herhaalde, want er schoot even een stalen flikkering door zijn ogen voor hij antwoord gaf.

'Ik ben van de FBI, meneer Temple.'

'Milwaukee?'

Atkins' wenkbrauw schoot weer omhoog. 'Nee. Wausau. We hebben daar een kleine dependance.'

Frank knikte. Als Atkins nu al van Milwaukee was gekomen, zou hij meer aan de weet zijn gekomen, dan zou dat kunnen betekenen dat de plaatselijke politie al lucht van de zaak had gekregen, misschien al wist wie die mannen werkelijk waren. Anders zou de FBI zich er niet mee bemoeien. Maar als hij alleen de rit van een uur vanuit Wausau had gemaakt, was het misschien niet zo vreemd. Hier werden niet veel moorden gepleegd, zeker niet van dit soort, en Frank vermoedde dat het FBI-kantoor in Wausau niet omkwam in het werk. Waarschijnlijk wilden ze zich er maar wat graag mee bemoeien en dit nader onderzoeken.

'Niet fijn om zo het weekend te beginnen, heb ik gehoord,' zei Atkins. 'Eerst had u gisteren die toestand, waarin u zich naar verluidt bewonderenswaardig hebt gedragen. En dan, nog geen vierentwintig uur later vindt u een gedood slachtoffer in hetzelfde pand.'

Atkins keek Frank schuin aan. 'Geen lekker begin van een vakantie, wel?'

'Nee.'

'Bént u hier op vakantie?'

'Ja.'

'Daarom komen de meeste mensen hier. Maar de meeste mensen maken niet zo veel ongelukken mee als u.'

'Nee, dat zal wel niet.' Zelfs in dit vroege stadium van het gesprek had Frank twee conclusies over Atkins getrokken: ten eerste was hij slim en verdiende hij respect. Ten tweede mocht Frank hem niet.

'U huurt daar een hut, hè?'

'Ik heb er een.'

'O ja? Mooi zeg. In de Willow Flowage, toch?'

'Ja.'

'Mag ik vragen hoe u aan die hut bent gekomen?'

Dit was de reden waarom Frank hem niet mocht, hij verloor zich in van die achteloze vragen. De man was hiernaartoe gehaald om naar Franks vader te informeren. Of hij kende zijn naam, of iemand had zijn huiswerk gedaan.

'Het is familiebezit,' zei Frank. 'Maar ik zie niet wat dat te maken heeft met die arme donder die we met een gebroken been en doorgesneden keel hebben gevonden, meneer Atkins. Ron.'

'Dat begrijp ik. Ik hoop dat u wat geduld met me hebt. Ziet u, ik vind misschien dingen relevant, waar u wellicht anders over denkt.'

'Weet u wat,' zei Frank, 'laten we het over mijn vader hebben.'

Er verscheen een glimlachje om Atkins' lippen, maar hij keek naar het tafelblad en niet naar Frank. 'Uw vader. Ja, ik heb van hem gehoord.'

'Dat geldt voor veel mensen. En ik vind het vervelend te moeten zeggen dat hij al zeven jaar dood is. Dit kunt u hem niet in de schoenen schuiven.'

'Ik heb een paar dingen over uw vader gehoord...'

'Die dingen heb ik hem zelf ook in zijn gezicht gesmeten.'

'Dat wil ik wel geloven. Maar ik heb het over zijn, eh, ondernemerschap, ziet u. Omdat de man niet alleen maar mensen heeft vermoord. Hij kreeg er een poos lang nog geld voor ook. Een van de termen die de mensen gebruikten, was "huurmoordenaar".'

'Dat heb ik ook gehoord.'

'Oké. Dus – en geloof me, ik begrijp hoe frustrerend dit voor u moet zijn – als een agent op vrijdag halfdood in elkaar geslagen buiten een autoschadebedrijf wordt aangetroffen en een andere man eindigt op zaterdag vermoord in datzelfde autoschadebedrijf, en de hoofdgetuige van beide gebeurtenissen is, nou ja, de zoon van een huurmoordenaar...'

'Dan wil de FBI wel uit Wausau komen,' zei Frank.

Atkins knikte met een theatrale en verontschuldigende uitdrukking op zijn gezicht. 'Zoals al ik zei, meneer Temple, ik weet ook wel dat dit niet eerlijk is ten opzichte van u, maar soms hebben we alleen maar vanwege onze familie een beetje extra te lijden. Dat gebeurt iedereen, hoe dan ook.'

Daar kan ik wel een boekje over opendoen, dacht Frank. Ik zou je kunnen vertellen hoe het is als je op je zeventiende met je vriendinnetje ligt te rotzooien en het je grootste zorg ter wereld is hoe je haar uit de broek kunt krijgen, en dat vervolgens je vader je slaapkamer binnen komt wandelen. En zelfs dan, meneer Atkins, zit je nog steeds over je vriendinnetje in, en over hoe hij zal reageren, en in jouw ogen zit je geweldig in de shit. Zo lijkt het tenminste, tot hij zegt: knul, we moeten nu samen praten, en iets in zijn ogen zegt je dat het komende gesprek niets te maken heeft met zoiets onschuldigs als jij en dat meisje.

'Ik begrijp het dus, dat wil ik er maar mee zeggen,' zei Atkins. 'Maar ik zal u die paar vragen toch moeten stellen.'

'Ja,' zei Frank. 'Dat had ik min of meer in de gaten.'

'Om maar met de deur in huis te vallen: ik werd nieuwsgierig nadat ik hoorde dat u een pistool droeg toen de politie bij de garage arriveerde. Een pistool, als ik daaraan mag toevoegen, met de initialen van uw vader in het magazijn gegrift. Hij is toch FT II? U bent toch FT III?'

Frank knikte.

'Draagt u altijd een pistool?'

'Nee.'

'Oké. U komt hier op vakantie om een beetje te vissen en u denkt: ja, dit lijkt me een mooi moment om een pistool bij me te steken?'

Frank keek Atkins lange tijd aan voor hij zei: 'Ik vond de stad langzamerhand nogal gevaarlijk worden.'

Atkins knikte. 'Ongeveer vanaf het moment dat u hier aankwam.'

19

Dit was niet haar leven. Hoe langer Nora erover nadacht, hoe minder ze ervan snapte. Huurmoordenaars, zendertjes, moord? Nee, daar klopte niets van. Ze begreep helemaal niets van die dingen.

En toch waren ze gebeurd. De werkelijkheid hakte er door de stoet politieondervragers hardhandig in. Kunt u beschrijven… zeiden ze, steeds en steeds maar weer. Natuurlijk kon ze het beschrijven. Jerry was vermoord. Ze probeerde dat te bevatten en te vergeten. Dat tafereel zou ze nog een hele tijd kunnen beschrijven, veel langer dan wat ze zich ooit nog voor de geest zou willen halen. Zoals zijn hoofd in die onnatuurlijke hoek had gehangen, zoals dat bot uit zijn dij had gestoken… dit was niet haar leven.

Ze had een paar ondervragingen achter de rug en een kort gesprek gevoerd met een soort rouwbegeleider, die haar zijn kaartje had gegeven en tegen haar had gezegd dat de smart bij achterblijvers langer bleef hangen dan de pijn van de slachtoffers zelf. Nora had geen flauw idee wat dat moest betekenen. Hij bedoelde zeker dat zij meer te lijden had dan Jerry, dacht ze, maar de rouwbegeleider had Jerry's been niet gezien.

Het enige wat haar van al die gesprekken was bijgebleven, was dat de hoofdagent had onthuld dat er in de kluis geen zendertje was gevonden. Hij wilde weten of het wellicht ergens anders was opgeborgen, en ze gaf toestemming – alsof ze die überhaupt nodig hadden – om de hele garage te doorzoeken, maar ze wist dat het weg was. Daarom waren ze er geweest en nu was het weg. Het enige tastbare dat met hen in verband kon worden gebracht was verdwenen.

Als laatste kreeg ze bezoek van een man in een slecht zittend bruin pak die bijna onmiddellijk zijn badge liet zien, de enige die dat die dag had gedaan. FBI, stond erop. Dat verbaasde haar maar stelde haar ook gerust. Het werd tijd dat zo iemand zich ermee ging bemoeien.

De geruststelling die ze uit zijn aanwezigheid putte duurde niet lang. Na de bekende inleidende vragen, richtte hij zijn aandacht op Frank Temple en liet hem daar. Hoe lang kende ze meneer Temple al? Een dag nog maar, hè? Kende ze het verhaal over zijn vader? O, meneer Temple had dat al verteld. Interessant. Wat had hij nog meer gezegd?

Zo ging dat ruim een uur door. Eén ding was wel duidelijk: ze hoefde niet meer op internet Franks verhaal te controleren. Meneer Atkins van de FBI had wat dat betreft prima werk geleverd.

'Volgens mij vindt u Frank verdacht,' zei ze. 'Of lijkt dat maar zo?'

'Verdacht?' Atkins leunde naar achteren en legde een enkel op zijn knie. 'Nu loopt u op de zaken vooruit, mevrouw Stafford. Ik verzamel slechts informatie.'

Zijn woorden klonken echter onoprecht en ze had acuut medelijden met Frank. Dit was de prijs die hij moest betalen omdat hij in zo'n familie was geboren. Wanneer zij in Tomahawk over straat liep, spraken de mensen haar aan en zeiden tegen haar dat ze een geweldige vader had en vroegen hoe het nu met hem ging. Vreemden omhelsden haar eenvoudigweg vanwege haar vaders geschiedenis in de stad. Voor Frank lag dat heel anders.

'Ik begrijp dat u informatie moet verzamelen,' zei ze, 'maar Frank heeft alleen maar geholpen. Ik heb u al verteld wat hij gisteren heeft gedaan.'

'Ja, dat weet ik. Maar als u zijn achtergrond in overweging neemt, mevrouw Stafford, kunt u zich toch wel voorstellen dat we meer dan gemiddeld nieuwsgierig zijn.'

Meer dan gemiddeld nieuwsgierig? Nou, dat was nog eens een mooie FBI-uitdrukking. Een minuut geleden had hij nog ontkend dat hij Frank verdacht vond, en nu gaf hij toe dat hij bovengemiddeld nieuwsgierig naar hem was. Dat was kennelijk een groot verschil.

'Wat zijn vader ook deed toen Frank goed beschouwd nog een kind was, lijkt me in deze situatie niet relevant,' zei ze.

'Zou kunnen.'

'Niet mee eens?'

'Een vraag... heeft meneer Temple u iets verteld over wat hij in de afgelopen zeven jaar heeft gedaan?'

'Ik heb hem gisteren pas ontmoet. Ik ken niet zijn hele levensgeschiedenis, dat is wel duidelijk.'

'Nee, dus?'

'Hij heeft me verteld dat hij student was.'

'Hij heeft zich in zeven jaar ingeschreven voor het indrukwekkende aantal van zes semesters aan de universiteit. Die zes semesters waren over vijf verschillende universiteiten in vijf verschillende staten verspreid. Hij heeft in ten minste tien verschillende staten korte tijd gewoond. Zijn hoogste baantje was barman, dat heeft hij vijf maanden volgehouden, en toch heeft hij zijn huur, rekeningen en lesgeld volledig en op tijd betaald.'

'Schitterend. Dus hij is een modelburger, bedoelt u dat soms te zeggen?'

Atkins keek haar lange tijd met een onaangename blik aan. Het werd een heikele toestand en ze wist dat ze zich deels uit schuldgevoel zo defensief opstelde. Goed beschouwd had ze Frank de huid vol gescholden toen ze naar de stad waren teruggereden, zijn zorgen weggewuifd en gedacht dat hij zat te liegen. En toen lag Jerry daar, een afschuwelijke maar onmiskenbare bevestiging van Franks verhaal. Zijn zorgen waren duidelijk oprecht en niet uit de lucht gegrepen.

'Mijn punt is,' zei Atkins, 'dat er te veel onduidelijkheden over Frank Temple de Derde zijn. Hij leidt een nomadenbestaan, heeft niet veel contact met mensen uit het verleden en toch heeft hij de beschikking over een constante geldstroom. Het is een patroon, mevrouw Stafford, niet ongebruikelijk bij mannen met het beroep van zijn vader.'

Ze stak haar kin naar voren en staarde hem aan. 'U maakt een geintje, hè?'

'Ik neem alleen maar waar, ik beschuldig niemand.'

'Nou, ik heb vandaag het een en ander waargenomen, en ik heb gemerkt dat Frank niet graag over zijn vader praat en dat hij zich diep schaamt voor wat de man heeft gedaan.'

'Schaamte kan inderdaad een reden zijn om niet over zijn vader te praten. Maar er zijn andere mogelijkheden.'

'Bedoelt u soms te zeggen dat hij in zijn voetspoor is getreden? Frank was zéventien toen zijn vader stierf. Ik heb nog nooit gehoord van een zeventienjarige huurmoordenaar.'

Atkins keek haar alleen maar aan, bestudeerde haar gezicht, zweeg.

'Waarom vraagt u niets over Vaughn?' vroeg ze.

'Is dat de bestuurder van de Lexus?'

'Ja. Hij heeft dit alles veroorzaakt. Vanwege hem zijn die moordenaars naar mijn garage gekomen.'

'Op dat moment was u met meneer Temple en Vaughn,' zei Atkins het gesprek van richting veranderend. 'Hoewel hij toen zei dat hij Dave O'Connor heette, toch?'

'Wat weet u van hem? Wat is hij voor man?'

Atkins negeerde haar. 'Hebt u gemerkt of de mannen elkaar kenden?'

'Frank en Vaughn?' Ze schudde haar hoofd. 'Absoluut niet. Ik bedoel, ze waren net met de auto op elkaar geknald. Ze hadden dus ongeveer twintig minuten om kennis met elkaar te maken voor ik ze ontmoette. Dat is het enige wat ik heb gemerkt.'

'U hebt de bestuurder van de Lexus laten gaan zonder zijn rijbewijs of verzekeringspapieren te hebben gezien?'

'Hij betaalde me contant. Dat heb ik al aan iedereen uitgelegd. Dat was stom van me, maar ik kan er nu niets meer aan doen. Ik kan nergens meer iets aan doen.'

'En u hebt geen idee waar hij naartoe is gegaan?'

Op die vraag zou ze antwoord moeten geven, hem over de hut op het eiland vertellen en de auto in het bos. Dat was het beste, maar ze moest denken aan het feit dat Frank de politie er liever niet bij had willen halen, het idee dat ze volgens hem dan een nog grotere dreiging zou worden voor die mannen die zo verschrikkelijk met dreigingen omgingen. Hoe minder je erbij betrokken was, hoe beter, ja? Alles was beter dan iets weten. Als je iets wist, werd je een los eindje. Had Frank niet gezegd dat zij dat was? Een los eindje. Net als Jerry. Ze wilde dat ze er niets mee te maken had. Dat ze een omstander was. Ze wás verdomme ook een omstander… en zou het uiteindelijk niet veiliger zijn in die rol te blijven? Daar dacht ze aan, en aan Jerry's bloed dat in de afvoergeul in de grond sijpelde, en ze schudde haar hoofd.

'Toen hij mijn auto meenam, zei hij dat hij naar Rhinelander ging.'

De avond viel en ze bleef voor het politiebureau op hem staan wachten. De hemel was doortrokken van paarse wolkenflarden die scherp afstaken tegen een decor van roze- en oranjetinten. Verderop in de straat, vlak bij de rivier, schalde luide muziek uit speakers, er was een festival gaande.

Jerry was dood. Vanaf dag één was hij een ruzieachtige, tegendraadse werknemer geweest, maar hij was ook de enige in de hele stad die haar na aan het hart lag. Sinds ze in Tomahawk was aangekomen, had Jerry negentig procent van haar menselijk contact uitgemaakt, en het besef dat hij er niet meer was, vervulde haar met een kil gevoel van verlies. Nu Jerry weg was, was de zaak ten dode opgeschreven. Ze kon hem niet in haar eentje runnen. In het begin leek het onmogelijk om de tent met z'n tweeën draaiende te houden, maar het was ze gelukt. Dat kwam, wist ze, doordat Jerry bereid was geweest te blijven. Hij vond het niet fijn om voor haar te werken, maar hij had het gedaan en zonder hem zou de garage, waar haar grootvader achtenzestig jaar geleden mee was begonnen, al lang haar deuren hebben moeten sluiten.

Er dreigden nog meer tranen toen de deur openging en Frank Temple de trap van het politiebureau af liep en naar haar toe kwam. Hij hield zijn jasje in zijn vuist en ze zag voor het eerst het pistool dat hij in een holster op zijn borst droeg.

'Hoe kom je daaraan?'

Hij keek haar niet aan. 'Ik had het bij me toen we bij de hut weggingen. De politie wilde het houden, maar ik had een sluitend tegenargument: Jerry is niet met een pistool vermoord.'

Hij zei het een beetje stekelig, wat ze niet eerder bij hem had opgemerkt, en zijn stem klonk somber.

De deur van het politiebureau ging weer open en twee agenten in uniform kwamen naar buiten en bleven ze aanstaren.

'Staat je auto nog in de buurt?' zei Frank.

'Bij de garage. Ze hebben me een lift aangeboden, maar ik wilde op jou wachten.'

'Laten we dan maar gaan lopen.'

Ze liepen over de stoep en stapten algauw met gelijke tred stilzwijgend door.

'De FBI was er,' zei ze.

'Hmm.'

'Dat verbaasde me... ik bedoel, ik ben blij dat de politie er hulp bij heeft gehaald, maar dat vond ik vreemd.'

Hij keek naar zijn voeten en had nog altijd zijn jasje in de hand, het pistool nu open en bloot alsof hij er een soort statement mee gaf. 'De vraag is of ze er alleen maar vanwege mij bij betrokken zijn.'

Ze wist niet goed wat ze daarop moest antwoorden.

'Want als dat zo is,' zei hij, 'dan vrees ik dat het weinig opschiet. Ik begrijp het natuurlijk wel, maar deze puinhoop wordt niet opgelost als de FBI onderzoek naar mij doet.'

'Hij was kennelijk behoorlijk in je geïnteresseerd.'

'Ja, dat kun je wel zeggen. Het maakt me nijdig, maar ik schrik er niet van. Ik vraag me alleen af of het enkel om mij gaat of dat ik slechts onderdeel van een pakketje ben.' Hij keek haar aan. 'Heeft Atkins iets over Vaughn gezegd?'

Ze dacht even na en schudde haar hoofd. 'Pas toen ik zelf over hem begon. Ik vroeg ernaar, maar Atkins wilde alleen weten of ik de indruk had dat jullie elkaar kenden. Tot dat moment wilde hij het alleen maar over...'

'Mij hebben,' zei Frank.

Ze knikte.

'Oké,' zei hij. 'Die indruk krijg ik ook, alsof Atkins totaal geen interesse had in Vaughn. En aangezien hij uitermáte geïnteresseerd in hem zou moeten zijn, vermoed ik dat mijn prachtige, overbekende naam niet het enige is waarop onze vip uit Wausau is afgekomen. Ze hebben al iets over Vaughn. Die Lexus heeft ergens een belletje doen rinkelen, misschien in Florida, of op de FBI-computers. Ze raakten van hem in rep en roer en toen kwam mijn naam als bonus bovendrijven. Ze weten alleen nog niet wat ze ermee aan moeten.'

'En ze weten niet waar hij is.'

Hij keek haar zowel veelbetekenend als geïntrigeerd aan. 'Heb je Ezra's verhaal niet verteld?'

'Nee. Jij?'

Hij schudde zijn hoofd. 'Ik dacht dat dat meer op jouw bordje thuishoorde, en als je het had verteld, zouden ze mij meer vragen hebben gesteld. Toen dat niet gebeurde, ging ik ervan uit dat je het beter vond er maar niets over te zeggen.'

'Ik weet niet waarom,' zei ze. 'Er ging alleen van alles door me heen.'

'Je zei niets omdat je wist wat er vanmiddag is gebeurd.'

Recht voor zijn raap, maar waar. Er was inderdaad een hoop door haar heen gegaan, maar ja, dat beeld van dat sijpelende bloed door de afvoergeul had de doorslag gegeven.

'Weet je nog wat ik over losse eindjes heb gezegd?' vroeg hij.

Ze knikte. 'Ik moest daar de hele tijd aan denken. Dat, en alles wat je zei over de kerel van die hut, Devin, en dat iedereen om hem heen zo…'

'Dodelijk is.'

'Dat is het juiste woord, ja.'

'Het enige woord dat momenteel telt. Degenen die helemaal tot hier achter Vaughn aan zaten, hebben hun punt duidelijk gemaakt en daar moeten we naar luisteren.'

'Bedoel je daarmee dat ik de auto wél aan de FBI had moeten melden?'

'Je hebt zelf besloten dat niet te doen,' zei hij. 'Ik heb je daar geen opdracht toe gegeven. Waarom heb je het eigenlijk niet gedaan? Waarom heb je het ze niet verteld?'

Ze bleef staan en hij liep een paar passen door voordat hij zich naar haar omdraaide.

'Ik heb het ze niet verteld,' zei ze, 'omdat ik bang ben.'

'En terecht.'

'En op een bepaald moment in ons gesprek van vanochtend suggereerde je min of meer dat het wellicht beter zou zijn als ik afstand van het hele gedoe zou nemen.'

'Dat dacht ik toen ook, maar vanaf nu kan daar geen sprake meer van zijn. Ik geloof niet dat je je er nu nog uit kunt terugtrekken.'

'Wat moeten we dan doen?'

'Dat weet ik nog niet. Dit kan ik je wel vertellen… de politie in deze stad, met of zonder meneer Atkins van het fbi-kantoor in Wausau, is niet in staat om met deze jongens af te rekenen. Dus volgens mij was je beslissing zo slecht nog niet. Helemaal niet.'

'Wat moeten we dan doen?' vroeg ze nogmaals.

Hij keek haar aan en liet daarna zijn ogen op de kolf van zijn pistool rusten.

'Op dit moment weet ik slechts twee dingen zeker. Het eerste is dat we met Ezra moeten gaan praten.'

'Moeten we met een víssersgids gaan praten?'

'Hij is wel een beetje meer dan dat, Nora.'

'Oké. En wat is het andere?'

Hij liep weer door, het pistool wipte bij elke stap wat op.

'Dat als jij vanavond naar huis gaat, je dat waarschijnlijk niet zult overleven.'

20

Sinds het vertrek van Adrian had Grady niet veel afspraakjes meer gehad. Het gebruikelijke gedoe: nu en dan iemand die hij op een feestje was tegengekomen en met wie hij daarna nog een paar keer had afgesproken, maar niets serieus. Maar zaterdagavond had hij een date, een vrouw die op de ICT-afdeling bij een van de grote banken in Chicago werkte en die aan Grady was toegewezen om honderden financiële transacties te controleren. Hij zat nu bij een team dat terrorismegeld moest opsporen, een nieuwe bron van zorg, en Helen was de tussenpersoon die de bank aan het Bureau beschikbaar had gesteld. Bijna twee weken hadden ze samen cijfers doorgespit die nergens toe leidden, en Grady had daar erg van genoten. Knap, aardig en ze kon om zichzelf lachen, een eigenschap die Adrian absoluut niet bezat. Normaal gesproken zou hij haar niet mee uit hebben gevraagd met als excuus dat ze een zakelijke relatie hadden, maar in werkelijkheid was hij er nooit goed in geweest om recht op de man af iemand uit te nodigen. Twee dagen na afloop van het project had ze hem echter op zijn werk gebeld en gevraagd of hij met haar uit eten wilde. Het was voor het eerst dat een vrouw dat ooit aan Grady had gevraagd.

De zaterdagmiddag verstreek en hij was in een opperbest humeur, liep een eind langs het meer en deed ook nog wat extra rekoefeningen, voelde hoe de spanning van die week uit zijn spieren wegtrok en in de lucht oploste. Terug in zijn appartement nam hij een douche en – dit was gênant – probeerde drie verschillende broek-overhemdcombinaties, terwijl hij zich net een kwajongen van de middelbare school voelde. Hij had net besloten om een zwart overhemd met een donkergroene gabardine broek aan te trekken en was nog bezig zijn riem vast te maken, toen de telefoon ging. Niet de vaste lijn, maar zijn mobieltje, dus dat kon hij niet negeren. Hij gespte zijn riem vast en nam de telefoon op.

'Agent Morgan?'

'Spreekt u mee.'

'Ron Atkins uit Wausau.'

Wausau? Grady wist dat daar een dependance was, maar waarom zou Wausau hem in hemelsnaam op een zaterdag nodig hebben?

'Wat kan ik voor je doen?' zei Grady terwijl hij voor de manshoge spiegel stond, de balans opmaakte en het grijze haar probeerde te negeren.

'Sorry dat ik je op een zaterdagavond stoor, maar ik heb een beetje onderzoek gedaan en kennelijk ben jij binnen onze gelederen dé deskundige aangaande Frank Temple.'

Grady zag in de spiegel dat zijn gezicht vertrok, zag de zorg en paniek die het uitstraalde.

'Welke Temple?' zei hij. Alsjeblieft, zeg dat het om de dode gaat, Atkins. Vertel me dat het om een oude zaak gaat, zeg alsjeblieft dat het om een heel oude zaak gaat.

'De zoon,' zei Atkins. 'Frank de Derde.'

Grady wendde zich van de spiegel af en liep naar de zitkamer, hij kreeg een weeë smaak van verslagenheid in zijn mond. Wausau. Shit, dat had hij zich moeten herinneren. Die stad lag misschien vijfenzeventig kilometer bij de hut vandaan, de beruchte familiehut waar Frank met zo veel warmte over had gesproken, niet zeker of hij er ooit kon terugkeren, die zijn vader met die andere soldaat, Ballard, van Matteson had gekocht.

'Wat is er aan de hand?' vroeg Grady.

'Dat ben ik nog aan het uitzoeken. Tot nu toe hebben we het volgende: de knul van Temple is gister in de stad aan komen waaien, met op zijn hielen een paar heel akelige kerels uit Miami, en we zitten nu al met

177

een lijk in het lijkenhuis en een agent die het ziekenhuis in is geslagen.'

Heel akelige kerels op zijn hielen. De woorden tolden als dwarrelende bladeren door Grady's hoofd en hij liet zich op de bank zakken, wetende dat de knul het had gedaan. Hij was naar Miami gegaan om de rekening te vereffenen, had drie kogels in Devin Mattesons lichaam geschoten, en Grady had hem erheen gestuurd.

'Ik heb gehoord,' zei Atkins, 'dat jij een tijdje met de jongen hebt opgetrokken.'

'Ja.'

'En je hebt zijn vader te grazen genomen.'

'Die heeft zichzelf te grazen genomen.'

'Wat? O ja, uiteraard. Natuurlijk. Maar het punt is dat de appel kennelijk niet ver van de boom valt, hè? Zo vader zo zoon, en zo? Je kunt elk cliché uit de kast halen, want in dit geval gaan ze allemaal op.'

'Ik zou geen overhaaste conclusies trekken.'

'Hoezo overhaast? Hij is verdomme al bijna tien jaar op drift, zwerft het hele land door, geen baan maar met klaarblijkelijk een onuitputtelijke bron aan contanten.'

De bron was wel degelijk uitputtelijk – sterker nog, die was nu waarschijnlijk wel opgedroogd – en Grady wist heel goed waar die bron uit bestond. Franks vader was handig met zijn geld omgegaan, had een paar geheime trusts opgericht en buitenlandse rekeningen geopend waar zijn zoon gebruik van kon maken. Frank had dat zelf aan Grady verteld. Had zijn laatste gesprek met zijn vader weergegeven, inclusief de informatie over het geld. Toen de jongen dat onthulde, ging Grady inmiddels zwaar gebukt onder schuldgevoel, en het feit dat Frank hem kennelijk vertrouwde, had dat alleen nog maar erger gemaakt. Dus in plaats van de geldkraan dicht te draaien, wat hij had moeten doen, had Grady Frank alleen maar gewaarschuwd dat hij zich niet moest inlaten met een fonds waar bloed aan kleefde.

'Ik heb destijds inderdaad een poosje met hem opgetrokken,' zei Grady in de telefoon, 'en volgens mij heeft hij het hart op de juiste plaats.'

'Heb je me niet gehoord? We zitten hier al met een lijk!'

'Dat heb ik gehoord, ja, en ik begrijp waar je tegenaan loopt. Maar laten we niet meteen een beeld van Frank schetsen alsof hij net zo is als zijn vader, oké? Niet meteen.'

Het ongeloof, doorspekt met afkeer, was duidelijk in Atkins' stem te horen toen hij zei: 'Ja, ja, als de zoon van een huurmoordenaar met een pistool en met lijken in zijn kielzog in de stad komt aanwaaien, dan gaat hij zeker een vistripje maken?'

'Had hij een pistool bij zich?'

'Ja. Een Smith & Wesson met zijn vaders initialen op de kolf.'

Grady kneep zijn ogen dicht. Dat was het zelfmoordwapen. 'Vertel me wat je weet, Atkins.'

'Die kerels uit Miami doken gisteren op en vielen een vrouw aan die hier een autoschadebedrijf heeft. Hetzelfde bedrijf waar Temples auto belandde nadat hij een paar kilometer ten noorden van de stad een ongeluk had gehad. Temple kwam tussenbeide... en ik moet toegeven dat de vrouw absoluut niet het gevoel had dat Temple en die klootzakken die haar te pakken hadden elkaar kenden. Maar uiteindelijk is de politie beide kerels kwijtgeraakt, een hele prestatie.'

'Waarom hebben ze de eigenares van die garage aangevallen?'

'Daar kom ik zo aan toe. Haar hebben ze gisteren te grazen genomen en vandaag hebben ze een werknemer van haar vermoord. Akelig tafereel. Zoals het er nu naar uitziet zijn ze Temple kwijtgeraakt en bedachten ze dat de mensen in de garage hem voor het laatst hadden gezien, en, nou ja, dat ze daar de grootste kans hadden uit te vinden waar hij naartoe was gegaan. Er is ook ene Vaughn Duncan bij betrokken, en die kerels zouden belangstelling hebben voor zijn auto.'

'Wie is Duncan?'

'Een gevangenisbewaker uit Florida, hij hoort bij dat hele klotezwikkie dat naar het noorden is gekomen.'

'Frank komt niet uit Florida.'

'Misschien niet, maar zijn vader had daar absoluut connecties. Dat zendertje zat op Duncans auto. Dat beweren ze althans.'

'En hij is gevangenisbewaker in Florida.'

'Was. Klaarblijkelijk heeft hij een paar dagen geleden ontslag genomen, geen waarschuwing vooraf, geen twee weken opzegtermijn, gewoon zonder plichtplegingen verdwenen. De mensen daar zijn bepaald niet gelukkig met meneer Duncan. Naar verluidt heeft hij bovendien een jaar geleden de hand weten te leggen op een hoop cash, herkomst onbekend. De man werkt als gevangenisbewaker en rijdt in een Lexus, dan weet je dat het fout zit.'

'Welke gevangenis?'

'Coleman.'

'Welke afdeling van Coleman? Dat is een enorm complex.'

Hij hoorde wat papier ritselen en toen zei Atkins: 'Fase een. Zegt je dat iets?'

Ja, absoluut. Manuel DeCaster zat op de Fase-eenafdeling van Coleman. Hij was de grote baas, de meedogenloze klootzak die Franks vader had gerekruteerd en die waarschijnlijk nog steeds werkgever was van Devin Matteson. Dit was geen goed nieuws.

'Nou,' zei Atkins. 'Enig idee? Is er iets wat ik moet natrekken?'

Als FBI-agent, als wetshandhaver, moest Grady hem dat vertellen. Hij moest de naam van Matteson laten vallen evenals het nieuws van de recente schietpartij. Hij zou Atkins het hele achtergrondverhaal moeten vertellen. Hij moest verbanden leggen voor Atkins, het onderzoek een kant op sturen waar dat duidelijk thuishoorde. Maar dat kon hij niet. Nog niet. Niet voor hij met Frank had gepraat. Dus voor de tweede keer in zijn FBI-carrière – en voor de tweede keer een zaak waar Frank Temple III bij betrokken was – negeerde Grady die professionele verplichtingen, negeerde hij de eed die hij had afgelegd. Uiteindelijk koos hij voor een smoes. Geen regelrechte leugen, maar uitstel.

'Ik weet het niet zeker,' zei hij tegen Atkins, 'maar ik kan wel wat rondvragen. Ik bel wel wat rond en dan kom ik bij je terug.'

Daarmee leek Atkins tevreden. Dat was hij waarschijnlijk niet geweest als hij had geweten dat de eerste die Grady zou bellen Frank zelf was.

Hij had het nummer nog steeds, maar toen hij belde, kreeg hij het bericht dat het nummer was afgesloten. Op zo'n moment was het mooi meegenomen dat je voor de FBI werkte… als de knul een nummer had, dan kwam Grady daar wel achter.

Daarna belde hij Helen, annuleerde het afspraakje in de hoop dat ze zijn oprechte verontschuldiging ook zo zou opvatten, en ging naar kantoor. Nog zo'n voordeel van werken bij de FBI: wanneer je een vrouw vertelde dat er op het werk een noodgeval was, geloofde ze je meestal blindelings.

Tijdens de rit dacht hij aan Devin Matteson, aan die bloedschuld waar hij het met Atkins maar niet over had gehad. Grady kon zich nog een dag herinneren, misschien twee maanden na de zelfmoord, toen de jonge Frank nadrukkelijk tegen hem zei dat zijn vader nooit een goeierik had vermoord. De slachtoffers waren allemaal boeven, had hij gezegd, en ik weet heus wel dat je zou kunnen zeggen dat hij geen haar beter was, maar was hij ook slechter?

Grady had die dag met hem daarover gepraat, tegen Frank gezegd dat hij niet het recht had iemand ter dood te veroordelen… maar wat had hij zichzelf voorgehouden, niet lang na dat gesprek, om de misvatting te rechtvaardigen waarvoor hij de kiem had gezaaid?

Devin Matteson was een schoft van een vent. Dat hield hij zichzelf voor. Devin Matteson was een kwaadaardige klootzak van de bovenste plank, een moordenaar, drugkoerier en dief, en zo corrupt als de pest. Dus wie maalde erom dat de knul dacht dat Devin zijn vader erbij had gelapt? Wie maalde erom als hij dacht dat welbeschouwd Devin de pistoolloop in de mond van zijn vader had gestopt?

Niemand maalde erom. Het kon geen kwaad als hij zo dacht, niet echt, zolang Frank het maar niet in zijn hoofd haalde om in actie te komen, wraak te nemen.

En een heel lange tijd was Grady er zeker van geweest dat hij dat niet in zijn hoofd had gehaald.

Het was maar goed, besloot Ezra Ballard toen hij voor de vijfde keer in tien minuten op de klok keek, dat hij geen kinderen had. Hij zou zich voortdurend zorgen maken en dat was niet goed voor hem.

Die middag had hij een briefje op Franks deur achtergelaten. Hij was langs de hut gereden en had Frank niet thuis aangetroffen. Dat verbaasde hem niet, tot Ezra de boot op het strand zag liggen. Als hij niet aan het vissen was en geen auto had, waar was hij dan? Een wandeling, misschien. Dat was de enige mogelijkheid. Ezra had een briefje gekrabbeld, dat met een vishaak op de deur bevestigd en was toen weggegaan in de verwachting dat hij binnen een paar uur wel iets van de zoon van zijn vriend zou horen.

Het was nu donker, zeker al een half uur en er was niet gebeld. Ezra had zelfs het toestel een paar keer uit de handset gehaald om de kiestoon te controleren. Belde die jongen nu maar. Er zat vandaag iets in de lucht waar Ezra niet gerust op was, iets wat hem bijna de hele dag had beziggehouden, waardoor hij werd afgeleid, wat pas na herhaald vragen antwoorden opleverde. De vrouw was vanochtend weer in het water geweest, die prachtige vrouw die in haar eentje in dat koude meer ging zwemmen. Geen spoor van de grijze metgezel, geen teken van leven bij de tussen de bomen verborgen auto. Misschien was dat juist goed. Misschien waren het onbeduidende mensen, niets om je zorgen over te maken.

Maar dat geloofde hij niet meer. Niet nadat hij Franks verhaal over de aanval op Nora Stafford had gehoord, twee gewapende mannen in het kielzog van een auto, en de bestuurder daarvan was nu hier bij die vrouw.

Wie die grijze klootzak op het eiland ook was, Ezra had hem niet graag in de buurt. De knul van Temple liep nu gevaar, evenals die schat van een meid die Bud Staffords zaak had overgenomen, en dat deugde van geen kant.

Dus wat te doen? Misschien wel niets. Misschien moest hij het maar uitzitten, met zijn groepjes op snoekbaars en muskusherten jagen, naar huis gaan, een pijp roken en een boekje lezen, dan zouden de man en de vrouw uiteindelijk wel vertrekken en zou alles weer bij het oude zijn.

Dat was één mogelijkheid. En die had zijn voorkeur tot de koplampen van een truck over zijn oprijlaan schenen en Frank Temple III arriveerde. Hij was niet alleen, maar had de jonge Nora uit de garage bij zich. En op dat moment, nog voor ze uit de truck waren gestapt, begreep Ezra dat hij dit niet simpelweg kon uitzitten.

Ze liepen de veranda op, gingen bij hem zitten en vertelden wat er was gebeurd. Zoals altijd luisterde hij zwijgend. Mensen maakten daar vaak opmerkingen over, alsof dat een vreemde manier van doen was. Ezra wist niet hoe je anders moest luisteren. Wanneer iemand je iets vertelde, vooral als het belangrijk was, hield je je mond en luisterde je, en dacht je na over wat er werd gezegd. Als je voortdurend je mond opendeed, of dacht aan wat je zelf zou willen zeggen, hoeveel pikte je dan nog op? Ezra pikte het allemaal op. Hoorde het aan en dacht erover na.

Het verhaal, de beschrijving van een man met gebonden handen en een doorgesneden keel, bracht hem terug naar een plek die hij lang geleden achter zich had gelaten. Niet Vietnam, niet zo ver weg. Detroit was aan de overkant van het meer, geen oceaan, maar Ezra had daar meer slechte herinneringen liggen dan in Vietnam. Hij had op beide plekken mensen zien sterven, maar de doden in Detroit waren van een heel andere orde. In de dertig jaar dat hij in Tomahawk woonde was hij zoiets nooit meer tegengekomen. Een opengesneden keel om er een dollar rijker van te worden, een kogel door een oog om een verloren dollar te wreken, die dingen gebeurden hier niet. Tot nóg toe niet, althans.

Maar nu waren ze bij hem gekomen, Temples zoon en het meisje, en terecht. Hij zag de twijfel in Nora's ogen, zag hoe ze hem en zijn hut opnam en zich afvroeg wat Frank dacht, waarom ze op een veranda zaten in plaats van ergens op een politiebureau. Maar Frank begreep het. Hij had een paar dingen van zijn vader geleerd, dingen die hij niet wilde weten. Maar in de huidige omstandigheden had hij er tenminste wel wat aan. Ezra hoopte dat de jongen dat besefte.

'Ik vond het beter dat ze niet naar huis ging,' eindigde Frank zijn verhaal. 'Of vergis ik me? Zijn die kerels de stad al uit, weg?'

'Nee,' zei Ezra. 'Je vergist je niet en ze zijn nog niet weg.'

Dat wist hij zeker, hoewel hij de mannen niet met eigen ogen had gezien en niets van hen wist. Wat hij uit Franks verhaal wel kon afleiden was dat die twee professionals waren en helemaal hierheen waren gekomen om een klus te klaren. Daar hoorde de mishandeling van Mowery of de moord op Jerry Dolson niet bij, maar omdat die dingen waren gebeurd, was het duidelijk dat de klus nog niet geklaard was. Het was bovendien duidelijk dat ze hoogstwaarschijnlijk voor die tijd ook niet zouden vertrekken.

Het meisje was taaier dan hij had gedacht. Hij zag dat aan haar houding en de manier waarop ze luisterde. Angstig, maar niet in paniek. Niet verstijfd. Zo nu en dan merkte je dat ze niet alles geloofde, alsof ze zich nog niet had verzoend met wat er was gebeurd, maar dat was logisch. Dat kon je verwachten.

'Wat denk je?' zei Frank. 'Moeten we naar de politie teruggaan?'

'Volgens mij moeten we dat beslissen als we weten wie de eilandbezoekers precies zijn en voor wie ze op de vlucht zijn.'

'Hoe pakken we dat aan?'

'Nou,' zei Ezra, 'om te beginnen kun je het op de man af aan ze vragen.'

Frank en Nora staarden hem aan, een tijdje was er niets anders te horen dan het zoemen van insecten in de lucht.

'Moeten we erheen?' zei Frank. 'Naar het eiland?'

'Volgens mij wel.'

'Zonder de politie.'

'Jongen, jij was degene die míj op het risico van politiebemoeienis wees.'

'Dat weet ik, maar… zeg je nu dat we ze erbij moeten halen?'

Ezra schudde zijn hoofd. 'Als ik jou was, zou ik tot morgen wachten. Als je in het holst van de nacht voor hun neus staat, reageren ze heel anders op je.'

Frank zei niets en Nora Stafford was slecht op haar gemak. Ezra spreidde zijn handen en boog zich naar voren, zijn stoel kraakte.

'Luister… jullie zijn allebei ongerust. Dat is logisch. En jullie zijn op zoek naar veiligheid. Dat is ook logisch. Maar als je niet begrijpt wat er aan de hand is, kun je ook niets doen. Die grijze man en die vrouw, die zijn niet uit hetzelfde hout gesneden als die kerels die na hen de stad in kwamen denderen, maar ze hebben wel een paar antwoorden. Een paar dingen die we moeten weten.'

Frank knikte traag. 'Oké. Dus jij en ik gaan morgenochtend met ze praten.'

'Dat zou ik je willen aanraden, ja.'

'Nee,' zei Nora en Ezra dacht dat ze het hele idee wilde afblazen, maar ze zei: 'Je laat me niet in een of andere hut achter terwijl jullie daar met ze gaan praten. Dat doe ik niet.'

In eerste instantie zei niemand daar iets op. Ezra was bepaald niet enthousiast bij dat idee: Nora zat er wat hem betreft toch al te diep in.

'Ze zijn mijn garage binnengewandeld en hebben mijn werknemer, mijn vriend vermoord, een man die jaren voor mijn familie heeft gewerkt,' zei ze. 'Als iemand recht heeft op een paar antwoorden, dan ben ik het wel en niet jullie.'

Daar viel weinig tegen in te brengen. Ezra zei alleen: 'Wil je dat? Zelf met ze gaan praten?'

'Volgens mij vind jij dat het beste. Maar als iemand daarheen gaat, zal hij mij mee moeten nemen.'

'Prima,' zei Ezra. 'Dan gaan we met z'n allen. Morgenochtend vroeg.'

'Stel dat ze vertrekken?' vroeg Nora.

'Nogal lastig om van dat eiland te komen,' zei Ezra, 'als je geen boot hebt.'

Frank trok zijn wenkbrauwen op. 'Ga je die dan stelen?'

'Niet stelen. Misschien een beetje onklaar maken, meer niet.'

'Stel dat ze je zien?' zei Nora. 'Kom je dan niet in de problemen?'

Ezra glimlachte naar haar en Frank antwoordde voor hem.

'Ze zien hem niet, Nora.'

Ze keek beurtelings van de een naar de ander, haar lippen iets van elkaar, intense ogen, en zei geen woord. Frank keek haar aan.

'Je bent in groter gevaar dan wie ook. Wat denk jij?'

'Ik denk,' zei ze na een lange stilte, 'dat we moeten weten wat dit allemaal te betekenen heeft. Als zij ons dat kunnen vertellen, dan is Ezra's idee prima.'

Het bleef een tijdje stil en toen zei Ezra: 'Voel jij je veilig in jouw hut?'

'Ja,' zei Frank.

Ezra knikte. 'Vannacht zul je daar veilig zijn.' Ezra had een boot en een geweer met nachtvizier. Ja, vannacht waren ze veilig.

'Oké,' zei hij. 'Ik ga op pad, naar die boot op dat eiland. Gaan jullie maar naar huis. Rust uit. Voor vandaag is het wel genoeg geweest, denk je niet? Ik vind in elk geval van wel. Als er problemen zijn, ik ben in de buurt, en ik zie dat je je vaders pistool hebt.'

Frank keek omlaag naar het pistool en toen weer naar Ezra. 'Hoe weet je in hemelsnaam dat het zijn pistool is, terwijl het in de holster zit en ik in het donker sta?'

Ezra liep naar zijn truck.

21

Grady had algauw een mobieletelefoonnummer te pakken dat wel werkte, maar hij kwam er bij Frank niet door. Hij belde binnen twee uur vijf keer, maar hij kreeg meteen de voicemail met de boodschap dat de telefoon uitgeschakeld was. Hij liet twee berichten achter. Geen details, alleen zijn nummers en het dringende verzoek terug te bellen.

Wat nu? Hij was Atkins informatie verschuldigd. Met elk uur dat verstreek voelde hij zich daar schuldiger over, was hij zich meer bewust van de consequenties. Als Frank werkelijk Devin Matteson had neergeschoten, wat dacht Grady dan wel niet, wilde hij hem soms beschermen?

Het zou een verdomd stuk schelen als hij zijn telefoon zou opnemen. Eén gesprek, hoe kort ook, zou Grady enig idee kunnen geven. Een idee hoe hij verder moest. Ten slotte pakte hij gefrustreerd de telefoon en belde Saul in Miami. Misschien had Jimmy inmiddels meer informatie, waren er nieuwe ontwikkelingen.

Na het eerste belletje nam Saul op, zijn stem klonk geërgerd. 'Shit, Grady, ik zou je morgen bellen. Ik had kunnen weten dat je niet als een normaal mens tot morgen kon wachten.'

'Waarop, Jimmy?'

'Wat denk je nou? Matteson, natuurlijk.'

'Heb je gehoord wat hier aan de gang is?'

'Daar? Wat... hoor eens, Grady, waarom bel je eigenlijk?'

Grady stond op, het was niet meer zo warm in het kantoor, en hij zei: 'Is Matteson in het ziekenhuis gestorven?'

Als dat zo was, was het moord. Niet poging tot moord, maar het echte werk.

'Gestorven? O, nee, Grady. De man loopt rond.'

'Wat?'

'Matteson heeft zichzelf vanmiddag op eigen houtje uit het ziekenhuis ontslagen. Sindsdien is er niets meer van hem vernomen.'

'Ik dacht dat hij in kritieke toestand was.'

'Aanvankelijk was dat ook zo. Zoals ik je gisteren al vertelde, herstelde hij verbazingwekkend goed, maar ook weer niet zo goed dat hij het ziekenhuis uit mocht. De artsen denken dat hij het niet overleeft, en niemand hier heeft ook maar enig idee waarom hij het gedaan heeft. Er liepen geen aanklachten tegen hem, dus eigenlijk begrijpen we er niets van.'

Hij zit achter Frank aan, dacht Grady. O, shit, hij gaat naar Wisconsin en hij gaat Frank vermoorden.

Toen zei Saul: 'Hij is vast op zoek naar zijn vrouw,' en toen veranderde alles.

'Zijn vrouw?' zei Grady en de woorden rolden van zijn lippen alsof ze volkomen nieuw voor hem waren, alsof hij niet begreep wat ze betekenden.

'Ja, natuurlijk. O, wacht, dat wist je tijdens ons vorige gesprek nog niet, hè? Dat nieuws kwam wat later. Weet je nog dat ik zei dat er geen verdachten waren?'

'Ja.'

'Nou, dat is nu van tafel. Niemand kan Mattesons vrouw vinden. Aanvankelijk dacht de politie dat het geen probleem was, dat ze er gewoon even niet was, maar nu denken ze dat ze ervandoor is. Gevlucht. En daarmee wordt ze…'

'Verdachte,' eindigde Grady de zin. Was Frank nu niet meer verdacht? Dat moest wel, toch?

'Inderdaad,' zei Saul. 'Probleem daarmee is dat niets erop wijst dat ze ruzie had met Matteson, of dat ze er een minnaar op na hield. Maar toch concentreert iedereen zich daarop, tot ze opduikt. Het kan ook zijn dat ze dood is. Zou kunnen…'

'Devin heeft vandaag het ziekenhuis verlaten,' zei Grady, niet langer geïnteresseerd in theorieën, en plotseling wist hij meer dan wie ook in Miami.

'Dat klopt. En niemand weet waar hij naartoe gaat.'

'Ik wel,' zei Grady.

'Waar heb je het over?'

'Ik denk te weten waar hij naartoe is. Ik kan het mis hebben, maar dat betwijfel ik.'

Sauls stem klonk niet meer geërgerd. 'Wat is daar aan de hand, Grady?'

'Dat weet ik nog niet, maar als ik jou was zou ik het volgende doen: als je Matteson wilt vinden, moet je de uitvalswegen van Miami naar Wisconsin controleren. Trek elke vlucht na die gisteren met bestemming Wisconsin is vertrokken. Het kan zijn dat hij met de auto gaat, maar dat betwijfel ik. Volgens mij heeft hij haast.'

'Hoe weet je dat?'

'Ik praat je zo gauw mogelijk bij. Maar eerst nog dit: komt de naam Vaughn Duncan je bekend voor?'

'Nee.'

'Trek hem na,' zei Grady. 'Hij is een gevangenbewaarder uit Coleman en hij zit in Wisconsin, heeft te maken met Frank Temple en nog een paar mensen. Trek hem na en bel me dan.'

Hij hing op toen Saul meer informatie eiste.

Het was donker in de hut toen ze binnenkwamen, en toen Nora achter Frank aan de deur door liep, werd ze misselijk bij de herinnering aan Jerry's lijk. Toen ze die middag de garage in was gelopen, had ze zo sterk het gevoel gehad dat ze alles onder controle had. Verantwoordelijk, klaar om het tegen de wereld op te nemen. Die kerels waren opgedoken en hadden problemen geschopt, maar dat zou ze rechtzetten. Zo simpel was het. En toen was ze die deur door gegaan en had ze het lijk en het bloed gezien, en was alles waarin ze geloofde veranderd.

Hier was geen bloed, alles in de hut stond op zijn plek, geen sporen van ongewenste bezoekers. En toch was ze nerveus tot hij alle lichten aan had gedaan en haar had rondgeleid. Hij droeg het pistool nog steeds, en het hinderde haar dat ze dat eigenlijk wel zo geruststellend vond. Vroeger had ze nooit iets met wapens gehad.

'Ik heb er nog over gedacht om samen een paar spulletjes uit je huis te gaan halen,' zei hij terwijl hij de zitkamer weer in liep. 'Maar ik vond het 't risico niet waard. Als ze een plek in de gaten houden, dan is dat vast jouw huis.'

'Oké.'

'Ezra zorgt altijd dat hier alles is wat je nodig hebt, ook al is er niemand,' zei hij. 'In de badkamer ligt een extra tandenborstel, zeep en shampoo, meer heb je denk ik niet nodig. Nou ja, ik weet eigenlijk niet wat…'

'Maak je geen zorgen, ik heb geen vrouwendingen nodig.'

Ze probeerde er een geintje van te maken, hem een lach te ontlokken, die spanning die hij uitstraalde te doorbreken. Het schoot niet op. Hij knikte alleen maar, nog altijd slecht op zijn gemak.

'Ik maakte een grapje,' zei ze.

'Ja. Kies maar een slaapkamer uit.'

'Wat is er met je?'

Hij fronste zijn wenkbrauwen. 'Niets. Ik zeg alleen dat je je gemak er maar van moet nemen.'

'Jij lijkt anders allesbehalve op je gemak met mij. Zal ik anders naar een hotel gaan? Misschien is dat nog wel het beste.'

Hij zweeg even en zei toen: 'Ik ben niet zoals zij. Je moet dat begrijpen. Ik ben niet zoals zij.'

Ze staarde hem aan. 'Die kerels die Jerry vermoord hebben? Neem je me in de maling of zo? Natuurlijk ben je niet zoals zij.'

Hij leunde tegen de muur, keek naar het pistool en toen naar haar.

'En ik ben ook niet zoals hij.'

'Je vader.'

Hij knikte.

'Ik ben het heus niet met je oneens, hoor.'

Zijn ogen stonden zo verdomd verdrietig toen hij zei: 'Je had hem graag gemogen.'

Ze had geen idee wat ze daarop moest zeggen.

'Iedereen mocht hem,' zei hij. 'Jij vast ook.'

'Beangstigt dat je nog het meest?'

'Wat?'

'Dat je van hem hield? Dat je dacht dat hij een goed mens was?'

Hij keek haar even zonder iets te zeggen aan en liep toen de deur door naar buiten.

Ze vond een aangebroken kartonnetje bier in de koelkast, pakte er twee flesjes uit en ging achter hem aan. Hij zat op de houten wal die het terrein van het strand afscheidde. Hij bleef naar het water kijken toen ze hem het biertje gaf.

'Bedankt.' Hij pakte het flesje aan en wees ermee naar het meer. 'Ik begrijp wel waarom Ezra hier nooit meer weg is gegaan.'

'Het is hier schitterend.' Het was een warme avond, maar bewolkt en er waren slechts een paar sterren te zien. De wind die 's ochtends nog zo hard had gewaaid, was nu bijna helemaal gaan liggen, met zo nu en dan een zuchtje probeerde hij er nog wat van te maken. Het was een van die merkwaardige warme weken, elke dag leek het eerder zomer dan lente en dat ging 's nachts nog door, tot je bij een frisse zonsopgang wakker werd.

'Zit maar niet in,' zei ze, 'over wat ik vandaag heb gehoord. De politie heeft me niets anders verteld dan jij. Ik ben niet bang voor je. Ik geloof niet dat je gevaarlijk bent.'

'Dan heeft mijn vader gefaald. Hij heeft er een hoop tijd in gestoken om een gevaarlijk mens van me te maken. Het zou zijn hart breken als hij je dat zou horen zeggen.'

Ze bedacht hoe hij de vorige dag de garage in was gelopen, ongewapend. Hoe lang had hij erover gedaan om die vent met de dopsleutel uit te schakelen? Hoogstens twee seconden. Was hij dus gevaarlijk? Misschien wel, maar ze was niet bang voor hem. Dat zat er gewoon niet in.

'Sorry,' zei hij. 'Je hoeft heus niet de therapeut uit te hangen, hoor.

Alleen zit hij op een dag als deze nadrukkelijker in mijn hoofd dan anders. Alleen al door hier te zijn, de plek te zien en Ezra… dat raakt me.'

'Dat wil ik wel geloven.'

Hij nam nog een slok bier, leunde achterover tegen de muur en zette zijn handpalmen op het gras. Er ging een prikkeling langs haar rug, omdat ze hier in de openlucht en omringd door de duisternis zat. Was hij dan niet bang? Kennelijk niet. Of hij dacht dat ze daar helemaal veilig waren, of dat hij eventuele problemen wel aan zou voelen komen.

'Waar is je moeder?' Ze was zelf verbaasd dat ze het vroeg, het was nog niet in haar opgekomen of ze had het er al uit geflapt, volkomen onverwacht. Juist nu was er iets aan hem wat haar nieuwsgierig maakte, hij straalde iets ontheemds uit, alsof hij altijd alleen was geweest, op drift geraakt met slechte herinneringen.

'Baltimore.'

'Ben je daar opgegroeid?'

'Nee. Daar is ze nu.'

'Zijn ze gescheiden?'

'Niet officieel. Tot mijn vijftiende zijn ze bij elkaar gebleven. Vermoedelijk kreeg ze in de gaten dat hij aan het veranderen was, of misschien vond hij het moeilijker om haar onder ogen te komen dan mij. Hoe dan ook, het ging slecht tussen hen en hij verhuisde naar een appartement. Ze waren nog getrouwd en hij zei altijd dat ze weer bij elkaar zouden komen.'

'Hebben jullie een hechte relatie?'

Gisteravond had hij die persoonlijke vragen duidelijk niet op prijs gesteld, maar nu vond hij het niet erg, leek hij het zelfs fijn te vinden.

'Waarschijnlijk niet op de gelukkige-gezinnetjesmanier, maar anders. Het gaat misschien wel dieper. We hebben alleen elkaar nog, weet je. Wat wij hebben meegemaakt… dan krijg je een andere band dan ik zou willen, maar hij is er. We bellen elkaar, ik zoek haar zo nu en dan op, vakanties, dat soort dingen.'

Hij trommelde met zijn vingers op het bierflesje. 'Ze is naar Baltimore verhuisd, mijn tante woont daar. Is een jaar geleden hertrouwd.

En dat is fantastisch voor haar, begrijp me niet verkeerd, maar toen ik die vent voor het eerst zag…'

'Wat?' zei Nora toen hij de zin niet afmaakte.

Hij schudde zijn hoofd. 'Het is niet bepaald groots om toe te moeten geven, misschien had ik last van een beetje te veel testosteron, maar toen ik hem zag, kreeg ik zo'n afkeer van hem. En ik was boos. Hij is zo'n klein ventje met een buikje en een weke kin, een vertegenwoordiger van de farmaceutische industrie die met me wil gólfen. Ik hoefde hem maar één keer aan te kijken en ik dacht: je neemt me zeker in de maling. Maar hij was zo, zo heel anders dan mijn vader.'

Hij nam weer een slok bier. 'Maar later die avond? Toen dacht ik erover na en realiseerde me dat hij zo wel móést zijn. Voor haar. Hij moest ongeveer de tegenpool zijn van mijn vader.'

Ze had haar knieën tegen haar borst opgetrokken, de armen eromheen geslagen, en keek naar het water. Hij leunde naar achteren zodat ze zijn gezicht niet kon zien, alleen zijn stem kon horen. Zo voelde hij zich kennelijk beter op zijn gemak.

'Hij heeft mensen vermoord en er geld voor gekregen, en dat vonden de meeste mensen zó slecht… maar ik wilde dat ze hem hadden ontmoet,' zei hij. 'Niet dat ze er dan anders over zouden denken, of dat zouden moeten. Maar nu is hij een monster, weet je? En een monster is eendimensionaal, meer niet. En juist pa had zo veel dimensies. Hij had niet alleen maar duistere kanten. Soms wilde ik dat dat wel zo was.'

'Wat naar,' zei ze. Wat klonk dat afschuwelijk hol.

De stilte werd verbroken door het zachte geluid van een motor ergens op het meer. Het was te zacht voor een grote motor, misschien was het zo'n elektrisch ding. Ze zag geen lichten. Pas toen ze meer rechtop ging zitten en over het water keek, zei Frank iets.

'Dat is Ezra.'

'Is dat zijn boot?'

'Ja.'

'Hoe weet je dat? Ik zie geen licht. Stel dat het…'

'Zij zijn het niet. Wie er ook in die boot zit, hij is om de zandbank gevaren en dat doe je niet op goed geluk.'

Het was duidelijk dat hij de boot al een tijdje had gehoord.

'Je weet zeker dat hij het is,' zei ze.

'Ja. Ik wist dat hij daar vannacht zou zijn.'

'Hoe wist je dat?'

'Omdat hij zijn verantwoordelijkheden ernstig opvat,' zei Frank. 'En vanavond staan wij op dat lijstje.'

'Komt Ezra uit het zuiden?'

'Nee.'

'Hij praat wel zo. Dat slepende, nasale geluid.'

'Uh-huh.'

'Waar komt hij vandaan?'

'Detroit.'

'Detroit?' Ze trok haar wenkbrauwen op. 'Wauw. Dat had ik nooit gedacht. Hij praat alsof hij heel ergens anders vandaan komt.'

'Ja,' zei Frank. 'Inderdaad.'

De motor was nu verdwenen, ze hoorde alleen nog het zacht klotsende water op het strand en zo nu en dan een krakende tak in het bos achter hen. Hoe zou Ezra vanaf het water over hen waken, zo in het donker? Hij had vast zo'n nachtkijker. Of misschien kon hij wel in het donker kijken. Ze stelde zich voor hoe Frank haar dat detail op die afstandelijke, achteloze toon van hem zou vertellen: Ezra voelt van een kilometer afstand of het heet wordt onder je voeten. Hij weet het als er problemen zijn.

Daar moest ze om glimlachen, haar eigen privégrapje, toen Frank zei: 'Zo, en wat is jouw verhaal?'

'Wat bedoel je?' Ze draaide zich naar hem om.

'Je komt uit Minneapolis. Je vader woonde hier, was eigenaar van dat autoschadebedrijf en toen kreeg hij een beroerte.'

'Ja.'

'Waarom ben je verder nog hier?'

'Is dat niet genoeg dan?'

Hij boog zich naar voren, zodat ze zijn gezicht weer kon zien en nam een slokje bier. 'Misschien. Ik vraag alleen of dat de enige reden is.'

Al die maanden dat ze hier nu was, had niemand dat ooit aan haar

194

gevraagd. Iedereen ging er eenvoudigweg van uit dat het allemaal vanwege haar vader was, ging uit van haar goede bedoelingen. Nu had Frank het zomaar in de gaten, alsof de verborgen reden overduidelijk was.

'Ik ben voor pap gekomen,' zei ze voorzichtig. 'Hij heeft hier iemand nodig en ik wil de zaak niet sluiten.'

Hij gaf geen antwoord.

'Maar misschien zijn er wel dingen in mijn leven waardoor ik liever hier blijf.'

'Oké.'

Er viel een lange stilte, een duidelijke uitnodiging om door te vragen, maar dat deed hij niet.

'Ik was verloofd,' zei ze.

'O ja?'

Ze knikte. 'Drie jaar lang.'

'Behoorlijk lang om te wachten.'

'Dat zei hij ook al.'

Tot haar verrassing moest Frank lachen, een diepe, oprechte lach en ze ontspande zich. Ze leunde naar achteren en ging een beetje verzitten zodat ze hem recht kon aankijken.

'Sterker nog, ik zou een maand geleden trouwen. De datum kwam, ging en ik bleef hier. Hij was het helemaal met me eens dat ik na paps beroerte hierheen ging. Maar hoe langer ik bleef, hoe meer hij erop aandrong dat ik naar Minneapolis terugkwam. En toen ben ik me een paar dingen gaan realiseren. Ten eerste wilde ik niet dat mijn vader hier alleen in een verpleeghuis zou liggen, terwijl niemand hem kwam opzoeken en zijn zaak dicht zou moeten, dat soort dingen. Dat voelde zo verkeerd.'

'En het andere?' zei Frank.

'Het andere was dat ik niet wilde trouwen. Ik ben vijf jaar met hem samen geweest, heb twee jaar met hem samengewoond en ik bleef het maar uitstellen.'

'Was het alleen maar twijfel? Geen bepaalde reden, geen plotselinge openbaring?'

Ze wilde knikken, maar deed het niet, vroeg zich af of instemmen hetzelfde was als liegen. In zekere zin had ze wel een openbaring gehad. Tijdens een feestje, niet lang na hun verloving, toen Seth Nora had voorgesteld aan een groepje mensen met de woorden 'Dit is mijn verloofde'. Ze had gewacht tot hij 'Nora' zou zeggen, maar dat deed hij niet. Misschien niets bijzonders, een minuscule semantische kwestie, maar op dat moment voelde het voor haar simpel noch minuscuul. Ze kreeg er de rillingen van. Omdat ze wist dat hij zich niet had versproken, wist dat haar identiteit, althans in zijn visie, al compleet was. De naam deed er niet toe, ze was zijn verloofde. Zijn bezit. Ze stond daar in haar ongemakkelijk zittende jurk nepglimlachjes uit te delen aan mensen die ze nooit helemaal had vertrouwd, flitste twintig jaar verder en zag dat ze werd voorgesteld als 'Dit is mijn vrouw', en dan zou er weer geen naam volgen. En toen zag ze zichzelf hem in de hals kussen, met haar handen over zijn rug wrijven opdat hij een cheque uit zou schrijven voor de Europese reis van haar dochter, ze zag zichzelf dat doen en wist niet eens wat het betekende.

Een krachtig moment dat haar was bijgebleven, evenals een paar andere en één waarover ze het nooit met iemand had gehad, en waar ze het nu met Frank ook niet over zou hebben. Het was een beetje te veel, te persoonlijk.

'Toen ik hierheen ging, was ik voor het eerst sinds tijden op mezelf aangewezen,' zei ze in plaats daarvan. 'Dat voelde goed. Dat andere, en dit was heel wat persoonlijker, was dat hij te veel geld verdiende. Geen miljoenen of zo, maar wel zo veel dat hij wilde dat ik geen gewone baan zou nemen maar me op mijn kunst zou gaan concentreren.'

'Dat lijkt me toch positief.'

'Dat vond ik ook. Eerst hadden mijn moeder en mijn stiefvader voor me gezorgd, me als een dametje verwend en vervolgens beloofde mijn toekomstige echtgenoot precies hetzelfde te doen. Schitterend, toch? Maar toen ik hier kwam en mijn vaders spullen doornam, echt in zijn leven dook en zag hoe hard hij en mijn grootvader hadden gewerkt om met die waardeloze garage van ze de kost te verdienen…'

'Had je het gevoel dat je een watje was?'

'Ik realiseerde me dat ik een watje wás. Als het sneeuwde stond mijn vader om drie uur 's ochtends op, zat tot acht uur op de ploeg, kwam terug, opende zijn zaak en werkte de hele dag. 's Avonds zat hij weer op de ploeg, als het moest. Dat heeft hij elke winter gedaan, dertig jaar lang. Toen ik de boeken doornam, zag ik dat het nóóit makkelijk is gegaan, dat ze altijd hebben moeten worstelen om de rekeningen betaald te krijgen, maar het lukte. Achtenzestig jaar lang hebben ze die rekeningen betaald.'

De wind blies een haarlok in haar gezicht en ze duwde hem terug.

'Ik heb nog nooit ergens voor gewerkt. Niet dat dat telt. Ik heb hard gewerkt voor goede cijfers, aan mijn kunst, maar dat is niet hetzelfde. Ik heb nooit hard hóéven werken, heb in mijn leven nog nooit met mijn rug tegen de muur gestaan. Het zal wel verschrikkelijk kinderachtig van me zijn als ik doe alsof dat slecht is. Ik zou eigenlijk dankbaar moeten zijn.'

'Heeft de verloofde dat tegen je gezegd?'

'Onder andere.'

'Dus je hebt het uitgemaakt?'

'Hij stelde me een ultimatum.'

'De arme donder. Had er vast een bloedhekel aan om te moeten bluffen.'

'Dat zal wel.'

'Een naam,' zei Frank. 'Ik moet weten hoe hij heet.'

'Seth.'

'Afschuwelijk.'

'Jij heet Frank en jij hebt kritiek op de naam van iemand anders?'

'De helft van de Hardy Boys heette Frank. Meer solide kun je het niet krijgen.'

Ze moest weer lachen en zonder dat hij had bewogen, leek hij dichterbij te zijn gekomen, en plotseling hing er een soort intimiteit in de avond die er absoluut niet thuishoorde. En ook al begreep ze dat die er inderdaad niet thuishoorde, ze wilde ook niet dat die wegging. Er viel een stilte die net iets te lang duurde, zijn gezicht was vlak bij het hare.

'En nu moet je me vertellen dat Seth absoluut niet kon zoenen,' zei Frank. 'Om mij te inspireren.'

'En wat ga jij dan doen?'

Hij gaf geen antwoord.

'Dat kan ik niet,' zei ze. 'Eigenlijk kon hij hartstikke goed zoenen.'

'Ze legt de lat hoog,' zei Frank en toen gleed zijn hand over haar nek, trok hij haar naar zich toe en waren zijn lippen op de hare. En zal ik je eens wat vertellen: hij wás beter dan Seth.

22

Het was voor het eerst dat hij door het vizier van een geweer iemand had zien kussen. Toen Ezra in de gaten kreeg wat ze aan het doen waren, liet hij het geweer zakken en keek vertwijfeld naar de hemel. Dat kon er ook nog wel bij, en het was al zo'n puinhoop. Wat dacht die knul wel niet?

Hij tilde het wapen weer op en keek even naar ze. Nora Stafford was bloedmooi in de gloed van het dansende groene licht van het vizier. Oké, dát dacht de knul dus. Op het tweede gezicht, zelfs door het vizier, was het eigenlijk zo logisch als wat. Nou, bofte Frank even.

Eigenlijk was het heel goed. Ezra was er niet gerust op geweest toen hij de jongen vanavond had gezien. Hij deed hem denken aan te veel andere mannen die hij had gekend, op andere plekken. Hij wilde niet dat de jonge Temple die kant op ging. Het meisje zou goed voor hem kunnen zijn. Als ze deze rommel hadden opgeruimd, eenmaal van die klootzakken uit Florida, of waar ze ook vandaan kwamen, af waren, kon het meisje een zegen zijn voor Frank. Ezra had haar niet vaak ontmoet, maar hij wist wel dat ze anders in elkaar stak dan anderen van haar leeftijd. Net als Frank. Absoluut, net als Frank.

Ezra ging op zo'n zeventig meter afstand van het eiland het water in, zwom naakt door het koude meer, had niet meer dan een halve minuut nodig om de buitenboordmotor onklaar te maken en zwom toen de duisternis weer in. Alles bij elkaar had het misschien vijf minuten in beslag genomen, maar die voerden hem naar die andere plekken en andere tijden terug. Verdomme, wat waren zij drieën ooit dikke vrienden. In de strijd heb je een ander soort vriendschap. Hij had een keer een paar handboeken over broederschap in oorlogstijd gelezen, geschreven door psychologen in universiteitsgebouwen in steden waar zelfs vredesmissies werden gehouden terwijl het land niet eens in oorlog was. Hij had precies genoeg gelezen om erachter te komen dat de auteurs totaal niet wisten waar ze het over hadden. Hij had het opgegeven en was andere boeken gaan lezen.

Het meer had Ezra geheeld. Dat kon geen van die psychologen begrijpen, maar het was zo waar als maar zijn kon. Deze plek had hem gehééld. Hij mocht graag geloven dat het geweld gaandeweg was weggeebd, dat het meer en de bossen het hadden geabsorbeerd, van hem hadden weggezogen. Maar soms was hij bang dat het helemaal niet was weggeëbd. Dat het alleen beter verstopt was.

In het hele gebied stond hij als jager bekend, maar wat hij nooit aan iemand had verteld was dat hij de echte trofeeën had laten lopen. Hij had een paar verbazingwekkende hertenbokken in het vizier gehad, en één keer een beer die een goede veertig kilo zwaarder was dan beren die hij ooit in deze bossen had aangetroffen, en hij had zich omgedraaid. Ze met rust gelaten. Alleen maar om te bewijzen dat hij niet zo nodig hoefde te jagen, niet hoefde te doden, dat hij nooit meer de trekker hoefde over te halen als hij dat niet wilde.

Dat had het meer met hem gedaan.

Hij was blij toen Frank en Nora opstonden en de hut in gingen, zodat hij door zijn vizier alleen nog maar naar het gebouwtje en het bos hoefde te kijken. Hij wilde geen mensen meer door zijn vizier in de gaten houden.

Ze hadden elkaar een poosje gekust, tot Nora haar hand op zijn borst legde en hem wegduwde.

'Wat?' zei hij zich van haar losmakend. 'Had ik dat niet moeten doen?'

'Jawel, alleen…' ze glimlachte naar hem, 'het is er niet echt het juiste moment voor, vind je wel?'

Hij keek haar intens aan, probeerde te begrijpen wat ze bedoelde, maar ze draaide zich naar het meer.

'Is hij daar nog steeds?' vroeg ze.

'Ezra? Ja.'

'Ik vroeg me af of hij dit tafereeltje soms gadesloeg.'

'Waarschijnlijk wel.'

'Dan denkt hij vast dat ik een slet ben.'

'Dat betwijfel ik. Maar als je hem wilt overtuigen…'

Ze lachte, stond op en klopte haar broek af. Hij stond ook op, rekte zich uit en keek met opzet niet naar het meer, wilde niet zoals zij zoeken naar waar de boot lag.

'Hé,' zei hij. 'Sorry. Als ik iets…'

'Niks aan de hand.' Ze stak haar handen op met de palmen naar voren. 'Rustig maar, oké. Je hebt niets verkeerds gedaan, ik wil alleen niet dat dit ontaardt in iets wat we niet zouden moeten doen.'

'Vertrouw me maar,' zei hij en hij had er onmiddellijk spijt van. Hij kwam te krachtig over, reageerde overtrokken op het feit dat ze zich terugtrok. Ze had gelijk… dit was niet het juiste moment. Totaal niet. Maar de eerste gedachte die hem te binnen schoot toen ze hem wegduwde was dat ze bang voor hem was. Dat was al eerder bij hem opgekomen, toen hij haar naar de hut bracht en nog niet was weggegaan. Hij was niet zoals die andere mensen die haar leven waren binnengedrongen, en dat moest hij haar aan het verstand zien te brengen. Hij was niet gevaarlijk.

'Ik vertróúw je ook,' zei ze maar nu hing er een onbeholpen spanning tussen hen in. 'Zit er niet over in. Het is koud. Laten we naar binnen gaan.'

Ze wreef demonstratief over haar bovenarmen en hij knikte alleen maar. Ze liepen naar de deur, die hij voor haar openhield, met het idee dat hij zich niet voor niets zorgen maakte dat ze bang voor hem was: dat kwam voort uit schuldgevoel. Zodra hij haar vroeg vertrouwen in hem te hebben en zei dat hij haar zou beschermen, vroeg hij haar tegelijkertijd in een volslagen oplichter te geloven… het idee dat het maar een bijkomstigheid was dat hij met dit alles iets te maken had, een buitengewoon toeval. Het was makkelijker haar dát wijs te maken dan op te biechten dat hij hier was om iemand te vermoorden. Wat zou ze doen als hij haar dat vertelde? Hoe zou ze op die kleine onthulling reageren?

Ze dronken nog een biertje, maar bleven uit elkaars buurt. Zij zat op de bank en hij nam de stoel ernaast. Ze praatten ruim een uur zachtjes met elkaar, waarna het gesprek stokte en uitdoofde, en na een tijdje realiseerde hij zich dat ze sliep. Hij legde haar goed op de bank, deed een kussen onder haar hoofd en een deken over haar heen, toen ging hij naast haar zitten en dwong de slaap terug. Het was niet eerlijk om Ezra alleen de wacht te laten houden.

Terwijl hij zo in het donker zat moest hij aan zijn mobieltje denken en hij stond zachtjes op om het te pakken. Op het politiebureau had hij het uitgezet en nu deed hij het weer aan, en hoorde het signaal dat er een bericht was. Het geluid klonk hard in het stille huisje, en hij keek naar Nora. Ze bewoog niet en haar ademhaling bleef diep en regelmatig. Hij luisterde het bericht af.

Grady Morgan. Het geluid van Grady's stem kwam bij hem net zo hard aan als dat van Ezra een paar dagen eerder, misschien nog wel harder. Frank hoorde aanvankelijk het bericht niet eens, alleen die stem. Hij klonk gespannen, misschien zelfs boos.

Grady had natuurlijk van de gebeurtenissen van die dag gehoord. Dat had Frank kunnen verwachten. Zodra Atkins ten tonele verscheen, had hij moeten weten dat Grady gebeld zou worden. Als hij had nagedacht, had hij Atkins de wind uit de zeilen kunnen nemen, Grady het een en ander kunnen uitleggen en hem waarschuwen. Maar nu had Grady alleen Atkins' verhaal gehoord en hij maakte zich zorgen.

Hij keek nog een keer of Nora vast in slaap was, glipte door de deur de nacht in en belde terug.

Grady had een uurtje of zo geslapen toen de telefoon ging. Hij werkte zich op een elleboog, greep de hoorn en mompelde met een dikke stem van de slaap een hallo.

'Met Frank.'

Grady zei: 'Wat voor rotzooi heb je je nu weer op de hals gehaald, verdomme?'

'Heb je het verhaal van Atkins gehoord?'

'Ik heb gehoord wat hij zei. Nu vraag ik het jóú.'

'Ik heb niet veel meer te vertellen dan dat deze kerels met Devin te maken hebben. Dat lijkt me wel duidelijk.'

'Frank…' Hij wilde de vraag stellen, móést hem stellen, maar hij kreeg hem niet over zijn lippen.

'Wat?'

'Laat ik het je dan zo vragen. En je zegt me de waarheid, verdomme. Was je in Miami toen dit begon?'

Zeg nee, zeg nee, zeg nee. Zorg dat dit niet mijn schuld is, Frank, vertel me niet dat een man dood is en dat jij naar het gevang gaat vanwege de leugens die ik je zo veel jaar geleden op de mouw heb gespeld…

'Grady, ik ben niet meer in Miami geweest sinds mijn vader me daar acht jaar geleden mee naartoe nam. En ik was niet van plan daar ooit weer heen te gaan.'

Grady haalde de telefoon voor zijn mond weg zodat Frank de zucht van pure opluchting niet kon horen. Zo te horen loog Frank niet. Hij was helemaal niet in de buurt van Miami geweest, had die kogels niet op Devin Matteson afgevuurd.

Grady zei: 'Dus vertel je me nu dat…'

'Wat is er dan in Miami gebeurd? Volgens mij weet jij veel meer dan ik.'

'Devin Matteson is neergeschoten.'

Er viel een stilte op de lijn. Grady's ogen pasten zich aan het donker aan en in de kamer om hem heen werden de schaduwen meubels. Hij wachtte.

'Neergeschoten,' zei Frank ten slotte, 'of vermoord?'

'Neergeschoten. Drie keer in de rug. Maar hij is er niet aan doodgegaan.'

'Natuurlijk niet,' zei Frank. 'Dat zou al te makkelijk zijn.'

'Luister… vertel je me de waarheid? Heb je echt niets te maken met Matteson?'

'Zeker niet.'

'Waarom zit je daar dan?'

'Wil je de waarheid weten? Omdat ik hoorde dat hij hiernaartoe op weg was.'

'Wie heeft je dat verteld?'

'Ezra Ballard.'

'Nou, ik wilde dat je niet was gegaan,' zei Grady. 'Je had me moeten bellen. Moet je kijken wat voor puinhoop het is geworden. Blijf uit de buurt van Ballard, en blijf uit de buurt van de ideeën die hij zich in het hoofd haalt.'

'Wie zegt dat hij die heeft? Maar ik ga geen ruzie met je maken. Vertel me wat je over Devin weet. Wie heeft er op hem geschoten?'

Grady zuchtte en wreef in zijn ogen. 'Dat weet niemand. Maar zijn vrouw heeft op dezelfde avond dat hij werd neergeschoten de benen genomen, dus daar richt iedereen zich nu op.'

'Bedoel je dat zij het misschien heeft gedaan?'

'Ja, of dat ze er met de dader tussenuit is geknepen.'

'Zijn vrouw verdwenen.' Franks stem klonk nu gespannener.

'Ja.'

'Kun je haar beschrijven. Weet je iets van haar?'

Grady zweeg even. 'Waarom vraag je dat?'

'Verbaast het je dat ik belangstelling heb voor degene die Devon heeft neergeschoten?'

Dat antwoord stond Grady niet aan. Hij had vaak genoeg met Frank gepraat om te weten wanneer die een vraag ontweek.

'Agent Atkins had het over een kerel met wie je in de clinch hebt gelegen,' zei hij. 'Vaughn.'

'Heet hij zo?' vroeg Frank, maar het klonk onoprecht.

'Ja, zo heet hij.'

'Hij zei tegen ons dat hij Dave heette. Meer heb ik je niet te bieden. En dat hij een opgewonden standje is. Lichtgeraakt. Is niet zoals de anderen. Wat weet je van hem?'

'Nog niets. Maar de mensen in Miami trekken hem na.'

'Komt hij daarvandaan?'

'Oorspronkelijk wel. Maar hij werkt in Coleman. Als bewaker.'

'Coleman,' echode Frank en Grady wist dat hij het zich herinnerde, wist dat hij aan Manuel DeCaster dacht, legde alle verbanden die Grady had gelegd.

'Maar Atkins denkt dat die vent nog steeds bij jou in de buurt is,' zei hij. 'Gelooft dat daar de moord van vandaag om draait.'

'Ja, dat is een simpel rekensommetje.'

'Weet je waar hij is?'

Stilte.

'Frank, als je het weet, moet je het me vertellen.'

'Vóór gisteren had ik de man nog nooit gezien, en sindsdien ook niet meer.'

Weer dat ontwijken. Grady zei: 'Frank, luister naar me... ik wil dat je daar weggaat. Stap morgenochtend meteen in de auto en maak dat je daar wegkomt. Zul je dat doen?'

'Dat zal Atkins wellicht niet fijn vinden.'

'Ik regel het wel met Atkins. Je moet daar weg.'

'Overleeft Devin het? Waren drie kogels niet genoeg?'

'Hij was herstellende.'

'Was?'

Grady aarzelde. 'Ja.'

'Wat is er dan veranderd?'

'Hij is 'm gesmeerd, Frank. Hij is tegen het advies van de artsen uit het ziekenhuis vertrokken en nu is hij weg. Oké, ik weet niet wat daar verdomme aan de hand is, maar ik denk dat hij er een rol in wil spelen. En jij moet weg zijn als hij daar aankomt. Oké? Je moet wég zijn.'

Frank zei niets, maar zijn ademhaling was veranderd, vertraagd.

'Hoor je me wel, Frank? Maak dat je daar wegkomt, morgenochtend vroeg.'

'Ik heb geen auto,' zei Frank en er was iets in zijn toon waardoor Grady uit zijn bed sprong.

'Luister, ik kom naar je toe. Ik rij erheen, praat met die Atkins en dan rij jij met mij terug. Laten zij het maar opknappen. Dat moet je écht doen, Frank.'

'Nee, Grady. Ik blijf hier. Oké? Ik blijf hier.'

'Frank...'

'Maar bedankt voor de tip. Belangrijk om te weten.'

'Als je weet waar Vaughn is, dan moet je dat aan...'

'Ik spreek je binnenkort, Grady. Nogmaals bedankt.'

Hij hing op en Grady vloekte luidkeels in de dode telefoon. Het gesprek was te snel afgelopen. Grady had het hem moeten vertellen. Dit was het moment geweest. Hij had het hem moeten vertellen. Hij deed het licht aan, knipperde met zijn ogen tegen de felle gloed tot hij de nummers zo goed kon zien dat hij kon terugbellen.

Frank had zijn telefoon weer uitgezet.

23

Het licht flitste drie keer en stopte toen. Ezra wachtte en schakelde zijn bootlichten kort aan en meteen weer uit, zodat Frank zag dat hij het signaal had begrepen.

Het was bijna twee uur 's nachts en Frank wilde dat Ezra naar hem toe kwam? Dan was er vast iets mis. Ezra liet de buitenboordmotor voor wat die was – te lawaaiig – deed de elektrische motor aan, voer de boot naar het strand met als enige geluid het zachte, elektrische gezoem. Frank kwam hem wadend door de ondiepten tegemoet, pakte de boeglijn en maakte die aan de U-vormige bout vast die Ezra en Franks vader lang geleden in de houten wal hadden genageld.

'Alles goed?' Ezra stapte uit de boot op de wal.

'Prima in orde.'

Op de boot of buiten de hut brandde geen licht en Franks gezicht was slechts een paar tinten lichter dan de schaduwen eromheen.

'Devin is onderweg.'

Er waaide een warme, gestage zuidwestenwind en Ezra wendde zijn gezicht ernaartoe, ademde hem in.

'Hoe weet je dat?'

'Ik heb net met Grady Morgan gesproken. Ken je hem nog?'

'FBI.'

'Inderdaad.'

'Was volgens mij geen grote fan van me.'

'Wist je dat dan niet?'

'Tuurlijk wel,' zei Ezra. 'Oké, wat had meneer Morgan te vertellen?'

Het klopte wel wat Frank vertelde. Klopte eigenlijk als een bus, want waar Ezra tot nu toe nog steeds niets van had begrepen was waarom Devin hem in hemelsnaam had gebeld en hem had opgedragen om de hut in orde te maken. Hij had het nog kunnen snappen als hij de spot met hem had willen drijven, dat Devin een oude man gek wilde maken, hem onder de neus wilde wrijven dat Ezra geen indruk meer op hem maakte of dat zelfs nooit had gedaan. Het probleem alleen was de toon van het telefoontje. De boodschap was simpel geweest, zakelijk, alsof hij nooit enig probleem met Ezra had gehad. Maar Ezra begreep nu dat niet Devin het telefoontje had gepleegd. Die andere vent, die Vaughn, wist kennelijk wel dat Ezra voor de hut zorgde maar het achtergrondverhaal kende hij niet.

'Hij heeft het ziekenhuis verlaten,' zei Ezra toen Frank klaar was, 'met drie kogels in zijn lijf?'

'Dat is me verteld.' Frank droeg een spijkerbroek en T-shirt, en Ezra zag de borst- en schouderspieren onder het shirt, strak, stevig en ontspannen. Ezra herinnerde zich nog dat hij er zelf zo had uitgezien, dat Franks vader er zo had uitgezien. Qua gezicht leek de jongen niet op zijn vader, in dat opzicht had hij meer weg van zijn moeder, maar zoals hij daar stond, zo gespannen als hij die woorden had uitgesproken, popelend om de strijd aan te binden… die eigenschappen stroomden warm door zijn aderen.

'Zo te horen is Devin er behoorlijk slecht aan toe,' zei Ezra. 'Misschien redt hij het niet tot hier, jongen.'

'Maar je weet dat hij komt,' zei Frank. 'Dat weet je. Zijn vrouw zit daar op het eiland, en zij of Vaughn heeft hem neergeschoten. Ze is hem ontrouw geweest, heeft geprobeerd hem te vermoorden. Denk je dat hij ergens anders naar op weg is?'

Ezra gaf geen antwoord en even daarna zei Frank: 'Hij heeft mijn vader aangegeven. Heeft hem erin geluisd, is driehonderdzestig graden gedraaid en heeft hem verlinkt om zijn eigen hachje te redden.'

'Ik ken het verhaal, knul.'

Frank stak wijzend een arm over het donkere water uit. 'Hij komt achter ze aan, Ezra. Die mensen daar op het eiland. En waarom? Omdat ze hem ten val wilden brengen en daar heb ik verdomd veel respect voor. Zij hebben ons werk opgeknapt.'

'Maar het is ze niet gelukt.'

'Oké. Het is ze niet gelukt. Maar ik sta niet toe dat die klootzak hierheen komt, de plek die mijn en zijn vader, jij en ik, met zijn allen hebben gedeeld, om die twee om te leggen, Ezra. Dat doe ik niet.'

'Minstens een van die twee gaat naar de gevangenis, Frank. Daar moet je je niet mee bemoeien.'

'Wil je dat? Wil je dat ze naar de gevangenis gaan omdat ze Dévin hebben neergeschoten? Weet je dan niet meer…'

'Ik weet alles nog,' zei Ezra en er zat een boze ondertoon in zijn stem die hij lange tijd niet had gehoord. 'Ga me niet vragen of ik het nog weet. Dat gaat heel wat verder terug dan jij, en naar heel wat plekken die jij nooit te zien zult krijgen en waar je je ook geen voorstelling van kunt maken. Begrijp je dát, knul?'

Woede spatte uit zijn woorden, en hij stond naar Frank toe gebogen, het gezicht dicht bij het zijne, maar de jongen gaf geen krimp. Hij bleef alleen maar staan en hield Ezra's blik lange tijd vast.

'Ja,' zei Frank ten slotte. 'Dat begrijp ik. Moet je jezelf nou eens horen, wat je net zei, en leg me dan maar eens uit hoe je verdómme kunt toestaan dat Devin naar dat eiland gaat!'

'Dat heb ik niet gezegd. Ik zeg je alleen dat er nog een andere mogelijkheid is.'

'De politie? Shit, Ezra. Wil je dat er iemand de bak in draait omdat hij Dévin heeft willen vermoorden?'

Ezra keek van hem weg, het meer over, en zei: 'Wat wil je dan doen?'

'Ze daar weghalen,' zei Frank. 'Is dat zo veel gevraagd? We halen ze daar weg. Als hij ze ergens anders te grazen neemt, prima, maar hij gaat de rekening niet hier vereffenen. Niet op dit meer.'

'Ze daar weghalen,' herhaalde Ezra. 'Wil je dat?'

'Dat zei ik inderdaad, ja.'

'En wanneer je er middenin zit? Wat dan? Als Devin achter je aan komt, of achter dat meisje in je hut, wat die kerels van hem al een keer hebben gedaan?'

'Als dat gebeurt,' zei Frank, 'dan regelen we dat.'

Ezra barstte in een donkere, akelige lach uit. 'Dat hoop je zeker. Je wilt die klootzak aan de hoogste pijnboom hier hangen, maar tegelijk wil je dat gerechtvaardigd zien.'

'Dat is al gerechtvaardigd.'

'Lariekoek, knul. Niet op een aanvaardbare manier en dat weet je best.'

Frank gaf geen antwoord. De wind stak op en het water klotste tegen de houtwallen onder hen, een paar meter bij hen vandaan ruiste er iets door de bossen.

'Morgen gaat het gebeuren,' zei Frank uiteindelijk. 'Of het nu de politie, Devin of die twee klootzakken zijn die hij hierheen heeft gestuurd, iemand gaat naar dat eiland. Laten we dat toe? Gaan we achteroverhangen en zitten wachten, doen alsof we nergens iets van weten?'

Ezra deed een paar passen opzij, knielde, stak zijn hand in het water en met het kommetje van zijn hand schepte hij wat water op. Het voelde koel aan, zo koel dat de haartjes op zijn arm rechtovereind gingen staan. Hij hield zijn vingers dicht bij elkaar, hield het water vast tot het door de piepkleine gaatjes in het meer was teruggesijpeld, en toen wendde hij zich tot de zoon van zijn oude kameraad.

'Nee,' zei hij. 'Nee, we gaan niet achteroverhangen en daarop zitten wachten.'

24

Grady werd iets voor zonsopgang wakker en wist dat hij open kaart moest spelen met Atkins.

Daar kon hij met geen mogelijkheid omheen. Niet meer. Hij hoorde steeds weer dat Frank erop had gestaan dat Grady in Chicago bleef, hoe hij 'ik heb geen auto' had gezegd, toen Grady erop aandrong dat hij zou vertrekken. De knul wachtte op Devin, geen twijfel mogelijk, en iets vertelde hem dat hij hem nog te grazen zou nemen ook.

Iemand moest tussenbeide komen, en Atkins zou dat maar wat graag willen. Als Grady het bij het rechte eind had, en Frank wist inderdaad waar Vaughn Duncan zich schuilhield, dan kon het wel eens een kwade dag worden. Maar zo'n kwade dag was nog niets vergeleken met de dag waarop Frank Devin Matteson in die bossen zou tegenkomen.

Het was nog geen zes uur, te vroeg om Atkins te bellen. Grady lag bijna een uur wakker in bed, zag hoe het zonlicht de lege kamer vulde en vroeg zich af in hoeverre het zijn schuld was.

Het was verdomme een anonieme tip geweest. Dat had hij iedereen van meet af aan verteld, ze op het hart gedrukt, en slechts een paar mensen op het Bureau kenden de waarheid. In zeker opzicht was hij zelfs áárdig voor Frank geweest door hem te vertellen dat Matteson hem getipt had. Destijds had het daardoor voor de jongen een minder zware straf geleken, het duizelde hem immers toch al. Matteson was een waardeloos stuk vreten, dus wat kon het Grady schelen als er nog een smet op 's mans blazoen bij kwam? Zelfs in het slechtst denkbare scenario, waarin de knul een wraakactie zou bedenken, was Matteson toch zeker de enige die werd opgeofferd? En de gemeenschap was dan tenminste van hem af.

Alleen was Matteson niet de enige die zou worden opgeofferd. Grady was degene die wraak wilde nemen even vergeten. Hij kon ook verliezen.

Om tien voor zeven belde hij Atkins, maar die nam niet op en hij sprak een bericht in. Met een kop koude koffie in zijn hand door zijn appartement ijsberend belde hij om twintig over zeven weer en sprak nog een bericht in. Vijf minuten later belde Atkins eindelijk terug.

'Ik hoorde de telefoon niet,' zei hij. 'Ik stond onder de douche, sorry. Wat heb je voor me?'

Grady tilde de kop koude koffie op en zei: 'Ik denk dat Frank Temple weet waar al die opwinding in uitmondt.'

'Pardon?'

'Hij heeft niemand vermoord,' zei Grady, 'en ik weet bijna zeker dat hij meer dan wie ook een toeschouwer is, maar ik denk hij misschien weet waar Vaughn Duncan is.'

'Waarom denk je dat?'

'Ik heb hem gisteravond gesproken, en toen ik hem vroeg waar Duncan was, was hij erg op zijn hoede. Ontwijkend. Dat is niets voor Frank. Hij liegt niet graag en ik denk dat hij dat gisteravond wilde vermijden door de vraag onbeantwoord te laten. Als hij het niet wist, of er geen idee van had, dan zou hij me dat hebben verteld.'

Het bleef lang stil.

'Ben je er nog?' zei Grady.

'Ik ben er nog.' De stem van de andere man was gespannen van woede. 'Ik vraag me alleen af met wie ik in Chicago contact moet opnemen om een formele klacht in te dienen.'

'Omdat ik met Frank heb gepraat? Luister, Atkins, je hoeft niet…'

'Nee, ik luister niet. Wat je hebt gedaan gaat alle perken te buiten… wat denk je wel niet? Ik zeg je dat die knul een verdáchte is. Ik vraag om informatie, niet dat je verdomme de telefoon pakt en…'

'Ik wist dat ik een paar antwoorden voor je zou hebben.'

'Gelul. En ook al denk je dat, dan bel je niet zonder mij eerst in te lichten.'

'Atkins, je begrijpt het niet.'

'Dit is weer zo'n flagrante...'

'Vaughn Duncan is daar misschien met de vrouw van een ander,' zei Grady. 'Wil je wel of niet weten wie de man is?'

Stilte.

'Ene Devin Matteson was een paar dagen geleden in Florida neergeschoten. Matteson is voor Manuel DeCaster een sleutelfiguur. Gaat er ergens een belletje rinkelen?'

'Nee.'

'Nou, in Florida wel. Hij is het ergste uitschot dat we hebben en ook het machtigste. Hij zit nu in de gevangenis, in Coleman, en zo'n zeven jaar geleden knapte Frank Temples vader klussen voor hem op.'

Atkins hield zich muisstil, maar Grady hóórde ze bijna om de voorrang strijden: nieuwsgierigheid en woede.

'Matteson zal de politie heus niet vertellen wie hem heeft neergeschoten. Maar zijn vrouw wordt vermist. Dus veel valt er niet te raden, wel? En nu is die bewaker uit Coleman, Vaughn Duncan, met een vrouw bij het meer,' zei Grady. 'Als je een wedje wilt maken wie die vrouw is, dan zet ik mijn hele pensioen op Mattesons vrouw.'

Atkins wilde wat gaan zeggen, maar Grady ging verder. 'En Matteson wordt vermist, hij is het ziekenhuis uit, hij is weg. Begrijp je wat dat betekent? Hij gaat naar het noorden, Atkins. Ik durf elk dubbeltje dat ik heb te verwedden dat hij op weg is naar dat meer.'

'En ik moet die toevalligheid geloven?' zei Atkins. Zijn stem klonk afgemeten, gespannen.

'Welke toevalligheid? Dat Frank daar is?'

'Om te beginnen. Toeschouwer? Tóéschouwer? Ben je gek geworden, Morgan? Geloof je nou werkelijk dat ik geloof dat die knul toevállig met zijn jeep tegen de smerige geschiedenis van zijn eigen vader aan is gebotst? Dat het een óngeluk is geweest?'

Nee. Het was geen toeval. Onmogelijk. Grady wilde graag geloven dat het zo was, maar hij wist wel beter. Dat Frank bij dat meer was, kon geen toeval zijn. Daarom was het zo belangrijk dat Atkins nu tussenbeide kwam.

'Moet je horen,' zei Grady, 'ik ga mijn tijd niet verdoen met gekissebis over hoe ik over die jongen denk. Ik zeg je alleen dat…'

'Niet te geloven dat je hem hebt gebeld. Klootzak die je bent, je hebt een verdáchte gebeld en hem gewaarschuwd…'

'Hij weet waar Vaughn is en dat Devin achter hem aan zit!' schreeuwde Grady. 'Wil je je bek houden tot je dat begrijpt, Atkins? Als je op me wil fitten en over me wilt klagen, ga maandag je gang maar. Shit, bel Quantico, bel Washington, wie je maar wilt. Maar op dit moment heb je daar geen fluit aan. Wat er wel toe doet is dat een gevaarlijke lulhannes jouw kant op komt om de rekening met zijn vrouw en die andere vent te vereffenen, en Frank Temple weet dat.'

'Hoe weet hij dat?'

'Omdat ik hem dat heb verteld. En ik zou het hem vandaag weer zeggen, en als je me daarvoor wilt laten ontslaan, dan doe je je best maar. Maar er staat daar iets op ontploffen en je moet ingrijpen.'

'Is Temple in zijn hut?' Atkins' stem klonk nog steeds boos, maar zachter.

'Ja. Die staat ergens aan het meer…'

'Ik weet waar die is.'

'Oké.' Grady aarzelde en zei toen: 'Als hij daar niet is, is hij misschien bij een man, Ezra Ballard genaamd. Je moet hem uit de buurt van Ballard houden.'

'Wie is hij?'

'Hij zat met Franks vader bij de speciale eenheden. Ze waren dik met elkaar.'

'Met Franks vader bij de speciale eenheden,' herhaalde Atkins. 'Je zit me in de maling te nemen, zeker? Morgan, dit is niet te geloven! Dit had je me gisteren moeten vertellen!'

'Je weet het nu,' zei Grady.

'Laat ik je dit vertellen, Morgan: als je die knul vandaag weer belt, zorg ik er persoonlijk voor dat je wordt aangeklaagd, begrijp je dat?'

'Ik zal hem niet meer bellen als jij als de donder daarheen gaat. En ik kom ook die kant op, Atkins. Ik vertrek onmiddellijk, maar ik weet niet hoe lang ik erover doe.'

'Laat je auto maar in de garage staan, klootzak. Ik wil je op nog geen honderd kilometer afstand in de buurt.'

'Ik kom toch.'

'O ja? Nou, zodra ik je zie, sla ik je in de boeien.'

Atkins hing op. Grady bleef een poosje met de telefoon in de hand staan, legde hem toen weg, gooide de koffie in de gootsteen en pakte zijn autosleutels.

Frank had koffiegezet toen Nora wakker werd. Haar haar stond statisch alle kanten op en toen ze hem met één oog aankeek, kneep ze het andere bijna dicht.

'Hoe laat is het?'

'Tien over zeven.'

'Heb je al iets van Ezra gehoord?'

'Ik denk dat hij eropuit is.' Bij zonsopgang was Ezra's boot weg. Frank had zelfs geprobeerd hem met een verrekijker te traceren, maar geen spoor van hem gevonden.

'Dan gaan wij naar het eiland,' zei ze.

'Ja.' Frank schonk een kop koffie in en bracht die naar Nora. Zoals ze daar zat, wazig kijkend en slaperig, kreeg hij de neiging om zich voor-over te buigen en een kus op haar voorhoofd te drukken, maar dat deed hij niet. Hij wist niet hoe ze vanochtend op hem zou reageren, na de al-cohol en dat korte romantische moment tijdens een gespannen, ang-stige avond, die nu door de slaap en het daglicht was teruggeduwd.

Hij liep weer naar de keuken en schonk zichzelf ook een kop in, wachtte tot ze zou zeggen hoe ongerust ze was en zich hardop zou af-vragen of ze de politie er niet bij moesten halen. Maar ze zei niets. Ze dronk haar koffie en streek met haar handpalm haar haren glad. Toen stond ze op, liep naar de badkamer en kwam er vijf minuten later fitter en frisser uit.

'Heb je geslapen?' vroeg ze.

215

'Nee.'

'Ben je dan niet moe?'

'Nee,' zei hij en dat was de waarheid. Het feit dat Devin zou komen gaf hem meer energie dan slaap voor hem gedaan zou hebben. Hij was er klaar voor, maar Nora was een probleem. Hij en Ezra hadden dat besproken voor Ezra weer in zijn boot was gestapt en het meer op was gegleden.

Frank wilde haar niet om de tuin leiden. Dat kon hij niet. Maar hij wist ook, en dat had hij aan Ezra willen uitleggen, dat ze niet bij dat eiland weggehouden kon worden. Hij herinnerde zich hoe onverzettelijk haar stem had geklonken toen ze had gezegd: als iemand recht heeft op een paar antwoorden, dan ben ik dat wel en niet jullie. Ze had gelijk. Hij wilde dat ze er niets mee te maken had, maar dat had ze wel en hij moest beslissen wat hij haar zou vertellen, haar uitleggen wat hij ging doen. Dat zou ter sprake komen nadat ze die twee op het eiland hun zegje hadden laten doen.

Hij liet haar in de hut achter, liep naar buiten en merkte dat het ongewoon stil was in de lucht, het grijze water leek wel op troebel glas. Hij bleef even met zijn koffie in de hand staan en keek helemaal rond, nam het meer, de bomen en de lucht in zich op.

Waar zou Devin vandaan komen? Zou hij regelrecht over de dam komen, een boot te water laten en naar het eiland varen, of zou er meer bij komen kijken? Hij wist dat ze op het eiland waren. Hij had vast een gewapend team vooruitgestuurd, dat hem in Miami verslag had uitgebracht. En Tomahawk mocht voor hen dan misschien een exotische bestemming zijn, dat gold niet voor Devin. Inmiddels was het eiland allesbehalve een goede schuilplek voor de twee die daar zaten te wachten. Frank zag vanochtend het spel van de jacht duidelijker voor zich, begreep dat de moord op Jerry Dolson slechts een routineklus was geweest, het wegwerken van een van die losse eindjes waarover hij zich van meet af aan ongerust had gemaakt. Tegen die tijd, of kort daarna, was de achtervolging effectief geëindigd. De mannen uit Miami wisten van het eiland, dat kon gewoon niet anders, en toch hadden ze zich er nog niet laten zien. Dat kon maar één ding betekenen: ze zaten op Devin te wachten.

'Hij komt vandaag,' zei Frank. Hij had het zacht uitgesproken, maar toch klonk het luid en duidelijk. Er was geen zuchtje wind dat de woorden kon wegblazen.

Ezra kwam er met zijn boot aan en toen hij merkte dat Nora nog steeds van plan was met ze mee te gaan naar het eiland, bracht hij daar niets tegen in. Ze zag hoe hij beurtelings van haar naar Frank keek, en vroeg zich af wat hij dacht. Had hij ze gisteravond samen gezien, zoals Frank al had voorspeld? Waarschijnlijk. Ezra straalde iets uit wat je het gevoel gaf dat hij je lange tijd in de gaten had gehouden.

'Oké,' zei hij toen zij en Frank naar de boot liepen. 'We gaan erheen om hun verhaal aan te horen. Althans hun kant van het verhaal. Voorlopig is dat alles. Wat daarna gebeurt, hangt af van wat we te horen krijgen.'

Intussen keek hij Frank strak aan, maar Frank lette niet op. Hij keek met wazige blik naar de weg.

'Oké,' zei Nora tegen Ezra, omdat hij toch een soort reactie moest krijgen, en hij gaf haar een hand en hielp haar de boot in. Achterop zat een grote buitenboordmotor, veel te groot voor het vaartuig, en Ezra zette haar achter in de boot neer, met de rug ernaartoe. Frank ging tegenover haar zitten en Ezra nam zonder een woord te zeggen zijn plaats aan het stuur in en draaide de sleutel om. De grote motor kwam met een hese brul tot leven die Nora deed denken aan de betere auto's die ze wel in de garage had gehad, met een dure, goed afgestelde motor.

'Oké,' zei Ezra terwijl hij aan het stuur draaide en ze het meer op voeren. 'Laten we eens gaan kijken wat voor vlees we in de kuip hebben.'

Hij duwde de gashendel naar voren en de motor brulde opgetogen, de punt van de boot schoot boven het water uit en al had Ezra daarna nog iets gezegd, dan kon Nora het niet horen.

Frank zat recht voor zich uit te staren, zijn kleren rimpelden toen ze het meer op voeren. Ezra stond onbewogen aan het stuur, zijn gezicht overschaduwd door een baseballpet met het logo van de Ranger Boats en zijn ogen zaten verscholen achter een Oakley-zonnebril. Ze droegen beiden een licht jasje en Nora wist dat daar een wapen onder verborgen was. Terwijl ze zich aan de boot vastklemde en haar ogen dichtkneep tegen de krachtige wind, sloeg de twijfel toe. Feitelijk waren Frank en Ezra vreemden voor haar, en ze schonk hun allemachtig veel vertrouwen door met ze mee te gaan naar dat eiland. Niemand, níémand had er ook maar enig idee van waar ze was.

De zon kroop tevoorschijn, sprankelde op het water, en hoewel haar haar achter haar wapperde als een vlag in een storm, stonden de bomen aan de kust er stilletjes bij, onberoerd door enige bries. Het was te rustig, ze zouden vanmiddag wel regen krijgen. Het klopte niet dat het zo vroeg op de dag al zo vochtig was.

Ze voeren langs een reusachtig rotsblok dat nijdig uit het water omhoogstak, daarna tussen een eilandengroep door en kwamen uit in een grote baai die zelfs nog meer uitgestorven leek, er waren slechts twee boten te zien. Ezra minderde vaart en manoeuvreerde rond iets wat kennelijk een zandbank was, en trapte de motor toen weer op zijn staart. De punt van de boot schoot de hoogte in en daar gingen ze weer, ze scheurden langs een baai vol stronken en halve bomen die als dreigende wachtposten voor de lege oeverlijn stonden.

Nora verschoof op haar plaats en wilde Ezra op de schouder tikken, hem vragen te stoppen en terug te varen. *Breng me terug,* zou ze kunnen zeggen. *Ik heb erover nagedacht en het is niet goed. We moeten hier niet alleen naartoe gaan. Dat moeten we aan de FBI en de politie overlaten. Zij kunnen me beschermen, dat is hun werk.*

Ezra draaide zich inderdaad om en keek haar aan, en heel even vroeg ze zich af of ze haar gedachten hardop had uitgesproken, maar toen keek hij weer naar het water en liet ze het moment zonder een woord te zeggen voorbijgaan.

Een paar minuten later minderde hij inderdaad vaart, het motorgeluid nam af en Nora's haar viel weer op haar schouders. Er was niets te zien behalve bomen en water, geen spoor van een andere boot. Toen zag ze het eiland voor zich, over Franks schouder, gedeeltelijk door zijn lichaam afgeschermd.

'Shit.' Dat was Frank. 'Er is daar iemand, Ezra. Er staat iemand aan de waterkant.'

Ezra boog zich opzij om beter te kunnen kijken. 'Natuurlijk. En zo te zien heeft die kerel problemen met zijn boot. We kunnen wel even langsgaan om te kijken of we kunnen helpen.'

'Hij zal Nora en mij herkennen.'

'Dat gebeurt vroeg of laat toch.' Ezra minderde nog meer vaart, voer dichter naar de waterkant, en kijkend over Franks schouder zag Nora de man en de boot nu voor het eerst. Het was de grijze bestuurder van de Lexus, Vaughn, en hij keek op van de motor, richtte zijn aandacht op het naderende vaartuig. Nora gleed weer op haar plaats en hield haar hoofd een beetje schuin, probeerde zichzelf achter Frank te werken, uit het zicht van Vaughn.

'Probleempje?' zei Ezra boven het motorgeluid uit schreeuwend.

Vaughn wuifde hem weg. 'Ik red het wel, hoor.'

'Weet je het zeker? Zo te zien gaat het niet best.'

'Geen probleem.'

'Moet je horen,' riep Ezra. 'Ik kom naar je toe en kijk er even naar, en dan kunnen jij, je vriendinnetje en ik misschien een babbeltje maken? Ik ben de huisbewaarder. Ik voel me een beetje schuldig omdat ik er wat met de pet naar heb gegooid.'

Hoewel Ezra's stem vriendelijk had geklonken, verstrakte het lichaam van Vaughn opnieuw. Hij deed een stap terug, liet zijn handen van de motor vallen en nam hen nu nauwlettend op.

'Huisbewaarder?' vroeg hij. Hij praatte tegen Ezra maar had zijn ogen op Frank gericht.

'Uh-huh. Ik ben verdomd lang verantwoordelijk voor die plek geweest.'

'Het gaat hier prima, hoor,' zei Vaughn en nu kon Nora hem niet meer zien omdat de boot in een andere positie lag. Ze ging meer rechtop zitten om dat te verhelpen en op dat moment haakten Vaughns ogen zich aan haar gezicht vast, en in de fractie van een seconde dat hij naar zijn rug greep, voelde ze dat hij haar over het water heen herkende.

'Laat dat.' Twee woorden slechts, gewoon uitgesproken, geen ge-
schreeuw, maar op een of andere manier bulderde Ezra's stem over het
water en deed de bomen schudden. Nora zag zijn uitgestrekte arm, het
wapen op Vaughn gericht. Hoe had hij dat in hemelsnaam zo gauw tevoorschijn getoverd?

Vaughn stond nog steeds met zijn arm achter zijn rug en zei geen
woord. Ezra hield zijn pistool op hem gericht terwijl hij met zijn linkerhand de boot bestuurde, hem dicht naar de waterkant bracht waar
het nu zo ondiep was dat Nora de bodem kon zien. Frank had met zijn
rug naar Vaughn toe gezeten maar toen hij Ezra's bevel had gehoord,
draaide hij zich ten slotte ook om, en Vaughns ogen schoten zijn richting uit.

'Hoe gaat het met je?' zei Frank. 'Je bent de dame hier een auto verschuldigd, en ons beiden een paar antwoorden.'

'Doe haar niets,' zei Vaughn met overslaande stem en het laatste
woord kwam er krassend uit. Nora was even in de war – *doe míj niets?* –
tot ze zich realiseerde dat hij het over de vrouw op het eiland had.

'Niemand doet wie dan ook iets, en is dat ook niet van plan,' zei Ezra.
'Maar die vriendjes van je wel. En daar moeten we het over hebben. Nu
leg je dat wapen van je in je boot en pak je de lijn aan die Frank je toe-
gooit.'

Vaughn liet het pistool vallen. Hij deed er vier keer over voor hij de
lijn te pakken had en hen op het strand kon trekken.

25

Vaughn stond weer net zo te tateren, zelfs nog voordat ze allemaal op de wal waren, en precies zoals twee dagen eerder toen hij met Frank op de takelwagen had gewacht.

'… en ik weet niet wat jullie hebben gehoord of wat je denkt, maar ik wilde je maandag het geld dat je nog van me krijgt komen brengen, wat trouwens nog geen reden is om me met een wapen te bedreigen. Aan je auto mankeert niets, echt waar, en ik wist niet waarom…'

'Kop dicht,' zei Ezra.

Vaughn hield zijn mond. Zijn gezicht deed Frank denken aan een hond van zijn moeder toen hij nog klein was, een beagle die altijd zijn tong uit zijn bek liet hangen. Franks vader zei dan altijd: stop je tong terug. Dan klapte de hond zijn kaken op elkaar en weg was de tong, en vervolgens keek hij Franks vader perplex aan. Vaughn zag er net zo zelfverzekerd uit als de hond destijds.

'Tijd genoeg om te praten,' zei Ezra, 'maar ik bedacht dat we dat het best met zijn allen konden doen. Misschien moet je eens wat langzamer leren praten, dan horen we tenminste wat je te zeggen hebt.'

Vaughn knikte en Ezra gebaarde naar de hut.

'Is ze daarbinnen?'

Weer een knik.

'Laten we daar dan heen gaan en een babbeltje met elkaar maken.'

Ze liepen over het strand naar een pad dat naar de steile oever liep. Vaughn ging voorop, gleed een paar keer uit, zette zijn voeten onhan-

dig en klungelig neer. Frank liep als laatste achter Nora die zich makkelijk bewoog. Hij wist niet wat ze hiervan zou denken. Dat Vaughn naar
dat wapen had gegrepen was vast niet erg bemoedigend geweest.

Voor een bouwsel dat zo lang had leeggestaan, was de hut in buitengewoon goede staat, maar Frank stond daar niet lang bij stil. Van Ezra
had hij niets anders verwacht, die zorgde nog beter voor een lege hut
die niet van hem was dan de meeste mensen hun eigen huis onderhiel-
den. Vaughn liep met snelle pas de paar treden naar de veranda op en
praatte al voordat hij bij de deur was.

'Renee? We hebben gezelschap. De man hier zegt dat hij de huisbewaarder is…' Vaughn draaide aan de deurknop, duwde de deur open
en ging op hetzelfde moment dat de blonde vrouw naar buiten kwam
het huis binnen. Frank zag het pistool in haar hand en daarna zag hij
dat het in Ezra's oogkas stak. Ze was zonder aarzeling de veranda op gelopen en had het pistool in zijn oog gestoken.

'Als je je hand nog verder onder je jasje stopt,' zei de vrouw, 'vermoord ik hem.'

'Shit, Renee, wat doe je?' Vaughn stond met open mond in de deuropening.

Renee Matteson. Dat moest haar volledige naam zijn. Ze was een
plaatje. Zelfs nu, terwijl zij het enige schietklare wapen in handen had,
was Frank onder de indruk. Zo zelfverzekerd, zo sterk. Hij liet zijn hand
uit zijn jasje vallen en deed een stap naar achteren.

Ze had het pistool zo hard in Ezra's oog geramd, dat de huid was
stukgegaan en er een druppeltje bloed verscheen. Nu schraapte Ezra
zijn keel en zei: 'Dit is niet echt een goed begin.'

'Hij is de huisbewaarder…' zei Vaughn, maar ze onderbrak hem.

'Huisbewaarder, m'n reet. Ik zag zijn pistool, Vaughn.'

'Wij zijn niet degenen voor wie jullie bang moeten zijn,' zei Frank.
'Hoewel je vast wel weet dat ze niet ver uit de buurt zijn.'

'Daar zegt-ie wat,' zei Ezra terwijl het bloed over zijn wang stroomde. 'Misschien kun je dat pistolen-Paultjespelletje beter bewaren voor
die kerels op wie hij doelt.'

De blonde vrouw, Renee, staarde Ezra in het oog, hun gezichten waren slechts op een armlengte en haar pistool van elkaar verwijderd.

'Ik wil maar zeggen, zoals de zaken er nu voor staan, zul je al je kogels nodig hebben,' zei Ezra. 'Ik zou het heel vervelend vinden als er een aan mij werd verspild.'

'Als ik nu eens mijn pistool op de grond legde?' zei Frank met luide stem, en hij maakte een kleine beweging met zijn arm. Het was genoeg, zoals hij al had gehoopt. Ze keek hem aan in plaats van de trekker over te halen, zoals ze had aangekondigd, en tegelijkertijd trok Ezra zijn hoofd met een ruk opzij, schoot zijn arm als een zweep toe, greep hij Renees hand vast en was haar pistool op de grond gericht. Frank had de Smith & Wesson in de aanslag toen het achter de rug was.

'Verdomd, knul,' zei Ezra. 'Was je snel genoeg geweest als ze níét jouw kant op had gekeken, denk je?'

'Ik wist behoorlijk zeker dat ze dat wel zou doen.'

'Ik ook, maar ik was minder enthousiast om die theorie uit te testen. De man met het pistool in zijn oog heeft geduld immers altijd hoger in het vaandel staan.'

Hij zei dat allemaal op een achteloze toon alsof hij bij de kapper zat, terwijl hij het pistool uit Renees vingers wrong.

'Nou, wat hebben we een hoop pistolen, hè, hebben jullie dat gemerkt? Veel te veel pistolen. Ik geloof dat ik ze allemaal maar opberg, en dan gaan we fijn praten. Jee, de veranda is een mooie plek. Laten we hier gaan zitten en van de dag genieten.'

Met haar pistool in de hand deed hij een stap achteruit, stopte het wapen achter zijn broekriem en gebaarde naar de veranda. Al die tijd had ze zich niet verroerd, zelfs niet met haar ogen geknipperd, ze stond daar alleen maar en hield zijn ogen met zo'n kille blik gevangen dat die dwars door Ezra heen naar het meer leek te gaan en daar een ijsschots op het water vormde.

'Ik had je kunnen vermoorden en dat heb ik niet gedaan,' zei ze. 'We zien vanzelf wel of dat een vergissing was.'

Ze wendde zich van hem af, liep naar een oude houten bank naast de deur en ging zitten. Vaughn nam naast haar plaats en wilde haar bij de arm pakken, maar ze schudde hem van zich af en schoof naar het andere uiteinde van de bank.

'Oké,' zei ze. 'Praat.'

'Volgens mij ben jíj aan de beurt,' zei Nora. Frank was verrast door haar stem, sterker nog, iedereen was verrast. Ze was zo stilletjes en rustig geweest dat iedereen was vergeten dat ze er was. Toen ze haar allemaal aankeken, haalde ze haar schouders op.

'Wat nou? We zijn hier niet gekomen om te vertellen wie wíj zijn. Wij zijn er niet verantwoordelijk voor dat goede, onschuldige mensen worden vermoord. Ik wil hún verhaal horen, niet het mijne.' Ze wees met een vinger naar Renee en Vaughn.

Renee keek Nora lange tijd aan, alsof ze geïntrigeerd was. Frank probeerde haar leeftijd te schatten, maar dat lukte niet. Ze had het lichaam van een jonge vrouw, maar haar gezicht vertoonde wat rimpels en haar ogen waren van een ouder iemand. Of waren ze gewoon moe?

'Waar is de politie?' vroeg ze. 'Jullie hebben ons gevonden, dus waarom heb je die niet meegenomen om de vragen te stellen?'

'Dit was niet mijn idee,' antwoordde Nora, 'maar ik had er wel oren naar.'

Renee knikte alsof dat logisch klonk en wendde zich toen tot Ezra. 'Ben jij echt de huisbewaarder? Hebben die twee ons via jou gevonden?'

'Ja.'

'Dan heet je dus Ezra.'

'Zo is het.'

Ze knikte. 'Ik heb van je gehoord.'

'Van Devin,' zei Ezra en Frank voelde een onplezierige prikkeling toen hij die naam hoorde noemen. 'Waar is hij?'

'Dood,' antwoordde ze.

Frank en Ezra hadden de vorige avond afgesproken dat ze vooralsnog geen informatie zouden loslaten en alleen het verhaal van die twee zouden aanhoren. Nu hij hoorde dat Renee haar man doodverklaarde, knikte Ezra alleen maar in Franks richting.

'Je kent de jonge Frank zeker niet, hè?'

Renee richtte een koele blik op Frank en bekeek zijn gezicht nauwlettend. Hij stond anderhalve meter van haar vandaan. Ze schudde haar hoofd.

'Sorry, ik weet niet wie hij is.' Ze zei het alsof Ezra en zij de enige mensen op de veranda waren.

'Achternaam is Temple,' zei Frank. 'Helpt dat?'

Vaughn keek met een verwarde uitdrukking op zijn gezicht van de een naar de ander, maar Renee snapte het.

'Je vader,' zei ze. 'Devin en je vader…'

'Hielpen samen mensen om zeep.'

'Wat ik ervan heb gehoord, was het geen samenwerkingsverband.'

'Dan heb je het verkeerd gehoord,' zei hij. 'En mag ik dan de eerste zijn om je van harte te feliciteren met het verscheiden van Devin? Nu hij van de wereld is, ben je beter af. Iedereen is dat.'

Ze stond met een snelle, soepele beweging van de bank op en sloeg hem in het gezicht. Door het geluid van de klap stak Vaughn zijn handen uit en deed een stap in hun richting, maar hij raakte niemand aan. Nora slaakte een zachte kreet van verbazing, en Ezra zat alleen maar te kijken. Frank incasseerde de klap en keek Renee met prikkende wang aan, maar hij zei geen woord.

'Nu we de kennismaking achter de rug hebben,' zei Ezra, 'moeten we het misschien over de mensen hebben die nog wel in leven zijn, en het gedoe rondom de doden voor een later moment bewaren. Klaarblijkelijk hebben jullie een paar akelige types naar de streek meegenomen. Een paar onschuldige mensen zijn daarvan de dupe geworden. Ik vind dat het wel tijd wordt dat we te horen krijgen waar dit allemaal over gaat.'

De vrouw bleef een hele poos staan waar ze stond, staarde naar Frank, daagde hem uit nog een keer kwaad over haar man te spreken. Hij zweeg. Hij werd nog te veel in beslag genomen door wat die klap betekende, daarmee had ze het immers razendsnel voor Devin opgenomen. Dat was geen actie van een vrouw die haar man dood wenste. Dat idee van hem, dat ze op dit eiland de twee mensen die Devin in de rug hadden geschoten zouden aantreffen, leek niet meer op te gaan. Door die klap in zijn gezicht realiseerde hij zich dat ze hier met verkeerde verwachtingen waren gekomen. Hij keek haar aan en voelde de prikkeling op zijn wang, de hitte van de klap ging over in koude speldenprikken en daarmee zag hij de waarheid waar hij naar zocht.

'Ik zal je vertellen waar het allemaal om gaat,' zei Vaughn toen Renee zich ten slotte had omgedraaid en naar de bank was teruggebeend, 'het gaat om déze twee onschuldige mensen,' hij gebaarde naar Renee en hemzelf, 'die voor Devins fouten moeten opdraaien.'

'Leg uit,' zei Ezra.

'Je kent Devin, je weet wat hij doet.'

'Inderdaad,' zei Ezra, 'maar wat doe jíj?'

Vaughn boog zich op de bank naar voren, boog zijn hoofd zodat zijn ogen niet te zien waren.

'Ik werk – werkte – in een gevangenis in Florida. Ik was daar ongeveer een jaar of twaalf toen ik Devin ontmoette. Of beter gezegd, toen hij me benaderde. Tot die tijd deed ik mijn werk goed, echt waar.'

'Want niemand had je voor die tijd ooit geld aangeboden,' zei Renee, haar stem droop van minachting en Vaughn liet zijn hoofd nog verder zakken.

'Waar heeft hij je voor betaald?' vroeg Ezra. 'Spullen naar binnen smokkelen?'

'Goed gedacht,' zei Vaughn, 'maar dan andersom.'

'Moest je iets úit de gevangenis meenemen?'

'Instructies,' zei Frank. Na Grady's telefoontje van gisteravond klonk dit logisch. 'Hij was postbode, Ezra. Een loopjongen. Voor Manuel De-Caster.'

Een krantenfoto bleef in Franks gedachten steken, een foto van De-Caster toen hij uit het gerechtsgebouw werd geleid op de avond voor hij werd veroordeeld. De vale gevangenishuid van zijn gezicht was tot een minachtende sneer vertrokken. Hij leek in niets op een man wiens hele wereld in elkaar was gestort, eerder als een keizer die geamuseerd was door de futiele pogingen van een stelletje boerenkinkels die hem probeerden te overmeesteren. En waarom ook niet? Wanneer je mannen als Devin Matteson tot je beschikking had die de zaakjes buiten regelden, en mannen als Vaughn die voor loopjongen wilden spelen, dan kon zijn heerschappij waarschijnlijk ongehinderd dwars door stalen tralies, betonnen muren en prikkeldraad heen in stand blijven.

'Ja,' zei Vaughn. 'Manuel DeCaster.'

'De grote baas,' zei Ezra, zijn stem sleepte nog trager dan anders. 'Dus Devin rekruteerde je als loopjongen, zodat DeCaster contact met de buitenwereld kon houden, wat met afgeluisterde telefoongesprekken en bezoek niet lukte.'

'Dat was de bedoeling, ja.'

'Ik begrijp wel dat je daarmee behoorlijk in de problemen bent gekomen,' zei Ezra, 'maar die jongens die je naar Tomahawk zijn gevolgd, veroorzaken heel andere problemen dan de politie.'

'Inderdaad.'

'Wie zijn ze dan?'

'Ze werken voor DeCaster. Ik weet niet hoe ze ons hebben gevonden.'

'Je hebt een makkelijk spoor voor ze achtergelaten,' zei Frank. 'Er zat een zendertje op je auto. Daardoor zijn ze hier; ik vroeg me alleen af wanneer ze dat op je auto hebben kunnen bevestigen.'

Vaughn staarde Frank verward, met halfopen mond aan, maar Renee Matteson legde haar handen op haar slapen, zette grote ogen op en kneep ze toen weer dicht.

'Wat?' zei Frank.

'Ik had het moeten weten,' zei ze. 'Verdomme, ik had eraan moeten denken.'

'Wist je dat dat ding erop zat?' zei Ezra.

Ze schudde haar hoofd. 'Nee. Nou ja, niet echt, maar ik wist dat ze hem hadden gevolgd. Heel lang geleden heeft Devin hem gevolgd.'

'Heeft Devin míj gevolgd?'

'In het begin,' zei ze knikkend, 'wilde hij er zeker van zijn dat hij je kon vertrouwen. Wilde weten wat je deed, waar je heen ging. Ik had er niet aan gedacht dat er zo'n dingetje op je auto zat, en het was zo lang geleden… een jaar of zo… en Dévin zat erachter, niet die klootzakken die hem hebben neergeschoten.'

'Maar ze moeten ervan hebben geweten,' zei Frank. Dat klopte wel. Devin en de rest van DeCasters groep wilden Vaughn controleren, om zeker te weten dat hij geen geheime ontmoetingen met de politie had, hen niet verraadde.

'Hoeveel zijn het er?' vroeg Renee.

'Voor zover we weten twee,' zei Frank, bedenkend dat dit de heleboel op zijn kop zette, dat Devins rol minder belangrijk was, dat het minder persoonlijk werd. Als deze twee zich voor DeCasters bende verscholen, dan was het geen wonder dat Devin uit het ziekenhuis was gevlucht. Zijn overlevingskansen waren groter als hij op de vlucht sloeg dan wanneer hij binnen zou blijven wachten tot iemand de klus kwam afmaken. Foute boel. Heel erg foute boel. Midden in een persoonlijke vendetta tussen Devin en deze twee verzeild raken was één ding. Maar verzeild raken in een machtsstrijd met Manuel DeCaster was verdomme een doodvonnis.

'Voor zover jullie weten zijn het er twee? Nou, er komen er meer als ze versterking vragen,' zei Vaughn.

'Oké,' zei Ezra. 'Dus we hebben te maken met een paar akelige kerels en reusachtige problemen. Dat begrijpt iedereen nu wel zo'n beetje. Maar jullie zijn op de vlucht. Ik vroeg net wat dit allemaal heeft veroorzaakt, wat jullie hebben gedaan. Op die vraag heb ik nog geen antwoord gehoord.'

'Ik heb helemaal niks gedaan. Devin heeft zijn zinnen op de troon gezet. Hoe langer Manuel in de cel zat, hoe brutaler Devin werd. Hij ging rondbazuinen wat hij allemaal in zijn eentje kon doen, had het erover dat hij de mensen die het dichtst om Manuel heen stonden zou elimineren, te beginnen met zijn neven, die speelden een sleutelrol in de hele operatie, zulke gemene kerels... je hoefde maar naar ze te kijken...'

'Rustig aan,' zei Ezra, 'vertel maar gewoon wat er is gebeurd. Zo moeilijk is dat niet.'

Vaughn haalde diep adem en woelde met een hand door zijn haar, hij negeerde Renees strenge blik volkomen.

'Dat probéér ik ook. Wil je dat ik dat in twee zinnen doe, of zo? Oké, daar gaan we dan: Devin wilde de neven van DeCaster vermoorden, en nog twee kerels, Cubanen, die er ook bij betrokken waren. Hij wilde grote schoonmaak houden.'

'En wat hadden jullie daarmee te maken?'

'Iemand moest tegen DeCaster liegen. Je weet wel, het ene vertellen terwijl er iets anders gaande was, en dat werkte twee kanten op, je kreeg zo ook de nodige informatie.'

'En jij stemde ermee in.'

'Het was een hoop geld.'

'En iemand kreeg er lucht van?' zei Frank. 'Heeft die Devin vermoord voordat hij zijn spelletje in gang kon zetten?'

'Ja. En toen kwamen ze achter mij aan, en Renee. Ze zitten nog steeds achter ons aan.'

Ezra keek Frank geconcentreerd aan, een vraag in zijn ogen, en Frank ontmoette zijn blik en schudde heel licht zijn hoofd. Ezra fronste zijn wenkbrauwen maar wendde zijn blik af. Frank wist wat hij zich afvroeg – of ze die mensen moesten vertellen dat Devin nog leefde – maar daar was hij nog niet aan toe. Er waren nog te veel vragen, te veel mogelijkheden, haken en ogen, een nieuw, duizelingwekkend scenario diende zich aan, maar ook een tegenvaller. Frank voelde dat in zijn maag, een harde steek van teleurstelling. Hij was hier gekomen in de hoop dat hij met deze twee een bondje tegen Devin kon sluiten, dat ze de finale zouden bekokstoven waar hij al zo lang naar verlangde. Maar dat ging niet gebeuren. De kans bestond nog steeds dat Devin hiernaartoe op weg was, maar hij zou geen wraak in de zin hebben. Hij zou eerder op de vlucht zijn. Net als deze twee.

'Waarom, Renee?' vroeg Nora, de stilte verbrekend die zich rondom hen had opgebouwd. 'Als Devin dood is, wat heeft het dan voor zin om zijn vrouw te vermoorden?'

'Renee was vaak in de buurt,' zei Vaughn. 'Ze weet dingen die schadelijk voor ze zijn, schadelijk voor DeCaster kunnen zijn. Dat geldt ook voor mij. Nu ze weten dat Devin niet te vertrouwen is, proberen ze de puinhoop om hem heen op te ruimen. Bovendien hebben ze haar man vermoord. Als iemand ter wereld die kerels graag wat wil aandoen door naar de politie te gaan, dan is het Renee wel.'

Nora wendde zich tot Renee. 'Waarom gá je dan niet naar de politie? Die kerels en je man zijn degenen die die narigheid hebben veroorzaakt.'

Renee schonk haar een oprecht warm glimlachje, dat Frank zich tot dan toe niet op haar gezicht had kunnen voorstellen.

'Ik heb negen jaar met Devin samengeleefd. Heb je enig idee wat ik allemaal weet en wat de politie maar wat graag te horen zou willen krijgen?'

Die verklaring leek Nora niet afdoende, maar Frank begreep het wel: in Renees wereld was de politie de vijand. De dood van haar man – althans zij geloofde dat hij dood was – veranderde daar niets aan. De politie moest je vrezen en nooit vertrouwen. Het klopte natuurlijk van geen kant, tenzij je een jaar of tien met dat wereldbeeld had geleefd.

'We waren hier nog maar een dag,' zei Vaughn, 'toen ik wat eten en voorraden ging halen en Frank tegen mijn auto aan botste.'

Frank wilde daar niets over horen, wilde niet dat iemand bleef stilstaan bij dat ongelooflijke toeval dat Frank de auto van deze vent raakte, die ook nog eens toevallig in gezelschap was van Devins vrouw. Hoe langer mensen op die manier over het toeval nadachten, hoe ongerijmder het leek, en hij was nog niet zover dat hij aan Renee kon uitleggen dat hij hier eigenlijk was om haar man te vermoorden.

'Waarom ben je hierheen gegaan?' vroeg Ezra en even dacht Frank dat de vraag aan hem werd gesteld, dat Ezra zijn gedachten had geraden. Toen realiseerde hij zich dat hij de vraag aan Renee stelde.

'Devin had gezegd dat Vaughn dat moest doen,' zei Renee.

Vaughn knikte. 'Vlak voor hij werd vermoord, maakte hij zich over van alles en nog wat zorgen, zei tegen me dat als er iets gebeurde, ik Renee snel weg moest zien te krijgen. Hij zei dat ik haar hierheen moest brengen, omdat verder niemand wist dat het bestond. Niemand daar, althans.'

'Nou,' zei Ezra, 'schitterend plan. Maar er is een probleempje, makker. Je kunt er donder op zeggen dat ze het nu wel weten.'

26

Het verkeer in Chicago was altijd klote, maar het was zondagochtend en dat scheelde, en Grady was tegen achten de stad uit en reed met honderdtwintig kilometer per uur op de I-90 door Wisconsin. Als iemand hem wilde aanhouden, zou hij met zijn badge zwaaien en weer doorrijden. De kaart lag op de stoel naast hem, en de Willow Flowage lag in het noorden, even ten zuiden van het bovenschiereiland van Michigan. In het beste geval zou hij er vijf uur over doen, en dan ging hij ervan uit dat het verkeer doorstroomde en hij onderweg geen oponthoud kreeg.

Hij had gisteravond al moeten gaan. Zodra Frank de telefoon had opgehangen, had Grady in de auto moeten stappen. Hopelijk maakte het niet uit. Hopelijk was Atkins er al. Hij zou Frank behoorlijk op de huid zitten, uiteraard, maar dat maakte niet uit zolang Frank maar uit de buurt was van dat meer en Devin Matteson. Met een beetje geluk hadden ze tegen de middag Mattesons vrouw en haar vriendje de gevangenisbewaker gearresteerd en wanneer Matteson daar aankwam, zou het allemaal achter de rug zijn en het spel al gespeeld zijn.

Zijn telefoon ging even voor negenen en hij nam op in de verwachting dat het Atkins was met goed nieuws... hopelijk.

Het was wel iemand van het Bureau, maar niet Atkins.

'Goed nieuws,' zei Jim Saul, 'maak je maar geen zorgen over boetes voor te hard rijden in Miami. Je kunt bij de politie hier niet meer stuk. Tjonge, drink je een stuk in je kraag en race naakt over de snelweg. Het

231

maakt hun geen bal uit. Maar zo gaat het er in deze stad nu eenmaal aan toe.'

'Waarom kan ik niet meer stuk?'

'Vaughn Duncan.'

'Heb je iets ontdekt?'

'Een opsporingsbevel voor moord. De politie in Miami heeft een complete vingerafdruk en een gedeeltelijke afdruk op een huls, die ze hebben gevonden op het parkeerterrein waar Matteson was neergeschoten. De schutter had drie hulzen opgeraapt, maar heeft er een op het grind laten liggen. Of hij raakte in paniek en had geen tijd meer om verder te zoeken, of het was te donker en het lukte gewoon niet. Hoe dan ook, de politie uit Miami heeft de vingerafdrukken door de computer gehaald en daar kwam niets uit. Verrassend, vind je niet, want ze hadden erom gewed dat degene die Matteson had neergeschoten, een strafblad zou hebben.'

'Oké.'

'Nou, geen resultaat in de computer, geen strafblad dus, in elk geval geen sprake van grove overtredingen. En de politie hier was behoorlijk in de war, want de afdruk op de huls wijst erop dat de schutter geen prof was, en dat klopte niet. Maar toen jij me die Vaughn aan de hand deed, ben ik eens gaan bellen om uit te zoeken waarom hij zomaar met zijn baan bij Coleman is gestopt zonder echt ontslag te nemen, en ik dacht, hmmm, die lui van Coleman hebben vast zijn vingerafdrukken in zijn dossier.'

'En die kwamen overeen?'

'Als je dat maar weet. In de computer vonden we niets omdat hij geen strafblad had, maar toen we de afdrukken van Coleman kregen, kwamen die overeen. Een paar mensen hier waren er niet gelukkig mee, chagrijnig dat ze in het weekend moesten werken, maar ik had ze ervan overtuigd dat ik een eersteklastip had gekregen.'

'Vaughn heeft Matteson neergeschoten en is er toen met zijn vrouw vandoor gegaan?'

'Daar ziet het wel naar uit, ja. Met die vingerafdruk kunnen we een opsporingsbevel uitvaardigen. Wil je nu zo vriendelijk zijn om me te vertellen hoe je aan die informatie komt?'

'Wisconsin,' zei Grady, 'en nu moet ik een telefoontje plegen. Je hoort binnenkort van me, Jimmy…'

'Wacht even, wacht even. Ik heb ook een paar vluchten gecontroleerd. Miami naar Wisconsin. Een vent die aan Devins signalement beantwoordt is met een privévlucht naar Rhinelander gevlogen, gisteravond, heel laat.'

'Rhinelander.' Grady voelde zich als verdoofd, ook al had hij dit verwacht. Op de kaart naast hem was Rhinelander duidelijk te zien. Het lag ongeveer vijftig kilometer bij de Willow Flowage vandaan.

'Ja. Wat ik al zei, privévlucht, en hij is even na middernacht op Rhinelander geland…'

'Ik moet ophangen, Jimmy.'

Grady hing op en zocht Atkins' nummer, belde op het moment dat achter hem iemand toeterde en Grady wisselde van rijbaan. Hij ging naar rechts, minderde vaart en hield de telefoon tegen zijn oor. Er werd onmiddellijk opgenomen.

'Hier is hij niet, Morgan. Hij is niet in zijn hut en ik begin behoorlijk nijdig te worden, want ik denk dat toen jij met hem hebt gepraat hij iets heeft gehoord waardoor hij de benen heeft genomen.'

'Nee,' zei Grady. 'Hij is niet weg, vertrouw me maar.'

'Jou vertrouwen. Ja hoor.'

'Moet je horen, Atkins, ik ben nu op weg naar het noorden…'

'Ik zei je dat je verdomme hier weg moest blijven.'

'Dat weet ik wel, maar ik dacht dat je misschien wel wat hulp kon gebruiken bij een opsporingsbevel voor moord.'

'Opsporingsbevel?'

'Inderdaad. Heb je een pen bij de hand, Atkins? Volgens mij wil je dit wel opschrijven.'

Het gesprek had wel de hele ochtend en tot in de middag kunnen doorgaan als ze niet waren gestoord. Ezra en Frank probeerden meer informatie los te krijgen, ploegden door de brij herinneringen die Vaughn en Renee te bieden hadden, toen Nora's mobieltje overging. Ze had het voor ze bij Franks hut was weggegaan in haar zak laten glijden en de eerste twee keer dat het overging, had ze eenvoudigweg haar hand in haar zak gestoken en het tot zwijgen gebracht. Maar bij de derde keer haalde ze het uit haar zak en keek op de display, ze zag dat het de receptie van haar vaders verpleeghuis was.

'Sorry,' zei ze en ze liep de veranda af. Maar Renee keek haar behoedzaam aan, en Nora realiseerde zich dat ze waarschijnlijk bang was dat de politie belde. Dan kon ze net zo goed op de veranda blijven om de vrouw te kalmeren.

Ze nam op en Barbara, de receptioniste die Nora sinds ze in Tomahawk was een paar keer per week in het verpleeghuis zag, barstte in een bezorgde tirade uit.

'Ik weet niet hoe hij aan de krant is gekomen of wie die bij hem heeft gebracht, Nora, ik weet het echt niet, maar je vader zag dat artikel en hij is buiten zichzelf, want hij begrijpt het weliswaar niet, maar hij weet dat het narigheid betekent. Hij is zo ongerust, en wij ook. Dat waren we zelfs eerder al, maar nu hij het heeft gezien, denk ik echt dat je even moet komen om hem te laten zien dat alles in orde is met je. Er staat een foto in van al die politieauto's buiten je garage en hij kan er zijn ogen niet van afhouden. We mogen de krant niet weghalen.'

Nora kneep haar ogen dicht. Schitterend. Natuurlijk zou hij er inmiddels over hebben gehoord, en natuurlijk zou hij in paniek raken. Hoe kon ze dat nou hebben vergeten of genegeerd?

'Barb, kun je me met hem doorverbinden? Dan zeg ik een paar dingen tegen hem, en dan kom ik hem straks opzoeken. Alsjeblieft?'

'Nora, je begrijpt het geloof ik niet... hij is momenteel niet in staat om aan de telefoon te komen. Hij was ongelooflijk onrustig. We hebben hem een kalmeringsmiddel moeten geven. Ik vraag alleen maar of je als het maar even kan langskomt. Hij komt pas tot rust als hij jou heeft gezien.'

Wat moest ze doen? Ze aarzelde, was kwaad en vond het niet te geloven dat Barb aan de andere kant van de lijn zo bleef zwijgen. Toen beloofde ze dat ze zo snel mogelijk zou komen. Toen ze ophing, staarde iedereen op de veranda haar aan.

'Mijn vader,' zei ze. 'Hij ligt in een verpleeghuis en op een of andere manier heeft hij een krant weten te bemachtigen. Hij begrijpt niet wat er is gebeurd, maar hij maakt zich zorgen om me.' Ze keek naar Frank. 'Ik moet naar hem toe.'

Hij keek geërgerd, maar zei: 'Oké. We brengen je wel. Ezra?'

Ezra likte met zijn tong langs zijn lippen en keek naar het meer. 'Er zijn twee boten. Neem haar mee in de mijne, dan blijf ik hier.'

'Vertrouw je ons niet, of zo?' zei Renee.

'Wil je hier soms in je eentje blijven als je vriendjes opduiken?'

'Nee,' zei ze.

'Ik bedacht dat wat extra mankracht geen kwaad kon,' zei Ezra instemmend, 'en we hebben nog steeds een hoop te bepraten. Dus, Frank, neem jij Nora mee en breng haar naar haar vader. Blijf bij haar, oké, en hou je ogen open. Je weet wel waarom.'

'Ja, zal ik doen.'

Ezra knikte en keek naar Nora. 'Is dat goed? Je moet dit met je vader regelen, en misschien krijgen we een beter idee over wat we in hemelsnaam met die toestand hier aan moeten. Jullie kunnen terugkomen en dan maken we de balans op.'

'Oké.'

'Heb je een telefoon?' vroeg Frank aan Ezra. 'Zodat we je zo nodig kunnen bereiken?'

'Meestal doet dat ding het niet op het water, maar ik geef je het nummer wel. Hij gaat in elk geval over.'

Hij voer met Ezra's boot razendsnel het meer over, stom, als je bedacht dat hij inmiddels niet meer precies wist waar de zandbanken en stronken lagen, maar het had ook een voordeel. Als de motor zo brulde en de boot door wind en water sneed, was een gesprek onmogelijk, en op dit moment wilde Frank niet praten. Zijn gedachten gingen beurtelings naar dat eiland en het huis uit zijn jeugd, en naar de gevangenis in Florida waar hij ooit was geweest.

Alles waar hij gisteravond, toen hij met Ezra op het donkere strand stond, op had gehoopt, was verdwenen, in rook opgegaan. Deze toestand wilde hij niet, en het werd kennelijk nog een heel stuk erger. Hij wist dat het ook nog eens zijn eigen schuld was. Iedereen was er nu bij betrokken, en dat kwam door hem. Hij was met een rood waas voor ogen achter Devin aan gegaan, popelend om de confrontatie aan te gaan en daarom had hij dat ongeluk met Vaughn veroorzaakt en dit allemaal teweeggebracht. Hier kon je niet voor wegvluchten, voor deze erfenis van kogels en lijken. Zeven jaar lang had hij het ontdoken, was door het hele land gestuiterd en had alles gemeden wat ook maar iets met zijn vader te maken had. En toen had één telefoontje van Ezra hem naar het noorden getrokken, en daar was hij dan: recht in het brandpunt van een bloederige vete waarbij ze nooit betrokken hadden mogen raken. En Nora al helemaal niet.

Het werd tijd om ertussenuit te knijpen. Tijd om de hele puinhoop over te dragen aan de mensen die dit van meet af aan op hun bordje hadden moeten krijgen. Hij moest het aan Atkins en de FBI overlaten en maar hopen dat hij, Nora en Ezra als de donder konden maken dat ze wegkwamen voor de poppen aan het dansen waren.

Het mooie van de snelle tocht met Ezra's boot was dat hij een moment rust had, het vervelende was dat ze daardoor te snel op hun plaats van bestemming waren. Ze waren in de hut terug, de motor was uit en de boot lag in het ondiepe water aangemeerd, en hij had het allemaal uitgedacht. Niet dat het iets had uitgemaakt als hij meer tijd had gehad. Hij wist al wat hem te doen stond, dat hij moest maken dat hij wegkwam en wegbleef.

Hij wilde rijden, maar het was Nora's truck en zij had de sleutels. Ze ging op de bestuurdersstoel zitten, hij opende het portier aan de passagierskant en stapte in. De motor draaide al maar ze had de truck nog niet in de versnelling gezet toen ze zei: 'Denk je dat we ze kunnen helpen?'

Daarom had hij tijdens de vaart het gas helemaal opengezet, precies die vraag had hij in de jankende wind willen verdringen. Hij had gehoopt dat Nora ze niet wilde helpen. Vaughn en Renee helpen was een zinloze oefening. DeCaster zou hen te grazen nemen en anders de politie wel. Het feit dat Devin nog leefde en vermist werd, was slechts een probleem erbij, waardoor de achtervolging van Renee alleen nog maar meer noodzakelijk werd. Als ze Renee hadden, konden ze Devin uit zijn tent lokken. Misschien. Met wat Frank over Devin wist, kon het net zo goed zo uitpakken dat hij zijn eigen vrouw in de steek zou laten om daarmee de prijs voor zijn hebzucht te betalen.

'Nou?' zei Nora toen hij geen antwoord gaf. Haar gezicht was prachtig in de halflichte schaduwen waarin ze de auto had neergezet, die ernstige ogen bespikkeld met de rimpelende schaduwen.

'Haar man is niet dood,' zei Frank.

'Wat?'

'Hij leeft nog. Hij is wel neergeschoten, dat deel klopte, maar hij is niet het hoekje omgegaan. Tot gisteren lag hij nog in het ziekenhuis, en toen heeft hij de benen genomen.'

Ze draaide zich om en staarde door de voorruit, en vervolgens weer naar hem. 'Waar heb je het over? Hoe weet je dat?'

Hij haalde diep adem en keek de andere kant op. 'Ik heb iemand gesproken.'

'Vannacht?'

'Rond een uur of twee. Jij sliep. Hij werkt bij de FBI, maakte deel uit van het team dat onderzoek deed naar mijn vader. Hij zei dat Devin was neergeschoten, dat hij uit het ziekenhuis weg was en dat niemand wist waar hij was.'

Eerst stond er ongeloof op haar gezicht te lezen, onbegrip en daarna woede toen ze zich realiseerde hoe de gebeurtenissen elkaar hadden opgevolgd.

'Je wist dit vannacht al en je hebt het me niet verteld?'

'Ik wilde eerst bekijken hoe de situatie was. Zoals het mij was verteld, hadden Renee en Vaughn de schietpartij op Devin veroorzaakt. Ze hadden hem samen willen vermoorden en zijn er toen vandoor gegaan, of zoiets.'

Ze fronste haar wenkbrauwen. 'Hoe weet je dan dat dat niet zo is?'

'Doordat ze me een klap gaf. Die was oprecht. Dat had ze niet gedaan als ze haar man dood had gewenst.'

Nora wilde knikken, maar stopte toen. 'Wacht eens even. Je wist dat haar man nog leeft en je hebt het háár niet verteld? Zij denkt dat hij dood is! Waarom heb je niks gezegd?'

'Dat laat ik aan de FBI over,' zei hij. Toen, na een korte stilte: 'Weet je, het was een verdomd mooie kans. Ik moet er gewoon voor zorgen dat hij nog een poosje langer niet bestaat. Behalve hem daadwerkelijk vermoorden is dat eigenlijk de beste oplossing.'

'Wát?'

'Ik heb je verteld wat er met mijn vader is gebeurd,' zei hij. 'Devin is dat stuk stront dat hem bij de politie heeft aangegeven. Devin, dezelfde man die hem heeft gerekruteerd en er vervolgens alles aan heeft gedaan om hem aan boord te houden, heeft hem aangegeven.'

Toen ze geen antwoord gaf, ging hij door: 'Luister, geloof maar niet dat ik ook maar iets goedpraat van wat mijn vader heeft gedaan. Dat doe ik niet. Hij heeft zijn lot verdiend, Nora, en ik begrijp dat beter dan wie ook. Maar Devin? Devin had het ook verdiend, en hij is ermee weggekomen. Doet dat feitelijk nog steeds. Drie kogels in zijn rug en hij ontspringt de dans nog steeds.'

Ze schudde nu haar hoofd, wilde niets meer horen.

'Wat doe je hier nu eigenlijk echt?' vroeg ze. 'Waarom ben je hier? Dat is geen toeval. Het kan onmógelijk toeval zijn.'

Hij had met gekromde vingers in zijn handpalmen gezeten, legde ze nu plat op de stoel en keek haar aan.

'Ik ben gekomen om Devin te vermoorden.'

'Devin? Die is hier niet eens.'

'Ik dacht dat hij er wel zou zijn. Ezra dacht dat hij er zou zijn. Ezra belde, zei tegen me dat Devin terugkwam…'

'En jij bent gekomen om hem te vermoorden,' maakte ze de zin af.

'Ik doe liever alsof het niet zo is,' zei hij. 'Ik denk liever, hoopte liever, dat als het was gebeurd zoals ik had verwacht, en hij op dat eiland was geweest, ik mezelf ervan had kunnen weerhouden. Dat ik regelrecht naar de wal was gelopen, me had omgedraaid en was vertrokken. Maar ik betwijfel of ik dat had gekund.'

Er viel een stilte. De ramen van de truck waren dicht en de airco stond uit, waardoor het benauwd werd in de cabine. Het zweet stroomde over zijn rug. Hij vond het moeilijk om haar aan te kijken.

'Je mag van me denken wat je wilt,' zei hij, 'maar ik heb je de waarheid verteld. En het spijt me dat je erbij betrokken bent geraakt. Je hebt geen idee hoe erg ik dat vind.'

Het bleef een poosje stil, maar toen veranderde er iets in het geluid van de motor, het klonk hoger terwijl de stationair draaiende motor op temperatuur probeerde te blijven, en dat maakte iets in Nora los.

'Wat gaan we nu doen?' zei ze met zachte stem.

'Volgens mij moet je die vent van de FBI bellen, Atkins. Vertel hem waar hij ze kan vinden. Ezra komt er niet door in de problemen. Met hem heeft het niets te maken.'

Hij voelde zich schuldig dat hij Ezra op het eiland liet zitten zonder hem te waarschuwen dat ze de hele klerezooi aan de politie zouden overdragen, maar uiteindelijk was dat het enige wat ze konden doen.

Nora kneep haar ogen tot spleetjes en er verschenen rimpels op haar voorhoofd. 'Wat? Wil je nú dat ik wel met de politie ga praten?'

'Ik denk dat je dat moet doen, ja.'

'Je wilt de politie erbij halen?' Ze zei het nogmaals, alsof ze er met haar pet niet bij kon.

'Nee, ik wil dat jíj dat doet. Eerlijk gezegd zou ik het geweldig vinden als je me ergens bij een autoverhuurbedrijf kunt afzetten. Daar doe je me een groot plezier mee.'

'Waar heb je het over?'

'Ik heb een auto nodig, Nora. Ik heb geen vervoer.'

'Waar ga je naartoe?'

'Ik bedenk wel wat. Als de politie, of iemand anders, me wil vinden, dan mogen ze me opsporen. Ik heb geen misdaden gepleegd en er is geen reden om hier te blijven.'

'Ga je weg? Ga je echt weg?' Ze boog zich naar hem toe, spuugde de vraag tot twee keer toe in zijn gezicht, haar ogen schoten vuur.

'Ik ga niet voor Devins vrouw sterven, Nora. Maar ik ga ook niet voor haar moorden. Als ik blijf en probeer te helpen, gaan de zaken hoe dan ook mis. Grady, de FBI-agent met wie ik heb gepraat, raadde me dit aan: stap in de auto en maak als de donder dat je daar wegkomt en blijf weg. Hij had nog gelijk ook. Ik had er alleen wat eerder naar moeten luisteren.'

'Laat je ons gewoon stikken?' Ze keek Frank aan alsof ze alle hoop op contact had opgegeven en schudde haar hoofd. 'En ik moet in mijn eentje naar de politie?'

Voor hij kon antwoorden, stak ze haar hand op. 'Moet je horen, ik kan er nu niet goed over nadenken. Voor ik me hiermee bezig ga houden, moet ik eerst naar mijn vader, hem laten zien dat ik niet dóód ben en dan kan ik je naar een autoverhuurbedrijf brengen zodat je kunt vluchten. Daarna ga ik wel eens bedenken wat ik in hemelsnaam aan de politie ga vertellen.'

Ze zette de truck in de versnelling, reed een stukje achteruit en reed het grindpad af.

27

Het leek wel of het meer kwaad op hem was. Alsof het wist wat Ezra aan het doen was, had geluisterd naar zijn gesprek met Frank van vannacht, had gehoord dat hij zich had laten vermurwen, geweld wilde gebruiken. De dag, die zo prachtig was begonnen, was in het westen in een donkere wolkenmassa omgeslagen, de onstuimige wind veroorzaakte een korte golfslag op het meer die op het strand klotste.

Er was absoluut storm op komst, en hoewel die zich al een paar dagen aan het opbouwen was – je kon in de lente niet van zulk warm en vochtig weer genieten zonder daar uiteindelijk een prijs voor te betalen – had Ezra het gevoel dat het op een of andere manier zijn schuld was, dat hij een onaangename verandering teweeg had gebracht.

De situatie was anders en gevaarlijker dan ze hadden verwacht. Devin aanpakken was één ding. Zelfs Devin en een paar maatjes van hem aanpakken was één ding. Maar dit... dit kon volkomen uit de hand lopen, misschien was dat al gaande. Niemand wist hoeveel hulptroepen de twee mannen uit Miami inmiddels hadden opgeroepen. En daar zat Ezra dan, op dat eiland waarvan hij eens zo ongelooflijk veel had gehouden, te wachten tot het zijn kant op kwam.

Hij had een fout gemaakt. Nee, een hele rits fouten. Om te beginnen had hij Frank Temples zoon niet moeten bellen, daarna had hij gisteravond niet akkoord moeten gaan met het voorstel van de knul, en nu had hij Frank en dat meisje niet alleen moeten laten vertrekken. Ze hadden zich niet moeten opsplitsen.

De hele ochtend had Ezra zich tijdens het gesprek afgevraagd of Frank zou vertellen dat Devin nog leefde. Eén keer, toen hij hem streng had aangekeken, had hij de vraag bedekt gesteld, maar bij wijze van antwoord een kort hoofdschudden gekregen. Kennelijk was daarmee de kous af, althans voor Frank. Maar was hij op een bepaald moment toch niet van plan geweest het te vertellen? Natuurlijk wel. Ezra vermoedde dat Frank waarschijnlijk zijn FBI-vriendje, Morgan, weer wilde bellen. Misschien om nog wat meer informatie uit hem los te krijgen of er zelf mee te komen. Tot dat moment, tot Frank terugkwam of iets van zich had laten horen, kon Ezra niets anders doen dan wachten.

Hij stond op de veranda met zijn wapen in de hand en keek hoe het weer omsloeg, luisterde naar de zachte stemmen in de hut. Zo nu en dan klonk er stemverheffing, meestal eerst van Renee en daarna van Vaughn. Onenigheid. Hij wilde bij hen in de hut gaan zitten, maar deed dat toch liever niet. Met al die muren zou hij zich opgesloten en afgesloten van de buitenwereld voelen.

Hij vertrouwde ze geen van beiden. Zeker Vaughn niet. O, het verhaal dat ze hadden opgehangen klopte redelijk, maar er ontbrak nog steeds iets. Goed beschouwd hadden ze niet verteld waarom ze hier sowieso samen waren. Het was een merkwaardig stel. En hoewel Ezra Vaughns betrokkenheid nu wel begreep, dat hij gewoon als koerier tussen Devin en DeCaster had gefungeerd, klopte er nog steeds iets niet aan hem.

De wind viel plotseling weg, verdween alsof hij in het meer werd opgezogen. Het wateroppervlak ging glanzen en in de korte windstilte die volgde voor de bries opnieuw opstak, begreep Ezra ineens wat er aan Vaughn niet klopte.

Hij was niet gevaarlijk. Daar zat 'm de kneep. Kon zijn mannetje niet staan. Had nog steeds aan het touwtje van zijn buitenboordmotor staan trekken terwijl hij allang had moeten zien dat het kleine slangetje uit de gasleiding was weggehaald, hij had zijn wapen onhandig getrokken, had te veel gepraat en te weinig gezien. Nee, hij stond niet zijn mannetje zoals Devin dat graag had gezien, of zoals je zou verwachten van Devins ingehuurde gewapende mannen.

Natuurlijk was Vaughn geen huurling – dat was inmiddels wel duidelijk – maar hij was hier wel met Renee Matteson, moest haar zogenaamd beschermen. Daar begreep hij niet veel van. Want als je werkelijk voor je vrouw vreesde, als je werkelijk noodplannen klaar had liggen, zou je haar dan niet een ander soort lijfwacht meegeven? Iemand minder als Vaughn en meer als... Ezra?

Vaughn moest het vertrouwen hebben verdiend... maar tot nu toe zag Ezra even niet hoe.

Nora schrok toen ze het verpleeghuis in het oog kreeg: ze was de hele rit in een soort droomtoestand geweest. De laatste twee dagen waren steeds zo geweest, een aanhoudend surrealistisch gevoel, alsof ze was afgesneden van het leven dat ze kende. Dat was gebeurd toen het geweld in haar leven was gekomen. Renee Matteson moest precies weten hoe dat voelde.

Geen van hen had tijdens de rit iets gezegd, en Frank zei ook niets toen ze de auto op het parkeerterrein van het verpleeghuis neerzette. Bij de voordeur waren bezoekersplekken vrij, maar die liet ze vandaag links liggen en ze reed helemaal naar de personeelsparkeerplaats achter het gebouw. Als iemand haar in de gaten hield, zouden ze niet verwachten dat ze daar zou parkeren, of via de dienstingang naar binnen zou gaan. In weerwil van zichzelf was ze er trots op dat ze daaraan had gedacht, dat zoiets in een flits bij haar was opgekomen.

Toen ze de motor afzette en uit de truck wilde stappen, greep Frank zijn deurkruk vast.

'Nee,' zei ze. 'Ik ga alleen naar binnen. Wacht jij hier maar.'

'Het is veiliger...'

'Néé. Ik wil mijn vader niet de stuipen op het lijf jagen en ook niet dat de zusters praatjes over me gaan rondstrooien, of zoiets. Het duurt een kwartiertje. Jij wacht hier.'

Haar even aankijkend gooide hij het portier berustend weer dicht. Even had ze spijt dat ze zo snibbig was geweest. Die verdomde droevige ogen van hem, die werkten op haar zenuwen. Altijd zelfverzekerd, altijd sterk, maar altijd verdrietig. Ze had nog nooit iemand zoals hij meegemaakt.

Toen moest ze weer denken aan de reden waarom hij hierheen was gekomen – om te moorden – en het grootste deel van het schuldgevoel verdampte.

'Ik ben zo terug,' zei ze, 'en dan regelen we een auto voor je en kun je vertrekken.'

'Neem gerust de tijd,' antwoordde Frank. 'Hij houdt van je en maakt zich ongerust.'

Hij keek haar niet aan toen hij dit zei. Ze aarzelde slechts even, sloeg toen de deur dicht en liep weg.

De personeelsingang was aan de achterkant van het gebouw, een enkele deur met een kaartlezer die nooit werd gebruikt, in elk geval niet tijdens werkdagen. Nora had meer dan genoeg mensen zonder kaart zien komen en gaan. Vandaag was de deur open, ze liep naar binnen en kwam in een gang die achter de receptie uitkwam. Barb keek Nora verschrikt aan toen ze achter haar opdook, maar zei er niets van.

'Hallo. Sinds de kalmeringsmiddelen gaat het wat beter met hem, maar ik weet dat hij je wil zien. Ga maar gauw.'

'Dank je.'

'Alles in orde, hoop ik? Het is zo verschrikkelijk…' Barb maakte de zin niet af, gluurde over haar leesbrilletje naar Nora en hoopte duidelijk meer details te horen van het opwindendste nieuws sinds jaren in Tomahawk.

'Verschrikkelijk,' herhaalde Nora knikkend en toen draaide ze zich om en liep weg, achtervolgd door een zucht van teleurstelling van Barb, die waarschijnlijk de hele dag al op wat inside-information had gevlast. Nora had haar naar het parkeerterrein moeten sturen en haar met Frank moeten laten praten. Zijn vader was een heuse huurmoordenaar, Barb. Misschien geeft hij je als je het lief vraagt wel een handtekening.

De deur van haar vaders kamer was dicht en hij piepte toen ze hem openduwde. Hij zat rechtop in bed en draaide bij het geluid zijn gezicht naar haar toe. Daar brak een glimlach op door, en zij moest ook breed glimlachen.

'Hoi, pap.'

'Je maakte je ongerúst,' zei hij, bedoelend dat hij zich om haar ongerust maakte.

'Ik weet het. Sorry.' Ze liep de kamer door en boog zich over hem
heen, kuste hem op de wang en gaf hem een knuffel. Hij rook naar af-
tershave. Daar stond hij op: elke ochtend een drup Old Spice op zijn
wangen. Iets aan die geur en het feit dat hij het al dertig jaar gebruikte
was na de beroerte in zijn geest blijven hangen.

Ze zag de krant op zijn bed, de kop MOORD was in chocoladeletters
over de hele breedte afgedrukt. Wat afschuwelijk voor hem om dat te
zien, en te worstelen om het te begrijpen. Wie had hem trouwens in hemelsnaam die krant gegeven? Hadden de mensen hier dan geen greintje verstand?

Ze vouwde de krant op zonder het verhaal te lezen of de foto's te bekijken en stopte hem in de prullenbak. Haar vader sloeg haar gade.

'Het ziet eruit als een probleem,' zei hij, de woorden zorgvuldig uit-
sprekend. 'Je hebt echt een probleem.'

Ze zakte bijna door haar benen omdat ze in lachen of in tranen wilde uitbarsten. *Ja, pap, het is een probleem. Je hebt geen idee tegen welk
probleem ik momenteel moet opboksen.*

'Het komt allemaal goed,' zei ze. 'Alles is al goed. We hadden gewoon
een slechte dag. Maar die is nu weer voorbij.'

Ze ging op bed zitten en hij draaide zich om zodat hij zijn hand op
haar been kon leggen, iets van de verwarring en angst ebde van zijn gezicht weg. Ze was er, hij kon zijn hand uitsteken en haar aanraken, en
ook al begreep hij er verder niets van, dit was genoeg.

Als Nora in een minder vijandige bui was geweest, dan had Frank gevraagd waarom ze aan de achterkant had geparkeerd. Wat hem betreft
was dat niet de meest ideale positie: als iemand naar hen uitkeek, dan zou
diegene zich waarschijnlijk voor het gebouw of op de hoofdweg hebben
geposteerd, en vanhier kon Frank het niet zien, en kon hij ook niet weten
wat er aan de hand was. Bovendien hadden de brede ramen aan de voorkant uitzicht op het parkeerterrein, dus als iemand het op de truck had
gemunt, was dat van binnenuit te zien. En dat was hier niet het geval.

Maar ze was duidelijk niet in de stemming voor een discussie, dus vond hij dat ze maar naar binnen moest gaan om met haar vader te praten, en hoopte hij er maar het beste van. Toen ze parkeerden had hij de Charger niet gezien. Het gedeelte van zijn brein dat nog het meest verbonden was met zijn vaders geest fluisterde dat hij de Charger natuurlijk niet zou zien, aangezien die kerels zich daarmee niet meer zouden vertonen, maar hij probeerde die stem het zwijgen op te leggen. Het was nu een kwestie van minuten. Zo lang zou hij nog in Tomahawk zijn. Minuten. Wachten tot Nora hier klaar was, dan naar een autoverhuurbedrijf gaan, en voor zonsondergang drie- of vierhonderd kilometer uit de buurt zijn.

Drie- of vierhonderd kilometer naar het wésten. Dat had hij besloten terwijl hij in de truck op haar terugkomst zat te wachten. Zijn zwerftochten hadden hem meestal naar de oostkust of het middenwesten gebracht. Waarom niet eens bij de Rocky's gaan kijken? Misschien voelde hij zich in een staat als Montana of Wyoming meer thuis dan hij in lange tijd had ervaren. Het was een wild gebied waar mensen woonden die op zichzelf waren. Een verdomd mooie combinatie als het aan hem lag.

Aan de noordkant van het verpleeghuis lag een enorm bos waarin een toeschouwer zich kon verschuilen terwijl hij tegelijk de ingang van het verpleeghuis in de gaten kon houden.

De geest was terug, bracht Frank dingen in herinnering waar hij niet aan wilde denken. Hij hoefde zich hier geen zorgen te maken, zich als een commando op een inval voor te bereiden. Het was een verpleeghuis, en dikke kans dat die twee uit Miami niet eens wisten dat Nora's vader daar verbleef.

Aan de achterkant van het parkeerterrein kun je geen snars zien, maar als iemand zich tussen de bomen verschuilt, hebben ze je zien aankomen, en bereiden ze zich op actie voor. Je kunt geen tegenaanval bedenken, want je hebt geen idee wat er verdomme aan de hand is, tot het te laat is.

Het was als een koor dat in zijn hersens rondzong en weigerde weg te gaan. Hij kon bijna zijn vader tegen de zijkant van de truck geleund zien staan, over het parkeerterrein gebarend met een sigaret waarvan hij altijd beloofde dat het zijn laatste zou zijn. Frank wilde de herinnering wegduwen, aan de Rocky's blijven denken, aan plaatsen waar hij nog nooit was geweest en geen geschiedenis had. Weidse plekken met weidse mogelijkheden.

Je bent al verslagen, jongen. Dus ga niet weg bij de enige voor wie je echt moet zorgen, het enige lichaam waarbij je de wacht moet houden. Hoe schiet je haar in hemelsnaam vanaf deze parkeerplaats te hulp als haar daarbinnen iets overkomt?

Frank trommelde met zijn vingers op de armleuning, wilde een liedje neuriën. Tien minuten waren nu verstreken. Hoe lang zou het duren? Waarschijnlijk niet heel lang meer. Ze wilde van hem af. Ze walgde van hem. Waarom? Omdat hij laf was? Dacht ze dat echt? Kon hem wat schelen. Ze was toch maar een vreemde voor hem. Op een andere plek, onder andere omstandigheden had hij zich tot haar aangetrokken gevoeld, dat zeker. Hij proefde sinds de vorige avond nog altijd haar lippen, dacht aan haar haren die langs zijn hals streken. Maar dit was niet de juiste plek en ook niet de juiste omstandigheid.

Je kunt haar niet zien. Je weet niet eens in welke kamer ze is, je weet verdomme niet eens hoe dat pand in elkaar zit, je hebt niet eens de moeite genomen om uit de truck te stappen en een veilige positie in te nemen, voor het geval er problemen zijn, of zelfs om je pistool – mijn pistool – uit zijn holster te halen.

Hij trommelde nog altijd onbeholpen met zijn vingers, onregelmatig, er zat totaal geen ritme in. Waarom kon hij geen liedje verzinnen?

Nora bleef twintig minuten bij haar vader en toen stond ze op. Voor beiden was het te kort geweest, maar Frank zat in de truck op haar te wachten en Renee, Vaughn en Ezra wachtten op het eiland.

'Ik kom morgen terug, pa. Morgenochtend vroeg. Oké?'

Zijn gezicht betrok alsof er een onzichtbare hand overheen had gestreken en zijn ogen omlaag trokken, de mond stond gespannen. Ze knielde naast hem en kneep hem in de hand.

'Het is allemaal goed, pap. Echt. En morgen,' ze kuste hem nog een keer op de wang, 'zie ik je weer.'

Ze maakte zijn hand los – het was altijd moeilijk om afscheid te nemen, maar dit had ze nog nooit meegemaakt – en liep zonder om te kijken naar de deur. Als ze zijn gezicht weer zou zien, de teleurstelling, zorg en verwarring, altijd weer die verwarring, wist ze dat ze zou breken en in tranen op de grond zou eindigen. Beter om met opgeheven hoofd en ferme tred weg te gaan, hem in de waan latend dat alles in orde was en ze alles in de hand had.

Zodra ze de gang in stapte, sloot ze de deur achter zich en hoorde een zachte klik toen die in het slot viel. De gang was leeg en ze ging naar links om naar de ingang terug te lopen. Ze had drie passen gedaan toen de deur van een lege kamer tegenover die van haar vader openschoot, iemand een hand op haar mond legde en haar de kamer in trok. Ze zag een pistool in haar gezicht, en ook al kon ze de man die het vasthield niet zien, ze wist dat het degene was die twee dagen geleden die blauwe plekken op haar arm had veroorzaakt.

'Drie dingen,' zei hij met zijn lippen dicht bij haar oor. 'Ten eerste zit er een zuster in de kamer naast die van je vader. Ten tweede schiet ik als iemand gaat gillen of problemen maakt. Ten derde,' hij wachtte even toen iemand een paar deuren verder lachte, 'ben ik de enige in dit gebouw met een pistool. Dus als er geschoten wordt, raken er een hoop mensen gewond. Inclusief de man die je zojuist in die kamer hebt achtergelaten.'

Frank had met haar mee gewild. Frank en zijn pistool hadden met haar mee gewild. Maar in plaats daarvan had ze hem op het parkeerterrein gelaten. Maar hoe had ze het kunnen weten... de kránt. Ze had de waarschuwing gezien en genegeerd, zich afgevraagd wie in hemelsnaam die krant aan haar vader zou geven. Antwoord: iemand die er zeker van wilde zijn dat Nora langs zou komen. Ze hoorde Barbs stem weer door de telefoon: *We weten niet precies van wie hij die heeft. Die vent had hier een tijdje zitten wachten. Waarschijnlijk de hele ochtend.* Ze waren nog slim ook. Toen ze gisteravond thuis niet was komen opdagen, waren ze op zoek gegaan naar een andere manier om haar te vinden. Het had niet veel moeite gekost om erachter te komen dat het enige familielid dat Nora in Tomahawk had, in dit verpleeghuis zat.

De man haalde langzaam zijn hand van haar mond en lucht stroomde haar longen in.

'Brave meid,' zei hij. 'Het zou heel akelig zijn geweest als je had geschreeuwd. Heel akelig.'

Hij praatte op luide fluistertoon, stak zijn hand uit en deed de deur op slot, hen van binnenuit opsluitend.

'We gaan door dat raam naar buiten,' zei hij terwijl hij naar het grote open raam wees, waarvoor het scherm al was weggehaald. 'Bedankt dat je de auto daar hebt geparkeerd. Dat maakt alles een stuk makkelijker.'

Ze slikte, bedacht hoe slim ze zichzelf had gevonden dat ze de truck achter op het terrein had geparkeerd om hem uit het zicht te houden. Uit het zicht, inderdaad. Uit het zicht voor iedereen die haar wellicht te hulp zou kunnen schieten.

'Allereerst moet je je vriendje in de truck bellen,' zei hij. 'Hem vertellen dat een uitstekende schutter hem op dit moment in het vizier heeft. Je zegt hem dat hij dat pistool onder zijn jasje vandaan moet halen, het even in de lucht moet houden en het dan in het handschoenenkastje moet stoppen.'

Ze gaf geen antwoord. Hij glimlachte naar haar. Zijn gezicht en kleren waren zoals ze die zich herinnerde, maar de opzichtige gesp was weg. Misschien vond hij ook dat die te veel in het oog liep. Misschien zat Jerry's bloed er wel op.

'Als je Franks mobiele telefoonnummer niet hebt,' zei hij, 'dan kan ik je wel helpen. Ja, liefje, we hebben ons huiswerk gedaan. Nou, bel jij of zal ik het doen?'

Ze belde.

28

Zijn vingers verstijfden op de armleuning toen het mobieltje overging. Schrikachtig. Hij haalde de telefoon tevoorschijn en zag dat het Nora's nummer was. Ze belde waarschijnlijk om te zeggen dat hij uit de truck moest stappen, dat ze hem niet wilde zien als ze naar buiten kwam.

'Er is een probleem,' zei ze toen hij opnam. Haar stem klonk gespannen, maar niet boos.

'Wat dan?'

'Een van hen is hier bij mij en de ander houdt je door het vizier van een geweer in de gaten.' Ze sprak zacht maar duidelijk. 'Ik moet je vertellen dat je je pistool moet pakken, het even in de lucht moet houden en dan in het handschoenenkastje moet leggen. Als je niet luistert, schieten ze je neer.'

Ik zei het je toch, zei het je toch! schold de geest hem uit. *Het is gebeurd, knul, gebeurd omdat je lui en afgestompt bent geraakt en tegen jezelf zei dat het niet uitmaakt. Het maakt altijd uit.*

'Ben je bij je vader?' zei Frank. 'Zat die kerel in je vaders kamer te wachten?'

'Nee, ik...' er klonk geruis, gefluister en toen hoorde hij haar stem weer. 'Frank, stop het pistool in het handschoenenkastje, en doe het snel.'

Shit. Hij had niemand zien kijken, had geen bewijs of dat gedoe met die vent en dat geweer geen bluf was, maar hij moest luisteren. Hij wist al dat er iemand in het bos ten noorden van het gebouw kon zitten, had dat idee de afgelopen tien minuten willen negeren. Met langzame bewegingen reikte hij met zijn vrije hand onder zijn jasje en haalde de Smith & Wesson tevoorschijn, hield hem in de lucht, klemde toen de telefoon tussen oor en schouder terwijl hij het handschoenenkastje openmaakte en het wapen erin legde.

'Ik heb het pistool weggelegd.'

Nog meer gefluister. 'We komen naar buiten. Hij wil dat jij achter het stuur gaat zitten en je handen boven het dashboard houdt. Als je iemand ziet, gedraag je dan gewoon.'

De verbinding werd verbroken maar hij hield de telefoon aan zijn oor terwijl hij opzijschoof en zijn knieën tegen de versnellingspook stootte. Zonder naar de display te kijken, drukte hij met zijn duim op de groene knop. Daarmee kwam er een lijst eerder gebelde nummers tevoorschijn, en Ezra's nummer, dat hij er voor hij van het eiland af ging in had gezet, stond bovenaan. *Meestal doet-ie het niet op het water, maar ik geef je het nummer wel. Hij gaat in elk geval over.*

Frank drukte weer op de groene knop, hield de telefoon in de lucht en hoopte dat het voor de kijker niet duidelijk was of het gesprek met het verpleeghuis al was beëindigd. Maar hij zou evengoed weinig tijd hebben, want zodra Nora en die vent het gebouw hadden verlaten, mocht Frank duidelijk niet meer aan de telefoon zitten.

Een keer over laten gaan, misschien twee keer, en toen zag hij ze: Nora en de man die hij in de garage bewusteloos had geslagen, kwamen de hoek om van het gebouw. Of er was nog een deur, of ze zijn door een raam geklommen. Grote kans dat niemand hen uit het pand had zien vertrekken. Hij klapte de telefoon dicht zonder antwoord af te wachten, liet hem op zijn schoot vallen en dacht: verzin een list, Ezra. Verzin een list. We zitten in de shit.

Nora liep met snelle pas naar de truck, maar op het oog niet bang, opgeheven hoofd, een stevige tred. Dat woord paste goed bij haar: stevig. Ze had het allemaal goed doorstaan, met één uitzondering toen ze Jerry's lijk hadden gevonden. Dappere meid. Dit verdiende ze niet.

Frank merkte dat de deur op slot zat en toen ze drie meter bij de truck vandaan waren, boog hij zich naar opzij om hem open te maken.

Pas toen hij zich bewoog zag hij het pistool in de handen van de lange man, die het snel ophief. Frank deed de deur van het slot en ging weer recht zitten, stak zijn handen omhoog om aan te geven dat het geen agressieve beweging was, dat er geen suïcidale idioot in de truck zat, om de dooie dood niet. Hij liet het pistool weer zakken, de deur ging open en Nora kwam naast hem in de truck zitten, de lange man vouwde zich achter haar op.

'Sleutels,' zei de man en Nora viste haar sleutels tevoorschijn en gaf die aan Frank.

'Start de wagen en rij weg. Regelrecht het parkeerterrein af en rechtdoor tot ik iets anders zeg. Hou beide handen op het stuur, rij rustig en hou je mond dicht.'

Makkelijk zat. Frank deed wat hem gezegd was, sloeg bij het verpleeghuis rechts af zonder dat iemand ze tegenhield of zelfs maar naar ze keek. Ze waren zo'n achthonderd meter onderweg toen hij merkte dat Nora's been tegen het zijne trilde.

Ezra draaide het mobieltje in zijn handen om en staarde over het water. De wind beukte in onregelmatige vlagen op het eiland in, joeg grijze wolkenflarden voor zich uit. In al die tijd dat hij daar was, was er slechts één boot langsgekomen, en dat bleek de praam van Dwight Simonton te zijn. Een vreedzame middag, een verlaten meer.

Maar die telefoon in zijn hand, klein, stil en zwijgzaam sinds die twee belletjes, twee maar, die van Frank Temples zoon afkomstig waren. Die twee belletjes stonden Ezra niets aan. Het stond hem nog minder aan dat er geen tweede poging was geweest.

Hij dacht erover Frank zelf maar te bellen. Ze hadden misschien maar tien seconden nodig om de situatie op te helderen.

Maar hij belde niet. Want als dat een fout bleek, als Frank snel had moeten ophangen, zonder een kans te krijgen om Ezra te spreken of een boodschap achter te laten, dan kon de middag nog interessant worden. Of Frank was tijdens zijn belpoging gestoord – een idee dat Ezra de rillingen bezorgde – of hij had het als waarschuwing bedoeld. Het een of het ander. Of het was een vergissing.

Ezra dacht wel dat Frank begreep wat het effect was als een telefoon-tje zo werd afgebroken, dat hij zou begrijpen dat Ezra zich ongerust zou maken. Daarmee verschoven de pionnen slechts een fractie richting narigheid. Hoe licht die verschuiving ook was, hij moest ernaar luiste-ren. Als je dat negeerde, kreeg je er zodra het te laat was spijt van.

Hij was alleen op de veranda. Vaughn en Renee waren beiden nog binnen, hoewel hij weinig gespreksflarden meer had opgevangen. De laatste keer dat Ezra binnen was geweest had Vaughn slecht op zijn ge-mak, zelfs boos geleken, maar de vrouw was nu er enige tijd was ver-streken wat meer ontspannen. Zij zou wel naar Ezra luisteren, en als het erop aankwam zou Vaughn naar Ezra luisteren omdat hij geen keus had. Ezra liep naar de deur.

'Hebben jullie regenkleding bij je?'

Ze zaten samen in de woonkamer. Vaughn sprak op ruwe fluister-toon tegen Renee en toen Ezra binnenkwam en de vraag stelde, keken ze hem aan alsof ze hem niet verstonden.

'Wat?' zei Renee.

'Regenkleding? Zo niet, dan is het niet erg, ik heb een paar poncho's in de boot, voor het geval dat. Maar dikke kans dat we ze nodig hebben. Die wolken lijken me geen kattenpis.'

Vaughn stond op. 'Waar heb je het over? Als het regent hebben we een dak boven ons hoofd.'

'Niet meer.' Ezra blindeerde de ramen, het zonlicht verdween in stre-pen uit de kamer. 'We gaan een boottochtje maken, kiddo's. En we heb-ben haast.'

Nu kwam Renee ook overeind. 'Wat is er aan de hand?'

'Er is niets aan de hand,' zei Vaughn. 'Die vent is gek. Waar heb je het over? Boottochtjes?'

'Hou je mond,' zei Ezra en de protesten bestierven op Vaughns lip-pen. Hij keek nog altijd kwaad, op zijn voorhoofd stond een weerspan-nige frons, maar hij zei niets meer. Hij was bang voor Ezra, en dat maakte de zaak een stuk makkelijker.

'Ze komen eraan, hè?' zei Renee, geen vraag en geen angst. Gewoon bedaard, weliswaar teleurgesteld, maar ze begreep het.

'Zou kunnen,' zei Ezra. 'En laat ik je dit vertellen, een eiland is verdomd lastig om van weg te sluipen. Dus kunnen we het beste maar op tijd gaan.'

'Waar gaan we heen?'

'Dat weet ik nog niet, maar we hebben een boot nodig en we zullen ons snel moeten verplaatsen.'

'Ik wil mijn pistool terug,' zei Vaughn. 'Als ze komen, wil ik verdomme mijn pistool.'

Ezra keek hem met koele, effen blik aan en Vaughn wendde zich af.

'Als het tijd wordt om te gaan schieten,' zei hij, 'zorg ik wel voor het gereedschap.'

Drie keer beval de gewapende man een afslag te nemen. Dat waren de enige keren dat de stilte werd verbroken. Ze hadden misschien acht kilometer gereden, waren een eind uit de stad de bossen in voordat hij tegen Frank zei dat hij moest stoppen. Ze waren bij een bouwvallige bar met GESLOTEN- en TE KOOP-bordjes voor de ramen, en er stond een ouderwetse benzinepomp. Frank reed volgens instructies achterom, parkeerde en zette de motor uit. Om hen heen niets anders dan het verlaten gebouw en de bomen, zoemende insecten en door de wind verweerde kattenstaarten die erop duidden dat zo'n dertig meter achter de bar een moeras was. Frank wendde zich af. Het duurde een tijd voor een in een moeras gedumpt lijk gevonden zou worden.

'Nu gaan we hier zitten wachten en niemand zegt een woord,' zei de gewapende man. Hij liet een Beretta op zijn knie rusten, die in een hoek op Frank gericht was.

Ze zaten daar vijf minuten, misschien tien, en toen knerpte het grind onder een paar banden omdat iemand van de asfaltweg afsloeg en het parkeerterrein op reed. Een paar seconden later verscheen de nieuwkomer om de hoek van het gebouw. Een bestelbus, lichtblauw met donker getinte ramen, alsof hij zo uit een voorstad was weggereden, zo anoniem als een voertuig maar kon zijn. Hij stopte naast de truck en de bestuurder stapte uit. Korter van stuk dan de man in de truck, maar sneller en soepeler in zijn bewegingen. Sterk bovendien.

Frank herinnerde zich nog hoe de man met zijn pistool Mowery naast de politieauto in het gezicht had geslagen.

'Eruit,' zei de man naast Nora. Frank opende het portier en stapte op de zanderige parkeerplek uit, een warme windvlaag plakte zijn shirt tegen zijn lijf. Hij kon nu voor het eerst het gezicht van de andere man bekijken en het stond hem niet aan dat de vent hem aanstaarde alsof hij al met hem had kennisgemaakt, een soort vertrouwelijke blik. De man hield zijn ogen een tijdje vast, wendde zich toen van Frank af en schoof de zijdeur van de bestelbus open, en Frank stond oog in oog met Devin Matteson.

De laatste keer dat Frank hem had gezien – en de enige keer – was acht jaar geleden geweest, in Miami. Dat had niet lang geduurd, een uur misschien, genoeg om een afkeer van hem te krijgen, maar van die ontmoeting waren hem twee dingen bijgebleven: hij was arrogant en kwam sterk over. Dat laatste was nu verdwenen.

Devin leunde zijwaarts in zijn stoel, zodat hij naar buiten kon kijken, een pistool lag op zijn schoot, maar zo te zien kon hij maar nauwelijks zijn hoofd overeind houden. Zijn normale diepbruine teint en krachtige kaaklijn waren nu veranderd in het gezicht van een junk: zo bleek als een vissenbuik, met glazige, roodomrande ogen en langs de spieren rimpels die kennelijk door hevig trillen waren veroorzaakt. Zijn shirt bolde op en toen Frank nog een keer keek, realiseerde hij zich dat daar geen holster zat maar dik verband.

Vaughn had gelogen. Dat moest wel, want nu kon hij er geen touw meer aan vastknopen: de twee mannen die achter Vaughn en Renee aan zaten, waren hier inderdaad, maar Devin was bij hen. Vaughn had een verward verhaal opgehangen, maar nu hij zijn oude kwelgeest in het gezicht keek, had Frank geen idee meer wat wel en niet waar was, hij begreep alleen de leugen.

'Dit is een verdomd knotsgekke wereld, vind je niet?' zei Devin en zijn stem leek ergens uit een strak gespannen, gevangen plek in zijn borst te komen. 'Ik bedoel, stuur ik twee jongens van me hierheen om een klus te klaren, en wie staat ze volgens hun zeggen in de weg: Frank Temple junior.'

'De Derde,' zei Frank.

'Hè?'

'Frank Temple de Derde. Zeker geen junior.'

Devin nam Frank een hele tijd op, en stiet toen een lage lach uit voor hij zijn ogen naar zijn kortere partner afwendde.

'Niet te geloven, toch? Geen twijfel mogelijk, zijn zoon. "Zeker geen junior".'

Hij lachte nogmaals en de andere man glimlachte onbeholpen mee, alsof hij niet wist wat nou zo leuk was maar zich geroepen voelde om mee te lachen. Devins lach sloeg als pure, withete woede door Frank heen. Hij dwong zichzelf tot kalmte, dwong zichzelf er het zwijgen toe te doen. Die lulhannes mocht lachen wat hij wilde. Hij mocht ervan genieten. Hij mocht denken dat Frank niet wist wat er al die jaren geleden was gebeurd, en dan, als de tijd rijp was, zou hij ervoor boeten.

Devin lachte niet meer, maar het was niet duidelijk of dat kwam omdat hij het niet meer leuk vond of omdat hij buiten adem raakte. Hij wachtte even, met opeengeklemde kaken en waterige ogen, en toen hij weer opkeek en praatte, klonk zijn stem minder energiek en donkerder.

'Zou je me willen vertellen, Temple de Dérde, wat je hier verdomme aan het doen bent?'

Frank zei: 'Ik ben hier om jou naar huis te sturen.'

'Wat?'

'Ezra Ballard vertelde me dat je terugkwam. We vonden dat niet gepast.'

Devin keek hem aan met een blik die het midden hield tussen woede en verbazing. 'Ballard is een krankzinnige ouwe gek. Ik weet niet wat hij je heeft wijsgemaakt, knul, maar dat is allemaal bullshit. Denk je dat ik je vader heb aangegeven? Gelul.'

Deze keer dacht Frank dat hij zijn woede niet meer kon inhouden, dat hij zijn masker zou laten vallen, dat hij Devin zou wegvagen en hem die bestelbus in vegen. Die andere twee en hun wapens konden de kolere krijgen. Maar hij wist het opnieuw terug te dringen en zei geen woord.

'Hoe dan ook,' zei Devin, 'het kan me geen moer schelen wat je denkt. Ik zeg je dat ik tegen Ballard heb gezegd dat, wie de FBI ook getipt heeft, ik het niet was. Het was iemand die dik met je vader was, zeiden ze. Verdomme, zelfs jij had het geweest kunnen zijn.'

Frank was halverwege de bestelbus toen de lange man hem de weg versperde, zijn pistool opzij gooide en op zijn keel richtte. Frank weerde dat af, ving met zijn hand de onderarm van de man op, bewoog zich nog altijd naar Devin naar voren, toen de tweede man de loop van zijn pistool tegen Franks wang zette.

Toen bleef hij staan, de lange man pakte zijn pistool weer stevig vast en drukte dat tegen Franks ribben. Nu had hij twee pistolen op zich gericht, twee vingers aan de trekker. Devin had zich niet bewogen, bleef gewoon zitten toekijken met zijn pistool nog op zijn schoot.

'Die vader van je had zo de mond vol van je,' zei hij. 'Wat een gelul, zeg. Vertelde iedereen hoe snel je wel niet was en hoe goed met een pistool. Hij ratelde maar door. En weet je waar ik uiteindelijk achter kwam? Hij bleef er maar over doorzeiken omdat hij wist dat je in wezen een watje was, en daar schaamde hij zich voor.'

Langzaam kwam hij de bestelbus uit, één keer viel hij bijna, maar toen de lange man hem te hulp schoot, stak hij een hand op en schudde hij zijn hoofd. Hij vermande zich, deed een paar stappen in Franks richting tot ze elkaar in het gezicht keken. De lange man was weer bij Nora gaan staan, maar de ander hield zijn pistool nog tegen Franks wang.

'Hoe ben je in contact gekomen met Vaughn Duncan?' zei Devin. 'Vond hij jou, of jij hem?'

Frank had nog niet eens echt over een vráág kunnen nadenken, laat staan over het antwoord: als Devin hier nu al was, waarom was hij dan niet gewoon naar het eiland gegaan? Vanwege Frank. Frank was de wildcard, iets wat Devin niet had kunnen begrijpen, Frank en Nora… losse eindjes.

'Ik heb hem de weg af gereden,' zei Frank en hij sprak elk woord langzaam uit, het tegen zijn wang gedrukte pistool bewoog met zijn kaken mee, 'omdat ik dacht dat jij het was, en ik wilde hem vermoorden. Zoals ik al zei ben ik om die reden hier.'

Devin staarde hem lange tijd aan. 'Je meent het ook nog,' zei hij. 'Je méént het.'

Het was geen vraag. Devin keek de andere kant op, beurtelings naar zijn maatjes en naar Nora, en schudde zijn hoofd, hinkte een paar stappen terug zodat hij de bestelbus als steun kon gebruiken.

'Nou, verdomme, knul,' zei hij. 'Sorry dat ik je moet teleurstellen. Maar ik was het niet, hoor je? Maar jij en hij hebben wel iets gemeen. Jij wilde me vermoorden en hij heeft het geprobeerd.'

Het duurde even voordat dat tot Frank doordrong. Toen begon de waarheid, waar hij voor zijn gevoel zo dichtbij was geweest toen Renee hem in het gezicht had geslagen – het bewijs dat ze loyaal aan Devin was op zijn wang gestempeld zodat de huid ervan prikte – hem eindelijk te dagen, ze kringelde als een rookwolk omhoog en het motortje ging sneller lopen. Vaughn zat achter Renee aan. Je kreeg niet de kans om van een man als Devin een vrouw als Renee af te pakken. Niet zolang hij leefde.

'Vaughn heeft op je geschoten,' zei Frank.

'Drie keer,' zei Devin.

'Je vrouw denkt iets anders,' zei Nora en behalve Frank draaide iedereen zich om en keek haar aan.

'Mijn vrouw,' zei Devin, hij sprak de woorden behoedzaam uit, alsof hij bang was voor de macht die eruit sprak. 'Je hebt haar gezien.'

Nora knikte.

'Ze is hier. Met Vaughn.'

'Ja. Maar zij denkt dat je dood bent.'

Devin zei: 'AJ,' en gebaarde naar de man die het pistool tegen Franks gezicht hield. Die liet het pistool zakken en deed een stap achteruit, maakte wat ruimte zodat Devin Nora goed kon bekijken.

'Vertel,' zei Devin, 'wat zij jullie hebben verteld.'

Nora vertelde het hem. Frank hoorde haar woorden, maar ze drongen niet tot hem door, in plaats daarvan staarde hij naar Devin en probeerde zijn vinger op de leugen te leggen. Het kon toch niet anders dan dat hij loog? Had Vaughn hem neergeschoten? Maar Frank begreep het nu wel, de manier waarop Vaughn en Renee met elkaar omgingen, hoe hij haar overduidelijk adoreerde. En Vaughn was met het verhaal gekomen, met details en al, details die duidelijk niet klopten. Wat Renee wist over de redenen waarom ze waren gevlucht was door Vaughn opgedist. Daar had Devin part noch deel aan gehad, in elk geval niet zoals zij het die ochtend had verteld.

'Waar haalt hij de gore moed vandaan, ongelooflijk,' zei Devin nauwelijks hoorbaar toen Nora was uitgesproken. 'Die klootzak... hij moet het al een tijdje van plan zijn geweest. Heeft er echt zijn best op gedaan. Had zijn verhaal voor haar klaar. En terwijl ik in het ziekenhuis lag zat hij hier met mijn vróúw.'

Hij sloeg met zijn pistoolkolf tegen de bestelbus, en weer, en nog een keer, tot het hem te veel werd en hij steun zocht bij het portier om weer op krachten te komen.

'Dacht je dat ze jou voor hem had verlaten?' zei Frank en Devins ogen gleden met een onaangename blik weer naar hem. 'Wilde je daarom de naam van de schutter niet aan de politie doorgeven? Omdat je dacht dat zij ermee te maken had?'

Devin wachtte even en zei toen: 'Ik wilde alleen mijn eigen onderzoek doen. Meer niet.'

'Waarom zijn deze twee...' Frank knikte naar de andere mannen, 'hier dan eerder dan jij?'

'Omdat ik ze gestuurd heb. Toen ze me vertelden dat ze hier waren, ben ik weggegaan zodat ik het persoonlijk tot het einde toe kon meemaken.'

'Als dat de waarheid is,' zei Nora en haar stem trilde een beetje, 'waarom moesten die klootzakken Jerry dan vermoorden? Waar was dat nou goed voor? Jullie wisten dat Vaughn naar dat eiland ging!'

'Helaas,' zei Devin, en uit zijn troebele blik viel niets af te lezen, 'heb ik een tijdje geen contact met deze twee gehad. Dus moesten ze het spoor blijven volgen.'

Voor hem was dat een rechtvaardiging. Dat was voldoende. Frank keek naar Nora, zag de schok en afkeer op haar gezicht, en vroeg zich af of ze begreep wat dit verder nog betekende. Ze had Jerry's rol overgenomen: ze vormde een risico.

'Zijn ze op dat eiland?' zei Devin haar vraag negerend, hij deed een stap bij de bestelbus vandaan, dichter naar Frank toe. 'Zijn ze op míjn eiland? Vaughn en mijn vrouw?'

Frank knikte.

'Wie is er bij hen?'

Hij zei niets. En Nora ook niet. Maar Devin keek Frank strak aan en zei: 'Ballard. Hij is daar bij hen, hè?'

Frank gaf nog steeds geen antwoord, maar Devin knikte, was al overtuigd.

'Oké,' zei hij. 'AJ, King, zet ze in de bus. We komen in de buurt, jongens. We komen in de buurt.'

29

Hij passeerde Madison en naderde Stevens Point, als hij deze snelheid kon aanhouden, was het misschien nog twee uur rijden. Grady reed hard en keek op de klok, wilde dat die niet zo hard ging.

Hij wilde Frank bellen, kijken of de knul vandaag zijn telefoon aan had staan, of hij zou opnemen. Hij had verdomme nieuws. Maar Atkins had geen geintje gemaakt toen hij zei dat hij hem zou aanklagen als hij hem nog een keer zou bellen, en Grady had het gevoel dat Frank sowieso niet meer met hem wilde praten. Hij had een soort plan, zette dingen in beweging.

Als Vaughn Duncan goed was voor moord, en daar duidden de vingerafdrukken op, dan ging deze hele zaak precies de kant op waar Grady zo bang voor was: Devin Matteson was op weg naar dat meer om de rekening te vereffenen, en Frank Temple zat er precies tussenin.

Toen hij langs de eerste afslag naar Stevens Point reed, kon hij zijn ongeduld niet meer bedwingen, hij greep de telefoon en belde Atkins.

'Hij is nog steeds weg,' was het eerste wat Atkins zonder omhaal zei. 'Ik ben ook op zoek geweest naar die Ballard, over wie jij het had, maar die is ook van de aardbodem verdwenen. Punt is alleen dat hier nu een boot ligt.'

'Waar?'

'Bij de hut van Temple. De eerste keer dat ik hier was, lag er een klein aluminium bootje, maar nu ligt er een mooie vissersboot op het strand. Ik heb de nummers nagetrokken en hij is van Ballard.'

'Maar ze zijn er niet.'

'Nee, ze zijn er niet,' snauwde Atkins op ijzige toon. 'Vanochtend stond er ook een truck, die staat op naam van dat meisje van de garage. Die is nu ook weg, maar die verdomde boot is er wel en ik kan ze verdomme geen van allen vinden. Dit gaat weer geweldig, Morgan. Ik heb een opsporingsbevel voor moord op zak, die klootzakken weten waar die kerel is en ik kan ze niet vinden.'

'Werken er nog anderen aan de zaak?'

'Een paar lokale agenten doen wat loopwerk, proberen het meisje te vinden. Zeiden dat ze net nog in het verpleeghuis bij haar vader op bezoek was, dus ik neem aan dat het met haar wel in orde is. Maar ik ben in mijn eentje bij het meer.'

'Je moest er maar wat hulp bij halen.'

'Ik ga er hulp bij halen als ik weet waar die klootzak is, Morgan. En dat lukt niet voordat jouw maatje zijn gezicht weer eens laat zien.'

'Blijf daar,' zei Grady. 'Als Ballards boot er is, komen ze daar waarschijnlijk weer terug.'

'Ik blijf misschien nog twintig minuten wachten, en dan ga ik bij Ballards huis poolshoogte nemen. Maar ik blijf nog twintig minuten hier.'

Devin Matteson wilde dat ze allemaal met de bestelbus meereden. Allereerst moest Nora een briefje schrijven met daarop: 'Lege tank, ben zo terug, niet wegslepen', dat ze voor de voorruit van haar truck moest leggen. Op dat moment had ze er niet zo bij nagedacht, maar toen ze eenmaal in de bestelbus zat en ze op weg waren, maakte ze zich zorgen over het briefje. Wanneer iemand de truck zo zou aantreffen, zou die zich niet meteen zorgen maken, en wellicht het idee krijgen dat Nora uit eigen vrije wil het voertuig had achtergelaten. Slechts tijdelijk natuurlijk, maar van het feit dat Devin eraan had gedacht kreeg ze een bittere smaak in haar mond. Hij was goed in die dingen, kidnapping en moord, zo goed dat hij geen moeite had met kleine details als zo'n briefje, leek wel. Kennelijk had hij vaker met dit bijltje gehakt.

AJ bestuurde de bus en zat alleen op de voorbank, Nora zat op de middelste rij naast Devin Matteson en Frank zat helemaal achterin met de man die King heette. Devin, King en AJ droegen allemaal een wapen. AJ had er zelfs twee, voor ze vertrokken, had hij op het laatste moment Franks pistool uit de truck gehaald. Dat lag nu op de grond voor de passagiersstoel. Ze hoorde het bij elke scherpe bocht heen en weer schuiven.

Tijdens de rit met de bestelbus werd pas goed duidelijk hoe Devin er werkelijk aan toe was. Aanvankelijk zag hij er slecht uit, ongezond, maar toen ze eenmaal in de auto zaten, zag Nora dat hij zich voor deze ontmoeting alleen maar goed had gehouden. Nu leek hij te worstelen met elke afslag en bocht, kromp door de beweging ineen en klopte licht met zijn hand op zijn borst. Na zo'n acht kilometer baadde hij in het zweet en was zijn ademhaling duidelijk in de bus te horen.

Nog twintig luttele minuten in de bestelbus en nog eens twintig in een boot, dan zou alles afgelopen zijn. De angst had haar bij de keel moeten grijpen, haar moeten onderdompelen, ze had hysterisch moeten snikken. Zo hoorde het immers. In plaats daarvan zat ze daar maar, bewoog zachtjes met de bewegingen van de bestelbus mee, luisterde als verdoofd naar de raspende ademhaling van de gewapende man naast haar.

Ze gingen sterven. Ze geloofde Devins verhaal, in elk geval het stukje over Vaughn, maar ze kon niet geloven dat dat enig verschil maakte voor wat haar te wachten stond. Ze had deze mannen recht in het gezicht gekeken, was getuige geweest van hun misdaden. Nadat ze Vaughn hadden gevonden zouden ze echt niet zomaar naar huis teruggaan en erop vertrouwen dat zij en Frank zouden doen alsof er niets was gebeurd.

Ze gingen sterven. Ze knikte bijna, alsof ze de stille, inwendige stem nog eens wilde bevestigen. Zo was het. Als voor deze mannen alles volgens plan verliep, zouden er voor het einde van de dag meer doden vallen, en zou het niet bij Vaughn blijven.

En dat allemaal vanwege een moord, dacht ze. Nee, wacht, niet eens vanwege een moord. Hij heeft Devin niet gedood, dat heeft hij alleen maar geprobeerd. En hoeveel anderen zullen er alleen om die reden aangaan? Hoeveel onschuldige mensen moesten het bekopen omdat één man iemand had willen vermoorden?

In de bestelbus werd het donkerder toen ze naar het noorden reden, de zon duwde tegen de ivoren wolken, die er in het westen een stuk indrukwekkender uitzagen. Ze zag de schaduwen over de stoelen dansen en dacht erover na hoe ze dit kon tegenhouden. Maar alles wat bij haar opkwam was achteraf gepraat, dingen die ze had kunnen doen en niet had gedaan. Atkins van de FBI zat ergens in Tomahawk op haar telefoontje te wachten. Als ze hem had gebeld in plaats van bij Frank en Ezra in de boot te stappen...

Ezra. Toen ze aan hem dacht, voelde ze zich meer getroost dan ze voor mogelijk had gehouden, en als Frank gelijk had, dan was hij het soort man dat deze klootzakken aankon. Maar Ezra was nu niet in het voordeel. Hij wist nog van niks, was onvoorbereid, hij was in het nadeel. Maar hij was ook de enige op wie ze haar hoop kon vestigen.

De bestelbus hobbelde over een stuk grof asfalt, ze keek door de achterruit en tot haar verbazing zag ze dat ze al op de County Y waren, nog maar een paar minuten bij de hut vandaan. Het ging nu snel, te snel. Ze ging meer rechtop zitten, wilde zich omdraaien om Frank aan te kijken, maar King zette haar onmiddellijk met een onzachtzinnige duw tegen haar schouder weer recht op haar stoel.

De bestelbus kwam tot stilstand, ze sloeg haar ogen weer op en zag door de voorruit het meer, het water was nu donkerder en ging tekeer door de stormachtige wind. Het meer hield even haar aandacht gevangen, maar toen hoorde ze AJ zacht vloeken, en toen ze zich naar links boog om beter te kunnen kijken, zag ze dat naast Franks hut een auto geparkeerd stond. Een witte Buick-sedan, maar er zat niemand in.

'Van wie is die auto?' vroeg Devin terwijl hij zich dicht naar haar toe boog, zijn gezicht glom van het zweet.

Stilte.

'Van wie is die auto!?'

'Dat weet ik niet,' zei ze. Frank zei geen woord. Misschien wist hij het. Voordat dit allemaal speelde had iemand kennelijk het plan opgevat om hem een bezoek te brengen.

Die gedachte stierf een onmiddellijke dood toen Atkins, de FBI-agent, om de hoek van de hut kwam aanlopen. Hij had een stapeltje papier in de hand, en toen hij de bestelbus zag, vouwde hij het op en stopte het in zijn achterzak. Met zijn hoofd een beetje schuin bestudeerde hij de bestelbus en AJ, die achter het stuur zat.

'Wie is dat?' zei AJ.

Nora gaf geen antwoord, ze staarde naar Atkins alsof hij de geest van een dierbare was, iemand van wie je weet dat je hem nooit meer zult zien, ook al hoopte je dat nog zo erg. Op dat moment stak Atkins een hand in zijn jaszak. AJ verstrakte, maar toen kwam Atkins' hand weer tevoorschijn, en hij had een badge vast. Nora voelde haar spieren verslappen, ze werden vloeibaar. Wat was hij aan het doen? Je moet geen badge trekken, maar een pistool!

'Regel dat,' zei Devin. 'En King? Zorg dat die twee geen kik geven.'

AJ stapte in de wind en zei: 'Problemen, meneer?' en sloeg toen de deur dicht.

'Nee,' zei Nora zachtjes. Ze kon dit niet laten gebeuren. Ze kon niet toestaan dat AJ zich hieruit zou lullen en hun beste kans om door die Buick te worden gered naar de gallemieze zou helpen. King liet zijn hand weer op haar schouder neerkomen, kneep in de zenuwknoop, hield haar stevig vast.

AJ liep met achteloze tred naar Atkins toe, de ene hand in zijn jaszak, de ander als een kommetje om zijn oor alsof hij moeite had om iets boven de wind uit te horen. Atkins liep naar hem toe, hield de badge nog steeds in de lucht en zwaaide met zijn vrije hand naar Franks hut.

'O, shit,' zei Frank. King verplaatste zijn hand van haar schouder naar Franks keel toen AJ de afstand tot een halve meter overbrugde en Nora zich eindelijk realiseerde wat er zou gaan gebeuren, dat AJ nooit van plan was geweest om Atkins met een babbeltje om de tuin te leiden. Toen gilde ze het uit en Atkins maakte een plotseling gebaar, keek naar de bestelbus en deed wankelend een stap achteruit toen AJ zijn hand uit zijn zak haalde en naar de maag van de FBI-agent uithaalde.

Atkins sloeg dubbel alsof hij plotseling kramp in zijn maag kreeg. AJ duwde zijn hand verder omhoog zodat Atkins achteruitwankelde en viel. Hij kwam op zijn rug terecht en uit zijn borstbeen stak het heft van een mes, alsof AJ er een vlag in had geplant. Het was het laatste wat Nora zag voordat King zijn ruwe hand over haar mond sloeg, haar met haar hoofd achter de stoel achterovertrok en zei dat ze haar kop moest houden, anders zou zij ook het loodje leggen.

In die houding, met haar rug naar achteren gekromd en haar nek zo strak gespannen dat die niet meer verder kon, keek ze van boven naar beneden langs de stoel en vonden haar ogen eindelijk die van Frank. King hield zijn pistool tegen Franks hoofd gedrukt, maar Frank leek zich er niet van bewust te zijn. Hij had zijn ogen slechts een seconde van het tafereel buiten afgewend, lang genoeg om haar aan te kijken, en in die blik zag ze niets van wat er in haar eigen ogen te lezen moest zijn, geen angst of verdriet, alleen de duistere schaduwen van uitzinnige woede.

30

'Dat hadden we nou net nodig! Dat hadden we verdomme nou nét nodig!!'

Devin torende boven Atkins' lijk uit, staarde naar AJ, zijn gezicht vertrokken van zowel pijn als woede.

'Je zei dat ik het moest regelen, man.'

'Regelen, shit, moet je de man dan meteen om zeep helpen? Een FBI-agent? Denk je dat we daar iets mee opschieten?'

Een vaag glimlachje speelde om AJ's lippen en hij spreidde zijn handen. 'Dev… wat moet ik zeggen? Het is al gebeurd, dat weet je. Ik regel het wel.'

Frank keek naar hem en dacht: hij geniet ervan, daarom heeft hij het gedaan. Meer is het niet. Devin was gevaarlijk, maar Devin had hersens. Deze ontaarde klootzak, die AJ, die zat op het randje. Werd door bloeddorst gedreven. Hij had Atkins vermoord, niet alleen omdat hij wist hoe dat moest, maar ook omdat hij ervan genoot. Elk schuldgevoel over zijn eigen stommiteit, over de extra aandacht die hij hiermee trok, werd overstemd door het pure plezier dat hij op dat moment ervoer.

'Ik bedoel maar, ik zag een badge, weet je wel? Ik zag een badge, Dev, het was een reflex.' AJ keek naar Devin, het mes was weg en hij had weer een pistool in de hand. Het was een Glock, en terwijl hij Devin aankeek, wreef hij met zijn duim over het magazijn. Op de rug van zijn hand stond een vreemd symbool getatoeëerd. Hij was bovendien linkshandig. Frank was slechts één keer een linkshandige schutter tegengekomen, en die vent had verdomd scherp geschoten.

'Je regelt het maar.' Devin schudde walgend het hoofd en staarde lange tijd naar het lijk aan hun voeten. Toen hij ten slotte opkeek, vond zijn blik Frank, hij keek hem even aan en knikte toen.

'Oké,' zei hij. 'We zorgen dat het voor elkaar komt.'

Frank moest het lijk naar de boot slepen. Een felrode veeg markeerde het pad over het gras, het bloederige spoor leidde regelrecht naar de deur van de hut. Dat zou de politie zien, wist Frank, en de journalisten van kranten en tv zouden dat theatraal in beeld brengen. Wanneer ze allemaal dood waren, en de politie was hier om de puinhoop uit te zoeken, zouden ze alleen maar dat bloedspoor zien dat naar de deur van een dode moordenaar leidde, en opnieuw zou de naam Temple door het slijk gaan, Frank zou het stokje van zijn vader overnemen. Dat begreep hij als geen ander toen hij Devins instructies opvolgde en het lijk vastpakte, zijn vingerafdrukken overal op het lijk van een FBI-agent achterlatend die natuurlijk zijn collega's al had verteld dat hij Frank verdacht vond.

Devin had op dit gedoe niet zitten wachten, maar hij wist duidelijk hoe hij het moest oplossen.

'Pak die ankerlijn,' zei hij, 'en knoop die om zijn nek. Trek hem strak aan.'

Frank stond kniediep in het ondiepe water van het meer, het lijk lag met het gezicht omlaag te dobberen toen hij de lijn om Atkins' nek wikkelde. Devin stond op de wal boven hem naar andere boten uit te kijken. Maar die waren er niet. Het weer was gunstig voor Devin, het begon nu te regenen en een paar kilometer verderop in het westen onweerde het. Er zou een fikse storm komen. Op een zondag voor het begin van het visseizoen, met storm op til, zou het meer gegarandeerd uitgestorven zijn. Uitgestorven, op hen en de eilandbewoners na.

Atkins was het eerste van de minstens drie slachtoffers van vandaag, als de zaken tenminste gingen zoals Devin wilde. Hij wist donders goed wat hij deed door Frank met het lijk op te zadelen, maar hij realiseerde zich misschien niet helemaal hoe dit zou uitpakken, wist wellicht niet dat Atkins al onderzoek deed naar Frank, de zoon van de huurmoordenaar. Een snelle, rustige moordpartij op het eiland en een snelle rit de stad uit. Dat was het enige wat het drietal uit Miami ervan weerhield om als geesten te verdwijnen, de politie opzadelend met een situatie die ze waarschijnlijk nooit zou begrijpen.

Grády. Frank moest aan hem denken terwijl hij Atkins aan de ankerlijn vastbond. Grady was zo'n element waar Devin niets van wist, geen rekening mee kon houden. Grady had de puzzel voor iedereen in elkaar gezet, en hij zou weten waar hij moest beginnen wanneer Atkins als vermist werd opgegeven of als het lijk werd gevonden. Hij zou toch niet geloven dat Frank er de hand in had gehad? Nee toch?

Shit, wat maakte het ook uit? Als alleen Grady nog over was, dan moesten ze maar denken wat ze wilden.

Devin was meer verzwakt dan Frank aanvankelijk had gedacht, hij kon nauwelijks staan. Hij had er behoorlijk lang over gedaan om het kleine grasveld over te steken naar de boom waartegen hij nu steun zocht, en zelfs vanaf het water was te zien hoeveel pijn hij had. Zijn gezicht zag bleek en het glom, zijn mond hing voortdurend open om beter te kunnen ademhalen. De moorden van vandaag zouden op zijn bevel plaatsvinden, maar zelf zou hij er part noch deel aan hebben. Zo hoorde het ook.

Frank was klaar met Atkins en de lijn, en zette het anker weer achter op de boot, het lijk zat nu in het midden van de lijn vast. Toen gebaarde AJ met zijn pistool naar Frank.

'Stap in.'

Frank klom in de boot, Nora en King volgden en AJ draaide zich om om voor zijn baas te zorgen. Devin duwde zich van de boom af, deed wankelend een stap in hun richting, leunde toen weer naar achteren en greep opnieuw naar de boom om zijn evenwicht te bewaren.

'Dev…' AJ wilde naar hem toe lopen, maar Devin was alweer in beweging gekomen, wilde naar hen toe komen. Hij deed vier stappen voor zijn knieën knikten en hij neerstortte. AJ ving hem bij de schouders op en hielp hem overeind.

'Je moet maken dat je hier wegkomt, man,' zei AJ toen Devin naar adem hapte. 'Je moet naar een…'

'Hou je kop.' Devin zat met zijn handen op zijn knieën. 'Je weet waarvoor ik gekomen ben.'

'En ik zeg je dat wij dat voor je kunnen doen.'

'Nee.'

AJ keek achterom naar de boot en toen weer naar Devin. 'Dev, je haalt het nooit tot die boot. Echt niet. En het is gaan regenen, man. Het wordt heel gauw rotweer.'

Devin gaf geen antwoord, haalde alleen maar een paar keer gierend adem.

'We krijgen hem wel,' zei AJ. 'We krijgen hem en brengen hem naar je toe. Oké? Hem en Renee. We brengen Renee terug, Dev. Maar jij moet hier blijven. In die boot, man…'

Devin kwam langzaam overeind, staarde naar de groep die al in de boot zat te wachten, liet zijn blik het langst op Frank rusten.

'Oké,' zei hij. 'Jullie gaan ze terughalen, en snél, hoor je. Doe het verdomme snel.'

'Oké.' AJ knikte. 'Uit en thuis, appeltje-eitje.'

'Je neemt ze allebei mee,' zei Devin. 'Die krankzinnige ouwe klootzak is er ook. Hij is goed.'

'Hij stelt niks voor, Dev, maak je geen zorgen over…'

'Nee.' Devin schudde zijn hoofd. 'Hij is góéd, begrepen? Daarom heb je ze nodig. Zorg dat hij weet dat je het meisje ook hebt. Dat moet je luid en duidelijk overbrengen.'

'Begrepen, Dev. Maar nu breng ik je naar binnen.'

AJ liet Devin in de tuin staan en liep naar de boot, stak zijn hand uit naar Frank en vroeg om de sleutel. Frank haalde hem uit zijn zak: de sleutel van de laatste plek waar hij nog zuivere herinneringen aan zijn vader had, en toen gaf hij hem af zodat Devin Matteson binnen kon wachten tot iemand anders zijn bloederige karwei zou afmaken.

AJ liep met de sleutel naar Devin en hielp hem het grasveld over de hut in. Frank keek hen na en dacht: ik kom terug voor je, klootzak. Deze twee maatjes van je zul je niet meer terugzien. Ik zal degene zijn die terugkomt.

Ezra was op het eiland, en of hij Franks afgebroken telefoontje nu wel of niet had gekregen, hij zou niet door hen worden verrast. Niet wanneer ze in een luidruchtige boot midden in een storm aan kwamen varen. Hij zou hen verwachten, en voorbereid zijn en dan zou het achter de rug zijn. Hij zou deze twee aan Ezra overlaten en dan kon Frank naar Devin terug.

De deur ging weer open en AJ stapte naar buiten, wilde naar hen toe lopen maar keerde terug naar de bestelbus, opende het portier aan de bestuurderskant en boog zich naar voren om het extra pistool, Franks vaders pistool, te pakken. Het was de tweede keer dat hij ervoor terugging – de eerste keer wilde hij per se niet dat het in het handschoenenkastje van de truck zou achterblijven – en elke keer had Frank zich opgelucht gevoeld. Hij wilde dat het pistool met hem meereisde, alsof het op een of andere manier bescherming bood, wie het ook in handen had.

Ze waren nu vlakbij: twintig minuten varen, dan waren ze op het eiland. Hij had geen groots plan, geen idee hoe hij hier een eind aan moest maken behalve dat hij regelrecht naar Ezra zou rennen en er maar het beste van zou hopen.

'Start de motor,' zei AJ terwijl hij aan boord stapte en achter Frank ging zitten.

De grote buitenboordmotor startte onmiddellijk, hij liep gladjes en krachtig, en maakte zo veel herrie als een verdomde trein. Ezra had meer paardenkrachten achter op die boot zitten dan de meeste auto's. Frank zette de motor in zijn achteruit en gaf weinig gas tot ze in dieper water waren aanbeland, toen gaf hij een ruk aan het roer en gooide het gas open.

Het stroomde nu van de regen, hij striemde in hun gezicht en sloeg putjes in het meeroppervlak. Het water stroomde via Franks nek zijn shirt in, droop in zijn ogen. Nadat ze de zandbank hadden gerond, waren ze midden op het meer. AJ boog zich over de zijkant van de boot en het zilver van zijn mes flitste op toen hij de ankerlijn doorsneed en overboord werkte, waarna Atkins lijk wegdreef. Zijn bleke gezicht lag naar boven gekeerd terwijl het anker hem langzaam onder water trok.

Het was daar waarschijnlijk zes of zeven meter diep. Hij kon snel aan de oppervlakte komen, of helemaal niet. Als het lijk in die ankerlijn om-wikkeld zou blijven en op de bodem aan een van de stronken zou vast-haken, dan zou agent Atkins wel eens een lang verblijf beschoren kun-nen zijn in de Willow Flowage.

'Schiet op!' schreeuwde AJ en Frank gaf gas, zich nauwelijks bewust van het feit dat hij langzamer was gaan varen om naar het lijk te kijken.

Devin wilde dat AJ gijzelaars had, dat had hij wel duidelijk gemaakt voor hij ze op weg stuurde. Met gijzelaars kon AJ met Ezra onderhan-delen, een situatie in zijn voordeel doen kantelen. Maar één ding was zeker: AJ had nog nooit een gijzelaar als Frank Temple III gehad.

Frank hield zich aan die gedachte vast toen hij ineenkromp tegen de wind en de striemende regen, hij joeg de boot op. Al die lessen die hij van zijn vader had gehad, die gewelddadige vaardigheden, die zouden nu hun nut gaan bewijzen. Die klootzakken wisten dan misschien wie Franks vader was, kennen deden ze hem niet. Huurmoordenaar of niet, Frank Temple II was in wezen een leraar… en zijn zoon was een uit-blinker geweest.

Binnen een straal van drie kilometer vanwaar Ezra zich bevond was geen echte weg. Een paar paden liepen naar de brandgang van Nekoo-sa Kennedy, maar ook al had Ezra ze uit de boot laten stappen en ze door de bossen naar de brandgang gebracht, wat was hij er dan mee op-geschoten? Dan zouden ze bij lange na nog niet veilig zijn, want door de boot zou het overduidelijk zijn waar ze het bos in waren gegaan. En als ze de boot vonden, was het met een kaart niet moeilijk te bedenken waar ze naartoe waren gegaan. En hij had het vermoeden dat deze ke-rels een kaart bij zich hadden.

'Blijven we simpelweg hier zítten?' zei Vaughn. 'Zijn we bij de hut weggegaan om hier in een boot te blijven rondhangen? Als zij ons niet vermoorden, dan doet de bliksem dat wel!'

De bliksem was inderdaad een bron van zorg, hoewel Ezra dat niet toegaf, hij nam niet eens de moeite om Vaughn antwoord te geven. Het stroomde inmiddels van de regen en de donkere donderwolken waren nu pal boven hen. Ze moesten uit de boot stappen en de storm aan land uitzitten, ook al wilde hij dat liever niet. Het was niet de eerste keer sinds hun vertrek dat hij zich afvroeg of hij geen fout had gemaakt door naar het noorden te gaan. Frank kon ruim een half uur geleden dat telefoontje vanuit Tomahawk hebben gepleegd. In die tijd hadden ze bij Ezra's truck kunnen zijn.

Maar dat risico had hij niet kunnen nemen. Je ging van het ergste scenario uit, en in dat ergste scenario kwamen die klootzakken steeds dichterbij. In dat soort omstandigheden moest je van ze wegrennen, niet naar ze toe. Dus was hij gevlucht, was hij naar de diepste inhammen van Langley Bay gevaren, de meest afgelegen plek van het meer, die je alleen vanaf het water kon bereiken. Wat betekende dat je op de weg terug óók een groot stuk open water moest overbruggen. Klotebuitenboordmotortje, 9.9 pk. Ezra deed er vijf keer zo lang over om het meer over te steken als met zijn eigen boot, die 25 pk in zijn mars had.

'Als ze naar ons op zoek zijn,' zei Renee, 'dan gaan ze het hele meer afzoeken.' Ze zat op het middelste bankje van het aluminium bootje, en bij het naar voren buigen wiebelde het heen en weer. Ze had een van de poncho's aan die Ezra altijd in de boot had liggen, maar de regen gleed traag langs haar kraag naar binnen. 'Ze laten zich heus niet ontmoedigen en geven het ook niet op.'

Dat begreep hij ook wel, dat hoefde ze hem niet te vertellen. Punt was dat Ezra nu begon te twijfelen, en daar was hij niet aan gewend. Ooit had zoiets als dit, voorbereiding op de strijd en zich terugtrekken in de bossen, net zo natuurlijk aangevoeld als een avondje naar de film, simpel en bijna aangenaam. Verdomme, toen voelde het nog natuurlijker dan een avondje naar de bioscoop, maar dat was lang geleden. Nu, verzwakt door de jaren van een vredig bestaan, had hij het misschien laten glippen, had hij wellicht een fout gemaakt. Wat wilden ze verdomme bereiken door hier in een boot te blijven zitten zonder dat ze enig idee hadden van wat er op de wal gebeurde? Zelfs als zijn ergste vermoedens bewaarheid werden, dan zat hij nog het meeste in over Frank en Nora. Deze twee hier waren tenminste voor een tijdje in veiligheid. De anderen misschien niet.

'We kunnen hier niet blijven,' zei Vaughn nogmaals en Ezra raakte geprikkeld door zijn stem, kreeg de neiging om die grijze klootzak tegen de bodem van de boot te slaan. Natuurlijk konden ze hier niet blijven. Ezra was wel op ergere plekken geweest. Had negen uur – négen uur – met zijn gezicht in een moddergat vol naar pis smakend water gelegen, terwijl hij zijn adem probeerde in te houden omdat een bataljon Vietcongsoldaten op nog geen dertig meter bij hem vandaan door de jungle liep. Wat had Vaughn daarvan gevonden?

Ezra voelde een knoop in zijn maag, hij was onrustig en dat was hij in zo'n situatie nog nooit geweest. Hij was niet bang, nee, het was iets verontrustenders dan dat... het was onzekerheid. Een puike manier om jezelf en anderen de dood in te jagen. Hij moest zijn oude geest weer zien terug te krijgen, zijn oude instincten, oude reflexen. Bij alles waar hij nu behoefte aan had, stond dat ene woord vooraan: oud. Hij had tientallen jaren geprobeerd iemand anders te worden dan hij was, en nu was hij bang dat hem dat gelukt was.

31

Het eiland lag als een donker silhouet tegen de grijze hemel, gaandeweg kreeg elke boom zijn eigen vorm toen ze vanuit het zuiden naderden. Frank kreeg de neiging om gewoon hard door te varen, regelrecht de kust op. Dat had de rollen zonder meer omgedraaid. Ze zouden alle vier in het water liggen, en dan zou het erom gaan wie het snelst boven water was en een pistool in stelling kon brengen. Maar aangezien ze helemaal geen pistool hadden, leek hem dat geen goed plan.

'Is dat het?' AJ boog naar voren om zich boven de wind uit verstaanbaar te maken, zijn gezicht was vlak bij dat van Frank en het pistool binnen handbereik. Frank keek ernaar en vroeg zich af of hij het te pakken kon krijgen, of hij snel genoeg zou zijn. Waarschijnlijk wel, dacht hij, maar daarmee was de man, die King, nog niet uitgeschakeld, en Nora zat direct achter hem, precies in het schootsveld en zou elke kogel die zijn lichaam zou doorboren opvangen.

'Nou?' AJ kwam dichterbij en hief zijn pistool iets omhoog. 'Is dat het?'

Frank knikte, minderde vaart, het was misschien nog vijftig meter naar het eiland, de hut was tussen de bomen door te zien.

'Oké,' zei AJ, en zijn stem klonk nu anders, zachter en afgemeten. 'Oké. Breng haar langzaam binnen, knul. Iedereen kijkt blij. We zijn allemaal vrienden, weet je nog?'

Hij hield zijn pistool tegen Franks borst gedrukt.

De donder sloeg weer door de lucht, en het was er zo donker dat de bomen aan de overkant van de baai in de nachtelijke hemel verdwenen. Het kon niet later dan één uur 's middags zijn.

Frank staarde naar het huis en de bomen eromheen, probeerde zich voor te stellen waar Ezra was. Frank was er zeker van dat hij ze had zien aankomen. Het motorgeluid klonk keihard, zelfs boven de wind en donderslagen uit, en dat zou Ezra niet ontgaan. Dus waar was hij? Frank zag hem nergens tussen de bomen, maar daar was het donker en de takken sloegen in de wind heen en weer. Het strand was nu vlakbij, zo'n zeven meter voor hen uit, en Frank had nu helemaal gas teruggenomen.

'Breng ons aan wal,' zei AJ.

'Helemaal?'

'Ja.'

Frank gaf een klap tegen de gashendel, waardoor de motor met een ruk naar de oever schoot, en nam meteen weer gas terug, zodat de schroef niet meer draaide toen de boot over het kiezelstrand schoof.

'Haal haar eruit,' zei AJ tegen King. 'Laat haar snel uitstappen en hou dat pistool tegen haar rug. Schiet op!'

King kwam onhandig overeind, een grote man met landbenen, trok Nora overeind en hield het pistool tegen haar rug, zoals hem gezegd was. Hij stapte uit, kwam met een voet in het water terecht en viel bijna om toen hij de andere ernaast zette. Nora stond bijna tot haar knieën in het water.

'Lopen,' zei AJ en met de loop van zijn pistool in Franks maag spoorde hij hem aan. 'Naar de bomen.'

Frank liep naar de voorkant van de boot, moest langs AJ terwijl de vertrouwde Smith & Wesson heel even slechts een paar centimeter van zijn hand verwijderd was. Hij sprong van de punt van de boot en raakte het water nauwelijks, alleen zijn schoenen waren nat toen hij zich bij King en Nora op het strand voegde. Toen was AJ ook uitgestapt en iedereen stond naar hem te kijken in afwachting van orders, behalve Frank, die zijn ogen op de bomen naast de hut gericht hield. Ezra was daar ergens. Moest wel. Waarom schoot hij niet? Hij zag de pistolen toch zeker wel?

Leg ze om, Ezra, dacht hij. Verdomme, leg ze om!

Er werd niet geschoten. Er klonk geen enkel geluid behalve nog meer onweer, de huilende wind over het meer en AJ die iedereen naar het huis dirigeerde.

Frank moest voorop lopen; hij beklom het pad terwijl een kille angst zich door zijn lichaam verspreidde, zijn borst samenkneep. Hij had alles op Ezra gezet, elke kans die hij had gehad laten lopen, en nu was Ezra nergens te bekennen. Stel dat Frank het mis had? Stel dat Ezra dat telefoontje niet had gekregen of dat er geen bellen waren gaan rinkelen, dat hij de motor niet had gehoord en dat hij dit totaal niet had verwacht? Als Ezra niet was voorbereid, dan zat er niets anders op dan dat Frank de klus klaarde.

Ze liepen de heuvel over en de hut kwam in zicht. AJ kwam dichter bij Frank lopen, greep met een hand zijn shirt vast zodat ze naast elkaar bleven terwijl hij met de andere het pistool tegen Franks nieren drukte.

'Is die deur op slot?'

'Dat weet ik niet.'

'Als dat zo is, roep je Ballard.'

Ze liepen de trap naar de veranda op, de regen ging nog harder stromen, sloeg door de bladeren heen en trommelde op de houten plankieren, daar was de deur. Frank sloot zijn hand om de knop terwijl AJ zijn shirt losliet en vanaf zijn rug zijn tweede pistool pakte. Op slot.

'Roep hem,' siste AJ in Franks oor en Frank opende zijn mond, maar in plaats van Ezra te roepen, moest hij lachen.

'De boot,' zei hij en hij lachte nogmaals, zich van de deur afwendend.

'Wat?'

'Die is weg. Ze zijn weg.'

Hoe had hem dat in hemelsnaam kunnen ontgaan? Hij had tijdens het naar binnen varen zo geconcentreerd naar het eiland gestaard, zo nauwlettend de bomen afgezocht, elke schaduw twee keer gecontroleerd, dat hij verdomme de boot was vergeten. O ja, ze waren weg, met de boot de storm in, en dat betekende dat Ezra de waarschuwing had begrepen.

'Ze zijn er met de boot vandoor,' zei hij. AJ schoof hem opzij, haalde met zijn voet uit en trapte de deur in het midden in, trok de grendel uit de sponning en stormde het donkere huis binnen terwijl hij King toeriep dat hij op de veranda moest blijven.

Ze wachtten tot hij het huis had doorzocht, en het net zo leeg aantrof als Frank al had verwacht.

'Waar zijn ze naartoe?' AJ kwam snauwend terug, hij omklemde zijn pistool zo stevig dat de spieren en aderen in zijn onderarm opzwollen. Al zijn zelfbeheersing en kalmte waren verdwenen, er was alleen nog woede.

'Ze zijn met de boot weggegaan,' zei Frank nogmaals.

'Ja, dat wéét ik nou wel!' AJ greep Frank bij de keel en dreef hem naar achteren, sloeg hem tegen de muur van de hut en duwde zijn pistool in zijn mond, stootte de loop tussen zijn tanden door. Nora gilde het uit en King zei iets op ruwe fluistertoon. Frank zag hen geen van beiden, zag helemaal niets behalve AJ's gezicht en het pistool. Het staal voelde koud tegen zijn tong.

'Jij weet waar ze zijn,' zei AJ, de woorden kwamen er traag en zachtjes uit. 'Je weet het en ik wil geen leugens meer, géén leugens. Je hebt één kans, en deze keer ga je het me vertellen. Zijn ze naar de politie gegaan?'

Frank schudde heel voorzichtig zijn hoofd, met het pistool wilde hij geen spelletje spelen.

'Dat weet hij niet!' schreeuwde Nora ergens achter AJ. 'Ze waren hier toen wij weggingen!'

'Hou je kop.' AJ's ogen bleven op die van Frank gericht. 'Hij weet het en hij heeft één kans om het te zeggen.'

En toen was de stem er weer, die fluisterende stem van Franks vader.

Vertrouw op Ezra. Dat heb je al eerder gedaan, en toen liep je meer risico dan nu, want je wist niet zeker of hij de waarschuwing had gekregen. Maar dat weet je nu wel. Hij is klaar voor ze, knul.

'Hij weet het niet,' zei Nora nog een keer met een door tranen verstikte stem.

Maar dat weet je nu wel. Je moet minstens een idee hebben, want je weet wat ik had gedaan. Dat heb je van mij geleerd. Je wilt er nu niet aan

denken, maar je hebt het van mij geleerd, geluisterd naar al die oude ver-
halen en ze stuk voor stuk onthouden. En van wie heb ik ze weer geleerd?
Van Ezra.

AJ trok het pistool langzaam terug, en besmeurd met spuug gleed de loop uit Franks mond.

'Waar zijn ze?' zei hij.

'Op het meer.'

AJ hield zijn hoofd wat schuin naar rechts, waardoor er een schaduw op viel. 'Waar op het meer?'

Frank slikte, ging met zijn tong door zijn mond, proefde nog steeds het staal van het pistool. Het laatste wat zijn vader ooit in zijn leven had geproefd.

'De noordkant. Meer kan ik je niet vertellen. Toen wij hier weggingen, waren ze er nog. Ze zijn nu weg en hebben me niet verteld waar ze naartoe gingen. Op een of andere manier wist hij dat jullie eraan kwamen.'

AJ's woede werd er niet veel beter op, want hij moest Frank wel geloven.

'Waarom zouden ze dan nog steeds op het meer zijn?'

Frank keek langs AJ's schouder, zag dat Nora naar hem keek.

'Hij wist niet hoe lang het zou duren voor jullie hier zouden zijn. Wist zelfs niet of Nora en ik ooit uit mijn hut waren weggegaan. En aangezien hij daar niet zeker van was, kon hij de botenhelling of de hut in het zuiden niet riskeren. Te grote kans dat hij jullie recht in de armen zou lopen. Dus is hij naar het noorden gegaan.'

'Wat is er in het noorden?'

'Niets,' zei Frank. 'Niets dan water en bos.'

Negen keer had Grady gebeld, negen keer had Atkins niet opgenomen. Wat was er in hemelsnaam aan de hand?

Hij was langs Wausau gereden en in een regenstorm terechtgekomen, hij had de cruisecontrol op honderdtwintig kilometer per uur gezet en nog steeds hield niemand hem aan. Hij kwam nu in de buurt van Tomahawk en zijn ruitenwissers zwiepten op de hoogste snelheid heen en weer. Op dit moment hoopte hij alleen maar dat Atkins zijn telefoon niet kon opnemen omdat die het te druk had met Frank. Dat hij hem ergens in een veilige ruimte aan het ondervragen was, wellicht ver uit de buurt van Vaughn Duncan en Devin Matteson. Of misschien was het al achter de rug, waren Matteson en Duncan al in de handboeien geslagen en bereidde Atkins zich voor op de berg papierwerk die in het verschiet lag.

Misschien speelden er allerlei factoren. Grady kon nog zo veel optimistische scenario's bedenken, hij geloofde er geen snars van. Vandaag niet. Want de wereld hing van noodlottigheden aan elkaar, diep in zijn hart was Grady daarvan overtuigd. Hij had zichzelf al veel te lang proberen wijs te maken dat hij zijn leugen altijd wel weer goed kon maken, dat er altijd ergens onderweg een moment zou komen dat hij met Frank Temple om de tafel kon gaan zitten en de boel recht zou kunnen zetten. Dat hij hem de waarheid zou vertellen, zich zou verontschuldigen en uitleggen waarom hij het had gedaan, uitleggen waarom hij Devin zo graag ten val had willen brengen dat een leugentje om bestwil totaal onbelangrijk leek.

Maar die tactiek had niets opgeleverd, en dus hield Grady Frank Temple in de gaten, deels omdat hij hem graag mocht en deels uit schuldgevoel, en het herinnerde hem aan een afspraak met zichzelf dat hij op een dag, als het ooit noodzakelijk zou blijken, de jongen zou vertellen dat het niet Devin was geweest die zijn vader had aangegeven.

Grady had zeven jaar voorbij laten gaan, zo'n vijfentwintighonderd dagen, en er nooit een woord over gezegd. Omdat het er niet toe deed, niet meer... Frank had de leugen geslikt, maar het had hem geen kwaad berokkend, en nu, na al die tijd, was dat toch zeker onmogelijk?

Mis. Hem zou nu wel kwaad worden berokkend. En Frank en Joost mochten weten wie nog meer. En het enige wat Grady kon doen was over de snelweg voortrazen terwijl het zijn lot was dat hij te laat zou komen.

Zoals zo vaak in het verleden werd Ezra eerder door zijn oren dan zijn ogen voor een ramp gewaarschuwd. Een ogenblik twijfelde hij nog, vanwege het geraas van de storm, maar toen luwde de wind een fractie van een seconde, alsof het meer hem vandaag één moment respijt gaf, en dat was genoeg om te bevestigen wat hij al dacht: er was een boot op het water.

Hij hoorde de motor slechts vaag, hij klonk lager en krachtiger dan de kleine buitenboordmotor waar hij de beschikking over had. Het was een vertrouwd geluid, de grom van een stampende Merc twee-vijfentwintig, het ritme van zijn zomerse leven van alledag.

'Wat?' zei Renee toen ze zijn gezicht zag.

'Er komt een boot aan.'

'Dat kan iedereen zijn,' zei Vaughn. 'Laten we gaan, man. Hoe sneller we bij de auto terug zijn, des te eerder zijn we weg.'

De angst gleed weer over zijn gezicht, die schokkerige paniek waarmee hij eerder die dag had zitten praten.

'Nee.' Ezra schudde zijn hoofd. Frank kon in zijn eentje zijn, maar iets zei hem dat dat niet zo was, zei hem dat het spel nu in gang was gezet.

'Je weet niet eens of hij het is. Ik zie helemaal geen boot…'

'Ze zijn het,' zei Ezra. 'Ik herken heus het geluid van mijn eigen boot wel.'

Hij keek naar de gashendel in zijn hand, wist dat wat er nu zou gaan gebeuren net zo goed daarvan afhing als van iets anders. Zijn boot was sneller dan welke boot op het meer ook. Een poging om ze met de kleine 9.9-motor voor te blijven was als een autorace tussen een Lamborghini en een vuilniswagen.

'Misschien is het die knul met dat meisje,' zei Vaughn. 'Alleen zij tweeën.'

'Zou kunnen,' zei Ezra hoewel hij wist dat het niet zo was. 'Als dat zo is, komen we daar gauw genoeg achter. Oké, we moeten ons voorbereiden.'

Het beste scenario zou zijn om de boot de boot te laten en naar de bomen te gaan, en van daaruit de boel onder vuur te nemen. Als hij zijn eigen boot had gehad, zou deze klerezooi al voorbij zijn voor die was begonnen. Zijn geweer lag nog in de boot, samen met de nachtkijker die met dit weer goed van pas zou komen. Als je je daarmee tussen de bomen verschool, zou hij die kerels een warm welkom kunnen bereiden. Hij had hem nooit in de boot moeten laten liggen. Verdomme. Het waren de kleine dingen die je de das om deden, de gemiste details en slippertjes in de timing, en Ezra voelde nu hoe die zich opstapelden, dingen die hij op een andere plek en in een andere tijd nooit zou hebben gemist. Hij was uit vorm, hij was blij geweest dat hij uit vorm was, maar nu kon dat wel eens heel gevaarlijk blijken te zijn.

Toen ze zagen dat het eiland leeg en de boot weg was, hadden ze één en één opgeteld en hun conclusies getrokken. En degene die in deze strijd de overhand zou nemen, had de zaken het beste doordacht, de zetten van tevoren zien aankomen. De strijd zou een denkspelletje worden, was het trouwens van meet af aan geweest.

Dus, dénk dan ook. Denk diep en goed na, en doe het verdomme snel.

Hij keek naar Renee en Vaughn achter zich, zag dat ze met angstige gezichten op hem wachtten en hij knikte bij zichzelf. Stap één: eerst die twee uit elkaar halen. Op het eerste gezicht leek dat een slecht idee, maar dat was eigenlijk prima, want de jongens in Ezra's boot verwachtten dat niet. Normaal gesproken wilde je het liefst iedereen bij elkaar houden, zodat de een de ander kon beschermen, zocht je veiligheid in het getal. De tweede reden van deze zet, en waarschijnlijk de belangrijkste, was dat de mannen uit Florida Renee en Vaughn samen wilden hebben, en niet apart. Dus als het slecht zou aflopen, konden die kerels ze maar beter om de beurt te pakken krijgen. Daarmee zou hij de boel kunnen vertragen en had hij meer tijd om tegenmaatregelen te nemen.

'Kunnen we ergens hulp halen?' vroeg Renee.

Ezra haalde bereidwillig zijn mobieltje tevoorschijn. Niemand kon op tijd hier zijn, en degene die dat wel was, was niet het soort agent dat het tegen deze kerels kon opnemen. Het zou eerder een jachtopziener, een assistent-sheriff of een of andere klootzak zijn die het zoveelste dodelijke slachtoffer zou worden.

'Geen bereik,' zei Ezra met een stalen gezicht, want op de telefoon was nog een heel klein streepje te zien, er was dus verbinding mogelijk.

'We moeten weer aan de gang. Allereerst splitsen we ons op.'

Renee zweeg. Vaughn zei met behoedzame stem: 'Hóé opsplitsen?'

'Jij en ik gaan naar de oever,' zei Ezra en hij gebaarde naar het noorden, 'en zij blijft op dit eiland. Tijdelijk.'

'Had je gedacht.' Vaughn schudde zijn hoofd. 'Ik laat haar hier absoluut niet alleen. Je bent een verdomde lafaard.'

'We splitsen ons op om haar te beschermen,' zei hij, tegen Vaughn sprekend maar naar Renee wijzend. 'Zij blijft hier terwijl wij naar het vasteland oversteken, en we zullen ervoor zorgen dat ze wéten dat we daarheen gaan. We laten de boot duidelijk in het zicht, zodat ze zien wat er gebeurt.'

'Nee,' zei Vaughn, maar Ezra negeerde hem en sprak tegen Renee.

'Jij kunt goed zwemmen, hè?'

'Ja.'

'Hoe goed?'

'Heel goed.'

Hij wees over het water naar het westen terwijl de bliksem de baai oplichtte. 'Kun je die oever halen?'

Het was een roteind, maar ze knikte.

'Oké. Als er iets gebeurt en je bent op jezelf aangewezen, zwem je daarnaartoe. Vervolgens kom je als je maar ver genoeg doorloopt bij een brandgang.'

'Ik laat haar níét achter!' Vaughn draaide zich naar Ezra om en boog zich dicht naar hem toe. 'Als je ze de bossen in wilt lokken, ga je gang, man. Zie maar. Maar ik ben hier om voor haar te zorgen en dat ga ik doen ook.'

'Nee,' zei Ezra. 'Dat doe je niet.'

Vaughn staarde naar Ezra met een vreemde flikkering in zijn ogen. Dat verbaasde Ezra, hij week bijna terug, er zat waanzin in die blik.

'Als je voor haar wilt zorgen,' zei Ezra, 'dan ga je me helpen die kerels bezig te houden.'

'Ik ga niet...'

'Toe nou, Vaughn,' zei Renee met een vriendelijker stem dan Ezra eerder van haar had gehoord. 'Alsjeblieft.'

Hij zweeg en verplaatste zijn blik van Ezra naar Renee. 'Ik kan voor je zorgen,' zei hij. 'We hoeven niet naar hem te luisteren, Renee. We hebben hem niet nodig.'

'Jawel,' zei ze, nu resoluter.

Ezra hoorde de motor van zijn eigen boot niet meer. Dat betekende waarschijnlijk dat ze gestopt waren, en dat ze dus op het eiland waren om de lege hut te controleren.

'We moeten gaan,' zei Ezra, 'en jij gaat met me mee.'

Vaughn bleef in een woedend stilzwijgen zitten terwijl Renee uit de boot in de modderpoelen langs de oever stapte.

Ezra reikte onder zijn zitplaats en pakte het pistool dat ze in zijn oog had gestoken en dat hij op de veranda van haar had afgenomen. 'Hier.'

Ze pakte het pistool aan, Ezra knikte haar bemoedigend toe en duwde de boot toen van de kant af naar dieper water terwijl zij naar de bomen liep. Voor hij de motor startte, reikte hij achter zich en haalde het pistool dat hij eerder van Vaughn op het strand had afgenomen tevoorschijn en stak hem dat toe.

'Heb je dit eigenlijk ooit wel eens gebruikt?' vroeg hij.

Vaughns ogen waren klein en donker, zijn gezicht kletsnat van de regen.

'Ja,' zei hij. 'Ik heb het gebruikt. Op een manier waar je waarschijnlijk geen idee van hebt.'

'Schitterend,' zei Ezra. 'Dat verhaal mag je me nog wel een keer vertellen. Maar nu moeten we gaan.'

Hij drukte het pistool in Vaughns hand.

32

Ze zaten weer in de boot terwijl de regen over hen heen golfde als een wapperende waslijn vol kleren, in kalme vlagen, maar elke vlaag was een muur van water. Nora's haar plakte in klitten tegen haar nek en het water liep in haar mond en ogen. De hele wereld was nat, het meer en de lucht smolten als een vloeibaar universum samen. Ze zat achterin terwijl King haar arm in een houdgreep hield, zijn pistool vlakbij, terwijl Frank de motor startte en hen weer het meer op voer.

AJ was in een andere stemming dan voordat ze op het eiland waren geweest, ruwer, zijn zelfbeheersing hing nog aan een paar strakgespannen draadjes. Ze wist niet zeker of dat kwam doordat hij zich nu goed realiseerde wat hij bij de hut had gedaan, of dat hij op iets zat te wachten. Het was nu in elk geval wel duidelijk dat Ezra wist dat ze eraan kwamen.

Maar was dat wel zo? Was hij werkelijk naar het noorden gegaan en met Renee en Vaughn voor de storm ergens gaan schuilen? Of had Frank gelogen en had hij maar wat gezegd om af te zijn van dat pistool in zijn mond?

De motor brulde nu harder en de boot schoot de lucht weer in, waardoor ze naar achteren werd geschoven en King zijn greep om haar arm verstevigde. Zo bezorgde hij haar nog een paar blauwe plekken, nog meer blauwe strepen door die grote, lelijke handen van hem.

Ze stuiterden over het meer, de boeg danste tegen de door de wind opgestuwde golven, en om een of andere reden gingen haar gedachten naar haar moeder terug: die wilde altijd dat Nora trouwde en ergens ver weg van de wereld werd weggestopt, en Nora vroeg zich plotseling af of dat soms hierom was. De wereld kon al zijn kwaad in je leven brengen, vermomd in iets onschuldigs als een in de prak gereden auto, en je zag het nooit aankomen.

Maar ze had het moeten zien aankomen. Ze had het geweten toen ze die tweeduizend dollar in haar zak stak, wat haar vader nooit zou hebben gedaan. Hij zou een identiteitsbewijs hebben geëist, meer informatie willen hebben, of misschien zelfs de auto hebben geweigerd.

Ze zou haar aandacht eigenlijk op de in haar arm gravende hand en de wapens om haar heen moeten richten, maar ze kon de eerlijke, smekende blik op het gezicht van de man, de zogenaamde Dave O'Connor, niet uit haar hoofd zetten, toen hij het geld in haar handen drukte en haar verzekerde dat hij te vertrouwen was. Ze sloot haar ogen, opende ze weer en probeerde het meer te zien in plaats van die fout waardoor ze hierin verzeild was geraakt.

Zo ver noordelijk was er niets te zien behalve de wildernis. De bomen stonden in onafgebroken gelid langs de oever, als soldaten die zich voor een eeuwenoude strijd hadden verzameld en klaarstonden om in actie te komen. Hier en daar staken stronken en verweerde bomen uit het water, en in de lucht vlogen geen visarenden, adelaars of meeuwen die er normaal gesproken te vinden waren, er was niets dan voortrollende wolken en een scherm van regen. AJ zei iets in Franks oor en wees, stuurde Frank naar een oever en toen naar de volgende, heen en weer varend over het meer, op zoek naar Ezra en de anderen. Het was willekeurig en nutteloos, zelfs Nora wist dat. Iemand als Ezra zou de boot zo goed kunnen verstoppen dat ze die nooit zouden vinden, zelfs niet als ze het hele weekend bleven zoeken. Hij had hem waarschijnlijk op de kant getrokken, de bossen in gesleept en met takken en struikgewas overdekt, volkomen onzichtbaar.

Wat dan? Wat zou AJ doen, en wat zou er met zijn labiele stemming gebeuren wanneer hij tot de conclusie kwam dat ze de boot nooit zouden vinden?

Ze had op die vraag nog geen antwoord bedacht, toen Frank abrupt gas terugnam, de boot tot stilstand bracht en op zijn eigen kielzog liet deinen. Nora staarde over zijn schouder en voelde haar maag omdraaien van afschuw en verbijstering: de boot lag pal voor hen. Helemaal niet verstopt, sterker nog, volkomen open en bloot, hij lag daar bij het vasteland, aangemeerd tussen de bomen, midden in de baai, zelfs in de storm op honderd meter afstand te zien.

Wat dacht Ezra wel niet? Was hij soms gek geworden?

Ezra zat lange tijd tussen de natte bladeren met Vaughn naast zich, en dacht na over de zin die Vaughn had uitgesproken toen Ezra hem het pistool had gegeven en had gevraagd of hij ermee om kon gaan. *Ik heb het gebruikt. Op een manier waar je waarschijnlijk geen idee van hebt.*

Daar dacht hij over na en over Vaughns reactie toen hij van Renee gescheiden werd, hoe wanhopig hij haar kennelijk nodig had. Die twee momenten legde hij naast elkaar met de ongerustheid die hij al eerder had gevoeld, het idee dat Vaughn niet het soort man was waarop Devin zich in tijden van crisis zou verlaten. Terwijl ze zo in de regen zaten en op hun achtervolgers wachtten, overdacht hij al die dingen en na een hele poos wendde hij zich tot Vaughn en zei: 'Devin leeft nog.'

Vaughn had over het meer zitten staren, en hij bleef dat nu ook nog doen, maar alles in hem leek op slot te gaan, hij ademde niet en knipperde niet met zijn ogen.

'Hij leeft nog,' herhaalde Ezra. 'Hij is gisteren uit het ziekenhuis vertrokken. Is sindsdien niet meer gesignaleerd. Frank heeft van de FBI gehoord dat Devin volgens hen wel eens hierheen zou kunnen gaan.'

Deze keer vermande Vaughn zich en waagde een poging. Hij hield zijn hoofd wat schuin, wendde zijn blik af van het water, keek Ezra aan en zei: 'Ik weet niet of ik je moet geloven, maar als het echt zo is, is dat geen best nieuws.'

Ezra zei: 'Nee. Voor jou is het geen best nieuws.'

'Ik begrijp het niet,' zei Vaughn.

'Ik wel, geloof ik,' zei Ezra. 'Ik begrijp het wel.'

Vaughn streek met het puntje van zijn tong langs zijn lippen, alsof ze nog vocht nodig hadden terwijl de regen hem in het gezicht sloeg.

'En nu,' zei Ezra, 'nu we alleen met zijn tweetjes hier in de nattigheid zitten en Devins vrouw ver buiten gehoorsafstand is, ga ik je een vraag stellen en daar geef je eerlijk antwoord op. Heb jij hem neergeschoten?'

'Wat? Man, we zaten op die veranda en ik heb je vertéld…'

'Ik weet wat je me verteld hebt,' zei Ezra, 'en nu wil ik de waarheid.'

Een aanhoudende, harde windvlaag gutste over hen heen, de boomtoppen bogen diep door en Ezra en Vaughn werden op een douche getrakteerd. Toen trok de wind zich weer terug, de regen werd minder en de bossen om hen heen bedaarden.

'Vandaag ben ik je enige kans,' zei Ezra. 'Laat dat maar tot je doordringen, maat. Dat ben ik. En ik moet de waarheid weten.'

Er viel een lange stilte, en toen zei Vaughn: 'Ze is bang voor hem. Dat was het enige. Ze houdt niet van hem. Hoe kun je ook van zo'n vent houden? Maar hoe moest ze van hem afkomen? Als ik haar was, zou ik doodsbang zijn.'

'Denk je dat ze verliefd is op jou?' vroeg Ezra. 'Want daar heb ik niets van gemerkt.'

Vaughn verstrakte, woede flitste uit zijn ogen. 'Het zou best kunnen. Misschien is ze het wel. Man, je hebt ons niet gezien, je weet niet waar je het over hebt. Ik heb tijd met haar doorgebracht, ik ben zo vaak met haar samen geweest, en dan zei ze dat ze het heerlijk vond dat ik zo anders was dan hij, zo'n vent…'

Zijn stem stierf weg, maar Ezra begreep wat Vaughn nooit zou begrijpen: Renee was onderdeel van het spel waarmee het geld was verweven, zodat deze meneer tevreden bleef en voor Devins team zou blijven werken. Hij was gevangenisbewaker en wellicht was afkopen met geld niet genoeg. Devin wilde Vaughn bij zich in de buurt houden, hem zo dicht mogelijk naar zich toe lokken zodat hij in de gaten kon worden gehouden. Dan had je iets nodig waarmee je een man als Vaughn aan de haak kon houden. En Renee speelde die rol kennelijk uitstekend.

'Heb je een verhouding met haar?' vroeg Ezra. 'Gevreeën?'

Vaughn schudde zijn hoofd. 'Nee. Zover was het nog niet. Maar ze was bang voor hem, en ik weet dat ze hem wilde verlaten, dat weet ik héél zeker.'

Die laatste zin siste hij Ezra toe, spuug vormde zich op zijn lippen.

'Oké,' zei Ezra langzaam. En toen: 'Waarom ben je hierheen gevlucht? Je had overal naartoe kunnen gaan, maar je hebt dit gekozen. Waarom?'

Vaughn gaf geen antwoord, maar na een ogenblik gaf Ezra het antwoord. 'Het moest lijken alsof het Devins idee was. Om haar te overtuigen.'

Hij knikte. 'Hij had het er een keer over gehad. Helemaal in het begin. Als ik wilde kon ik erheen, je weet wel, vakantie of zo. Hij schreef jouw naam op' – hij knikte naar Ezra – 'en zei dat ik alleen maar jou hoefde te bellen en te zeggen dat ik eraan kwam. Hij deed alsof het heel grappig was. Hij moest er behoorlijk om grinniken.'

'Dat zal best,' zei Ezra. 'Ik heb hem beloofd dat als hij hier ooit zou terugkomen, ik hem zou vermoorden. Waarschijnlijk vond hij het allemachtig grappig dat jij me zou bellen en zeggen dat hij eraan kwam. Maar als je dacht dat je hem om zeep had geholpen, waarom moest je dan op de vlucht slaan?'

'Om bij haar te kunnen zijn,' zei Vaughn met nauwelijks hoorbare stem. 'Om bij haar te zijn en van al het andere af te zijn. Om haar te laten zien wat ik zou kunnen zijn. Dat ik voor haar zou kunnen zorgen. Dat ik net als hij kon zijn, alleen… beter. Als ze wist dat hij me vertrouwde, als ze wist…'

Hij keek Ezra aan, hoop glom in zijn ogen. 'Je vertelt het haar toch niet, hè? Jij haat hem ook. Jij begrijpt het.'

'Ik ben een dwaas,' zei Ezra. 'Een ouwe dwaas.'

'Wat?'

Ezra keek op hem neer, vond Vaughn weerzinwekkend en vanuit zijn onderbuik voelde hij een felle afkeer van zichzelf oprijzen.

'Er zijn mensen dood, en er zullen er nog meer sterven,' zei hij. 'Vanwege jou. Ik ben hier niet om je te beschermen.'

'Denk je soms dat ik daarop uit was? Denk je dat ik wilde dat die mensen ook maar in onze buurt kwamen?'

Ezra gaf geen antwoord.

'Je vertelt het haar niet,' herhaalde Vaughn. 'Oké? Je zei dat je had beloofd om Devin te vermoorden. Dat heb je me net verteld. Dus jij begrijpt het.'

Dus hij begreep het. Dat snotterig moordend stuk stront keek Ezra in de ogen en zag in hem een vriendelijke geest.

'Ik ga haar vertellen dat haar man nog leeft,' zei Ezra.

'Wát?'

'Hij leeft nog,' zei Ezra, 'en ze heeft het recht dat te weten. Je hebt hem niet vermoord en welke hoop je ook wat haar aangaat hebt gekoesterd, het gaat mooi niet door.'

'Het gaat wel door,' zei Vaughn, zijn woorden voorzichtig kiezend, 'als Devin dood is.'

Het bleef even stil, zijn opmerking bleef in de lucht hangen.

'Nee,' zei Ezra. 'We gaan niet iedereen maar vermoorden om zijn vrouw te kunnen krijgen. Daar doe ik niet aan mee.'

'Jíj zei dat je hem wilde vermoorden.' Vaughn zette zich tegen de grond af, hij stond op en zijn stem sloeg over. 'Je zei net nog dat hij hier nooit kwam omdat jij had gezegd dat je hem dan zou vermoorden. Dus wat kan het je schelen, man? Het heeft met jou niets te maken.'

Met hem niets te maken. Daar had Vaughn gelijk in. En toch zat Ezra hier met hem in het bos met een pistool in zijn hand, en een bloederige puinhoop in het vooruitzicht. Hij wilde wat zeggen, maar zweeg omdat hij een motor hoorde.

Ze waren er. Hij boog zich tussen de bomen door naar voren en keek over het water. Vaughn deed hetzelfde en ze zagen hoe Ezra's boot zo'n honderd meter verderop op het meer tot stilstand kwam. Ezra zag vier personen aan boord, hij herkende Nora maar geen van de anderen. Frank zou wel eens aan het roer kunnen staan. Ja, dat was Frank wellicht. Hij moest de boot besturen.

'Is Devin erbij?' vroeg Vaughn. 'Als hij daar is, man, vermoord hem dan, dan is het maar gebeurd. Dan neem ik Renee mee en vertrek.'

'Hou je kóp.' Ezra wilde zijn pistool wel midden op Vaughns gezicht laten neerkomen, hem net zo lang slaan tot zijn lippen moes waren en hij geen woord meer kon uitbrengen.

De motor kwam weer tot leven en de boot kwam hun richting uit, zou gaan afmeren. Ezra zag ze komen, zag dat Frank inderdaad aan het roer stond, en wilde weer dat hij zijn geweer had. Als hij zijn geweer had gehad, was het nu voorbij geweest. In plaats daarvan moest hij wachten en het gevecht hun kant op laten komen. Dat stond hem niets aan.

Ze meerden de boot aan en Ezra rolde zich naar de boomstam terug, keek naar Vaughn en zei: 'Ze komen aan land, en we laten ze komen, oké? Met die pistolen kunnen we niet ver genoeg schieten. Dus we blijven hier zitten wachten, in stílte.'

Vaughn gaf geen antwoord, hij knikte niet eens, keek Ezra alleen maar met een niets ziende blik aan. Dat zou een verdomd fijne strijdmakker worden. Ezra was op zichzelf aangewezen, hier had hij geen steun, geen Frank Temple of Dan Matteson zoals vroeger.

'Als ze aan land komen,' begon Ezra, maar hij onderbrak zijn instructies omdat hij een andere motor hoorde. Wat was dat verdomme? Vanaf de plek waar hij stond kon hij alleen zijn boot zien, en de grote Merc was uitgeschakeld. Hij schoof een paar stappen opzij, knielde opnieuw, en zag de kleine aluminium boot. Ja, iemand was aan boord gestapt en startte de motor. Frank was op het strand en duwde het bootje het water in. Ezra had dat stevig in het zand verankerd.

Frank kreeg de boot los, stapte er met de lange man, die aan het roer stond, in en samen voeren ze met beide boten naar het open water. Ze gingen nog zo'n honderd meter verder uit de kust, en toen werd het anker van de kleine boot neergelaten, die heftig in de wind op de golven danste.

'Shit,' zei Ezra toen hij zag wat ze deden. Dat was een goeie zet. Een verdomd goeie zet. Ze wilden niet achter Ezra aan het bos in gaan en beide boten achterlaten. Als ze een fout maakten en Ezra was in staat terug te keren en een boot te pakken, zou het daarmee gebeurd zijn. En omdat ze maar met zijn tweeën waren, kon er ook niemand bij de boten achterblijven. De oplossing, die Ezra ook zou hebben bedacht als hij in hun schoenen had gestaan en tijd genoeg had gehad, was een van de boten weghalen. Met deze storm zou het meer uitgestorven blijven en hadden ze de tijd.

'Wat doen ze?' fluisterde Vaughn ook al konden ze hem op het strand onmogelijk horen.

'Ze leggen een van de boten in het meer voor anker. Zo ver weg dat we er niet bij kunnen. Dan komen ze terug.'

Ze zouden met zijn boot terugkomen, die was groter en sneller en beschikte bovendien over een cruciaal element: een startsleutel. Neem de sleutel mee en je kunt niets meer met die boot, in tegenstelling tot het kleine bootje dat je met een startkabel aan de praat kon krijgen. Ezra had geen reservesleutels op de boot verstopt, maar als hij genoeg tijd had, zou hij hem wel met contactdraadjes kunnen starten. Maar dat werd een beetje lastig als mensen op je gingen schieten.

Ver weg op het water vond de uitwisseling met de twee boten plaats, de mannen stapten uit de ene in de andere over. Ze hadden hem bijna lijnrecht tegenover het eiland verankerd waar Ezra Renee had achtergelaten, nog geen vijftig meter uit de kust, en hij hoopte dat ze zich goed had verstopt.

De ruil was klaar. Het zag ernaar uit dat Ezra gelijk had en dat ze de kleine boot op de terugweg zouden meenemen. Het zou er nu op aankomen en Vaughn deed er niet meer toe, met hem zou hij later wel afrekenen, als de laatste troef was uitgespeeld.

Als ze om te beginnen Nora van AJ en King wilden afzonderen, dan kon dat volgens Frank wel eens een voordeel zijn. Maar dat kon hij moeilijk geloven toen hij zag dat King Nora's handen met tape op haar rug vastbond en daarna haar enkels ermee omwikkelde. Tegen die tijd stribbelde ze niet meer tegen, maar toen hij met een prop voor haar mond aankwam, zei ze iets.

'Nee. Alsjeblieft, laat mijn mond vrij.'

Ruw plakte hij het tape over haar gezicht, wikkelde het om haar gezicht tot het in haar haar geklit zat en plakte er nog een korter stuk overheen. De angst in haar ogen groeide toen haar mond bedekt was en Frank vroeg zich af of ze claustrofobisch was. Ze hadden haar languit in de kleine boot gelegd. AJ hield Frank met zijn pistool onder schot terwijl King de tape aanbracht, en Frank had een beetje geprotesteerd, alleen maar om ze te laten geloven dat hij het er niet mee eens was. In werkelijkheid was het zo het beste. Hij had met Nora te doen, kon haar niet in de ogen kijken, want hij vond de toenemende paniek in haar ogen moeilijk te verdragen, maar hij wist dat het makkelijker zou gaan als hij alleen met die twee zou zijn. Nora was een risico, een extra zorg bij elk moment waarop hij in actie wilde komen. Nu zij uit de buurt was, had hij naar zijn idee wat meer bewegingsvrijheid. Als hij het nu zou verprutsen, zou hij de enige zijn die het loodje zou leggen.

'Jij blijft bij haar,' zei King tegen AJ en algauw vervloog Franks hoop. 'Je wacht tot we aan wal zijn. Zodra we daar zijn, hou je de klok in de gaten, oké?'

Nee, dacht Frank. Geen klokken, geen countdown, zeg dat alsjeblieft niet.

'Na tien minuten schiet je een kogel door haar hoofd. Zonder aarzeling.'

'Lijkt me geen probleem,' zei King, hij boog zich dicht over Nora's van afgrijzen vertrokken gezicht en streelde met de rug van zijn hand over haar wang. 'Lijkt me totaal geen probleem, hè, snoes?'

Het meer en het omliggende land leken te kantelen en om Frank heen te draaien, die tijdslimiet – *tien minuten, tien minuten, tién minuten* – schroeide door zijn hersens, elk mogelijk scenario liet hij erdoorheen filteren en geen ervan deugde. Veel te weinig tijd.

'Je kunt niet…' Frank wist niet eens zeker wat er daarna zou komen, want die kans kreeg hij niet eens. AJ haalde met het pistool naar achteren uit, raakte hem midden in het gezicht en sloeg hem in de boot terug, bijna over de rand het water in. Zijn neus bloedde, het stroomde langs zijn kin op zijn shirt.

'Sta op,' zei AJ.

Frank bleef naar zijn eigen bloed liggen kijken.

'Sta óp!' Deze keer schreeuwde AJ het, en hij verloor bijna zijn evenwicht toen hij in het wilde weg naar Franks borst schopte maar de zitting boven hem raakte. De boot rolde op de door de wind opgestuwde golven. Frank stond op, dikke rode bloeddruppels bespatten zijn spijkerbroek.

'Start de motor,' zei AJ terwijl hij hem op de stoel achter het stuur schoof. 'En breng ons terug. We zijn bijna klaar.'

Frank draaide de sleutel om en de motor gromde, en toen voeren ze weg van het aluminium bootje waar Nora – *tien minuten, tien minuten, tien minuten* – gebonden en gekneveld in haar eentje met King wachtte.

Een scherpe pijn schoot door Franks ribben toen AJ zich naar voren boog, het pistool tegen hem aan drukte en in zijn oor 'Snéller!' schreeuwde. Vanaf deze positie kon hij niets doen zonder een kogel door zijn longen te krijgen en het enige waar Frank macht over had – de boot – was nu ook nutteloos. Als hij hem liet rollen of aan gort voer, en op een of andere manier ongedeerd wist te ontsnappen, dan zou King nog altijd in de boot met Nora zitten toekijken en maar al te bereid zijn om in actie te komen zonder die tien minuten af te wachten. Wat er ook gebeurde, het moest in de bossen plaatsvinden en snel ook. Frank boog zich over het stuur, hield zijn shirt tegen zijn bloedneus en stuurde de boot met grote snelheid over het zwiepende water. Zijn bloed stolde en de wind trok aan zijn ogen, en hij probeerde nogmaals aan de stem in zijn hoofd inzicht, geruststelling, herinnering of oude lessen te ontlokken. Stilte. De oude man had zijn zegje gezegd.

'Vaart minderen en aanmeren,' schreeuwde AJ. Langs deze waterkant was geen echt strand, alleen wat rotsen die de bomen hadden verdreven. Het water stond hoog zo vroeg in het jaar en een paar kleinere bomen vlak bij de oever stonden bijna onder, alleen de top was zichtbaar. Frank stuurde boot daarheen, voelde de romp trillen toen de schroef door een paar takken sneed. De regen werd naar de bomen gedreven, voortgestuwd door die harde westenwind. Het zou een natte, glibberige klim naar de heuveltop worden.

'Maak hem vast,' riep AJ terwijl hij naar de half onder water staande boom wees even voorbij de boeg. 'Zet de motor uit en maak hem vast!'

Frank maakte de boeglijn vast aan een van de uitstekende takken, maar de wind had de boot zo snel naar achteren geduwd, dat de boeg nu van het eiland af wees naar het kleine silhouet van de boot met Nora en King.

'Oké,' zei AJ terwijl hij de sleutel uit het contact haalde en die in zijn zak liet glijden. 'Jij gaat voorop en je blijft vlak bij me.'

Vlakbij, zodat Ezra niet zo makkelijk zou kunnen schieten. Frank stapte uit de boot, zonk tot zijn middel in het water weg en was nog verder gezakt als hij met zijn voet geen houvast op een boomstronk had gevonden. AJ plonsde achter hem het water in en toen strompelden ze beiden door het water, tegelijk takken opzij duwend. Het water was koud, kroop langs Franks benen omhoog naar zijn borst, die toch al doorweekt was van de regen. Hij ploegde tussen de kleine bomen en stronken door, glibberde en plonsde voort tot hij alleen nog met zijn voeten in het water stond. Hij keek tegen een modderige heuvelrug op, waar kleine zaailingen horizontaal leken te groeien. Nog één stap en zijn voet raakte de grindoever en hij had het gevoel alsof hij op een landmijn was gestapt: die klok op de boot – *tien minuten, tien minuten, tien minuten* – begon nu te tikken.

'Klim naar boven,' zei AJ, en zijn adem voelde warm in Franks nek. Hij bleef vlak achter Franks rug, vastbesloten Ezra geen schot te gunnen.

Hij strompelde de helling op, greep zich aan de zaailingen vast, en terwijl zijn voeten in het slijk wegzonken telden zijn hersens de seconden die in minuten overgingen. Ze bereikten de heuveltop, waren beiden buiten adem en staarden tussen de donkere bomen door die in de wind en regen stonden te schudden. Niemand te zien.

'Ballard!' AJ schoof Frank weer naar voren, naar de bomen, en bulderde de naam. 'Ezra Ballard, als je dit hoort, luister dan goed. Op die boot daarbuiten zit het meisje van de garage. Ze heet Nora, geloof ik. Je kent Nora toch?'

Ze waren nu in het bos en AJ bleef even staan toen een aanhoudend geroffel van donderslagen zijn woorden dreigde te overstemmen. De donderslag ging voorbij en na een bliksemflits schreeuwde hij opnieuw.

'Zodra we een voet aan wal zetten, ging de tijd lopen. Het meisje heeft nog tien minuten te leven. Als die tien minuten voorbij zijn, krijgt ze een kogel in haar mooie gezichtje.'

Ze waren nu vijftig meter in het bos, liepen er doelloos rond en Frank realiseerde zich dat AJ compleet van de veronderstelling uitging dat Ezra zo dichtbij was dat hij hem kon horen. Maar stel dat dat niet het geval was? Gingen ze hier een beetje rondwandelen, in de wind schreeuwen, tot de tien minuten voorbij waren en Nora dood was?

'Dat kun je voorkomen,' schreeuwde AJ. 'Ik wil alleen Vaughn en Renee maar! Als je ze naar buiten stuurt, dan is dit klaar. Renee, liefje, hoor je me? Devin leeft nog. Devin leeft nog!'

Acht minuten. Volgens Frank had ze nog zo veel tijd over. Misschien zeven? De klim naar boven had misschien langer geduurd dan hij dacht. Hoe dan ook, het werd tijd om in actie te komen. Hij had op Ezra gewacht, om Ezra gebeden, maar de bossen om hen heen waren in stilte gehuld, op de regen en AJ's weergalmende kreten na.

'Kom op! Zeg of je me hoort!' AJ schreeuwde het uit, zijn stem stierf met het laatste woord weg, en toen zweeg hij en bleven ze beiden staan luisteren. Er klonk geen enkel geluid.

33

Knielend op de natte aarde naast een omgevallen pijnboom dacht Ezra aan een ander woord waar je 'oud' voor kon zetten, het soort dat hem zo had gemarteld. Oude jacht. Dit woord had in tegenstelling tot de woorden die eerder door zijn hoofd waren gegaan, geen negatieve bijklank, was niet twijfelachtig. In plaats daarvan was het 't 'oud' van vertrouwdheid, zoals van 'oude vriend'.

Oude jacht: Ezra kende het spel. Hij had het goed gespeeld. Sterker nog, er waren er maar weinig beter in dan hij, en die klootzak van een schreeuwlelijk die door de bomen stond te roepen hoorde daar beslist niet bij. Nu had hij geen last van twijfels, want er hoefden geen beslissingen genomen te worden. Er was slechts één uitkomst mogelijk.

'Zeven minuten!' Alweer een schreeuw. 'In die tijd zul je moeten meewerken!'

Meewerken? Nee, vriend, je begrijpt het niet. De zeven minuten kloppen misschien, en zijn nog van belang ook, maar meewerken? Aan dat deel van het spel doe ik niet mee. Die minuten betekenen voor mij heel iets anders.

Zo lang heb ik om je vriend op de boot om te leggen.

De schreeuwende man en Frank waren al twintig meter achter Ezra en Vaughn, en dwaalden verder af, liepen in een rechte lijn en maakten zo veel lawaai dat ze onmogelijk iemand in hun buurt konden horen. Ezra had zo nodig misschien een schot gelost, maar die vent was zo slim om dicht in de buurt van Frank te blijven zodat hij geen ruimte had om te vuren. Maar dat was oké. Als de tijdslimiet klopte, dan draaide het helemaal niet om de kerel in het bos. Het draaide om de man in de boot met Nora, ver buiten het schootsveld van een handwapen.

Komt verdomd goed uit dat die idioot zojuist met Ezra's geweer het meer was overgestoken en het in de boot had achtergelaten.

Hij liet ze nog een stap of vijftien doorploeteren, het schreeuwen ging nog altijd door, en draaide zich toen naar Vaughn om, die languit op zijn gezicht in de natte bladeren en modder lag. Ezra duwde met de punt van zijn laars tegen hem aan en Vaughn tilde zijn met modder besmeurde gezicht op.

'Ik ga naar de boot. Jij blijft hier.'

Vaughn keek hem aan met die wilde, ongerichte blik die hij had gehad sinds Ezra hem had verteld dat hij niet van plan was Devin te vermoorden, en dat hij voor Renee niet verborgen zou houden hoe de vork in de steel zat.

'Hier blijven,' herhaalde Ezra. 'Als hij terugkomt, schiet je hem overhoop.'

'Nee, niet doen…' Maar Ezra was al weg, profiteerde van nog een donderslag die hem extra dekking gaf. Met knieën en onderarmen schoof hij op zijn buik vooruit, een geruisloze en snelle beweging die zijn leven meer dan eens had gered. Zijn oude leven had gered, de oude Ezra had gered.

Ze liepen diep het bos in terwijl AJ onophoudelijk dreigende, intimiderende en dwingende taal uitschreeuwde. Geen antwoord. De regen stroomde heviger dan ooit, sloeg onder gestaag voortrollende donderslagen tussen de bomen door. Toen het meer uit het zicht was, greep AJ met zijn vuist Franks shirt vast en schoof hem in noordelijke richting naar voren, parallel aan de oever.

'Nu ben jij aan de beurt,' zei AJ. 'Zorg dat die ouwe klootzak je hoort. Je hebt nog een paar minuten.'

AJ had gelijk, zo veel tijd was er niet meer – misschien nog een minuut of drie – en Frank had nog steeds niets ondernomen, was alleen maar doorgelopen, had afgewacht of zich een schitterende kans aandiende. Dat kon hij wel vergeten.

'Práten zei ik,' siste AJ.

'Ezra!' riep Frank, zijn stem klonk harkerig en te zacht. Hij schreeuwde harder. 'Ezra, als je ons kunt horen, geef dan antwoord, anders gaan er mensen dood. Nora zit op die boot daar. Geef antwoord!'

Het antwoord dat Frank van Ezra wilde was een kogel, precies tussen AJ's ogen, maar die kwam niet en er kwam ook geen geluid.

'De oude man laat haar doodgaan,' zei AJ. 'Dat geloof je toch niet?'

Frank schreeuwde opnieuw, hield er toen mee op, zijn ogen zwierven naar een plek zo'n vijftig meter voor hen. Daar leek de grond af te lopen, omlaag te duikelen langs een korte, steile heuvelrug om aan de overkant weer op te lopen: een soort verdwijngat. Het was de beste plek in de nabije omgeving en hij verschoof een beetje naar links, liep ernaartoe, terwijl AJ zo door het zoeken tussen de bomen werd afgeleid dat hij het niet in de gaten had of, als dat wel zo was, er niet op reageerde. Dat gat was misschien Franks kans. Als hij nu tegen AJ in actie zou komen, zou die in een reflex schieten. AJ hield het pistool tegen zijn ruggengraat gedrukt dus op zo'n reflex zat hij bepaald niet te wachten. Maar als hij hem letterlijk ten val kon brengen, en dat met een snelle beweging deed, dan zou AJ misschien niet in een reflex schieten. Dan zou hij zichzelf allereerst opvangen, de val breken, dat zou hij doen. Of niet soms?

Dit moest lukken. En als het niet lukte, dan was Frank er geweest.

'Blijf praten,' zei AJ. Zijn stem klonk gespannen en hij draaide zijn hoofd voortdurend heen en weer, gluurde naar elke schaduw, knipperde de regen uit zijn ogen, zijn zelfvertrouwen sijpelde weg. Hij was niet thuis in zulke donkere bossen. Hij was gewend dat moorden op andere plekken plaatsvonden, onder straatlantaarns, in stegen en op bouwplaatsen. Hij vond het hier maar niks, vertrouwde zichzelf in deze omgeving niet. Mooi zo.

'Ezra, verdomme, geef ántwoord!' riep Frank, zich niet bewust van de woorden die uit zijn mond rolden, zich in plaats daarvan concentrerend op een snelle mentale oefening, in zijn hoofd de benodigde bewegingen plannend.

AJ was achter hem, hield het pistool tegen Franks rug. Maar dat was oké. Dit had hij eerder gedaan, in die kelder in Chicago, terwijl zijn vader hem door de opeenvolgende stappen heen leidde. Dit was de normale positie, zo hield je een pistool op iemand gericht wanneer je er zeker van was dat hij dat niet van je af kon pakken. Ga achter iemand staan, duw het pistool in zijn rug, dan kreeg je de illusie dat je heer en meester was en alles onder controle had. De vent voor je kon toch nooit zo snel zijn dat hij je pistool van je af kon pakken, toch? Onmogelijk.

Maar het kon wel, het was vaker gedaan.

Pak het pistool van me af, Frank. Kom op, jongen, je bent te traag. Zo lukt het nooit. Weet je hoe vaak je tijdens je pogingen al dood zou zijn geweest? Zo langzaam, zo langzaam. Kom op, nog een keer. O, shit, het was je bijna gelukt.

Ze hadden het eindeloos geoefend tot Frank het elke keer kon afpakken. Dit was een van zijn vaders favoriete oefeningen geweest omdat die liet zien hoe snel Frank was, en Frank Temple II had de snelheid van zijn zoon fantastisch gevonden. Vandaag waren de omstandigheden ook goed. AJ stond tegen Franks rug, in de veronderstelling dat dit de beste manier was omdat hij Frank daardoor als levend schild gebruikte. Maar daarmee bleef hij ook dicht bij hem in de buurt, en dat was precies wat Frank nodig had.

Ze kwamen dichter bij dat gat in de grond, een simpele, weinig indrukwekkende heuvel: Nora's beste kans om te overleven. De steile daling was nu vol in zicht, Frank zag dat de aarde misschien drie meter naar beneden duikelde. Hij hoefde slechts een stap opzij te doen, met zijn rechterarm en -been uit te halen, maar wel verdómd snel. Als hij een stevige ruk gaf, kon hij AJ de diepte in sturen.

Jouw pistool zit op zijn rug. Achter zijn riem op zijn rug, en als je de greep perfect uitvoert, kun je er misschien bij. Maak je maar geen zorgen over zijn pistool. Zorg dat hij voor je komt en met zijn hoofd omlaag de heuvel af duikelt, dan grijp je naar het pistool in zijn riem.

De verlaging was nu vlak voor hen, ze waren er bijna, maar AJ leidde hem ervandaan. Shit, dat kon hij niet laten gebeuren, hij had die helling nodig. Frank bleef staan, liet AJ naast zich komen en wees naar de bomen.

'Wat?' zei AJ.

'Volgens mij zag ik daar iemand bewegen. Ik weet het niet…' Frank wilde weer doorlopen, in de richting van het zogenaamde geluid en AJ liep achter hem aan. Ze liepen langs het gat en Franks hart ging als een razende tekeer, maar zijn ademhaling leek te stokken. Nog vier stappen, nog twee, nog één…

Uiteindelijk maakte hij niet de bewegingen die hij in zijn hoofd had gerepeteerd, die zijdelingse stap en zwiep. Het leek een prima idee, alsof er geen andere mogelijkheid was, maar in de seconden waarin hij in beweging kwam, nam zijn instinct het over en een onbewust deel van zijn brein zei hem dat hij het anders moest doen. In plaats van opzij te stappen, zwenkte hij vliegensvlug, draaide in een volle, snelle beweging zijn rug van het pistool weg, hief zijn linkerarm op en hield die tijdens de draai recht voor zich uit. Hij raakte AJ tegen de schouder en gaf hem een duw naar voren.

Hij had zich vergist: AJ vuurde toch in een eerste reflex. Het pistool ging een halve seconde na Franks schijnbeweging af, en scheurde in zijn vlucht een paar centimeter huid mee. Toen haalde hij met zijn arm uit en sloeg hij AJ naar het gat achteruit. Ze waren er een stap te ver vandaan, en AJ had zich misschien nog kunnen herstellen als Frank zijn voet niet in zijn knieholte had geplant: elke kans om zijn evenwicht te kunnen bewaren ging in rook op. AJ wankelde en viel, en daar was het pistool achter zijn riem, vlak voor hem, en het enige wat Frank hoefde te doen was zijn hand uitsteken…

Hij had het te pakken. Hij sloot zijn vingers om de kolf en toen was AJ verdwenen, tuimelde door de natte bladeren en afgebroken takken naar de bodem en de Smith & Wesson was van Franks linkerhand naar zijn rechter verhuisd, gericht en wel.

Eén slepende seconde wachtte hij. Precies zo lang tot AJ op de bodem van de steile helling was beland, zich naar Frank omdraaide en zijn wapen hief. Frank liet dat allemaal gebeuren, zo dichtbij liet hij hem komen, toen haalde hij één keer de trekker over en doodde hem met een enkel schot onder zijn rechteroogkas.

34

Ze waren misschien vijf minuten alleen op de boot toen King tegen Nora begon te praten.

'Uh-oh,' zei hij terwijl hij zich met een leep glimlachje naar haar toe draaide. Hij had in de deinende boot gestaan, dat had hij althans geprobeerd, en AJ en Frank nagekeken.

'Weet je waar ze nu zijn, snoes? Aan de wal. En je weet wat dat betekent.' Hij draaide zijn pols, keek erop en fronste zijn wenkbrauwen. 'Verdomme. Ben ik m'n horloge vergeten. Dat is slecht nieuws. Hoe weet ik nou wanneer de tien minuten voorbij zijn?'

Hij boog zich dicht over haar heen, ze probeerde weg te glibberen, maar merkte dat dat met gebonden handen en voeten onmogelijk was. Zijn lange, hoekige gezicht met ruwe stoppelbaard lag nu tegen het hare, ze voelde zijn adem op haar wang.

'Dan moet ik ernaar raden,' zei hij. 'Weet je hoe dat gaat, raden? Daar was ik altijd al slecht in. Ik dacht dat vijf minuten wel tien minuten duurden.'

De wind stak weer in een felle bries op en de boot rolde op de golven. Hij stak zijn hand uit om zijn val te breken en viel bijna boven op haar, zijn benen drukten zwaar op de hare. Haar maag kolkte en gal dreigde omhoog te komen. Nee, nee, nee, ze mocht niet misselijk worden, niet met de tape over haar mond. Als ze misselijk werd, zou ze erin stikken, doodgaan, zou ze het hem nog makkelijk maken ook.

'Moet je nou eens kijken,' zei King terwijl hij haar opzij duwde en met zijn vingertoppen over de blauwe plekken op haar onderarm streek, die hij daar twee dagen eerder had veroorzaakt. 'Liefdesplekjes. Heb ik dat gedaan? Ik durf te wedden van wel.'

Ze lag languit op de bank, en hij zat nu op zijn knieën op de bodem van de boot, keek niet eens naar het eiland, staarde alleen maar naar haar gezicht terwijl de wind zijn shirt strak over zijn borst blies en de regen van zijn gezicht op het hare druppelde. Hij stak zijn hand uit, pakte haar bij de haren en trok er zo hard aan dat haar ogen gingen prikken.

'Verdomde pech dat die knul opdook. Echt jammer, want jij en ik hadden vast een hoop pret kunnen maken. Misschien kan dat nog steeds.' Met een hand rolde hij haar hoofd ruw heen en weer. 'Ik haal die tape van je mond en dan kunnen we écht pret maken. Hoewel, misschien ben je wel een bijter. Ja, dat zie ik zo. Zo'n type ben je wel, hè? Boze kleine heks. De tape laten we dus maar zitten.'

Hij trok haar bij de haren omhoog, en ze zou het hebben uitgeschreeuwd als de tape niet in de weg zat. De tranen stroomden nu over haar wangen, haar neus ging prompt meedoen en de pijn was bijna niet te harden. Hij duwde haar tegen de zijkant van de boot en leunde tegen haar aan, duwde zijn lichaam op het hare. De boot kon die plotseling gewichtsverschuiving bijna niet aan, ze rolden naar één kant en hij trok zich op het allerlaatste moment terug, de boot rolde met hem mee. Stel dat hij niet was teruggerold? Stel dat ze zomaar overboord waren geslagen, in het water terechtgekomen waren, met de tape over haar mond en haar handen en voeten gebonden? Dan was ze er ook geweest. Dat of die tien minuten uitzitten.

'Die tape blijft zitten,' zei hij terwijl hij met zijn wijsvinger tegen haar mond tikte en haar lip tegen haar tanden sloeg. 'Dan kun je ook niet bijten. De tape op de handen kan ook blijven zitten. Die hebben we toch niet nodig.'

Hij maakte een plotselinge beweging, sloeg haar hoofd zo hard tegen de boot dat ze wazig zag, stond toen op en ging terug naar de boeg, leunde ertegen en staarde naar de bossen. Ze tilde haar hoofd op, probeerde te zien waar hij naar keek. Maar de hoek was niet goed, en ze kon zich niet verder omdraaien zonder haar hele lichaam om te rollen. En dat wilde ze niet, dan zou ze zijn aandacht weer trekken, dus rekte ze haar hals in een onhandige positie om te zien waar de boot naartoe was gevaren.

Ze kon de boot niet zien, en het vasteland kon ze maar nauwelijks zien. Ze zag wel dat er een ander eiland was, maar daar had AJ Frank niet mee naartoe genomen. Ze liet haar ogen over die oever dwalen en wilde net de andere kant op kijken, die afschuwelijke druk van haar nek wegnemen, toen ze beweging zag.

Er was iemand op dat eiland. Nee, onmogelijk. Ze verbeeldde het zich, een rare weerspiegeling, dat was het, de zon haalde zelfs áchter de donkere wolken streken uit. Waar was het gebleven? Wacht, daar was het weer. Ja, iemand op het eiland verderop bewoog zich tussen de bomen door.

Nora bleef in die onbeholpen houding liggen staren, de pijn was even vergeten. Nu de beweging weg was, wist ze zeker dat ze iemand had gezien en niet op de plek waar de boot op het strand had gelegen. Dus was de boot een truc geweest, een list?

Op dat moment kwam King van de boeg terug en Nora bewoog haar hoofd, maar ze was een seconde te langzaam. Hij had haar over het water zien staren, de intense blik in haar ogen gezien en volgde die.

'Trut van een wijf,' zei hij, en hij hief zijn pistool terwijl Nora wist dat ze zojuist iemands kans op ontsnapping had verknald.

Ezra kroop naar de top van de wal en bleef liggen, keek uit over het woedende grijze meer. Daar lag de boot, een paar honderd meter verderop, klein, maar duidelijk te zien. Wacht maar tot hij die in het vizier had. Dan zou hij niet meer zo klein zijn, o nee, meneer. Keurig netjes, een perfect plaatje van een arme klootzak die ten dode opgeschreven was.

Hij hoorde het schreeuwen niet meer, dat kon een goed of een slecht teken zijn. Misschien was de idioot buiten gehoorsafstand of liep hij nu stilletjes naar de boot terug. Ezra wist het niet en wilde er ook geen tijd aan verspillen. De tijd glipte weg en hij moest bij zijn boot zien te komen. Ze hadden hem precies midden tussen de stronken en de gedeeltelijk onder water staande bomen vastgemaakt, waar het op dit gedeelte van de oever van wemelde. Hij hoorde een schrapend geluid toen de romp tegen een stronk botste en daardoor kreeg hij een nog grotere hekel aan die klootzakken. Ezra was verdomd zuinig op zijn boot.

Hij moest nog een betrekkelijk open ruimte van zo'n zeven meter overbruggen voor hij bij het meer was, en daarna moest hij nog door de wirwar van takken en het water waden, zich een weg naar zijn boot banen. Dan zou hij binnen een halve minuut aan boord zijn, maar hij zou wel de hele tijd open en bloot te zien zijn, en als Nora's metgezel een geweer had, dan zou Ezra nog voor hij een schot had gelost wel eens dood kunnen zijn. Maar daar was niets aan te doen. Soms moest je een gok wagen, dat was alles. Ezra had wel vaker gegokt, en hij had de dobbelsteen nog steeds in zijn hand.

Hij bracht zijn ademhaling tot bedaren en dacht erover om af te tellen, tien seconden en dan in actie komen... ach, onzin. Met aftellen werd het er heus niet makkelijker op, en hij had geen seconde te verliezen. Hij zette zich met zijn handen van de grond af en kwam voor het eerst sinds hij bij Vaughn was weggekropen overeind. Hij sprong in de benen en rende de heuvel af.

Het was een glibberige, gevaarlijke puinhoop in de regen, en twee keer viel hij bijna op zijn gezicht, maar hij wist op een of andere manier op de been te blijven en door te rennen. Hij waadde zo zacht mogelijk kniediep door het water, bleef zo laag mogelijk en onder de bootrand. In zijn oren klonk de hele operatie oorverdovend, maar hij betwijfelde of ze hem op het meer, waar de wind door de baai zwiepte, konden horen. Als ze goed hadden opgelet, hadden ze hem nu moeten zien, des te meer reden om het wapen zo snel mogelijk te pakken zien te krijgen.

Er werd niet geschoten, er kwam geen motor brullend tot leven. Hij waadde naar het achterschip, het water kwam nu bijna tot zijn oksels, plantte zijn handen op de reling en hees zichzelf omhoog. Verdomme, dat was zwaar. Hij werd door zijn doorweekte kleren teruggetrokken en zijn bovenlichaam was niet meer wat het was geweest. Maar hij redde het. Hij liet zich over de zijkant vallen en gleed op de grond, bleef daar een paar seconden hijgend liggen en wachtte op een schot dat niet kwam.

Nog altijd stilte. Hij duwde zichzelf in zittende positie en wierp een blik op het lege contactslot. Daar was hij al bang voor geweest: ze hadden de sleutel meegenomen. Maar dat kwam later wel. Nu had hij zijn geweer nodig.

Hij had het in het compartiment onder de vloer opgeborgen, een ruimte die eigenlijk voor visgerei bedoeld was. Hij deed het luik open, haalde de binnenbekleding weg en gluurde naar binnen. Heel even kreeg hij een hartverzakking omdat hij alleen maar hengels zag liggen. Maar daar lag het, helemaal tegen de zijkant weggestopt, een geweer dat er nog nooit zo mooi had uitgezien.

Het was een op maat gemaakt *bolt-action*-geweer, waarvoor Ezra zes jaar geleden een belachelijk bedrag had neergeteld, en het was bovendien het beste langeafstandswapen dat hij ooit in handen had gehad, zo eentje waarbij de Browning A-bolt en de Remington 700 afdankertjes uit een pandjeshuis leken. Binnenin zat een razendsnel jachtpatroon, wachtend om dat perfecte kaliber met tachtig kilometer per seconde los te laten. Elke kogel die uit dat wapen kwam, was een schitterend staaltje techniek.

Hij haalde het geweer eruit, sloot de opbergruimte en haalde het kapje van het vizier. Het was een Yukon-nachtzichtvizier, een instrument dat Ezra meer had gekost dan een paar auto's van hem, maar dit hoorde bij het geweer. Hij had zichzelf vaak streng voor beide aankopen toegesproken, want goed beschouwd was het een obsceen soort geldverspilling. Maar vandaag vond hij het een koopje. Ongelooflijk dat ze het zonder het te weten helemaal over het meer naar hier hadden getransporteerd. Zijn vijand had hem zijn eigen wapen terugbezorgd. Dat hun ziel genade mocht vinden.

Hij kroop terug naar de buitenboordmotor, drukte zichzelf tegen de stoelzitting, hief het geweer en liet dat op de achtersteven rusten. Toen legde hij zijn wang tegen zijn schouder, deed een oog dicht en zette het andere tegen het vizier.

Voor een nachtkijker, zelfs voor zo'n goede als deze, hoefde het niet helemaal of bijna helemaal donker te zijn. Voor dit soort omstandigheden zat er infraroodlicht op, maar Ezra had nu alleen het standaardbeeld nodig. Dat ving het daglicht op en versterkte dat, en in deze storm werkte dat prima. Hij verschoof het geweer een paar centimeter naar links zodat hij de boot in het vizier kreeg en stelde scherp.

De schreeuwlelijk had niet gelogen. Er waren twee mensen op de boot, Nora Stafford en een grote klootzak met een pistool in zijn rechterhand. Nora had tape over haar mond, en de man met het pistool was bezig... wacht eens even, hij had net zijn pistool opgeheven.

Het schot klonk luid en duidelijk, zelfs in de wind en de regen, en even was Ezra volkomen verbijsterd, want de man stond van Ezra afgekeerd en vuurde over het meer. Wat gebeurde daar, verdomme? dacht Ezra, en toen begreep hij het: Renee. De lange man had Renee gezien en was in het wilde weg aan het schieten.

'Shit,' fluisterde hij en hij richtte het dradenkruis snel op de borst van de grote man, hield zijn vinger strak om de trekker. Het was een verdomd ver schot, minstens honderdzestig meter. En het was nog moeilijker doordat de man half van Ezra afgekeerd stond, waardoor hij alleen zijn profiel zag. Al die details schoten razendsnel door Ezra's hoofd, hij duwde ze vervolgens opzij omdat de klootzak weer een schot loste en Ezra hem moest zien tegen te houden. Hij klemde zijn tanden op elkaar, dwong zichzelf rustig te ademen en haalde de trekker over.

Het was waarschijnlijk het beste schot dat hij ooit had afgevuurd. Zeker het beste dat hij zo snel had gelost. De kogel sloeg in de hals van de man in, een wolk bloed sproeide de lucht in en toen viel hij voorover, kantelde tegen de zijkant van de boot. Shit, hij zou pal op Nora vallen. Toen Ezra door het vizier keek, helde de boot vervaarlijk naar links over. Even dacht hij dat het lichaam in het water zou glijden en de boot vanzelf weer recht zou gaan liggen, maar op een of andere manier wist de man zich aan de zijkant vast te klampen. De boot rolde weer naar rechts, maar toen worstelde Nora zich onder het lichaam vandaan en door die beweging rolde hij weer naar links. Een halve seconde leek de boot nog in evenwicht te kunnen komen, maar ze ging maar door en het kleine voertuig helde verder over en sloeg om, waardoor ze beiden in het water terechtkwamen.

'Verdómme!' Ezra liet zijn geweer zakken en tuurde over het meer, alsof hij daardoor beter zou kunnen zien, tilde het weer op en keek opnieuw door het vizier. Het was niet zijn bedoeling geweest dat ze allebei in het water terecht zouden komen, maar dat was nog niet zo erg. Hij had gezien waar de kogel was ingeslagen, wist dat hij Nora minstens op een meter had gemist. Ze kon natuurlijk zwemmen, of zich tenminste aan de op zijn kop liggende boot vastklampen tot Ezra haar eruit kon halen.

Hij hield het vizier tegen zijn oog, keek naar het water en zag niets. Niemand bewoog, niemand spatte rond. Wat was ze in vredesnaam aan het doen? Ze was toch zeker niet bewusteloos geraakt bij de val?

En toen herinnerde hij zich de tape.

35

Nora wist niet wat er was gebeurd. Het ene moment torende King nog boven haar uit en stond hij op de gedaante op het eiland te schieten, en het volgende zat de boot onder het bloed en viel hij boven op haar. Eerst dacht ze dat hij door de bliksem getroffen was, in tweede instantie dacht ze dat de persoon van het eiland had teruggeschoten. En toen voelde ze dat de boot begon over te hellen en deed het er niet meer toe hoe King aan zijn eind was gekomen.

Ze rolde naar achteren tot haar haar bijna in het water lag, en beukte op hem in, worstelde zichzelf naar voren, probeerde hem de andere kant op te werken. Maar hij was te zwaar en met haar vastgebonden armen en benen kon ze hem niet weg krijgen. Ze schoot terug en gooide zich in een wanhopige poging weer naar voren, en nog steeds lag hij boven op haar, zijn bloed drupte door haar haar en langs haar wang. De wind trok weer aan, schudde aan de boot zodat het gewicht nog verder kantelde, en ze gleden het water in. In een fractie van een seconde zoog ze een teug lucht door haar neus en zette zich schrap tegen de kou, en toen waren ze over de rand en zakte ze naar beneden.

Ze zonk snel en geluidloos, viel in afgrijzen door het ijskoude water en voelde zich zo hulpeloos als ze zich nog nooit had gevoeld: sterk, gezond en ongedeerd, en toch ging ze dood.

Vastgebonden als ze was en niet in staat om met haar voeten te trappen of haar armen te bewegen, zonk ze snel, zakte ze helemaal tot op de bodem. Ze had haar ogen open en zag de lichtschittering op het wateroppervlak, wist dat ze met dat beeld voor ogen zou sterven.

Toen stuiterde ze. Ze zou op haar achterste zijn geland, maar met een laatste ruk had ze haar voeten onder zich weten te krijgen, en ze realiseerde zich dat ze zich door de tape totaal niet kon bewegen, maar wel haar knieën kon buigen.

Ze drukte haar voeten tegen de bodem van het meer, boog door haar knieën, zette zich zo hard af als ze kon en schoot weer naar boven. Het meer was hier niet diep, misschien drie meter, en die enorme afzet was genoeg om haar aan de oppervlakte te brengen. Genoeg om door haar neus een hap lucht te nemen. En toen zonk ze weer.

Nu wist ze net zo zeker dat ze op de bodem zou sterven. Het beetje lucht dat ze binnen had gekregen leek lang niet genoeg, maar deze keer hoefde ze niet te wachten tot ze neer zou komen, nu wist ze wat ze moest doen en dus landde ze met uitgestoken voeten, bijna rechtop. Nog eens de knieën buigen en afzetten, weer de hoogte in, maar zelfs toen ze opnieuw naar de oppervlakte ging, wist ze dat het zinloos was. Tijdens die korte momenten boven water kreeg ze niet genoeg lucht, en de door adrenaline aangejaagde kracht verdween snel. Ze kon misschien nog een paar keer boven komen, maar uiteindelijk zou het te langzaam gaan, zou ze als een uitzinnige naar lucht happen en in plaats daarvan water binnen krijgen, verdrinken en naar de bodem terugzinken, en deze keer voorgoed.

Ze kwam weer boven, kreeg deze keer iets meer lucht binnen, en zonk weer zonder iets anders gezien te hebben dan donkere, woedende wolken. Haar voeten raakten de bodem en opnieuw doorliep ze die hopeloze routine, waarschijnlijk voor de laatste keer, buigen en afzetten. Deze keer kwam ze onder de boot boven.

Toen ze onder de op zijn kop liggende boot belandde, raakte ze eerst in paniek, maar het redde haar het leven. In plaats van eenvoudigweg weer te zinken, gooide ze in een reflex haar hoofd achterover alsof ze zich onder de boot uit wilde werken. Dat lukte natuurlijk niet, maar daardoor stootte ze met haar achterhoofd tegen de aluminium boot en raakte ze ingeklemd tussen de stoelsteunen en de zijkant van de boot.

Ze zat vast. Slechts tijdelijk, een paar seconden, maar wel zo lang dat ze haar hoofd boven water kon houden, diep kon inademen en zich realiseerde wat er gebeurd was. Toen voelde ze zich weer van de steun wegglijden, klaar om opnieuw weg te zinken, en ze trok haar rug krom. Door die beweging werd haar hoofd tegen de steun geduwd en kwamen haar benen omhoog: haar lichaam gleed in een onbeholpen drijvende houding, een betere, drijvende overlevingshouding kon je niet bereiken wanneer je geen handen en voeten had om jezelf in evenwicht te houden. Zonder die steun onder haar hoofd was het nooit gelukt, maar nu werkte het.

Ademhalen. Dat was het enige wat ze hoefde te doen, dat was het enige waarover ze zich op dit moment zorgen hoefde te maken, alleen maar door haar neus inademen, en zo veel mogelijk zuurstof in haar longen zien te krijgen voordat ze uit deze positie loskwam en ze weer zou zinken. Ze zoog de lucht naar binnen, haar borst ging op en neer, ze haalde minstens vijf keer diep adem voor ze weer van de steun weggleed.

Ze probeerde nogmaals de beweging die ze eerder had gemaakt, haar rug krommen en haar benen optillen, maar deze keer kon ze de steun niet meer vinden en gleed haar hoofd weg.

Nee, nee, nee. Kom terug, hier kan ik het redden, hier kan ik het overleven…

Het water sloot zich al over haar gezicht en ze begon weer te zinken, en toen realiseerde ze zich dat niet haar hoofd van de steun was weggegleden, maar andersom. De boot bewoog, werd opzijgeschoven. Terwijl ze omlaag zakte zag ze dat hij bewoog, ze was een meter diep en zonk nog steeds toen een paar benen tegen haar rug botsten en iemand een arm om haar heen sloeg, om haar nek en onder haar kin, en haar optilde.

Even later brak ze door het wateroppervlak heen, knipperde het water uit haar ogen en staarde naar Renee, niet in staat om ook maar iets uit te brengen vanwege die verdomde tape.

Ezra liet het geweer vallen en kwam overeind, zich nauwelijks bewust van de aanvaller die nog in de bossen achter hem zwierf, en keek in zijn boot of iets hem kon helpen.

De sleutel was weg, en hij had geen tijd om de boot door middel van de contactdraadjes aan de praat te krijgen. Dan bleef de elektrische motor over en hoewel die absoluut te traag zou zijn, was dat zijn enige kans. Ezra kon zover niet zwemmen, niet meer.

Zwemmen. Hij moest aan Renee denken en de reden waarom de schietpartij aanvankelijk was begonnen. Zij was veel dichter bij de omgeslagen boot, en zij kon zwemmen. Had ze gezien wat er was gebeurd? Wist ze dat Nora in het water lag?

Opnieuw zocht hij het meer af of hij haar zag, maar toen bewoog iets achter hem op de wal, en hij draaide zich met een ruk om, wilde naar zijn geweer grijpen.

'Shit,' zei hij en hij pakte het geweer op maar liet de loop omlaag wijzen. Het was Vaughn, die met opgeheven pistool in een bibberende hand tussen de bomen tevoorschijn was gekomen.

'Kom op!' riep Ezra terwijl hij zich over de elektrische motor boog, een hopeloze zet maar het beste wat hij voor Nora kon doen. 'Kom.'

Vaughn meenemen en achter Nora aan gaan. Daar dacht Ezra aan toen hij op de boeg stapte, zijn wapen losjes langs zijn zij, de bossen afzoekend of er nog iemand aankwam. Nee, alleen Vaughn... waarom schoot hij niet een beetje op, en laat dat verdomde pistool zakken voor iemand ge...

Vaughn schoot vanaf de oever en even was Ezra zo verbijsterd dat hij als aan de grond genageld bleef staan, maar toen realiseerde hij zich dat het geen ongeluk was en hij sloeg beide handen om het geweer, hief het, toen Vaughn een tweede keer vuurde, weer miste en nog een derde keer.

De derde kogel raakte Ezra in zijn rechterzij, schoot dwars door zijn ribben en kwam via zijn rug weer naar buiten, bloed en vlees spatten op het windscherm boven de stuurinrichting. Hij probeerde het geweer op te tillen en op Vaughn te richten, maar door de inslag van de kogel was hij gedraaid en nu wankelde hij op zijn benen. Hij stootte met zijn knieën tegen de zijkant van de boot en kon niet meer overeind komen, viel over de zijkant in een wirwar van takken van een gedeeltelijk onder water staande boom. De takken braken onder hem af en hij viel in het water toen Vaughn opnieuw schoot, en weer miste. Ezra probeerde het geweer op te tillen, maar nu was het te zwaar. Had hij het zelfs wel vast?

Nog een tak brak en hij viel verder, de grijze hemel vervaagde in een rare rode mist en Ezra kon niet meer scherp kijken, kon niet schieten, ook al had zijn geweer op scherp gestaan. De rode mist ging over in een met grillige lichtvlekjes bezaaide duisternis, en Ezra Ballard sloot zijn ogen en verwelkomde het water.

Renee bevrijdde allereerst Nora's handen zodat ze zich aan de boot kon vasthouden terwijl Renee haar voeten losmaakte. Het overweldigende gevoel dat ze lééfde, dat door Nora heen ging toen ze haar benen en armen bewoog, was intens. Ze kon alles weer zelf, zich weer bewegen, was niet langer hulpeloos. Ze rukte de tape van haar mond, smakte met haar lippen en zoog dankbaar met volle teugen lucht en regen op, proefde het frisse water op haar verschaalde tong.

'Dank je wel,' zei ze. 'Dank je wel.'

De regen trommelde op de omgeslagen boot, het leek wel een drumband, maar ze stopten allebei met praten en luisterden naar een ander geluid, een reeks schoten, die over het water galmde.

'Wapens,' zei Renee. 'Iemand is aan het schieten.'

Nora zei niets. De kracht uit haar pas bevrijde benen ebde alweer weg, en zelfs watertrappen leek een onmogelijke opgave.

'Kunnen we hem omkeren?' vroeg ze.

'De boot?' Renee verplaatste zich in het water en keek naar de gekapseisde boot alsof ze verbaasd was dat Nora daar nog in wilde gaan zitten. Watertrappen kostte haar geen enkele inspanning, haar ademhaling ging regelmatig. Onder de oppervlakte bewogen haar armen en voeten in spookachtige cirkels en haar haar waaierde rondom haar schouders uit.

'Laten we hem omkeren,' zei Nora en ze leunde naar achteren om het vaartuig omhoog te tillen, maar het gevolg was alleen maar dat ze zichzelf dieper in het water werkte.

'Oké. We kunnen het proberen.' Renee zwom er dichter naartoe, dook onder de boot en pakte evenals Nora de rand stevig vast. 'Bij drie.'

Na twee pogingen lukte het. Het zat 'm in de motor, toen zijn gewicht over het zwaartepunt heen was, sloeg de boot naar één kant door en ging de rest vanzelf. Maar toen de boot eenmaal weer goed lag, hadden ze de kracht niet meer om erin te klimmen. Ze wachtten een paar tellen, hielden zich aan de zijkant vast en probeerden het opnieuw. Deze keer haalde Nora het met gemak, ze draaide zich om, greep de onderarm van Renee beet en hielp haar in de boot.

Ze bleven op de bodem van de boot zitten, kwamen weer op adem en staarden elkaar aan. Het water was ijskoud geweest, maar nu had Nora het nog kouder omdat de wind haar in zijn greep kreeg.

'Waar zijn de anderen?' Renee pakte haar eigen haar beet, sloeg haar hand er als een vuist omheen en liet hem omlaag glijden, het water eruit knijpend. Ze keek naar het meer, niet naar Nora.

'Op het eiland. Nou, een van hen is dood. De man die met mij op deze boot zat is dood. Ik geloof dat iemand hem heeft doodgeschoten. Daarom zijn we omgeslagen.' Nora haalde diep adem, keek over het water rond en zei: 'En Devin wacht in de hut van Frank.'

Renee bleef stil zitten, haar vuist nog altijd om haar natte haar en staarde Nora aan met een blik waar Nora's nek van ging prikken.

'Wat zei je?'

'Je echtgenoot wacht in Franks hut.'

Renee zei: 'Je bent in de war.' Maar Nora schudde haar hoofd. 'Hij leeft en hij is daar,' zei ze. 'Hij is er niet best aan toe, maar hij leeft. Vaughn heeft hem neergeschoten.'

Renee liet haar haar los. Haar mond stond een beetje open en haar ogen keken afstandelijk. 'Heeft Vaughn hem neergeschoten?'

'Dat zei Devin tenminste.' Nora sloeg het gezicht van de andere vrouw gade, en voegde eraan toe: 'Dat zei Devin toen hij mij en Frank met een pistool een bestelbus in dwong, hierheen reed en bij de hut een FBI-agent liet vermoorden. De man die ze AJ noemen heeft hem neergestoken.'

De woorden hadden kennelijk geen enkel effect op Renee. Ze zei: 'Vaughn heeft Devin neergeschoten. Ik was hier met hem, en hij is degene die Devin heeft neergeschoten. Hij heeft Devin willen vermoorden.'

314

'Ja,' zei Nora.

Renee keek niets ziend over het meer. Ze zei nogmaals: 'Vaughn heeft hem neergeschoten.'

Nora begon nu hevig te rillen, door de wind en haar doorweekte kleren zakte haar lichaamstemperatuur snel.

'Kunnen we de motor aan de praat krijgen?' zei Renee.

Nora draaide zich om en keek ernaar. Het ding had een tijdje op zijn kop gelegen, maar alles leek nog op zijn plaats te zitten.

'Waarschijnlijk wel.'

'Wil je hem starten?'

'Waar gaan we naartoe?' vroeg Nora toen ze zich naar de achterkant van de boot verplaatste.

'Naar mijn man. Maar we maken een tussenstop op het eiland. Ik heb daar een pistool laten liggen.'

Toen hij het eerste schot hoorde, was Frank in het gat bezig AJ's lijk te ontdoen van het pistool en de bootsleutel. Door het schot viel hij bijna op zijn knieën, werd hij overweldigd door het gevoel dat hij gefaald had. Hij was te laat. De tien minuten waren voorbij en Nora Stafford was dood. Hij had haar laten sterven.

Toen klonk er nog een schot, en een derde, en door dat laatste schot kwam hij weer in beweging, want dat was geen handwapen geweest. Hij herkende het als een geweerschot en King had geen geweer.

Hij rende naar de schoten, maar ging te veel naar links en rende pal een wirwar van struikgewas in die hij en AJ op hun weg naar het bos niet waren tegengekomen. Eerst probeerde hij zich erdoorheen te wurmen, maar dat ging niet, hij vocht zich er weer uit en rende langs het meer, uitkijkend naar een opening in de bosjes waardoor hij naar de oever en de boot kon doorsteken.

Hij hoorde stemmen – hij dacht dat het Ezra was – en toen klonk er opnieuw een serie schoten, drie achter elkaar. Wie was er aan het schieten? Hij sloeg de takken opzij en kwam tussen de bomen vandaan, zag dat hij boven op een modderige heuvel stond, maar Ezra's boot was nergens te zien. Op het water leek de kleine boot waarin Nora en King zouden moeten wachten, gekapseisd en die dreef nu op zijn kop in het meer. Hij zag mensen in het water.

Het was een steile heuvel en glibberig van de natte modder, maar hij worstelde zich omlaag, zette zijn voeten dwars neer om zijn gewicht goed te verdelen, zijn schoenen ploegden voren in de doorweekte grond. En toen stond hij tot zijn knieën in het water en plonsde langs de oever naar de groep stronken en bomen waar hij Ezra's boot had achtergelaten.

Terwijl hij door het water strompelde, gebeurde er iets met de boot op het meer. Hij ging een keer omhoog, nog een keer en ten slotte rolde hij om en lag hij weer recht. Twee mensen klommen erin en zelfs van die afstand zag Frank dat geen van beiden King kon zijn omdat ze te klein waren. Wat was daar verdomme aan de hand? Was Ezra daar met Nora of zo? Of Renee?

Toen hij om de heuvel heen was gelopen en hij Ezra's boot in het oog kreeg, zag hij dat Vaughn aan boord was. Die stond op de achtersteven en wilde met de elektrische motor van het eiland wegvaren.

'Hé!' schreeuwde Frank. 'Hé!!'

Vaughn draaide zich bij dat geluid om, hief een pistool en vuurde in het wilde weg twee schoten af die zo'n zeven meter naast Frank in het water terechtkwamen.

'Stop met schieten, idioot! Ik ben het! Frank!'

Vaughn had nog altijd het pistool vast, maar schoot niet meer, aarzelde, en Frank gilde: 'Kom terug! Ik heb de sleutel!'

Vaughn keek naar de grote, stille motor op de achtersteven en liet toen zijn pistool zakken. Hij worstelde met de elektrische motor, wist er niet mee om te gaan. Frank, die de boot tegemoet wilde lopen, stond tot zijn borst in het water en hield het pistool in de lucht zodat het niet nat werd.

Vaughn had de boot eindelijk in de juiste richting weten te krijgen en toen die bij hem was, greep Frank de zijkant beet, haalde diep adem, hees zich omhoog, vond met zijn knie houvast en gebruikte die als hefboom om zich in de boot te werken.

Hij was op de stuurboordstoel gestort, vocht om een beetje lucht te krijgen, toen Vaughn de elektrische motor losliet en zich met het pistool in een trillende, uitgestoken hand naar hem omdraaide.

'Geef me de sleutel.'

Frank staarde hem aan. 'Wat? Haal dat pistool uit mijn gezicht, lulhannes.'

'Geef me de sleutel!'

Op het meer kuchte een motor een paar keer en sloeg toen aan. Frank en Vaughn keken allebei in de richting van het geluid, zagen dat de aluminium boot weer in beweging kwam en naar het andere eiland voer, bij hen vandaan. Vaughn bleef er maar naar staren, en Frank plantte zijn voeten op de grond, ging staan en zwiepte Vaughns pistool omlaag en opzij, en sloeg hem één keer met gebalde vuist op de borst. Vaughn kwam met een klap tegen de stuurinrichting terecht, daarop greep Frank Vaughns pols vast en draaide daar net zo lang aan tot hij zijn vingers opende en het pistool op de bodem van de boot liet vallen.

'Wat is er verdomme met jou aan de hand?' zei hij, zijn gezicht dicht bij dat van Vaughn, die nu over zijn hele lichaam beefde. 'Je had me wel kunnen vermoorden, stomme idioot.'

Frank bukte zich en pakte het pistool op, klemde dat veilig buiten bereik onder de stoel, stak de sleutel in het contact en draaide hem om. Toen de motor tot leven kwam, schoof Vaughn een eindje bij hem vandaan. Frank ging rechtop staan en staarde naar de wegvarende aluminium boot. Zo te zien zat Nora bij de motor. Ze kon hem onmogelijk horen, dus stak hij zijn arm op en maakte een trage, wuivende boog. Eindelijk zag ze hem en stak ook haar hand op, maar de boot voer toch de andere kant op, naar het andere eiland.

'Wat is ze aan het doen?' vroeg Frank toen hij zich op de stoel liet vallen en de gashendel vastpakte.

'Renee was op dat eiland,' zei Vaughn.

'Ik denk dat ze nu in de boot zit. Maar wat is er met die man die bij Nora op de boot zat gebeurd?'

Vaughn gaf geen antwoord.

'Hoe zit het met Ezra?' Frank draaide aan het stuur en wendde de boot om achter Nora en Renee aan te gaan.

'Ze hebben hem doodgeschoten,' zei Vaughn.

Frank draaide zich met een ruk naar hem toe. 'Wat?'

Vaughn knikte, zijn kaak trilde. 'Iemand heeft hem neergeschoten. Hij is dood.'

'Wíé heeft hem doodgeschoten?'

'Dat weet ik niet.'

'Waar is hij dan?'

Vaughn stak een bibberende hand op en wees naar het water.

36

De misselijkheid die tijdens die eerste paar schoten was opgekomen en weer verdwenen, keerde terug toen Frank Ezra's boot van het eiland wegvoer waar zijn vaders oude vriend was vermoord. Die lag nu ergens net als Atkins in het water, hun bloed vermengde zich met het meer.

Hij zag de lijken voor zich, daar beneden, tussen het wier en de boomstronken, vissen die langs hen zwommen, bloedrode wolken die uit de wonden ontsnapten en in het grijze water oplosten, water dat vriendelijk tegen de houten wal klotste bij de hut waar Devin Matteson zat te wachten. Het kleefde aan Devin, al dat bloed in het water, nog twee levens genomen, opgeteld bij iedereen die door Franks vader was vermoord, met inbegrip van Franks vader zelf, die een kogel door zijn eigen mond had gejaagd met precies hetzelfde pistool dat Frank nu in zijn hand hield. Dat kleefde állemaal aan Devin. Atkins en Ezra, en zelfs die twee bullebakken die Devin bij zich had, het lijkental steeg door zijn nukken terwijl hijzelf onaantastbaar op veilige afstand zat.

Daar zou vandaag een eind aan komen. Frank zou naar die hut teruggaan en hem vermoorden. Hij zou de laatste zijn. Hij zou Devin vermoorden, de anderen zouden de politie bellen en dan zou er hoe dan ook een eind aan komen. Daar kon hij niet over nadenken, zich niet druk over maken, niets deed er meer toe dan dat hij dat verdomde meer moest oversteken en een kogel door Devin Mattesons hart jagen.

'Het spijt me, Ezra.' Hij fluisterde het en als Vaughn het al had gehoord, dan reageerde hij er niet op. In zekere zin waren ze er allebei verantwoordelijk voor en ook al haatte hij Devin nog zo erg, dat ontging hem niet. Ezra was dood, en Frank had daar een rol bij gespeeld. Hij was hier gekomen om bloed te zien, en nu had hij er meer dan genoeg van gezien, waar of niet? Maar de verkeerde mensen waren het slachtoffer geworden. Dat was het laatste wat hij nog ging rechtzetten, het enige.

Nora was met de andere boot naar het strand van het eiland aan de overkant gevaren, en toen hij dichterbij kwam, zag Frank dat zij nog altijd op de achtersteven zat en Renee aan wal was gegaan.

'Wat ga je doen?' vroeg Vaughn. Hij zat op de stoel naast Frank, zijn handen lagen op zijn dijen te trillen.

'We gaan ze ophalen en maken dat we hier wegkomen,' zei Frank. Hij had Ezra's boot langszij de andere gebracht en staarde eroverheen naar Nora, die zonder een woord te zeggen naar hem terugkeek. Op haar gezicht zaten rode striemen van de tape die over haar mond had gezeten.

'Alles goed?' zei hij terwijl hij de motor stationair liet draaien en zijn boot tegen de hare dobberde.

'Ik ben er nog,' zei ze.

'Ezra is dood.'

Ze staarde hem aan.

'Vaughn zegt dat ze hem hebben neergeschoten. Hij is dood.'

Nora gaf geen antwoord. Wat verwachtte hij eigenlijk van haar? Hij zei: 'Kom in deze boot, dan laten we die achter.'

Ze knikte, kwam overeind en hij stak een hand uit om haar te helpen overstappen. Tegelijk wendde hij zich tot Renee, die van het eiland naar hen toe kwam. Ze liep met snelle, zelfverzekerde tred, stapte zonder aarzeling het meer in en liep naar zijn boot met een pistool in de hand.

'Hé,' zei hij. 'Stap in. We gaan weg.'

Ze bleef doorlopen, het water kwam nu tot haar knieën. Ze had Frank geen blik waardig gekeurd, haar ogen hadden zich op Vaughn vastgepind.

'Doe dat pistool weg,' zei Frank.

Ze zei geen woord. Liep alleen maar langs de boot naar Vaughn. Franks wapen lag op de stoel en hij draaide zich om om het te pakken, dacht dat Vaughn misschien hetzelfde zou doen, maar in plaats daarvan stond Vaughn op, klom over de zijkant van de boot, plonsde tot zijn middel in het water en bewoog zich in de richting van Renee.

'Renee,' zei hij. Hij had zijn hand naar haar uitgestoken. 'Vergeef me. Ik deed het voor jou. Ik hou zo veel van je, dat heb je nooit kunnen begrijpen, nooit kunnen zien, liefje, vergeef me want ik deed het voor jou omdat ik zo veel van je hou…'

Hij stond ruim een meter van haar af, bewoog zich nog altijd met uitgestoken hand haar kant op, toen ze het pistool hief en vuurde. De kogel raakte hem in de slaap en hij sloeg achterover, zijn hoofd schoot achteruit waardoor zijn ogen ten hemel sloegen voor hij in het water viel en wegzonk.

Frank had nog maar net zijn pistool te pakken en Nora stond nog achter op haar boot te wachten om over te stappen. Ze zei iets, fluisterde iets, een vloek of een gebed, en Frank bleef staan waar hij stond, in een bevroren greep naar zijn pistool, terwijl Vaughns lijk naar de bodem zonk.

'Laat los.'

Door Renees stem werden Franks ogen eindelijk van de plek weggetrokken waar Vaughn in het water was gestort en hij zag dat ze het pistool nu op hem richtte.

'Laat los en doe een stap achteruit,' zei Renee. 'We gaan weg, zoals je al zei.'

Frank liet het pistool weer op de stoel vallen en deed een stap opzij.

'Zet die motor uit en help haar in de boot,' zei Renee. 'Ik zal jullie beiden geen kwaad doen, oké. Maar je brengt me nu naar mijn man.'

Frank schakelde de motor uit, liep langs de zijkant van de boot en stak zijn hand uit naar Nora. Ze staarde hem alleen maar aan, en Renee zei: 'Stap in die verdomde boot, meid.' Nora pakte Franks hand en stapte van de ene in de andere boot over.

'Oké,' zei Renee. 'Nu help je mij aan boord. En probeer alsjeblieft dat pistool van je niet te pakken. Daar heb ik geen zin. Ik wil niemand pijn doen.'

Frank bewoog niet, sprak niet. Renee stond daar in het water met het pistool in haar hand en staarde hem uitdagend aan.

'Hij heeft mijn man neergeschoten,' zei ze. 'Hem neergeschoten en mij toen hierheen gebracht. En het kan me verdomme geen moer schelen als je dat verkeerd vindt.'

'Hij verdiende het,' zei Frank. 'Het was absoluut zijn verdiende loon.'

Ze keek hem bevreemd aan, maar knikte ten slotte. 'Inderdaad.'

In die doorweekte kleren zag ze er ongelooflijk kleintjes uit, haar haar plakte tegen haar gezicht en hals, maar haar ogen stonden hard en haar kaak was onverzettelijk. Ze voelde zich op haar gemak met het pistool in haar handen, dat had ze vast wel vaker vastgehad.

'Help me aan boord,' zei ze. 'Nu.'

Hij liep naar de boeg en zij plonsde door het water dichterbij. Hij stak zijn hand uit en zij stak haar vrije hand omhoog, greep de zijne met haar door het water gladde en glibberige hand. Toen hij haar stevig beethad, boog hij naar achteren en trok haar omhoog, niet ruw, genoeg om haar omhoog te hijsen en duidelijk te maken dat ze haar andere hand ook nodig had. Ze aarzelde, keek hem nogmaals in de ogen alsof ze naar een teken van verraad zocht, legde toen haar hand met het pistool op de boegrand, maar kon even niets doen toen ze zich moest afzetten om over de rand te komen.

Frank liet zijn voet wegglijden en zette hem op haar pols, de fijne botten zaten onder zijn hiel gevangen.

'Niet doen,' zei ze naar hem opkijkend. Deze keer veranderde haar gezicht toen ze in zijn ogen las wat ze bij haar eerdere onderzoekende blik had gemist.

'Laat los,' zei hij.

'Wacht eens even. Ik zei al dat ik jullie geen kwaad...'

Hij verplaatste zijn gewicht, drukte op haar pols en haar woorden stokten in haar keel, toen maakte ze haar vingers los, liet het pistool gaan en gleed van de boeg weg. Frank bukte zich en pakte het pistool voor hij zijn voet optilde en haar bevrijdde.

'Prima,' zei ze. 'Als je dat verdomde pistool zo graag wilt, hou het dan maar. Ik wil alleen maar naar mijn man. Laten we als de donder maken dat we hier wegkomen.'

Ze stak opnieuw haar hand naar hem uit, als een kind dat opgetild wil worden. Hij bleef staan waar hij stond en keek op haar neer.

'Je hebt Vaughn in koelen bloede vermoord.'

'Zijn verdiende loon. Dat zei je zelf.'

'Ja, inderdaad. En je gelooft dat het goed was wat je deed.'

'Ja, absoluut.' Ze liet haar handen weer vallen en keek hem behoedzaam aan.

Hij knikte. 'Mooi zo. Jij en ik, we denken hetzelfde.'

'Oké,' zei ze. 'Laten we dan nu gaan.'

Hij wendde zich van haar af en keek naar Nora, die achter op de boot stond en dit alles met afgrijzen gadesloeg. Er zaten bloedspatten op haar arm. Waarschijnlijk Vaughns bloed.

'Nora,' zei Frank, 'ik moet je vragen in de andere boot terug te stappen.'

'Wat?'

'Alsjeblieft,' zei hij op vriendelijke toon. 'Ga in de andere boot en neem Renee mee naar de dam. Je weet toch hoe je daar moet komen? Mooi zo. Daar zit een viswinkel, even verderop langs de weg. Ga daarheen en bel de politie.'

'Frank...'

'Neem die andere boot mee en ga hulp halen,' herhaalde hij. 'Alsjeblieft.'

'Waar ga jíj dan heen?'

Hij gaf geen antwoord.

'Nee,' zei ze hoofdschuddend. 'Frank, we moeten elkaar helpen. Ga niet voor hem terug. Laat de politie...'

'Nóra.' Hij was nu resoluter, en door de nadruk maakte hij bijna onwillekeurig een beweging met het pistool in zijn hand. Hij had het niet dreigend bedoeld, maar haar ogen verplaatsten zich naar het pistool en er flitste angst doorheen, en toen ze hem weer aankeek, werd hij misselijk.

'Dit is veiliger voor je,' zei hij, maar ze was al in beweging gekomen, over de rand van de kleinere boot gestapt, uit angst. Angst voor hem, voor het pistool in zijn hand en wat hij ermee zou kunnen doen.

'Waar gaat hij naartoe?' zei Renee met scherpe, geschrokken stem. 'Waar heeft hij het over? Waar ga jij naartoe?'

Hij gaf geen antwoord, liep alleen maar naar de stuurinrichting, startte de motor en voer van hen weg, keek langs Nora heen, wilde niet denken aan hoe ze had gekeken toen hij die beweging met het pistool had gemaakt. Hij moest zijn gedachten op iets anders richten, op de dingen die niet vergeten mochten worden, zoals Ezra's lichaam in het water en Devin die in de hut zat te wachten.

37

Ezra hield van bomen. Was dol op bomen. Ze hoorden op het land thuis, hoog boven het water, maar in plaats daarvan stonden ze erin, ondersteunden hem, hielden hem aan de oppervlakte. De bomen wilden hem niet laten zinken.

Hij stelde zich voor dat de bodem een heel stuk lager was, minstens twaalf of vijftien meter. Misschien wel dieper. De bomen die hem vasthielden waren reusachtig. Eiken waarschijnlijk, of berken misschien? Het waren grote jongens, dat was een ding dat zeker was. Hij had zich niet gerealiseerd hoe hoog het meer deze lente was gestegen. Al die jaren dat hij hier was geweest, was het water nooit boven de vijftien meter hoge bomen uit gekomen. Gelukkig voor Ezra was dat dit jaar wel het geval. Dat moest een verdomd grote vloed zijn geweest. Vreemd dat hij zich die niet kon herinneren.

Het was moeilijk om wakker te blijven. De hemel zwom voor zijn ogen, maar de bomen hielden zijn hoofd boven water en zorgden dat hij kon ademen. Zo nu en dan dreigde hij weg te glijden en dan klotste het water tegen zijn kin, maar dan... en dat vond hij nog het merkwaardigst, groeiden de bomen weer. Ze gróéiden. Precies op het moment dat hij ze het hardst nodig had, strekten ze zich uit en tilden hem een paar centimeter op, net zo veel als nodig was. Het waren verbazingwekkende bomen.

Hij probeerde zich aan de takken naar de oever vooruit te werken, maar als hij trok kreeg hij enorme pijnscheuten, dus hield hij er maar mee op en klemde zich alleen maar vast: blijf drijven en wacht. Het had geen zin om ergens heen te gaan. De bomen zouden groeien wanneer hij ze nodig had.

Vaughn was weg. Ezra had gezien dat hij de boot meenam, had zich weten te concentreren en zelfs zijn hoofd een beetje opgetild. Toen was de boot van hem weggevaren, langs de oever en naar dieper water, en toen was er nog meer pistoolvuur geweest, en hoewel Ezra geen idee had waar dat vandaan kwam of wie er schoot, wist hij dat het niet best was.

Een poosje lag hij met alle geduld van de wereld te wachten tot hij doodging en hij was helemaal niet bang. Hij wilde dat het hier eindigde. Hij wilde dat zijn leven in het meer leegbloedde, dit prachtige meer dat hem datzelfde leven had gegeven. Het was mooi om hier aan je eind te komen. Het klopte. Hij had de eed gebroken die hij zo veel jaren geleden had gezworen toen hij hier net was aangekomen. Hij had opnieuw een man van het leven beroofd, en het meer wilde dat niet toestaan. Had dat niet toegestaan, had Vaughn gestuurd om hem te straffen. Na die jaren in de jungle met mannen die uitblonken in de strijd, en nog meer jaren in Detroit met een paar van de gemeenste klootzakken die ooit op de aardbodem hadden rondgelopen, werd Ezra door iemand als Váughn neergeschoten? Daar kon je toch zeker met je pet niet bij?

Hij had dus opnieuw gedood en het meer had hem gestraft, maar toen had het de bomen gestuurd om hem boven water te houden, en daar kon hij geen wijs uit want hij was bereid geweest om te sterven, maar de bomen staken daar een stokje voor. Dat begreep hij niet. Misschien maakten de bomen een vergevingsgezind gebaar. Het meer had hem één keer geheeld, misschien wilde het hem nogmaals helen.

Een laag knarsend geluid drong zijn hoofd binnen, en even wist hij zeker dat het een motor was, maar toen ging het weg, stierf weg als een drilboor die zich door hout heen boort. Misschien was er geen geluid en hield de pijn in zijn hoofd hem voor de gek. Een kogel kon dat soort dingen met je doen.

Opnieuw daalde een fijne regen op hem neer, nu veel lichter en hij voelde prettig aan op Ezra's gezicht, daardoor trok de mist wat op. Hij dacht dat hij op het oppervlak had gedreven, maar nu, nadat hij hevig met zijn ogen had geknipperd om iets te kunnen zien, realiseerde hij zich dat het water slechts tot zijn schouders kwam. Zo diep was het water hier eigenlijk niet. Misschien, als hij met zijn voet…

Lulhannes, hij kon hier staan. Hoe was dat nou mogelijk? Het zou hier veel dieper moeten zijn, onder aan die boomstronken, vijftien meter dieper.

Hij draaide zijn hoofd naar links, bestudeerde de boom die hem vasthield. De takken waren eigenlijk niet zo dik. Sterker nog, het waren niet meer dan twijgen. Hij lag helemaal niet in een boom. In werkelijkheid was het een bosje, het struikgewas dat langs de hele oever groeide. Hij was vlak bij de kant, vond vaste grond onder zijn voeten.

Ezra zou hier niet sterven. Vandaag niet.

Grady was te lang op de 51 gebleven, had een afslag gemist maar wist niet zeker welke. Hier had hij niets aan de staatskaart, hij had geen enkel bord naar de Willow Flowage gezien en Atkins nam zijn telefoon maar niet op.

Ten slotte gaf hij het op toen hij een benzinestation in het oog kreeg, de autoweg was inmiddels tweebaans geworden, en hij zette de auto op het parkeerterrein stil, stapte uit, rende naar binnen en liep bijna een dikke dame omver die verontwaardigd naar adem hapte.

'Hé.' Achter de toonbank stond een knul met woeste haardos in het register te kijken, met een arrogante uitdrukking op zijn gezicht. Grady liet hem zijn badge zien. 'Hoe kom ik bij de Willow Flowage?'

'Shit, man, FBI? Ga weg.'

'Wijs me nou maar de weg.'

De knul fronste zijn wenkbrauwen en wees naar het raam. 'Rechtdoor over de autoweg, man. Swamp Lake Road. Die volg je helemaal tot County Y, daar sla je naar de dam af.'

'Swamp Lake naar County Y naar de Willow Dam?'

'Ja. Wat is er aan de hand?'

'Niks. Moet je horen, ik moet bij een hut wezen, maar ik heb geen idee waar die is. Kan overal aan het meer zijn.'

De knul schudde zijn hoofd en nu kwam de dikke dame dichterbij staan, ze luisterde met onverholen nieuwsgierigheid terwijl ze een armvol frisdrankflesjes tegen haar omvangrijke boezem klemde.

'Aan het meer staan niet veel hutten. Helemaal niet veel. Weet je zeker dat het aan het meer is?'

'Ja,' zei Grady. 'Hij is van ene Frank Temple.'

De jongen zette grote ogen op. 'Jezus. Ik heb alles over hem gehoord.'

'Fantastisch. Maar weet je waar…'

'Ja, ja. Ik wijs u de weg wel.'

'Hoe lang doe je erover?'

'Een minuut of twintig.'

Twintig minuten. Oké, dat viel mee. Grady had nog een kans. Hij zou niet te laat zijn. Hij zou níét te laat zijn.

Er viel een vriendelijk regentje, dat ophield toen Frank het meer overstak. Er hingen nog altijd zware, donkere wolken, maar het was nu rustig, de wind was gaan liggen en het meer werd weer gladgestreken.

Frank voer vol gas in de wetenschap dat hij met de grote motor maar weinig tijd zou hebben. Hij zou misschien tien, vijftien minuten eerder bij de hut zijn dan Nora en Renee bij de dam zouden aankomen, en dat moest meer dan genoeg zijn. Het zou tenslotte helemaal niet lang hoeven duren, een halve minuut misschien. Hij zou de deur door lopen, het pistool in Devins gezicht duwen en de trekker overhalen.

Makkelijk zat.

Zijn verdiende loon.

En het klópte.

Ja, verdomme, het klopte. Ezra was dood, en Atkins ook, en het had Nora ook makkelijk kunnen overkomen. Vergeet Franks vader, vergeet het verraad, vergeet dat hele verleden… het was Devins verdiende loon vanwege alles wat er vandáág was gebeurd. Meer dan handboeien en een cel. Het werd tijd dat hij aan zijn eind kwam.

Frank had het pistool vast dat hij van Renee had afgepakt, de Ruger, en terwijl hij over het meer voer, gooide hij hem weg en greep de Smith

& Wesson weer vast, genoot van het gevoel, van de FT II die in de kolf stond gegraveerd. Een kogel van die ouwe, Devin. Geniet er maar van. Ik weet dat híj dat zal doen. Waar hij ook is, in de hemel, de hel of ergens ertussenin, ik weet dat hij ervan zal genieten.

Hij was helemaal alleen op het meer, zelfs toen hij door de Forks naar het zuidelijke gedeelte voer, waar meestal de meeste boten voeren. Niemand ging er met zo'n storm op uit, met nog meer dreigende buien in het verschiet.

In de buurt van de hut minderde hij vaart, naderde de oever met de motor op de laagste stand tot hij de hut zag. Alleen de bestelbus stond er. Niemand had nog gemerkt dat Atkins werd vermist, en als dat wel zo was, wisten ze niet waar ze hem moesten zoeken. De hut had een groot raam dat over het meer uitkeek, dus Devin kon op dit moment zitten kijken, op een boot zitten wachten, de situatie inschatten. Als hij zag dat Frank in zijn eentje was, zou hij voorbereid zijn.

Frank schakelde de motor uit en liet de boot door het wier dobberen. Hij was nog een paar honderd meter van de hut vandaan en betwijfelde of Devin hem had gehoord of gezien. Misschien had hij de motor gehoord, maar dit gedeelte van de oever kon hij van binnenuit niet zien, en op die bestelbus na was het grasveld leeg.

Hij stapte uit de boot het ondiepe water in, wikkelde de boeglijn om een omgevallen boom, klom de wal op het bos in en ging op weg naar de hut. Hij liep geruisloos maar snel, zijn hoofd opgeheven en het pistool langs zijn been, de vinger aan de veiligheidspal.

Tussen de bomen door het grasveld op, zonder dat er een schot gelost werd of er zelfs maar een geluid te horen was. Over het erf naar de deur, nog altijd niets. Hand op de kruk, nog steeds niets. Hij bleef even staan om diep adem te halen, legde zijn vinger nu helemaal om de trekker en spande hem aan, draaide toen aan de deurknop, gooide de deur open en stapte de hut in, pistool in de aanslag, klaar om te doden.

Devin lag op de grond. Languit op zijn zij, een wang op het linoleum, zijn lichaam iets gekromd alsof hij vergeefs in een foetushouding wilde gaan liggen. Zijn pistool lag buiten bereik op een tafel naast de bank en Frank zag dat hij van de bank op de grond was gevallen. Naast zijn mond lag een plasje op de grond, misschien gal vermengd met bloedsporen. Even dacht Frank dat hij dood was. Toen tilde hij zijn hoofd op.

Hij wrong zich in een bocht om naar de deur te kijken, zijn mistige ogen namen Frank op, flitsten toen naar het pistool op de tafel, ruim een meter bij hem vandaan, waar hij onmogelijk bij kon. Hij schoof van de tafel weg en rolde zich in een zittende positie met zijn rug tegen de muur.

'Waar is mijn vrouw?'

Frank deed nog een stap de hut in en sloeg de deur achter zich dicht, terwijl hij Devin geen moment uit het oog verloor.

'Met haar is het prima in orde,' zei hij, 'maar je zult haar nooit meer zien.'

'O nee?' Devin boog zijn hoofd iets van de muur af en even leek het licht in zijn ogen uit te doven, alsof die kleine beweging te veel voor hem was geweest.

'Nee.' Frank kwam dichterbij. 'De rest is dood. Die knul van je, AJ? Ik heb hem zijn pistool afgepakt en hem ermee doodgeschoten. Eén kogel recht door het oog. Ik heb hem zien sterven en toen ben ik teruggegaan. Voor jou.'

Devin zei niets. Zijn lippen weken iets uiteen, hij zoog in een trage, hoorbare ademhaling lucht door zijn mond.

'Híj had nog een kans,' zei Frank. 'Verdomme, meer dan een kans. Hij had beide pistolen in handen. Maar dat was niet genoeg. Maar jou zal ik ook zo'n kans geven.'

'O ja?'

'Pak dat pistool,' zei Frank naar de tafel knikkend. 'Je mag het vasthouden. Dat gun ik je nog wel.'

Devin staarde hem alleen maar aan. Franks hand, zo verdomd stabiel toen hij die kogel door AJ's gezicht joeg, trilde nu. Hij streek met zijn duim langs de kolf en stapte nog verder de kamer in.

Schiet gewoon. Vergeet die bullshit, hou op met dat gelul, schiet hem gewoon neer.

'Ga je me vermoorden?' zei Devin.

'Ja. Tenzij jij eerder bij dat pistool bent. Zoals ik al zei, ik zou het maar gaan pakken.'

'Je moet wachten tot ik het pistool te pakken heb, hè?'

'Ik geef je nog een kans.'

'Je vader,' zei Devin, 'hoefde niet te wachten.'

'Ik ben m'n vader niet,' zei Frank.

Devin glimlachte. De glimlach van een stervende man, geen hopeloze maar een ongeïnteresseerde blik, en Frank haatte hem erom. Haatte hem omdat hij er zo aan toe was, zo zwak was. Hij wilde hem in de kracht van zijn leven, wilde het beste wat die klootzak in huis had, en dan zou Frank nog steeds beter zijn dan hij. Hij zou beter zijn, hem vermoorden en dan was het klaar, dan was het éíndelijk klaar.

'Sta op!' schreeuwde Frank. 'Sta op en pak dat pistool, stuk stront dat je bent!'

Weer die glimlach en Devin schudde enkel zijn hoofd. 'Kan er niet bij.'

Frank rende naar de tafel, schopte tegen de poten, gooide hem ondersteboven waardoor Devins pistool op de grond viel. Het gleed tot bijna binnen handbereik door.

'Raap op!'

Devin schudde nogmaals zijn hoofd en deze keer stormde Frank op hem af. Hij haalde met de kolf van de Smith & Wesson uit, raakte de zijkant van zijn schedel, sloeg hem bij de muur vandaan en weer op de grond. Hij slaakte een zachte kreet van pijn maar bewoog zich niet, stak zijn hand niet naar het pistool uit. Met zijn vrije hand greep Frank Devin bij de nek, sleurde hem overeind en sloeg zijn hoofd tegen de muur, voortdurend schreeuwend dat hij het pistool moest oprapen. Hij beukte zijn hoofd nogmaals tegen de muur, en nog een derde keer, liet zich toen op een knie vallen en duwde de loop van zijn vaders pistool in Devins mond.

Op dat moment, steunend op zijn knie, met zijn vinger aan de trekker, zag hij dat Devin bewusteloos was.

Hij liet Devins nek los, haalde het pistool uit zijn mond, waarna Devins hoofd op de rechterschouder viel en zijn torso inzakte. Hij kwam in een onbeholpen positie neer, een lip werd door de vloer terugge-trokken, een spoortje bloed druppelde uit zijn mond.

Frank legde zijn vingers in Devins hals, voelde een hartslag. Hij was niet dood.

Hij kwam overeind en staarde omlaag, Devins ogen knipperden even maar bleven dicht. Hij pakte het pistool en zette dat tegen Devins achterhoofd, hield het daar een paar tellen, voelde de trekker aan zijn vinger.

Ik zou hem vinden en hem vermoorden.

Zo is het maar net. Verdomd als het niet waar is. Je bent een goeie knul. Correctie... je bent een goeie vent.

Het is gerechtvaardigd, had Frank tegen Ezra gezegd. Het is al ge-rechtvaardigd. En Ezra's antwoord? *Bullshit, knul. Niet op een manier die jij kunt accepteren, en dat weet je.*

Devin maakte geluid, een dof gegrom, hij bewoog maar kwam niet bij kennis. Frank streek met het pistool over zijn achterhoofd, draaide met de loop cirkeltjes in Devins haar. Hij dacht weer aan Nora, aan de angst in haar ogen toen ze hem had aangekeken, en toen trok hij het pis-tool terug en liep weg. Hij pakte de tafel en zette die op zijn plaats onder de postuum toegekende Silver Star van zijn grootvader terug. Hij bleef even naar de medaille staan kijken, liet toen zijn blik langs het pistool in zijn hand glijden en het magazijn in zijn hand vallen. Hij raapte Devins pistool van de grond op en haalde dat magazijn er ook uit. Daarna liep hij naar de keuken, legde beide pistolen op het buffet, stopte de maga-zijnen in zijn zak en liet koud water over een handdoek stromen.

Toen hij de kraan dichtdraaide hoorde hij de motor van een boot, hij hield zijn hoofd een tikje schuin en luisterde. Iets kleins en het kwam hierheen. Hij liep naar het raam, keek over het meer en zag het alumi-nium bootje naderen. Nora voorop en Renee aan het roer. Het verbaas-de hem niet dat Renee geweigerd had naar de dam te gaan.

Hij sloeg de natte handdoek tegen Devins hals, hield die toen tegen zijn gezicht en kneep er een druppeltje koud water uit dat over zijn voorhoofd en wangen rolde. De ogen gingen open, rolden, en concen-treerden zich op Frank.

'Sta op,' zei Frank. 'Je vrouw komt eraan.'

Toen ze aankwamen, zat Devin rechtop tegen de muur en Frank stond in de keuken met zijn rug naar het buffet, vlak naast de pistolen. Renee kwam als eerste door de deur, zag Frank en zei: 'Als jij…' maar toen zag ze Devin, hield haar mond, wendde zich van Frank af en rende naar haar man.

'Liefje,' zei hij en hij stak een arm naar haar uit toen ze zich voor hem op haar knieën liet vallen, bijna in precies dezelfde houding als Frank toen hij het zelfmoordwapen van zijn vader in Devins mond had gestopt.

Nora kwam binnen en bleef in de deuropening staan kijken, eerst naar Renee met Devin op de grond en daarna naar Frank. Haar ogen zochten de zijne en flitsten toen naar de pistolen op het buffet.

'Ze zijn leeg,' zei hij, hij zette zich van het buffet af en liep naar de zitkamer. Renee draaide zich om toen hij kwam aanlopen, een verdedigende beweging, schermde Devin met haar lichaam af.

'Zet hem overeind,' zei Frank, 'en neem hem mee.'

'Oké.'

'Ik denk dat de sleutels nog in de bus zitten. Maar je moet zorgen dat hij verdwijnt. Ik help je niet. Als ik hem nog een keer aanraak, vermoord ik hem.'

Ze knikte alleen maar.

Frank draaide zich om en liep naar buiten, liet de lege wapens op het buffet achter. Nora ging achter hem aan en een paar minuten later verscheen Renee met Devin, die weliswaar rechtop stond, maar zwaar op haar leunde. Frank en Nora stonden samen naast de hut en keken toe hoe ze de deur van de bestelbus opende en hem naar binnen werkte.

'Je laat hem gaan,' zei Nora.

Hij schudde zijn hoofd. 'Erg ver zullen ze niet komen, wel? Hij moet naar een ziekenhuis. Dat ziet iedereen.'

Ze gaf geen antwoord. Renee sloeg de deur van de bestelbus dicht en liep naar de bestuurderskant. Voor de bus bleef ze even staan en keek naar hen achterom.

'Bedankt,' zei ze. 'En het spijt me. Ik vind het echt erg.'

Er viel een korte stilte, en Frank zei: 'Je weet wat hij doet. Je weet wat hij is. Hoe kun je dan in hemelsnaam nog oprecht van hem houden?'

'Snoes,' zei ze, 'heeft iemand het ooit over "oprecht" gehad?'

Frank verplaatste zijn blik van haar naar het meer. Hij draaide zich niet om toen het portier werd geopend, draaide zich niet om toen de motor werd gestart, draaide zich niet om toen ze over het grindpad wegreden.

Nadat het geluid van de bus was weggestorven en ze weer alleen waren, zei Nora: 'Ligt er binnen een telefoon?'

'Nee.'

'De mijne is stuk. Waterschade.'

'Ja. De mijne ook.'

'Waar kunnen we de politie dan bellen?'

Hij maakte een gebaar naar de weg, en ze draaiden zich om en gingen samen op weg, zonder een woord te zeggen stapten ze door plassen en modder. Ze waren halverwege de hoofdweg toen ze de dreun van een motor en knarsende banden hoorden. Nora zei: 'Zijn ze weer terug?'

Ze waren niet terug. Het was een sedan, geen bestelbus, en toen die slippend tot stilstand kwam, ging de deur open en Grady stapte uit. Hij staarde ze aan en het enige wat Frank kon uitbrengen was: 'Je bent te laat, Grady. Te laat.'

Grady keek achterom en toen weer naar Frank. 'Wie was dat? Wie zat in die bestelbus?'

'Devin Matteson en zijn vrouw,' zei Frank.

'Ik kan ze niet zomaar laten gaan.'

'Welja,' zei Frank. 'Je hebt ze nooit gezien. Wist niet eens wie het waren. Hebt me er helemaal niet naar gevraagd.'

Grady keek Frank een hele tijd aan en zei: 'Ik heb al eerder over hem gelogen. Dit kan er ook nog wel bij. Maar wat is hier verdomme gebeurd?'

38

Zes uur later, Frank en Nora zaten al lang op het politiebureau vast en Ezra Ballard was naar een ziekenhuis overgebracht – eerst per boot en daarna per helikopter – stond Grady in zijn eentje aan de oever en staarde over het donkere meer waarin een paar lijken lagen te wachten tot ze gevonden zouden worden.

Atkins was dood. De zoveelste agent die zijn werk goed had willen doen, was dood, en Grady zou zijn bloed de rest van zijn leven aan zijn handen voelen kleven, en lang voordat iemand in Chicago het zou weten, begreep hij dat dit het einde van zijn carrière betekende.

Te laat. Dat was het eerste wat Frank Temples zoon tegen hem had gezegd. Grady was te laat geweest.

Frank had er ook geen idee van. Hij had er echt geen idee van.

Hij had de knul zeven jaar in de gaten gehouden, de vinger aan de pols gehouden, en niet om Frank te beschermen, zeer zeker niet. Al die tijd had hij Grády willen beschermen, zijn eigen hachje willen redden. Hij had nooit de moed gehad om naar de jongen toe te gaan en hem de waarheid te vertellen, zich te verontschuldigen, en nu haalden ze het ene lijk na het andere uit dit verdomde meer, een ervan een dode agent, een collega.

Te laat. Ja, Frank, ik was te laat.

Grady Morgan en zijn zevenjarige leugen. Als hij een jaar geleden de moed maar had verzameld, trouwens nog zes jaar te laat, dan was dit niet gebeurd. Als hij Frank toen had opgespoord en hem de waarheid had verteld, hoeveel bloed zou er dan zijn gevloeid? Niet zo veel, dat was wel zeker. Misschien een beetje, Devin Mattesons gewapende mannen zouden daar wel voor gezorgd hebben, maar niet zo veel mensen als nu, en zeker niet Atkins' bloed. Als Frank had geweten dat Devin niet voor zijn vaders dood verantwoordelijk was, zou hij nooit naar het noorden zijn gegaan, zou hij Vaughn Duncan nooit zijn tegengekomen of ook maar iets met hem te maken hebben gehad. In dat geval waren die twee uit Miami stilletjes naar het noorden gereisd, hadden Duncan vermoord en Renee mee naar huis genomen, naar haar man.

Het was een zieke wereld, dacht Grady, wanneer je zo aan de oever van een schitterend meer kon staan en naar één moord verlangde. Eén moord waardoor de anderen gered waren. Iedereen moest zo nodig een rekening vereffenen, en Frank stond ertussenin met een rekening die níét vereffend hoefde te worden.

Hij was klaar met het Bureau. Dat was niet nodig – hij was hier slechts indirect bij betrokken geweest, hij ging bijna met pensioen en het Bureau was er dol op om dit soort dingen stilletjes intern op te lossen – maar hij wist dat hij nu ontslag zou nemen. Dat had hij zeven jaar geleden al moeten doen, maar nu was het nog niet te laat, en hij had het gevoel dat hij Atkins dat wel verschuldigd was. Atkins had iemand als Grady niet op het Bureau willen handhaven.

Maar de waarheid begon bij Frank. Het kon hem niks verdommen dat de mensen in Chicago het vervolgens ook te horen zouden krijgen, alleen Frank deed ertoe.

Hij zag hem de volgende ochtend pas weer, en hoewel er bij het meer nog steeds agenten in de weer waren – en duikers die op zoek waren naar Atkins – waren ze alleen in de hut, zaten met hun rug naar het raam dat over het meer en die lugubere activiteiten uitkeek.

Ezra Ballard leefde en moest herstellen van een enkel pistoolschot dat door zijn ribben was gejaagd, hij had wat inwendige verwondingen, maar hij zou het wel overleven, en daar wilde Frank het als eerste over hebben.

'Hij haalt het,' zei Frank nadat hij Grady van alle medische details op de hoogte had gebracht, wat Grady trouwens al wist.

'Ja.'

'Een van de weinigen, dat wel. Een van de weinigen, en je hoeft me niet te vertellen hoeveel je daarvan op mijn conto kunt schrijven, Grady. Ik begrijp het wel.'

'De rest van de wereld ziet dat anders niet zo,' zei Grady. 'Heb je de kranten gezien? Je staat op de voorpagina.'

'Dat stond mijn vader ook.'

'Maar over jou zeggen ze heel andere dingen.'

Daar gaf Frank geen antwoord op.

'Je hebt Devin laten gaan,' zei Grady, en zijn stem klonk zo rigide, zo grootvaderachtig, er sijpelde geen greintje opluchting doorheen. Maar wat wás het een opluchting, want een dag eerder, toen de jongen in deze kamer stond met een pistool in de hand, had hij op een of andere manier het juiste gedaan, ondanks alles waardoor Grady hem tot een verkeerde keus hadden kunnen drijven.

'Heeft iemand iets van hem gehoord?' vroeg Frank. 'Is hij ergens opgedoken?'

Grady schudde zijn hoofd.

'Ik was er zo van overtuigd,' zei Frank. 'Wist het zo zeker. Hij moet naar een ziekenhuis. Het zou me in elk geval verbazen als hij daar niet is beland. Maar niemand kan het me kwalijk nemen dat ik hem heb laten lopen. Dat was mijn taak niet, zegt iedereen.'

'Je hebt het juiste gedaan,' herhaalde Grady. 'En dat moet ik je uitleggen.'

'Ik begrijp het wel, Grady.'

'Nee, Frank. Dat doe je niet.'

Frank hield zijn hoofd wat schuin en kneep zijn ogen dicht tegen het zonlicht, en eindelijk deed Grady zijn mond open en vertelde de waarheid.

'Ik was zeventien,' zei Frank toen hij klaar was. Het was het eerste wat hij na een heel lange poos zei. Grady had aan één stuk door gepraat, te snel, liet zo veel mogelijk weg, voordat Frank gek werd, ontplofte.

Hij ontplofte niet. Hij zat daar simpelweg te luisteren en liet niets merken, en dat bracht Grady terug naar die eerste gesprekken in het huis in Kenilworth en hij zag zijn laffe en corrupte spelletje weer. Alles was precies zoals toen, behalve dat Frank nu volwassen was en Grady de waarheid vertelde.

'Ik weet het,' zei Grady. 'Frank, ik weet het. Je was nog een kind, en je had een zwaar verlies geleden, en we...'

'Hij heeft me in een dodelijk wapen veranderd.'

'Wat?'

'Je zei dat hij dat wilde doen. Mijn vader. Dat hij me had opgevoed om te moorden. En terwijl je dat over hem zei, laadde je me op en richtte je me op Devin.'

'We wilden niet dat jíj achter hem aan ging. We dachten dat je misschien iets wist, en we moesten de juiste registers opentrekken om te zien of...' Grady zweeg en schudde zijn hoofd. 'Shit, nu zit ik me nog te verdedigen ook. Dat ga ik dus niet doen. Zoals ik al zei, Frank, ik zeg je nu de waarheid en dat moest bij jou beginnen.'

Frank stond op, liep naar het raam en keek uit over het meer. Er lag een platbodem op het meer, duikers deden hun masker goed voordat ze er weer in gingen, nog altijd op zoek naar Atkins.

'Je bent een klootzak,' zei Frank maar er zat geen venijn in, het klonk zelfs zwakjes.

'Ik neem ontslag.'

'Dat kan me niet schelen. Wat zou het me kunnen schelen als je wel bleef?'

Grady zei niets.

'Ik was net achttien geworden,' zei Frank, 'toen ik Ezra Ballard belde en hem smeekte met me mee te gaan naar Miami om Devin te vermoorden. Ik smeekte hem. Hij wilde niet, zei hij, dus zei ik dat ik alleen ging, en toen sloot hij een deal met me. Zei dat zolang Devin daar bleef, hij naar de hel kon lopen en ik hem moest laten wegrotten, maar dat hij hem nooit hier terug zou laten komen. Nooit.'

Grady was op de bank gaan zitten met zijn ellebogen op zijn knieën en staarde naar Frank, die zich niet van het raam had afgewend, die het niet eens iets kon schelen dat Grady nog in de kamer was.

'Hulde,' zei Frank, 'je hebt je goed van je taak gekweten, Grady. Je hebt me ervan overtuigd dat Devin met wraak moest worden terugbetaald, en het heeft me opgebrand, ik ben erdoor verzwolgen, oké? Nou, je hebt het voor elkaar. Ja, meneer, je hebt het voor elkaar.'

'Ik wil dat je weet…' begon Grady, maar Frank bleef doorpraten alsof hij hem niet had gehoord.

'Ik was ópgelucht toen Ezra me vertelde dat die klootzak terugkwam. Nou ja, eerst niet. Eerst had ik nog een beetje verstand in m'n donder. Maar toen die dikke kloteprofessor me vroeg of ik mijn memoires wilde schrijven, was het alsof het noodlot toesloeg. Het was de bevestiging dat je nooit aan je verleden kunt ontsnappen. En toen was ik opgelucht, Grady. Ik was absoluut opgetogen. Want ik kon het eindelijk accepteren.'

Hij keek niet langer naar de zoekboot en draaide zich naar Grady om. 'Devin was belangrijk voor me. Door hem kon ik iemand haten, iemand de schuld geven, en niet mijn vader. Ik zeg niet dat mijn vader door hem is vrijgepleit, maar hij leidde me tenminste af. Daardoor kon ik sommige dingen kanaliseren.'

'Dat begrijp ik.'

'Wat jij me nu vertelt is dat ik hierheen ben gekomen om zonder enige reden iemand te vermoorden. Maar hij blijft een stuk stront. Dat weet je ook. Daarbuiten zijn ze op zoek naar een van zijn lijken. Dus misschien had ik moeten doorzetten en het afmaken.'

Grady schudde zijn hoofd. 'Nee.'

'Toen had het me logisch geleken,' zei Frank, 'want toen had ik mijn redenen. Nu niet meer. Maar andere mensen hebben wellicht hun redenen, nietwaar? Dus misschien had ik het voor hen moeten doen. Waarom zouden die er minder toe doen dan de mijne?'

Grady zweeg. Frank zei: 'Bij hoeveel misdaden is Devin betrokken geweest, denk je?'

'Meer dan genoeg.'

'Nee, ik wil cijfers.'

'Dat weet ik niet, Frank. Zeg eens wat, tientallen?'

'Tientallen,' zei Frank knikkend. 'En doden? Hoeveel doden?'

'Idem dito. Dat is een van de redenen waarom we hem zo graag in de kraag willen vatten, Frank.'

'Ja. Dat bedoel ik nou. Er waren tal van redenen.' Hij keek de hut rond. 'Gisteren zat hij hier en had ik mijn pistool in zijn mond en mijn vinger aan de trekker. Als die klootzak er niet zo erg aan toe was geweest, als hij er niet uitzag alsof hij op sterven na dood was, had ik hem waarschijnlijk overgehaald.'

'Maar goed dat je het niet hebt gedaan.'

'O ja?' zei Frank. 'Dat weet ik zo net nog niet, Grady. Ik weet het niet. Maar ik wil niet degene zijn die dat beslist. Die rol wil ik niet.'

Ze bleven nog lang zwijgend in de kamer zitten en ten slotte stond Grady op en zei dat hij wegging.

'Devin heeft mijn vader niet aangegeven,' zei Frank. Hij keek niet naar Grady.

'Nee.'

'Maar iemand heeft dat wel gedaan.'

Grady zweeg.

'Het was een anonieme tip, vertelt de legende. Van iemand die dicht bij hem stond.'

Grady had zijn woord gegeven dat hij die bron nooit zou onthullen. Maar de duikers in dat meer waren het bewijs dat Grady's woord geen knip voor de neus waard was, en misschien had Frank er nu wel recht op. Natuurlijk had hij er nu recht op.

'Ik zal het je vertellen,' zei hij, 'en deze keer is het de waarheid.'

Frank schudde zijn hoofd. 'Nee,' zei hij en Grady zou zich altijd blijven herinneren hoe hij de zin stuntelig afmaakte: 'Ik wil het liever niet weten.'

Grady knikte en vertrok, zei het niet. Zou hem of wie ook nooit vertellen over die dag waarop een aantrekkelijke vrouw, wier donkere haar en huid zo met haar opvallende blauwe ogen contrasteerden, zijn kantoor binnen was gekomen en had gezegd: 'Ik wil het met u hebben over mijn man.'

Toen ze die dag klaar waren, had hij haar geprezen om haar moed, de loftrompet over haar gestoken omdat ze het juiste had gedaan. Ze had hem aangekeken alsof hij krankzinnig was geworden. 'Móédig?' had ze gezegd. 'Het juiste doen? Daar heeft het niets mee te maken. Ik zou u nooit iets hebben verteld. Ik hou van hem. Maar hij vernielt mijn zoon, meneer Morgan. En dat kan ik niet laten gebeuren.'

39

Een week nadat Ezra in het ziekenhuis belandde, mocht hij weer naar huis en Frank haalde hem met zijn eigen truck op. Ze reden vanaf Minocqua naar het zuiden met de raampjes open, de frisse lucht waaide naar binnen, de snelweg was vol auto's met boten, het eerste weekend van het visseizoen stond voor de deur.

'Hoe is het met de honden?' vroeg Ezra.

'Chagrijnig.'

'Mooi zo. Fijn als iemand aan het thuisfront zich zorgen maakt.'

'Hebben de dokters gezegd wanneer je weer mag varen, weer aan het werk mag?'

'Zou wel kunnen, maar ik geloof niet dat ik ernaar heb geluisterd. Binnenkort, denk ik.'

Frank had Ezra zijn verontschuldigingen willen aanbieden, willen uitleggen dat hij de dingen anders zou hebben aangepakt als hij de situatie had begrepen, dat hij Vaughn nooit had moeten geloven. Ezra onderbrak hem elke keer, wilde er niet van horen, hoefde het niet te horen.

'En hoe zit het met Devin?' vroeg Ezra. 'Iets gehoord?'

Frank schudde enkel zijn hoofd. De eerste paar dagen was hij ervan overtuigd geweest dat hij iets over Devin te horen zou krijgen. Door de herinnering aan zijn gezicht op dat laatste moment wist Frank zeker dat hij ergens in een ziekenhuis zou opduiken… of dood zou zijn. Dat had hij nog het liefst, dat hij het niet overleefd zou hebben en Frank hoofdschuddend had kunnen bedenken hoe weinig zin het zou hebben gehad als hij de trekker wel had overgehaald en Devin slechts een paar pijnlijke dagen had bespaard. Ja, zo had het moeten gaan.

Maar dat gebeurde niet. De dagen verstreken zonder enig bericht, Devin en Renee waren nog steeds weg.

'Hij kent hier de juist mensen voor,' zei Ezra. 'Mensen die hem kunnen laten verdwijnen.'

'Inderdaad,' zei Frank instemmend en hij voelde die trekker weer aan zijn vinger, zag die cirkel die hij met de pistoolloop door Devins haar had getrokken.

'Heb je Nora gesproken?' vroeg Ezra.

'Ik heb haar een paar keer gebeld. Ze heeft niet teruggebeld.'

'Ze is toch nog wel in de stad? Of is ze na dit alles naar huis gegaan?'

'Dat weet ik niet.'

'En jij? Ga jij binnenkort naar huis?'

'Waar is dat?' antwoordde Frank en Ezra knikte, ze reden in stilte verder.

Nora liet zich vijf dagen niet in de garage zien. De politie had Vaughns Lexus meegenomen en nu waren er geen auto's meer, op de Mazda na die Jerry had geweigerd te spuiten. En er was ook niemand die auto's kon repareren. Ze probeerde de Mazda zelf af te maken, was drie dagen met die spuitklus bezig, maakte vegen en strepen, zandstraalde de boel er weer af, begon opnieuw en maakte het alleen maar erger. Op de derde dag was de auto een absolute puinhoop en ten slotte belde ze een andere garage en liet de klus aan hen over. De eigenaar, de man had haar vader goed gekend, spoot hem in één dag en takelde hem naar haar garage terug, inclusief haar cheque die ze er voor gedane arbeid in had gelegd.

Ze belde de eigenaar van de auto om te vertellen dat hij klaarstond, en hij kwam onmiddellijk, eerder om een praatje te maken dan voor de auto. Hij had over haar in de krant gelezen, zei hij. Wat een verhaal, zeg.

Hij vertrok met de auto, en toen was ze alleen in de lege garage. Geen zaken, geen werknemers. Meer rekeningen onderweg.

Frank Temple had een paar keer gebeld, een bericht achtergelaten. Waarom wilde hij haar voor hij wegging nog zo graag zien? Dacht hij soms dat er een soort afsluiting moest plaatsvinden, een keurig net pakketje waarin je zulke afschuwelijke gebeurtenissen kon wegstoppen? Ze belde niet terug. Het verbaasde haar dat hij zelfs nog in de stad was.

Haar moeder belde elke dag, eerst drong ze beleefd aan dat ze naar huis kwam, daarna eiste ze dat. Nora zei dat ze nadacht over wat ze ging doen, en toen belde ze de plaatselijke krant, zette een advertentie voor een nieuwe monteur en spuiter.

De advertentie stond er een week in en ze had met twee mannen een gesprek. Ze zei tegen hen dat ze contact zou opnemen, maar de waarheid was dat ze het werk niet aankonden, en als dat wel zo was geweest, had ze hen niet kunnen betalen. Die vrijdag gaf ze voor het eerst antwoord op haar vaders aanhoudende vragen, zei tegen hem dat er geen auto's waren. Toen zijn gezicht betrok diste ze weer een leugen op, beloofde dat er een paar in de pijplijn zaten, dat het aan het begin van de week héél druk zou worden.

De garage had haar langste tijd gehad, en eigenlijk had ze opgelucht moeten zijn. Daarmee was tenminste een einde gekomen aan de onzekerheid. Nu kon ze naar huis. Dus waarom voelde ze zich dan zo verdomde verdrietig? Voor een deel kwam dat natuurlijk door haar vader – het idee dat ze hem zonder familie in deze stad moest achterlaten achtervolgde haar nog steeds – maar vandaag was ze zich er meer dan ooit van bewust waarom ze nog bleef rondhangen: ze wist niet wat er nu weer op haar pad zou komen. Zo simpel was het, en ze was zo verdrietig. Terwijl haar leeftijdgenoten in beslag werden genomen door hun gezin of carrière, wachtte zij nog steeds op de wegwijzer die haar de juiste afslag wees. Tomahawk en Staffords Schade- en Servicebedrijf waren een welkom uitstel geweest. Nu was er een eind gekomen aan dat uitstel en de onzekerheid was gebleven, en, dat was nog het ergste van alles, het enige doel dat ze zich ooit had gesteld was mislukt. Het familiebedrijf ging sluiten, en niet op Staffords voorwaarden.

De maandag daarop was ze alleen in de lege garage. De telefoon ging een paar keer over, maar dat was altijd interlokaal. Verslaggevers, geen klanten. Het was bijna middag en ze wilde net gaan lunchen toen Frank Temple door de deur naar binnen wandelde.

'Hé,' zei hij terwijl hij de deur zacht achter zich sloot. Hij zag er goed uit, alle blauwe plekken en schrammen waren weg. De blauwzwarte strepen op haar armen waren ook weg, maar ze trok toch elke dag iets met lange mouwen aan.

'Hoi,' zei ze. 'Ik weet dat ik je had moeten terugbellen, maar het is nogal hectisch geweest. Ik dacht dat je de stad al uit was.'

'Nee.' Hij keek om zich heen, nam de stilte in zich op, zij alleen in dat kantoortje. Ze voelde zich pathetisch, wilde niet dat hij het zag.

'Hoe gaat het?' vroeg hij en ze wilde hem vertellen dat alles prima in orde was, echt waar, maar op een of andere manier vertelde ze hem de waarheid. Ze huilde niet, deed er niet sentimenteel over, zei precies waar het op stond. Ze moest de zaak sluiten, en dat was dat. Terug naar Madison, of misschien, ook al moest ze daar niet aan denken, naar het huis van haar stiefvader in Minneapolis.

'Ik zag je advertentie,' zei hij. 'Als je iemand kon aannemen, zou je dan de zaak weer los kunnen trekken?'

'Om je de waarheid te vertellen, kan ik me voor wat we verdiend hebben niemand veroorloven, dat kost tijd. De meeste monteurs werken niet op de pof. En ik heb eigenlijk twee mensen nodig, want de meesten kunnen niet wat Jerry kon.'

Hij knikte. 'Hoeveel heb je nodig?'

Waar ging dit over? Die vraag vond ze maar niks.

'Dat weet ik niet,' zei ze, 'maar meer dan een bank een bedrijf zou willen lenen dat al in de schulden zit, en geen werknemers en geen klanten heeft.'

Hij knikte nogmaals, hoorde het allemaal aan alsof het er niet zo veel toe deed.

'Ik zou wel graag willen investeren,' zei hij. 'Ik heb nog wat geld, en het leek me beter dat er niet doorheen te jagen en later eens te kijken waarvan ik zou moeten leven, maar ik dacht er meer aan om het in iets veelbelovends te stoppen. Een zaak in opbouw, zoiets. Of misschien een zaak met een beetje geschiedenis. Traditie. Je kent dat wel, die zijn bestaan heeft bewezen.'

Nog voor hij was uitgesproken, schudde ze haar hoofd.

'Ik neem geen aalmoezen aan. Het is heel vriendelijk van je, een heel lief aanbod, maar nee.'

'Ik geef geen aalmoezen,' zei hij. 'Misschien heb je het investerings-gedeelte gemist? Ik denk aan heel iets anders. Eerder iets als partner-schap.'

Maar ze bleef haar hoofd schudden.

'Ik wil geen partner. Als ik het alleen niet kan bolwerken, stap ik er gewoon uit.'

'Weet je,' zei Frank, 'sterk zijn betekent niet noodzakelijkerwijs al-leen zijn.'

Ze keek hem een hele poos aan, trok toen haar stoel dichter naar haar bureau.

'Pap vertelde me dat de enige partner die de moeite waard is, een partner is die zijn handen wil vuilmaken, dat je samen de schouders er-onder moet zetten.'

'Dan zet ik samen met jou de schouders eronder.'

'Je weet niets van auto's repareren.'

'Nee,' zei hij, 'maar we kunnen mensen zoeken die daar wel verstand van hebben. En ik weet vrij zeker dat ik 's winters wel een ploeg kan be-sturen.'

''s Winters.' Ze zei het voorzichtig, zocht bevestiging.

'Dat leek me wel zo logisch,' zei Frank. 'Maar Nora, als je wilt dat ik 's zomers op de ploeg ga zitten, dan doe ik het ook.'

Hij zei niets meer en keek haar in de ogen, en wat ze daarin zag ver-raste haar: een diep en krachtig verlangen.

'Je zou erover kunnen nadenken,' zei hij. 'Dat kun je toch wel doen? Ik wil niet weg. Ik wil graag hier blijven. Het is de beste kans die ik heb.'

Ze bezegelden de deal met een handdruk. Het was een begin.

Dankbetuiging

Mijn grote dank gaat uit naar Dennis Lehane, Roland Merullo, Christine Caya, Sterling Watson, Meg Kearney, Laura Lippman en alle anderen die betrokken waren bij het Schrijvers-in-het-MFA-programma op het Pine Manor College in Boston, waar dit boek is ontstaan.

De Willow Flowage bestaat echt, ook al ben ik zo vrij geweest mijn fantasie erop los te laten, en ik dank mijn vader voor het feit dat hij me er kennis mee heeft laten maken. Ook dank ik Dwight en Fran Simonton omdat ze door de jaren heen zo hoffelijk en gastvrij voor me zijn geweest en me fantastische achtergrondinformatie hebben gegeven, evenals Jim Kiepke die altijd wist waar de vis zat.

Ryan Easton gidste me door de bijzonderheden over auto's en carrosserie en mijn zuster Jennifer heeft me van advies gediend over patiënten die een beroerte hebben gehad en hoe je met ze moet omgaan. Als dat goed is opgeschreven, heb ik dat aan haar te danken, als er ergens iets fout is gegaan, dan is dat geheel mijn schuld.

Als altijd bedank ik mijn agent, David Hale Smit, en het team van St. Martin's Press/Thomas Dunne voor het fantastische werk dat ze hebben verzet, met name Pete Wolverton, Andy Martin, Katie Gilligan en Liz Byrne.

Verder dank aan:

Michael Connelly, Bob Hammel, Laura Lane, Gena Asher, Don Johnson, Robert Pepin, Louise Thurtell en Lawrence Rose. En aan alle boekverkopers, critici en tijdschriftuitgevers die zo behulpzaam zijn geweest, in het bijzonder Jim Huang, Jamie en Robin Agnew, Richard Katz, Jon en Ruth Jordan, John en Toni Cross, Otto Penzler, Barbara Peters, Lynn Kaczmarek, Chris Aldrich en Janet Rudolph.